ハヤカワ文庫 NV
〈NV1344〉

スナイパー・エリート

スコット・マキューエン&トマス・コールネー
公手成幸訳

早川書房

7561

SNIPER ELITE:
ONE-WAY TRIP

by

Scott McEwen
with Thomas Koloniar

Translated by
Shigeyuki Kude
First published 2015 in Japan by
HAYAKAWA PUBLISHING, INC.
This book is published in Japan by
arrangement with
the original publisher, TOUCHSTONE
a division of SIMON & SCHUSTER, INC.
through JAPAN UNI AGENCY, INC., TOKYO.

スナイパー・エリート

登場人物

ギル・シャノン……………………DEVGRU《デブグル》隊員

ハリガン(ハル)・
　　　スティールヤード……DEVGRU 隊員。ギルの親友

ダニエル(ダン)・
　　クロスホワイト………………デルタ・フォース大尉

サンドラ・ブラックス………………第160特殊作戦航空連隊のヘリ・
　　　　　　　　　　　　　　　　パイロット

ジョン・ブラックス…………………サンドラの夫。空軍のパイロット

ウィリアム・J・クートゥア………アフガン作戦戦域司令官

グレン・メトカーフ…………………DEVGRU の士官

ジョージ・シュロイヤー……………CIA 工作担当次官

クリータス・ウェブ…………………同工作担当次官補

ボブ・ポープ…………………………同 SAD（特殊活動部）担当次官

レーラー………………………………同エージェント

ティム・ヘイゲン……………………大統領首席軍事顧問

レイモンド・チョウ…………………NCIS（海軍犯罪捜査局）の捜査官

アーシフ・コヒスタニ………………HIK（ヒズベ・イスラミ・ハーリ
　　　　　　　　　　　　　　　　ス）の指導者

ラメシュ………………………………コヒスタニの護衛

ナイーム………………………………タリバンの兵士

バディラ………………………………看護師

サビル・ヌーリスタニ………………ワイガル村の村長

カーン…………………………………医師

フォーログ……………………………アフガニスタン人通訳

オルズ・カリモフ……………………フォーログのおじ

ユセフ・アスワド・アルナザリ……テロリスト

マリー…………………………………ギルの妻

プロローグ

コロラド州にある〈ダニーのバー〉で、海軍特殊部隊SEAL《シール》チームの隊員ふたりといっしょに飲んでいたとき、わたしは、そのふたりから、彼らが知るかぎりではSEALでもっとも凄腕《すごうで》のひとりだという男を紹介された（いっしょに飲んでいたそのふたりは、わたしの知るかぎりではどちらも〝凄腕〟だったので、彼らがその男のことをそのように考えているのなら、そうにちがいない）。

紹介されて、〝ギル〟と呼ぶことになったその男は、年齢は二十五歳前後、身長は五フィート七インチ、体重は百七十ポンドほどだった。わたしは『アメリカン・スナイパー』の共著者などと紹介されたこともあって、会話は穏やかに始まった。ともにビールを二杯やり、その間、わたしは、こちらの意図に関する、それとなくではあっても鋭い洞察に基づく質問を受けて、彼に〝値踏みされる〟ことになった。そして、ギルが〝凄腕〟である理由を知ることにもなった。

ギルは、基地の外におけるひとつの戦闘で十五回も被弾をしたことがあるとのことだった。

さらに杯を重ねたのち、ギルは、脚から首まで全身に点在する多数の射入口と射出口を見せてくれた。どう見ても新しい傷痕《きずあと》ではなかったが、すべてがAK‐47ライフルの七・六二×三九ミリ弾を浴びてできたものだった。ギルが誇りに思っているのはそれらの戦傷ではなく、医療処置のために後送されるまで戦闘の場に最後まで踏みとどまっていたことだと聞かされて、わたしは胸を打たれた。

本書は、重傷を負おうが勝ち目の薄い戦闘であろうが、つねに戦いの場にあったSEALチームの戦士たちにささげるものだ。この物語に登場する架空の人物、事柄は、実際の〝隠密工作〟任務に基づいている。

スコット・マキューエン

1

モンタナ

そのアパルーサ種の四歳の牝馬《ひんば》はティコ・チズと名づけられていたが、アメリカ合衆国海軍の最先任上等兵曹《マスターチーフ・ペティオフィサー》ギル・シャノンはたんにティコと呼んでいた。ギルはモンタナ州ボーズマンに所有する牧場で、妻のマリーとその母親――義母――とともに暮らしているが、彼の真の家《ホーム》は海軍にある。これまでの人生の大半を、ヴァージニア州ヴァージニア・ビーチにあるハンプトン・ローズ海軍訓練センターでの勤務と、マリーがよく皮肉をこめて〝軍のお偉方《えらがた》たちに仕えるために〟と、彼としてはいささかむっとさせられる言いまわしをする、地球の遠い片隅での任務に従事して、すごしてきたのだ。

　軍人の家族の人生は概してつらいものだが、それがアメリカ合衆国海軍SEAL隊員の妻ともなると、ひどく過酷な期間を迎えることがたびたびとあって、ギルは年々、妻が苦い思いを徐々に募らせていくのを感じるようになっていた。自分が妻と共有しているものはほんのわずかしかない、というのが厳然たる事実だった。どちらもモンタナをこよなく愛し、生まれつき馬が好きで、乗馬という重力に抵抗する行為に魅せられているという点に関しては、同じなのだ。

ブーツの片足を鐙《あぶみ》にかけて身を持ちあげ、鞍に尻を置いたとき、マリーが、ジーンズにブーツ、カーハートの栗色のジャケットという姿で厩舎《きゅうしゃ》に入ってきた。彼は歓迎するように帽子のつばに手をかけ、青い目に笑みを浮かべて、「やあ」と呼びかけた。

長い茶色の髪をゆるく編んだ彼女が、茶色の目を輝かせ、初めて愛を交わしたときからつねに変わらない、恥じらうような笑みを返してきた。夫よりひとつ年上で、夫と同じく高い知性を備えている。彼女が腕を組み、さまざまな馬具がかけられている柱に身をもたせかけた。

「長いこと遠くに行ってたから、その馬、あなたの名前を忘れちゃってるでしょ」

ギルはにやっと笑い、ティコを壁のほうへ歩かせて、3-24xのナイトフォース製スコープのついたブローニング300ウィンチェスター・マグナムを壁から取りはずした。

「そもそも憶えてくれてるのかどうか、さっぱり自信がない」ライフルを後ろにまわして、鞍の銃器ケース《スキャバード》に押しこむ。「こいつは自己中心的な馬だからな」

「出かけるのはいいけど、けがをしないように気をつけて」

「まあ、例によって、乗りまわして楽しむだけさ」言い争いはしたくないので、穏やかに彼は応じた。ふたりですごす時間はいつもあまりに短い。

彼女が警告するように、片方の眉をあげてみせる。

「わたしのエルク（アメリカアカシカ）には手を出さないでね、ギル・シャノン」

痛いところを突かれたと思って、彼は笑い、タン色のカーハートのジャケットから煙草《たばこ》のポーチを取りだし、一本を口にくわえた。ふいに不安を覚えたときは、坐禅を組むように、気を落ち着ける行動をするのが役に立つものだ。牧場での暮らしはあまりに緩慢《かんまん》、あまりに整然として安全すぎるというのが悲しい現実とあって、自分の体から抜けだしてしまいたい気分にさせられることがときにある。もちろん、そうなる理由はよくわかっていた。自分は戦士の息子として育てられたのであり、その結果、ヴェトナム戦争のあいだに何度も戦地に遠征したグリーンベレー隊員の息子にはよくあることだが、感情的な重荷を背負うようになった。ではあっても、自分が受け継いだもの《ヘリテージ》は心から誇りにしているし、若者としての日々の大半をモンタナから遠く離れた土地ですごすことになる仕事を選んだのは意図してのものだった。モンタナはいつもそこにある、と自分に言い聞かせていた。海軍のために走ったり、跳んだり、泳いだりするには歳を食いすぎたと感じるときが来たら、軍を除隊して、マリーのもとに帰り、自分にできるのはこの広大な土地を守ることとしかないとわかっている安全な暮らしに身を落ち着けるようにするのだ。

彼は煙草をくわえたまま、妻にほほえみかけた。

「心配するな。スペンサーじいさんから、いつでも彼の土地で好きなように狩りをしていいと言われてるからね」

マリーは、夫が心の奥底に魔物を宿していることを理解していた。あたりが暗く、妻からは見えないと思っているときに、彼が苦しげに眉をひそめるのを何度も目にしてきたのだ。

「わかったわ」考えながら彼女は言った。「高地に出かけるつもりってわけね」

彼は煙草を吸いつけ、鼻から煙を吐いた。

「雪線《スノーライン》の上には行かないようにするから、心配しなくていい」

「あなたが家にいるときは、なにも心配しないわ」彼女が柱から身を離し、近づいてきて、彼の脚に手を触れる。「さっき言ったように、外に出ても危険はなにもない。モンタナは、あなたの力を引きだしてくれる土地なの」

彼は身をのりだして、妻にキスをしてから、また鞍の上で背すじをのばした。

「けさ、オソを見かけたか？」

「いつものように、家の裏で子馬たちをながめてたわ。あの子、子馬は自分のものだと思ってるの」

ギルはウィンクを返し、左右の足で馬の横腹を押して、戸口の外へ歩かせた。角をまわりこむと、そのチェサピーク・ベイ・レトリーバーの雄犬が、母馬たちとともに囲い地《パドック》のなかにいる二頭のまだら模様の子馬のそばにすわっているのが見えた。

「オソ！」と呼びかけると、犬が駆け足で近寄ってきた。そのフルネームは、オソ・カサドール——ベア・ハンター——で、名づけ親は、最近友人になったミゲル。ミゲルは元の飼い主で、イエローストーン公園の外にひろがる高地で灰色熊《グリズリー》をハントするようにこの犬を育てたのだった。彼はこの前年、癌《がん》で死に、その娘のカルメンが葬儀の場にオソを連れて現われ、ロサンジェルス《LA》の自分のアパートは百二十ポンドもある犬を飼うには狭すぎるので、あなたの牧場で暮らせるようにしてもらえないだろうかとギルに頼んだ。ギルがよく考える間もないうちに、マリーがその引き綱を手に取って、オソを家族に迎えた。そのはからいは、とてもよい結果を生みだした。オソはつねにコヨーテの気配をうかがって子馬たちから遠ざけ、ギルが留守にしているあいだマリーと義母の身を守り、遠方にいる獲物の動きに片目を光らせるようになった。

実際、オソには魔犬を思わせるところがあった。ギルが家にいないあいだは過剰なほどにマリーを守り、上機嫌なときは牙をむきだして、剣呑《けんのん》な狼を思わせるとしか言いようのない笑みに似たものを口もとに浮かべるのだ。そのようすには、ともに戦ったSEALの若者たちを連想させる部分があった。激烈なまでに忠実で、知的で、運動能力が高く、恐れを知らない。ただし、ときには手に負えないほど頑固になる。そして、そういう若者たちと同じく、オソもまた、自分の属する階級組織の頂点に昇りつめるべく、ギルに挑戦する機会があることも心得ていた。とはいっても、それには純然たる意志の力が関わっていて、ギルは自分が最上位《アルファ》の地位であることを、犬に対してもしっかりとたたきこむことができた。その鉄の意志は父から受け継いだものであり、ギルはほかのどの特性にも増して、そのことに感謝していた。彼はSEALチーム6が改称された海軍特殊戦開発グループ——略称DEVGRU《デブグル》——の隊員たちのなかで、もっとも力が強いわけではなく、もっとも大柄でも、もっとも敏捷《びんしょう》でもなければ、最高の射手でもなかったが、明らかに身体能力に秀でた兵士たちが挫折した幾多の戦場の試練を、ひとえに意志の力によってくぐりぬけて任務を完遂してきた。

ギルが、選抜されたSEAL隊員から成るDEVGRUの大黒柱と目されることが多々あったのは、そうであったからこそなのだ。

彼は手綱《たづな》を操って馬をまわし、速歩《トロット》で高地へと出かけていった。オソは涼しい気候であっても、馬の影に入ってついていく傾向があり、ギルは確信はしていないものの、それは日射しが目に当たるのを避けるためであるにちがいないと考えていた。

二十分とたたず、牧場の西端にあるゲートを通りぬけたところで、ギルは馬をとめて、また煙草を口にくわえた。鞍にまたがって煙草を吸いながら、犬用のビスケット、ミルクボーンをポケットから取りだして、オソのほうへ投げてやる。オソがすぐさま前足の爪をビスケットの浅い窪《くぼ》みにひっかけて引き寄せ、鼻面を覆《おお》いかぶせて、それを呑みこんだ。そして、その場にすわりこみ、もっとくれと吠えたてた。

ギルはほほえんで、煙草を深々と吸いつけてから、また一個、ミルクボーンを投げてやった。すぐさまオソが食らいつく。

二時間後、高い尾根の頂《いただき》に着くと、ギルは馬を降り、手綱をしっかり握って、下方のスペンサー渓谷をのぞきこんだ。そこにはエルクたちがいて、茂みのなかを注意深く動きまわっていることがわかっていた。まもなく発情期が来て、エルクたちは注意がおろそかになるだろうが、いまはまだ目立たないようにしているはずであり、そういう時期を狙って狩りをするのがギルの好みだった。ホルモンの作用で興奮し、まるで引き金を引いてくれと言わんばかりに尻を跳ねあげているエルクを撃つのは、射撃のコツのようなものはろくに必要とせず、おもしろみがない。

斜面の百ヤードほど下の左方にひろがる木々のなかから、一頭の大きなエルクが出てきた。オソが低く地に伏せて、獲物を見つけたことを示す合図を送ってくる。

ギルはスキャバードからライフルを抜きだし、レンズ・キャップをはずして、ライフルを肩づけし、スコープによって拡大された獲物を見た。左右の角《つの》が完全に生えそろった、成熟した牡《おす》で、周囲にまったく頓着《とんちゃく》せず草をほおばっている。自分は五百ヤード以内の距離で獲物を狙って弾をむだにしたことは、一度もない。殺すことより、困難に挑戦するほうが値打ちがある。

ギルは、ティコの手綱を手近にある立ち枯れした木につないで、鞍をはずした。それから、オソのために水筒のキャップに水を注ぎ、オソが鞍の陰にうずくまれるように、そこの地面をなめらかにしてやった。射撃位置を定め、ライフルを手近に引き寄せて、待機状態に入る。少し時間をとって、かすかな風のぐあいを読みながら、渓谷内にはほかにもいくつかターゲット・エリアがあることを無意識のうちに頭のなかで数えていた。実際に数を数えなくても、脳がひとりで2＋2＝4と計算をするのだ。

四十分が過ぎたとき、オソが身を起こし、渓谷をまっすぐに見おろした。

ギルはライフルを引きつけ、はるか下方にあたる一帯を目で探った。左右ともに角の枝分かれが四本しかない、まだ若い牡が、三十度勾配の斜面の下、千ヤードの距離に一列に生えている木々のそばに立っていた。このライフルのスコープは平地における弾道の低下を補正するように調整されているので、その事前補正をさらに補正するには、通常より低めを狙う必要があることぐらいは、考えるまでもなくわかる。SEALチームの未熟な新米たちは、その概念を脳みそに刻みこむのにひどく苦労することがよくあるのだが。

彼はスコープの十字線《レティクル》を、七・六二ミリ弾を撃ちこみたい箇所、つまり若い牡エルクの肩《けん》甲骨《こうこつ》のすぐ下にあたる脊柱《せきちゅう》に重ねた。それから、千ヤードではなく八百ヤードの距離にいるターゲットを撃とうとするかのように、狙いをわずかにさげた。この種の射撃に関しては、じつのところ教えようがない。正確に撃てるようになるには、撃ち下ろし射撃を何千回とくりかえして会得するしかないのだ。ギルは、エルクを傷つけるだけで終わるとか、痛い思いをさせるとかという懸念はまったくいだかず、心臓を撃つよりずっと楽に死なせてやることしか考えていなかった。

呼吸を浅くし、引き金を引く態勢に入る。すると、またあれが——戦闘で初めて射殺をしたときの記憶が——ありありと蘇《よみがえ》ってくる……。

第二次湾岸戦争のときの記憶が、ついひと月前のことのようにだ。ギルとパートナーのトニーは、敵のスナイパーによって多数の兵士が射殺された海兵隊二個中隊への圧力を軽減させるために、バグダッド郊外にある小さな町に入りこんでいた。海兵隊スナイパーのひとりはすでに戦死し、彼らの士気は、敵のスナイパーに圧倒された場合でないかぎりありえないほど劣悪な状態に低下しつつあった。そこで、海兵隊中隊の指揮官《C・O》が戦術支援を要請し、三十分後、一機のカイユース・ヘリコプターが海兵隊のいる近辺にギルとトニーを降ろした。そして、SEAL隊員のふたりは修羅場への五ブロックを前進していくあいだに、地上にいる兵士たちから不満をまじえた情報をリアルタイムで知らされることになったのだった。

中隊の前哨地点にたどり着くまでに、十三名にのぼる海兵隊員死傷者が出た地点のすべてを、トニーが地図に書きつけていた。彼がギルの肘《ひじ》をつかみ、いい遮蔽《しゃへい》になるコンクリート造りのガレージのなかへひっぱっていった。

「さあ、見てくれ」トニーが言って、床に膝をつき、地図をひろげた。「敵の狙撃にはパターンがあることがわかるだろう？　適当に撃ってるんじゃない。つまり、スナイパーはひとりということだ、ギル。そして、そいつはジグザグを描くような感じであとずさっている。ほら、こんなふうに――」論点を明示しようと、地図のグリッドを指でなぞっていく。「射界を明確に保持しつつ、角から角へと移動していて――海兵隊員たちはすべて、この徐々に移動する殺戮地帯《キル・ゾーン》のなかで頭部に被弾している。彼らは失血死していくだろうし、生き残りの隊員たちが町の反対側にたどり着くころには、さらにまた十名ほど死傷者が出るだろう。そして、その野郎はまんまとずらかってしまう――そうならないように、おれたちがしないかぎりはだ！」トニーは手早く地図をボディアーマーの内側につっこんだ。「そういうわけだから、おれたちは海兵隊のCOをすぐに見つけだし、陽が沈みはじめる前に――というより、それよりもっと早く――海兵隊の前進をやめさせて、一、二ブロック撤収させるようにしなくてはならない。そうすれば、いまいましい野郎をこちらにおびき寄せることにもなる。そうなったところで、おまえがそいつを撃ち、おれがとどめの一発を撃ちこんでやることにしよう！」

彼らがガレージの外に出たとき、一名の海軍衛生兵とストレッチャーを運んでいる二名の兵士が角をまわって姿を現わした。ストレッチャーに乗せられている若い海兵隊員は頭部に被弾して、顔面が完全に失われていた。

「ストレッチャーをおろしてくれ！」衛生兵が叫んだ。「気道の確保を試みる！」

瀕死の海兵隊員のそばに立ったギルは、かつては若者の顔をかたちづくっていた肉がぐしゃぐしゃになっているのを見て、息を呑んだ。顔が失われた人間がまだ生きているというのが、信じられなかった。

衛生兵が海兵隊員の気道を確保するために急いで気管切開術を施し、それがすんだところで、二名の搬送員がふたたびストレッチャーを持ちあげ、衛生兵とともに、飛来してきた救急ヘリのほうへと街路をくだっていった。

「しゃんとしろ！」トニーが言って、ギルの肩をどやしつけた。

ふたりは動きだし、町を制圧する任務を割り当てられている海兵隊少佐を見つけだした。トニーが少佐を説得して合意させるには、多少の時間が必要だった。なにしろ、苦労して制圧した街区の二ブロックぶんを明け渡すことになるのだ。

「いいですか、少佐——敬意を表して、サーをつけておきます。あなたはわれわれに支援を要請したんです。そしていま自分が、そのスナイパー野郎を殺す方法を教えようとしているんです。二ブロックだけ撤収すれば、サー、やつらはこの戦闘に勝利をおさめつつあるんだと考えるでしょう。そして、そいつらのスナイパー野郎は、元の地点にひきかえす欲求を抑えきれなくなる」トニーは、司令部の壁に掲げられた航空写真に示されているその地点を指さした。「サー、そいつが最初の十分間であなたの部下の海兵隊員の六名を撃ち倒した場所はそこだと、断言させてもらいましょう」

「きみらはどこでやつを待ち受けるつもりなんだ？」少佐が問いかけた。

トニーは、敵スナイパーがひきかえしてくると思われる地点の南側ブロック中央にある高い建物を指し示した。

「われわれはこの建物のなかの、サー、そいつの潜伏場所《ネスト》をよく見てとれそうな高い場所に陣取ることにします」

少佐が部下の大尉に目をやった。

「きみはどう考える、スティーヴ？」

大尉がトニーに目を向けた。

「きみは、われわれが撤収したあと、敵がその建物の周囲にひきかえしてくることを認識しているんだろうね。きみらは孤立し、包囲されることになるんだぞ」

トニーは笑みを返した。

「ほんのちょっとのあいだですよ、大尉」

大尉がうなずいて、少佐に目を戻した。

「自分が指揮をする立場であれば、サー、彼のアドヴァイスを受けいれるでしょう。彼は事情をよく心得たうえで、語っているようです」

「オーケイ」少佐が言った。「きみらが位置につくのにどれほどの時間が必要になる？」

「十五分もあればじゅうぶんでしょう、サー」とトニーは答えた。「その時間が過ぎたら、撤収にかかってください。敵スナイパーは、あの二本の裏道のどちらかを使って、元の位置に戻ろうとするはずです。そして、やつがそうしようとしたときに、われわれがそいつを仕留めます」

二十分後、ギルとトニーは、食肉市場の一隅にあると思われる敵スナイパーの潜伏場所を、完璧に見おろせる場所に陣取っていた。海兵隊が所定の場所へ撤収していくあいだに、ふたりは三階建てアパートの屋上に、うまく身を隠せる場所を見つけだし、そこから下のようすを観察していたのだ。十分もしないうちに、ふたりは孤立し、それからまもなく、敵の部隊が、この日の前半に失った支配地を回復すべく侵攻してきて、ふたりの退路を断った。

「いますぐにでもあの連中を撃ち倒せるぞ」ギルは、無人の街路をこちらに進んでくる敵部隊を、M21スナイパー・ライフルのスコープごしに見ながら、言った。当時はまだ、あの旧式ライフルを携行していたのだ。

「それをやると、敵スナイパーの思うつぼにはまる」トニーが、やはりM21のスコープをのぞきこみながら、苦々しげに言った。「やつは、われわれのスナイパーのだれかがこの赤子の手をひねるような状況を利用して発砲するのを待ち構えているんだ。やつに時間をくれてやろう。よく目を凝らして、ドラグノフを携行しているスナイパー野郎を見分けるようにしろ。そいつがおまえの標的だ」

「おれの標的？」ちょっとスコープから目を離して、ギルは言った。

トニーがにやっと笑った。

「おまえの初手柄として、これ以上にいい獲物は考えられないだろう、ギリガン」

ギルは、急に掌《てのひら》が汗ばみだしたのを感じつつ、スコープに目を戻し、視野に入ってきた敵兵のようすをひとりひとり入念に探っていった。そいつらの武器を、ひげや顔を、大胆に前進してくるせいでそよ風になぶられている色とりどりのアラブ風スカーフ《シュマーグ》を。多くの者が笑っており、海兵隊を町から駆逐するのに成功したと信じこんでいるような、興奮した身ぶり手ぶりをしていた。

緑色の軍服を着て、敵軍の標準的な銃、AK‐47より長い銃を携行している男がひとり、ランドリー店から駆けだしてきて、日除けの下に身を隠した。

「あれを見たか？」ギルは言った。「あの日除けの下に隠れたやつが、ドラグノフを携行しているように見えたぞ」

ドラグノフというのは、一九六三年からソ連軍が制式に採用してきた七・六二ミリのセミオートマティック・ライフルだ。本来はスナイパー・ライフルとして開発されたものではない粗雑な銃ではあるが、スコープをつければ千三百メートルの射程まで有効ということで、中東のスナイパーたちが好んで用いるようになっていた。

「スコープは見えたか？」

「いや、スコープはなかった。だが、銃床が布でくるまれていた」

「たぶん、RPKだろう」トニーが言った。「照星と照門《オープンサイト》だけの銃では、うまい狙撃はできない」

RPK‐74というのは、AK‐47をでかくしたように見える軽機関銃だ。
二、三分後、緑色をした人影が日除けの下から駆けだしてきて、こんどはそのライフルにスコープが取りつけられているように見えた。
「見つけたぞ！」ギルは言った。

スナイパーらしきその男は店先から店先へと慎重に移動しながら裏道を進んでくるので、狙いをつけるのが困難だった。

「やっぱり、おれが言ったとおり、抜け目のないやつだ！」とトニー。「元の地点に復帰しようと移動してやがる。いまは我慢して、やつがおまえのキルゾーンに入りこんでくるのを待つんだ。やつはあの階段をのぼろうとするときに、こちらに背を向けるだろう——そのときに、仕留めるんだ」

敵スナイパーが最後にもう一度、裏道の前後と周囲の建物の屋根をチェックしたが、祈りのかいはなかったらしく、屋上に散乱する町のがらくたのなかにひそむギルとトニーを見つけることはできなかった。そいつが蜥蜴《とかげ》のようにするすると街路を横断し、元の地点に復帰すべく、建物の側面にある階段のほうへ進んでいく。

そいつが階段に足をのせ、ギルに背を向けた。距離は二百ヤード。

「仕留めろ」トニーが、ギルが撃ち損じた場合に備えて、自分もスコープの十字線《クロスヘア》を敵スナイパーに合わせながら、静かに言った。

ギルは、敵スナイパーの首の付け根、脊椎《せきつい》にクロスヘアを重ねて引き金を絞り、発砲した。

敵スナイパーが即死して、膝からくずれ落ち、仰向《あおむ》けに階段を転がり落ちた。

「ざまをみやがれ、くそ野郎」トニーがギルの肩をぴしゃりとやった。「戦闘が終わったら、あの野郎の死体を見つけだして、その歯を一本、戦利品としておまえに進呈してやろう」

そしていま、ギルは鞍の背後で射撃姿勢をとり、草地を優雅に歩いていくエルクの動きを目で追っていた。エルクが気配を探るように、あたりのにおいを嗅《か》ぐ。ギルは浅く息を吸って、引き金を引いた。銃弾が肩のすぐ前方、首の付け根のところで脊椎を切断し、エルクがなにに撃たれかもわからないまま、死体と化して地に倒れこんだ。

2

アフガニスタン
ナンガルハール州

サンドラ・ブラックス准尉は、副操縦士《コ・パイロット》のビリー・ミッチェル准尉とともに、H－60Mブラックホーク・ヘリコプターの開け放たれたハッチにすわって、煙草《たばこ》を吸ったり、むだ話をしたりしていた。サンドラは二十九歳、黒髪に青い目をした、熟練のヘリコプター・パイロットで、三度めの中東遠征任務を開始したところだった。ふたりはいま、アメリカ陸軍第七五レンジャー連隊の六名の兵士たちが軍事教練を開始して、翌週以後に予定されているかっさらい夜襲《スナッチ&グラブ》の演習に励んでいるようすをながめている。サンドラとミッチェルはどちらも陸軍の特殊部隊、第一六〇特殊作戦航空連隊（SOAR）に所属するパイロットで、ナイトストーカーズという通称で呼ばれるその連隊は、陸軍および海軍の特殊部隊の支援に従事するのが常だ。特殊作戦の世界において〝ベストのなかのベスト〟として名を馳せているその連隊のパイロットたちは、地上において〝大黒柱〟の兵士がいるのと同様、空における〝大黒柱〟の役割を果たしている。そして、サンドラはその部隊における第一号の女性パイロットだった。

レンジャー連隊の兵士たちが、ベニヤ板でつくられた模造《モックアップ》の村のなかを動きまわって、攻撃のタイミングを調整していた。この演習サイトは、各前線（この辺鄙《へんぴ》な土地においても一応、〝前線〟というものは存在する）から五十マイルは離れているため、〝安全〟と見なされている。今回の〝スナッチ&グラブ〟は、ナンガルハール州北部の小村に住むアーシフ・コヒスタニというイスラム聖職者を標的として遂行されることになっていた。コヒスタニは、ヒズベ・イスラミ・ハーリス派（HIK）と呼ばれるイスラム政治集団の指導者だ。HIKはアフガニスタン政界における影響力を強めており、最近の情報によれば、コヒスタニはいまタリバンと共闘して、アメリカ軍の駐留規模縮小に直面しているナンガルハール州とその周辺における軍事力を増強しているという。

HIKとタリバンの勢力が増強されても、アメリカ軍の駐留規模縮小スケジュールを変更することはできないのは明らかとあって、この構図からコヒスタニを排除する必要があった。さもないと、コヒスタニは、ヒンズークシのショク谷を本拠とするヒズベ・イスラミ・ヘクマティアル派（HIG）の指導者としてすでに厄介者となっているグルブディン・ヘクマティアルに匹敵する、強力な存在となりかねない。HIKとHIG（日本ではヘクマティアル派と呼ばれるが、欧米ではグルブディン派と呼ばれている）はどちらもこの数年のあいだに議会における影響力をいちじるしく増大させており、どちらもアフガンとアメリカの協力体制に激烈に抵抗しているのだ。

サンドラは煙草の吸い殻を放り投げて、ヘリコプターのデッキに仰向《あおむ》けに寝そべり、心地よさそうにほほえみながら、目を閉じた。昨夜、ジャララバード郊外にある空軍基地で、レンジャー・チームのリーダーを務めるショーン・ボルドー大尉と密会をしたのだ。どちらも、軍人であるつれあいは地球の反対側にいるとあって、それはどうしても必要な逢《あ》い引きだった。六カ月というのは、だれにとってもセックスなしですごすには長すぎる期間であり、それぞれの軍務はきわめてストレスの大きい性質を持ち、そのストレスが、双方が異常なほど強く惹《ひ》かれあうことになったせいで、さらにひどくなっていたのだ。それはだれの落ち度でもなく、自然の摂理と言うほかない。そして、ふたりのあいだの性的な緊張感が解消されたおかげで、いまはどちらも以前より明瞭にものを考えられるようになり、それぞれの任務に精神を集中することが可能になっていた。

「ヘイ、ベスからなにか便りはあった?」サンドラは問いかけた。

ミッチェルは朝の日射しに目をすがめながら、レンジャー隊員たちがふたたび持ち場について、村への〝侵入〟を開始するさまをながめていた。この演習作戦の警備にあたっているのは、彼とサンドラのふたりだけだった。ミッチェルが考えこむように煙草を吸いつける。一週間以内に出産する予定の妻のことを考えているのだろう。

「ゆうべ」彼が答えた。「いつ生まれてもおかしくないと言ってきた。もしかすると、いまそうなってるのかもしれない。どうして、きみとジョンは子どもをつくらないんだ?」

サンドラは顔をあげて、彼を見つめた。

「子を持つ準備ができてるように見える?」

彼が笑う。

「まあ、きみらの場合はちょっぴり事情がちがうんだろうね」

「そんなところかしら」彼女は片肘をついて、身を起こした。「だって、わたしたちは一年のうち、四カ月しかいっしょにいられないでしょ。たまに疑問を感じたりもするわ。そもそもなぜわたしたちは——」

ブラックホークの前に機関銃の銃撃が浴びせられ、跳弾が空に舞った。

「こんちくしょう！」ミッチェルが言って、M4カービンをつかみあげる。「敵襲だ！」

「襲撃だ！」人工の村の向こう側で、レンジャー隊員のひとりが叫んだ。

最初に二発の迫撃砲弾が地面を打ち、聞きちがえようのないその炸裂音《さくれつおん》があたりの空気をゆるがす。すぐにまた二発の迫撃砲弾が落下して、村を形成するもろい建物がトランプのカードのようにばらばらにふっとばされた。いちばん近くにいた二名のレンジャー隊員がさっと立ちあがり、ブラックホークのほうへ駆け寄ってくる。つぎの砲弾がそのすぐ前に落ちて、ふたりの姿がかき消えた。

「ちくしょう！」サンドラは急いでコックピットに入った。「いったいどこから飛んできたの？　周囲にはなにもない土地だというのに」

「こいつを空に飛ばさなくては」ミッチェルが、彼女の背後にあたる射手室に乗りこんできた。「このままでは、いいカモになってしまう！」

残る四名のレンジャー隊員はまだ村の向こう、百ヤードほど離れたところにいて、必死にこちらをめざして走っている。そのあいだに、サンドラはコックピットのスイッチを押していき、ローターが回転を始めていた。

「六十秒後には離陸できる」

「六十秒も待ってはいられない!」

一発の砲弾がヘリコプターのテール・セクションに当たり、機体後部が宙に浮いて、めちゃめちゃに回転しはじめる。ミッチェルが隔壁にたたきつけられ、その頭部に裂傷が生じた。サンドラはシートからコックピットの反対側へ放りだされていた。あたりに小火器の銃声が響き渡っている。彼女が無線で支援を要請しようとしたとき、銃弾がつぎつぎに胴体をつらぬいてきた。

「機がぶっ壊れた!」ミッチェルが彼女の腕をつかんだ。「降りなくてはいけない!」

一発の銃弾がその胸に当たり、彼が死体と化してデッキに転がっていく。

ボルドー大尉がヘリに飛び乗ってきて、銃撃の嵐をものともせず、サンドラの襟首をつかんで、かかえあげる。ふたりはそろって被弾し、開いたドアから大地に放りだされた。残る三名のレンジャー隊員が可能なかぎり機体に近づいて、掩護《えんご》にあたったが、周囲は完全に包囲され、身を隠せるものはまばらにある岩だけのように思われた。

「無線で救援を要請したか?」ボルドーが、敵の頭をさげさせておこうと貧相な木立に数発の弾を撃ちこみながら、問いかけた。

「最初に無線機が銃撃を受けてしまって」AK-47の弾を浴びた太股《ふともも》の痛みに喘《あえ》ぎながら、サンドラは言った。「弾が骨に当たったんだと思う、ショーン。ちくしょう! たまらなく痛いわ」

ボルドーがミッチェルのM4をつかみあげて、彼女の両手に押しこみ、なかばかかえ、なかばひきずるようにして、部下たちがカービンで可能なかぎりの応戦をしている岩の陰へ連れていく。

「抜き差しならないはめになったようだ、みんな。ここにはろくに遮蔽物《しゃへいぶつ》もなければ、逃げ道もない」

レンジャー隊員のひとりがただちにサンドラの脚に圧迫帯を押しあてて、止血処置をする。急にショック症状が生じて、サンドラは気を失いそうになった。

「すぐになにかいい対応を考えださないと」別のレンジャー隊員が言った。「やつらが迫撃砲の着弾を修正したら、われわれは全滅します」

「もう、それはすませてるだろう」とボルドー。「やつらはわれわれを生け捕りにしようとしてるんだ」

「というより、彼女を」トルネロという名の軍曹が言った。

「ああ、彼女をだ」吐き捨てるようにボルドーが言った。

通信兵は砲撃を浴びて戦死しているので、だれかが異変に気づいて、ヘリの派遣を考えたとしても、それが到着するのは早くても一時間後、へたをすると二時間後になるだろう。ここはきわめて安全な地域と目されており、そもそも、そうであったからこそ演習の場に選ばれたのだ。これにはなにかおかしなところがある。

「はっきりとは言えないが、みんな、やつらはわれわれを待ち構えていたような感じがする」

トルネロが負傷した肩にコットンを押しあてた。

「ええ、そうですね。司令部《HQ》の連中がこの作戦のことをべらべらしゃべってたので、そうであっても驚きはしません」

「わたしはこの作戦に女性を加えるのは気にくわなかった」ボルドーが言った。

「じゃあ、わたしを売り渡せばいいわ」吐き気と闘いながら、サンドラはうめくように言った。

また激烈な連続射撃を受けて、彼らは大地に腹這《はらば》いにさせられ、そのときを狙って、敵が接近してきた。

「少なくとも二十名!」レンジャー隊員のひとりが叫んで、発砲を始め、ようやく敵の一名を射殺した。「やつらは包囲を狭めようとしてる」

ボルドーは、残り時間が尽きつつあることを覚悟した。降伏するか、一気に脱出を試みるか。脱出するにしても、サンドラを残していくわけにはいかない。

「軍曹、ケツをあげて、きみら三名で防御隊形を形成しろ!」彼は命令を叫んだ。「ほかに手はない。友軍のいる北の方角へ強行突破を試みるんだ。この場合、降伏という選択肢はない」

トルネロがほかのふたりと目を見交わし、三人がそろって首を横にふった。そのあと、トルネロがボルドーに目を戻して、にやっと笑う。

「われわれはここに踏みとどまろうと思います、大尉」

「ケツをあげろと言ったんだぞ!」

トルネロがさっと身を起こしたが、手榴弾を投じただけで、またすぐにしゃがみこんだ。

「このあと生きのびられたら、軍法会議にかけてもらってけっこうですが、自分はここに踏みとどまります」

「どうしようもない頑固者だな」

ボルドーはつぶやき、強行突破を考えている北の方角がよく見えるところへ匍匐《ほふく》していった。敵兵の三名がすでにその方角を遮断していて、彼の顔が見えたとたん、射撃を開始した。彼は手榴弾のピンを抜いて、その方角へ投げつけ、部下たちのほうへ這《は》いずり戻ったが、途中でまた、腕に一発、背中を守っている炭化硼素《ほうそ》防弾板に一発、弾をくらってしまった。投じた手榴弾が炸裂して、爆発音をあげ、ばらばらになった人体の各部が宙に舞う。ボルドーと部下たちはそろって膝射《しっしゃ》姿勢をとり、四方から強引に接近してくる敵に銃撃を浴びせかけた。

レンジャー隊員のひとりが顔面に被弾して、背後へ倒れこむ。

あと数秒でおしまいだと悟ったボルドーは、M4を弾が尽きるまで撃ちまくってから、M9拳銃を抜きだして、サンドラに銃口を向けた。

彼女がウィンクをし、片手でボルドーの両目をふさぐ。

彼は昨夜のことを思いだして、ほんの一瞬ためらったが、すぐに思いなおして引き金を引いた。

そのとき、一発の七・六二ミリ弾が飛来して、彼の頭部の側面をもぎとった。ボルドーは両膝からくずれ落ち、その拳銃から放たれた弾丸はサンドラの肩の横の地面に食いこんだだけだった。

トルネロ軍曹が身をまわして、ボルドーを射殺した敵兵を撃ち、そいつの股間から喉《のど》までを引き裂いたが、彼自身もボディアーマーと手足や下腹部に何発もの弾をくらっていた。さらに被弾し、血で喉を詰まらせつつも、彼は両手と両膝で這いずっていき、サンドラを守ろうと彼女に覆《おお》いかぶさった。

サンドラがトルネロのホルスターから拳銃を抜きだそうと必死に手をのばしたとき、タリバン兵の黒い影がひとつ出現して、日射しをさえぎった。そいつが片足で彼女の手を踏みつけ、手をのばしてホルスターから拳銃を奪いとり、仲間のひとりに拳銃を放り投げてから、トルネロの死体をわきへ押しやる。そのあと、そいつは地面に転がっているアメリカ軍の武器を指さしながら、穏やかなパシュト語で、それらの回収を命じた。レンジャー隊員たちのボディアーマー、武器弾薬、ブーツ、現金、腕時計、認識票《ドッグタグ》などなど、あらゆるものが奪いとられていく。

サンドラは茫然自失状態のなか、自分が地面から持ちあげられて、ずんぐりした筋骨たくましい男の肩に担《かつ》がれるのをおぼろげに感じていた。ちょっと目を開くと、下方を通りすぎる地面と、自分を捕獲して歩いている男が履《は》いているサンダルの踵《かかと》が見えた。

彼らは何度か方向を変えながら、終日歩きつづけて、パキスタンとの国境に近い山麓にたどり着いた。陽が落ちたのちに目を覚ましたサンドラは、ヒンズークシ山脈の高地をめざして走っているピックアップ・トラックの後部に放りこまれて、揺すられていることに気がついた。寒いとつぶやくと、トラックの後部にいっしょに乗りこんでいる男は英語が話せるらしく、しばらくすると体に毛布がかけられた。

つぎに意識を取りもどしたのは、まばゆい日射しがまぶたをつらぬいて目に入りこんできたときだった。ベニヤ板のようなものに乗せられて、トラックから降ろされ、薄暗い灯りのともる小屋のなかへ移されると、体のあちこちを針でつつかれているような感覚が襲ってきた。脚の負傷箇所にスチールのメスが突き入れられ、その痛みで、サンドラは大きな悲鳴をあげて、もがいた。ゴリラのように力の強い男が彼女を押さえつけているあいだに、負傷箇所から弾丸が抜きとられ、傷口が縫合《ほうごう》された。そのあと彼女は、よごれた茶色い袋を頭にすっぽりとかぶせられ、ふたたびトラックに乗せられて、運ばれていった。

その夜も遅くなったころ、かぶせられていた袋が取り除かれ、必要以上にたっぷりと水を飲まされた。その間ずっと、フラッシュライトのまぶしい光が顔を照らしていた。彼女がむせ、咳きこみながら、できるだけ大量の水を飲みつづけていくと、ようやく水筒が口からはずされ、ふたたび頭に袋をかぶせられた。そして、永遠とも思える時間が過ぎたのち、トラックが停止し、彼女はまたどこかの建物のなかへ運びこまれて、木製のベッドのようなものの上に縛りつけられた。

翌朝、目覚めると、負傷した脚が熱を持って、ずきずきしており、体はベッドに縛りつけられたままだが、ブーツとフライトスーツが脱がされ、粗布でつくったよごれた白いガウンを着せられているのがわかった。ベッドの上のかたわらに四十歳前後の男がひとりすわり、その顔には大きすぎる暗色のフレームの眼鏡《めがね》をかけて、コーランを読んでいた。イスラム聖職者がよく着る、ジュバと呼ばれるゆったりした長袖のローブをまとい、こざっぱりと手入れされた黒いひげに白いものが混じっていた。

男が彼女に見つめられていることに気づいて、目をあげ、コーランをたたんで、そばのテーブルに置いた。

「目が覚めたか」流暢《りゅうちょう》な英語で男が言った。

「フライトスーツを返してほしいんだけど」彼女が最初に言ったのはそれだった。

男が眼鏡をはずして、たたみ、ローブのポケットにつっこむ。

「あれは燃やした」男が言った。「脚の手当てはすんだ。おまえはいま、同胞たちから遠く離れた場所にいる。わたしは、はるか遠く離れた場所に。彼らは、ここにいるおまえを発見することはできない。わたしは、ヒズベ・イスラミ・ハーリスを率いるアーシフ・コヒスタニ。政治指導者だ。おまえとおまえの仲間たちは、ナンガルハールの村からわたしを不法に拉致《らち》することをもくろんでいた」

「ブラックス」サンドラは言った。「サンドラ・J。准尉。認識番号は280-76-0987」

男が、おもしろくもなさそうな笑みを浮かべた。

「その情報はすでに得ている」テーブルの上に積まれているドッグタグをつかみあげ、サンドラの戦死した僚友たちのものをよけて、彼女のものを選びだす。「おまえはカトリック教徒でもある。わが党に対するCIAの意向に関して、なにか話せることはあるか？　彼らは軍事攻撃をもくろんでいるのか？」

「縛《いまし》めを解いてもらえる？」からからに乾いた口で、彼女は言った。

男がドッグタグの束をわきに置く。

「おまえがこちらの知りたいことを話さないかぎり、それはありえない」辛抱強く男が言う。

「さっさと話してしまったほうが身のためになる。そうすれば、おまえは多大な困難をまぬがれることになるだろう」

「わたしはただのパイロット」彼女は言った。「CIAはパイロットに計画を教えたりはしない。なぜあなたをほしがっているのかすら、わたしには知らされていないの」

サンドラがなにより危惧《きぐ》しているのは、それが真実であることだった。なぜCIAがコヒスタニをほしがっているのか、そしてまた、軍事攻撃が計画されているのかどうか、どちらに関してもなにひとつ知らされていないのだ。

「おまえはただのパイロットではない」テーブルから彼女のナイトストーカーズの徽章を取りあげながら、男が言う。「おまえはこの連隊に属する兵士のひとりだ。この名称はわれわれにもよく知られている。最後の機会を与えよう。知っていることを話せ。それがすんだら、ラメシュに電話を入れるとしよう」

「わたしを信じてもらうしかない」彼女は懇願した。「ほんとうになにも知らないの！　知っていたら、話すわ。CIAなんてどうでもいいんだから」

「それは、こちらが求めている答えではない」

「なんでもいいから、でっちあげて話せってこと？」力なく彼女は言った。

ベッドに横たえられたまま、前にサバイバル・スクールで受講した模擬尋問のことを思いかえそうとしていると、コヒスタニがベッドの足もとのところから、木製の杖を悠然と持ちあげた。彼女はこれまで、そんなものがあることに気づいていなかった。コヒスタニがその杖をふるい、彼女の腿《もも》の被弾箇所を鋭く打つ。

脚に爆発的な痛みが走った。背すじが勝手に反《そ》りかえって、全身が棒のようにこわばる。サンドラは、喉から漏れそうになった悲鳴をかろうじて抑えこんだ。深呼吸をくりかえして、つぎの一撃に心を備えようとしたが、それは無益なあがきだとわかっていた。この痛みは強烈すぎる。

コヒスタニが立ちあがり、頭上に杖をふりかざす。

「やめて――話すから！」

ふたたび杖が打ちつけられ、こんどの一撃にはまったく容赦のない力がこめられていた。その痛みに、サンドラは悲鳴をあげ、さらにまた杖が打ちつけられると、めまいがしてなにも考えられなくなった。苦痛のあまり、彼女は泣きだし、四度めの打擲《ちょうちゃく》を避けたい一心で、恥も外聞もなく、完全なでっちあげ話をすすり泣きながらしゃべりだした。

コヒスタニが打つ手をはたととめ、しかめ面になって、杖をベッドの足もとに放り投げる。

「苦痛に耐えようとしても、そんなものはなんの意味も……なんの益もないことが、身に沁《し》みたか？」

彼女は目を閉じ、可能なかぎりすすり泣きの声を抑えこんで、なけなしの威厳をなんとか取りもどそうとした。

「目を開けろ」とコヒスタニが命じて、彼女を見おろす。「なぜおまえの国がアフガニスタンを失いつつあるのか、そのわけがわかったか？　資本主義者どもが敗北を喫することになるのは、傲岸《ごうがん》にも、この戦争に従事させるために女を送りだすようなまねをするからなのだ。では、おまえのしゃべったことが真実かどうかをたしかめるために、ラメシュを派遣するとしよう」

コヒスタニが部屋を出ていき、数分後、怒りの形相をした野卑な男が茶色のキャンヴァス袋を携えて、入ってきた。男がその袋をテーブルに置くと、金属的な音が響いた。

サンドラは極度の恐怖に襲われて、目を閉じ、ここから消えてなくなってしまおうと無益にあがいた。

3

モンタナ

ギルがマリーとともに、厩舎《きゅうしゃ》のなかに新鮮な干し草をひろげる作業をしていると、義母が彼の携帯電話に電話をしてきた。家の電話に、彼への電話が入っているという。

「すぐに戻ってくるから」彼は妻にそう言って、携帯電話をポケットに押しこんだ。

マリーはこちらを見ようともしない。もつれあった干し草の束を切って、足でばらばらに分けようとしていた。

「どうせ、なんでもない用件だろう」

彼女が作業をやめて、こちらを見つめてくる。

「海軍関係の用件で、なんでもないことなんかあるわけがないわ。まだひと月しかたっていないし、この休暇は二カ月ということになってる。でも、あなたは、海軍の艦艇がギル・シャノンを乗せずに出港することはないと言ってたでしょ?」

ギルはにやっと笑った。彼女は、夫が艦艇乗務の兵士ではないことをいやというほどよくわかっているのだ。

「まあ、出港はできるだろうが……艦艇のクルーは、おれが乗艦しないかぎり、陸が見えなくなるところまでは行かないだろうね」

彼女が首をふって、作業を再開する。彼の皮肉っぽいユーモアのセンスは、以前とはちがって、いまはもうなんの効きめもなかった。

ギルはキッチンに行って、コードレスの子機を見つけだし、それを持って裏手のポーチに出ていった。

「こちらシャノン」

「ギル、ハルだ。まずいことが起こった。わたしの考えでは、これはきみに電話を入れざるをえないほど重大な事態だ。衛星電話を使って、そちらからかけなおしてくれるか？」

最先任上等兵曹《マスターチーフ》ハリガン・スティールヤードは、DEVGRUの同僚で、ギルの親友のひとりだ。チェスター・ニミッツ（一九六六年に没した元アメリカ海軍元帥）が赤ん坊のころから海軍にいたと思われるほどの古参兵で、SEALの伝説的人物となっている。

「一分ほど待ってください」ギルは電話を切って、傍受不能《セキュア》衛星電話を保管している寝室に行き、それを使ってスティールヤードに電話をかけた。

「で、なにがあったと？」

「休暇中に家に電話をかけることになってすまん」スティールヤードが言った。「ショーン・ボルドーと部下の五名が昨日《さくじつ》、このナンガルハール州ジャララバードの南方にあたる地点で、待ち伏せにあった」

ギルは過去に何度もボルドーとともに任務に従事していて、彼を友人と見なしていたが、その損失は、地球の反対側にいる男、スティールヤードが携帯電話で伝えなくてはならないほどのニュースではないはずだ。

「それだけですか、チーフ？」

「その待ち伏せで、ナイトストーカーズのパイロットのひとりが捕虜にされた」スティールヤードがつづける。「そのとき、そこでレンジャー連隊の一個チームが演習をしていて、地上にあったヘリコプターをタリバンが襲撃し、副操縦士《コ・パイロット》を殺害して、すべての死体から装備を奪いとった。なにが問題かと言うと、そのパイロットが、二十九歳のきれいな女性……ナイトストーカーズで唯一の女性であることだ。このことがメディアで報じられると、とりわけ血を流している彼女の映像がアルジャジーラで流されると、好ましくない展開になるだろう。で、きみに事前通知をしておくことにしたんだ。SOGからそっちに電話が入るのは、時間の問題にすぎないと予想されるからね」

SOGというのは、CIAの特殊作戦《スペシャル・オペレーションズ》グループの略称で、ギルの父が属していたこともある、かつて悪名を馳せ、いまは廃止されているMACV‐SOG（ヴェトナム戦争において軍事支援組織——ミリタリー・アシスタンス・コマンド・ヴェトナム——として暗躍した、スタディーズ・アンド・オブザベーション・グループ）をさらに発展させたものだ。CIAはいまなお——ヴェトナム戦争時代と同じく——アメリカの各軍からSOGの人員を徴募しているが、現在のCIAはもう独自の〝組織内〟特殊部隊は持っていない。そんなわけで、ギル・シャノンのような工作員がしばしば、通常任務であるSMU、すなわち特殊任務《スペシャル・ミッション》ユニットから引きぬかれて、特殊部隊の世界に属する者に対してすら最高機密とされ――少なくとも公式には、だれにも知らされない単独作戦《ワンマン》に従事させられることになるのだ。

　ギルは現在、〝チーフ〟・スティールヤードと同じく、主としてDEVGRUの任務に従事している。最高も最高の機密とあって、合衆国政府はその存在に言及すらしないが、DEVGRUはアメリカ合衆国の軍隊に四つしかないSMUのひとつだ。ほかの三つのSMUとは、陸軍のデルタ・フォース、空軍の第二四特殊戦術飛行隊、そして、やはり陸軍に属する、情報支援活動部隊だ。

　ギルは煙草を探して、ジャケットのポケットをたたいた。

「そのパイロットというのはサンドラ・ブラックス准尉のことですか、チーフ？」

「ああ。彼女を知ってるのか？」

「前に二度、われわれのために上空掩護をしてくれました」ギルは言った。「やつらは彼女を痛めつけるでしょう、チーフ。どうしてそんなことになったんです？」

「それについては、CIDが調査に着手したところだ」とスティールヤード。CIDは、陸軍犯罪捜査司令《クリミナル・インヴェスティゲイション・コマンド》部の略語で、当初、第一次世界大戦時代にパーシング将軍によって設立されたときは犯罪調査部門《ディヴィジョン》という名称だったが、継続性を持たせるために、当局はいまもその名称をそのまま用いているのだ。「この件に関係するNCISの担当者と話をする必要があり、それはわたしがすでにすませた」NCISというのは、海軍犯罪《ネイヴァル・クリミナル・インヴェ》捜査局《スティゲイション・サービス》の略語だ。「担当者から聞いたところでは、CIDは、敵側に情報を売ったパキスタンの情報関係者の身柄を拘束したところだそうだ。わたしの考えでは、そいつが敵に漏らした情報というのは陸軍の計画に関するものだろう。陸軍は、わずらわしい存在になりかけているアルカイダ系聖職者の拉致をもくろんでいたんだ。また数日中に、こちらから連絡を入れる。それでいいな？」

「いいですとも、チーフ。事前通知をしてくださってありがとう」

「なんでもないさ」

一階におりると、義母がキッチンでサンドイッチをつくっているのが目に入った。

「電話がかかったことを知らせてくれて、ありがとう、マム」

義母が笑みを返してくる。

「またわたしたちのそばを離れることに？」

義母の名はジャネット。灰色になった髪を長くのばした六十五歳の小柄な女性で、娘と同様、女性乗馬者《ホースウーマン》らしく髪を三つ編みにしている。

「いえ」彼は言った。「内輪の最新情報を知らせてきただけです」

「マリーがそれを真に受けると思う？」ジャネットが問いかけた。

「母と娘は、たいていなんでもツーツーということ？」

彼は笑った。

義母が首をふり、ポテトチップスを添えたローストビーフ・サンドイッチをさしだしてくる。

「ビールもあったほうがいい？」

「ええ、それはもう」サンドラ・ブラックスが個人的に面識のある人間でなければよかったのにと心の底から思いながら、彼は言った。彼女とは半年前のある夜、既婚者につきものの困難な状況を打ち明けあって、談笑したことがあるのだ。

その夜遅く、義母が食器洗いをすませて寝室にひきとったあと、ギルは暖炉の前のロッキングチェアにすわって、煙草を唇のあいだで転がしていた。

すると、マリーが白ワインのグラスを手に彼の前にやってきて、炉辺に腰をおろした。

「こんなふうなあなたを、前にも見たことがあるわ」穏やかに彼女が言った。「きょう、友をひとり失ったんじゃない？」

ギルは煙草から目を離して、彼女を見た。

「それよりもっと悪いことがあってね」

「どういうこと？」

「きのう、タリバンがわれわれのヘリコプター・パイロットのひとりを捕虜にしたんだ」彼は煙草の吸い口の部分の紙をなめて、くっつけなおした。「ナイトストーカーズのパイロットを。敵にとっては、たいした戦利品だ。ＳＥＡＬやグリーンベレーの隊員を捕虜にしたのと同じぐらいの価値がある」

「そして、その男はあなたの知り合いってことかしら？」

「男じゃなく、女でね」静かに彼は言って、口にくわえた煙草にマッチで火をつけた。「年齢は二十九歳。きれいな女性だ。メディアが嗅《か》ぎつけたら、大変な事態になるだろう」

マリーがうなずいて、ワインをひとくち飲む。

「またジェシカ・リンチ（二〇〇三年、イラクで敵襲にあって捕虜にされた女性兵士で、アメリカでもっとも有名な戦争捕虜と言われている）のような」悲しげに彼女が言った。「それで、あなたはいつ出発するの？」

「あの電話はそういう用件じゃなかった」

「そんなことを訊いてるんじゃないわ」とマリー。

彼は、煙草を持っている手で左右のこめかみを押さえた。

「まだ、彼女の居どころが判明していないんだ」

マリーがため息をついて、ワイングラスをわきに置き、両膝をさする。

「ギル、悪いけど、こんな持ってまわったやりとりはもう我慢できないわ。出発するのかしないのか、どっちなの？」

ギルは妻を見つめ、ささやくような小声で言った。

「それは、おれがどうするかしだいだね。うまく言えないんだが、おれはずっと、きみを愛そうということしか考えていなかったように思う。男がそういう気持ちと折り合いをつけるには、どうすればいいんだろう？」

妻の目に涙が浮かび、彼女がそれを手でぬぐう。

「わたしの気持ちの折り合いはどうなの？」

ギルは妻と目を合わせられず、下を向いた。頭の回転の速さで負けそうになる相手は、彼女だけなのだ。

「正当な問いかけだね」彼は言った。「連絡が入るのを待てときみが言うのなら、そうしよう。一カ月先になるかもしれないし……たぶん、そうなるだろう」

「わたしを見て」彼女が言った。「あなたはその道では最高の男なんでしょ？」

彼はしばらく考えこんだ。

「ああ、そうだね。そうだと信じてる」

彼女がグラスを取りあげ、ワインを飲みほしてから、彼の煙草を手に取って、一服やり、煙草を返してくる。煙を吐きだしながら、暖炉のほうへ顔を向け、その炎を見つめた。

「その女性は国のために戦線に赴き、いまは悪夢のなかにいる。国は彼女に最大限の報いをすべきだと思う」彼女が目をあげて、こちらを見つめる。「でも、あなたはこんどもまた、あの約束をしてくれなくてはいけない。こんどもまた、生きて帰ってくると約束してくれなくてはいけない。そうでないと、よろこんで送りだすなんてことはできないわ」

ギルは唇をなめて、笑みを押し隠した。彼女の言いなりになるしかないことはわかっていた。

「約束する」

「どういう約束を？」眉をあげて、彼女が問いかけた。

「生きて帰ってくることを約束する」

「その約束を守り通してね」人さし指をあげて、彼女が言った。「さもないと、いずれ天国に行ったとき、あなたと口をきいてあげない。少なくとも千年は、あなたと口をきいてあげないわ、ギル・シャノン。ちゃんと理解した？」

「なんだって」彼はつぶやいた。「そんなに長いあいだ？」

「ちゃんと理解したの？」

「うん、もちろん理解したし……きみが本気だってこともわかってる」

彼女が暖炉の前から立ちあがり、デニム・スカートの裾《すそ》のしわをのばす。

「だったら、いいわ。じゃあ、わたしはそろそろ二階にあがって、バスを使うわ。それが終わるまで、起きて待っててくれる？」

ギルは彼女を見あげて、笑みを返した。

「いいとも。二階にあがる前に、キスをしてくれるかい？　ちょっとした元気づけとして？」

マリーが身をかがめ、彼の口に愛をこめたキスをしてから、身をひるがえして、部屋をあとにした。

4

アフガニスタン
ヌーリスタン州ワイガル村

翌朝、サンドラは、隣室でふたりの男が交わすひどく激した口論の声で目を覚ました。なにを言っているのかはさっぱりわからなかったが、自分に関することであるのはたしかだと思った。もうベッドに縛りつけられてはいなかったが、それはろくに慰めにはならない。負傷した脚の焼けるような痛みを考えれば、脱出や逃走を図れる状態ではないし、靴はもちろん、靴下まで脱がされているのだ。これまでに与えられた食事は粗末なもので、食材はよくはわからないが、山羊《やぎ》肉のシチューだったような気がする。気がかりなのは、水の味がひどかったこと。いま消化器系の病気に感染したら長くは生きられないとわかっていたが、当座を生きのびるためには、どんな水であれ飲むしかないのはたしかだった。

夫のジョンは、妻が行方不明になったことをすでに知らされているのだろうか。いや、それはありそうにない。サンドラにとって唯一の家族であるジョンはフィリピンに駐留して、空軍の輸送機を飛ばす任務に就いている。軍の一員というわけで、妻の失踪を伝える優先度は民間人である場合より低いだろう。言い換えれば、やむをえなくなるときまで伝えないということだ。サンドラはばかではない。自分が見映えのする女であることはわかっていたし、国務省はすでに報道機関が自分の失踪を公表するのを妨害すべく動きだし、おそらくはなんとか押し隠しておこうとしているにちがいないこともわかっていた。いまの自分は、巨大なチェス盤に置かれた歩《ポーン》のひとつにすぎない。助かる見込みはほとんどなく、救出するために政府に圧力をかけてくれる家族は、夫のほかにはだれもいない。それに、ヒンズークシでは、イスラム教徒《ムスリム》の女性ですら、できのいい荷馬より価値が低いことも、よくわかっていた。しかも、自分はカトリックという、彼らにとってはおそらくユダヤ人のつぎに低劣な人間のひとりなのだ。

それでも、サンドラは心の奥底で、生きて救出される可能性がひとつはあると信じていた。自分がヘリコプターで運んできた男たち、特殊部隊の世界に属する男たちが、同僚のひとりである自分がじわじわと衰弱していくのをよしとせず、一致協力して居どころを突きとめる努力をし、手遅れにならないうちに救いだしてくれるかもしれない。

そのとき、だしぬけにドアが蹴り開けられ、ドアが蝶番《ちょうつがい》からはずれて床に転がった。見たことのない男が、ずかずかと入ってくる。パコルと呼ばれる、アフガニスタンの民族帽をかぶっていた。激昂《げきこう》しているようすで、まっすぐベッドのところに歩いてきて、彼女が着せられているガウンの端に手をかけた。彼女は最初、腿《もも》の銃創をチェックしようとしているだけだろうと考えて、抵抗しなかったが、男はガウンをウエストの上まで大きく開き、あとにつづいて入ってきたもうひとりの男が彼女の両肩に手をかけてベッドに押さえつけた。

サンドラは悲鳴をあげて、蹴りつけ、ひげ面男の両目に爪を立てて、眼窩《がんか》に指を深々と食いこませたが、すぐにふたりめの男に手刀を喉にたたきこまれ、しばらく息ができなくなってしまった。ひげ面男が目を押さえて、ふらふらとベッドのそばを離れたとき、また何人かの男たちが叫び声をあげながら部屋に入ってきた。その男たちがサンドラにのしかかって、ベッドに縛りつける。そのあと、彼らは、まだ喉を詰まらせて喘《あえ》いでいる彼女のガウンを剝《は》ぎとって、素っ裸にした。

男たちが笑いながら、彼女の体をつついたり、まさぐったりする。悲鳴をあげたら、さらに興奮させるだけだとわかっていたので、彼女は目を閉じて、声を抑えるようにしていた。ひげ面男だけは笑っていなかった。そいつがほかの連中をわきへ押しやり、のしかかるようにそばに立って、にらみつけてくる。右目から血が出ていた。そいつが隣室に叫びかけると、ビデオ・カメラを持った男が入ってきて、ほかの面々に退出の命令を出した。ひげ面男がズボンを脱ぎ捨て、ベッドの上、サンドラのかたわらにあがってきて、彼女には理解できない言語で悪態をつく。そのときついに、彼女は悲鳴をあげはじめた。

十分後、ナイームというその名のそのひげ面男は、頭を冷やそうとつとめながら、隣室のテーブルの前にすわり、鼻の大部分が失われた若い女に右目の診察をされていた。

「あなたは運がよかった」穏やかな口調で女が言う。「あと少しでも網膜に近いところをえぐられていたら、視力を失っていたでしょう」

ナイームは彼女を押しのけた。

「運がよかったと言われてもしょうがない、バディラ。これをどうする必要があるか言ってくれ」

「その目は治療しなくてはならないけど」女が説明する。「ここにはそんな手立てはなにもない。自然に治癒《ちゆ》するまで、そこに眼帯をしておくしかないわね」

「けっこう。おまえは顔を隠しておけ」ナイームはむかつきながら、そう命じて、椅子から身を起こした。

バディラがあとずさり、言われたとおり、切りとられた鼻の上のところまでかぶりもの《ヒジャーブ》を持ちあげて、両目だけが露出するようにした。彼女は看護師で、夫はすでに故人とあって、ふだん村にいるときはチャードルやブルカ（いずれも、ムスリムの女性がベールやショールとして用いる黒い布）の着用を強いられることはない。鼻を切りとったのは夫で、結婚した直後、彼女がブルカの着用を拒んだという理由でそうしたのだった。ありがたいことに、夫は数年前、パキスタンとの国境近くで空爆にあって、命を落とした。ふたりの結婚は、アフガンの結婚の七十五パーセントがそうであるように、両方の家族によって決められたものだった。

外から年配の男が部屋に入ってきて、ほかのタリバンの男たちが気色《けしき》ばんだが、ナイームが彼らの気を静めさせた。

「気にするな、じいさん。ことはすんだ」

老人の名はサビル・ヌーリスタニ、この村の名目的な村長だ。

「さっさとこの女を村から連れだしてくれなくては」老人が言った。「さもないと、彼らがここに兵士を送りつけて、村人を皆殺しにするじゃろう」

「そうはならない！」ぴしりとナイームは言った。「われわれがやつらにビデオを見せつけてやれば、やつらはカネを払って女を取りもどそうとするはずだ。やつらは前にもカネを払ったことがあるんだ」

「ものわからん男じゃな」警告するようにサビルが言って、さらに部屋の奥へ足を踏み入れてくる。「コヒスタニは、身代金の要求は認めておらん。彼が言ったのは、われわれはたんに――」

「ここで指揮を執るのは、アーシフ・コヒスタニではない！」ナイームはどなりつけた。「ここで指揮を執るのは、ヒズベ・イスラミではない！　ここでは、おれが指揮を執る！　われわれタリバンが指揮を執るんだ！　この女を捕虜にしたのはわれわれであり、われわれがやりたいようにこの女を扱う」

「あえてコヒスタニに逆らうとは、ばかなやつじゃ。彼は有力者のひとりなんじゃぞ」

ナイームはけんか腰になって、老人の前へ足を運んだ。

「ヒズベ・イスラミがこの村になにをしてくれると？　なにもしない！　コヒスタニは、待ち伏せにじゅうぶんな数の兵士を派遣することすらしなかった。彼が配下の連中ではなく、おれたちを派遣したのは――どんなわけがあってのことだと思ってるんだ？」

サビルがうろたえて首をふる。

「なんとも嘆かわしい。おまえはいまだに、自分たちが利用されていることがわからんほど頭が悪いらしい。おまえたちタリバンは、ヒズベ・イスラミにとってはなんの意味もないんじゃぞ」

「黙れ、じじい。出ていきやがれ！」

サビルが出ていくと、ナイームはドアをバシッと閉じて、部下の男たちのほうに向きなおった。

「あの野郎、おれにたたきのめされなくて運がよかったと思っとくんだな。ジャファール、ビデオのコピーを五本とっておいてくれ。あす、おまえがその二本を持って、カブールの仲間たちのところへ行くんだ。彼らがすべきことを、おれが指示書に書きつけておく。アメリカはすぐ、この女のためにカネを払うだろうし、それでおれたちはまたいろいろと物資を買いこむことができる。医療物資や、いろんな武器をな。楽しみにしとけ。さあ、みんな、仕事に取りかかるんだ」

男たちが立ち去り、部屋にはナイームとバディラだけが残った。

「さてと、この女は長生きできそうか？」ナイームが知りたいのはそこのところだった。

バディラが肩をすくめる。

「脚がなにかに感染しなければ」

「一週間は生きられそうか？」

「脚がなにかに感染しなければ」

ナイームは我慢がならなくなった。

「脚がなにかに感染しているのかそうでないのか、どっちなんだ？」

「感染してるにちがいないわ」とバディラ。「抗生物質を与えられていないんだから」

「では、なにかの抗生物質を取り寄せよう」彼は言った。「おまえが責任を持って、この女の世話をしろ。わかったな?」

「ええ」

「よし」

ナイームが建物を出ていくと、バディラは自分の医療バッグを部屋に持ちこんできた。サンドラはまだベッドの上に縛りつけられたまま、恥ずかしさと嫌悪感のあまりすすり泣いていた。

サンドラはずっと、彼らが大声で言いあう声を聞いていて、自分を殺すのか殺さないのかで口論をしているのだろうと思っていた。そんなわけで、バディラがベッドの端にそっと腰をおろし、化膿しかけている銃創に消毒薬の過酸化水素を注いだときになって、ようやく目を開いた。

彼女はなにか言おうとしたが、喉が詰まって声にならなかった。

「眠れるようになる薬を投与してあげるわ」かすかなイギリスなまりの英語で、バディラが言った。「体力をつける必要があるの。脚がなにかに感染しているから」

「どうか縛《いまし》めを解いて」サンドラはなんとか声を絞りだした。

バディラが首をふる。

「それは許されないけど、心配しないで。すぐに眠くなるわ」

「眠りたくないの」サンドラは懇願した。「ここを脱出しなくてはいけないんだから!」

バディラがいらだってくる。

「よく聞いて。あなたの国が身代金を払って、彼らはあなたを解放することになるでしょう。

いまは我慢しなくては」

　サンドラは絶望して、首をふった。

「いいえ、あなたは知らないのね！　わたしの国が身代金を払うというのは――とりわけ兵士のためにというのは、ありえないの！　国は、わたしにここで死なせるほうを選ぶはずよ！」

「議論をするつもりはないわ」反論を許さない強い口調で、バディラが言う。「いまから錠剤を服《の》ませてあげるから、眠りなさい。できるだけよく眠れるようにしてあげるわ。そうしておけば、彼はあなたを放置しておくはずよ。一週間以内に、あなたの国のひとびとが身代金を支払い、あなたは解放されるでしょう」

　サンドラはバディラの目に同情の色がないのを見て、急に怒りを覚え――その感情が恐怖をうわまわったために――懇願の気持ちが消え失せてしまった。

「感染はどう処置してくれるつもり？」

「ナイームが抗生物質を取り寄せることにしたわ」

　サンドラは、バディラが傷の処置をして、新しい包帯の準備をするさまを見守った。

「どこで英会話を習ったの？」

「パキスタンで」とバディラ。「タリバンがこの国の政府を乗っ取るまで、わたしはイスラマバードの医学校に通ってたの。そのあと、父に呼びもどされて」

　バディラは、呼びもどされた理由が、父が借金をしていた土地の有力者の息子と結婚させるためであったことは語らなかった。その男はタリバンの権力増大を財政的に支援していた。

そして、間接的であれ、タリバン政府にカネを借りたことになる人間は、むごい扱いを受けるはめになるのだった。

「なにか着るものをもらえない？」サンドラは尋ねた。

「毛布で隠してあげる」

「それと、あの必要も……」思わず声がかすれた。「体をきれいにする必要もあるし」

バディラが事情を理解した。

「縛めはやっぱり解けないけど、きれいにしてあげることはできるわ」

サンドラは目を閉じて、泣くまいとつとめた。

「ありがとう」

「自分がどこにいるか忘れちゃだめよ」諭《さと》すようにバディラが言って、医療バッグのなかを探りはじめる。「ここはニューヨーク・シティじゃないの。あなたはアフガニスタンにいるんだし、この土地で生きのびようとするのなら、弱気になってはいけない。強くあらねば、命を失うことになるでしょう」

彼女が途中で手をとめて、目をあげる。

「言ってる意味はわかるわね？」

サンドラはうなずいた。

「あなたの名は？」

「バディラよ」

「ありがとう、バディラ。がんばってみるわ」

バディラがまたバッグのなかを探りだす。

「がんばる以上のことをしなくちゃいけないかもしれないけどね、サンドラ・ブラックス」

5

アフガニスタン
ジャララバード空軍基地

C－130E軍事輸送機の油圧式傾斜路《ランプ》がさげられていくあいだ、最先任上等兵曹ハリガン・スティールヤードはそのそばに立ち、輸入葉巻コイーバ・ロブストの端を物憂げにしがみながら待っていた。最先任上等兵曹ギル・シャノンがSR－25を肩にかけて、ぶらぶらとランプをおりてくると、その顔がさっと引きしまった。ギルはその銃以外にも、三三八口径ラプア弾を使うマクミラン・スナイパー・ライフルと、三〇八口径レミントン・モ《M》ジュラー・ス《S》ナイパー・ラ《R》イフルを用意しており、それらは輸送機のクルーによって八個のボックスに分けて貨物室に収納されていた。SR－25は射程が限定された、七・六二ミリのセミオート・ライフルで、パトロール任務にもよく用いられる。

ギルはSOGに配属されているので、いまはパトロールをすることはほとんどないが、この基地にいるあいだに攻撃を受けたら、ありとあらゆる種類の武器を使えるようにしたいと思っていたし、このSR－25は、五・五六ミリNATO弾を使う標準的なM4カービンよりずっと力になってくれるだろう。

M4のやっかいな点は、銃自体というより、それに使用される現代的な弾薬にあった。五・五六ミリNATO弾は、ヴェトナム戦争の後半に用いられていた五・五六ミリ弾と同じものではない。現在のNATO弾は、ロシア軍の最新のボディアーマーをつらぬいて、その内側にある人体に壊滅的損傷をもたらすように設計されている。だが、タリバンやアルカイダの兵士たちはボディアーマーをまったく使わないので、弾丸が体内で炸裂《さくれつ》せず、貫通する事例が多い。つまり、M4の弾丸は、敵を撃ち倒さずに、体内を〝通過〟してしまう場合がよくあるのだ。被弾したやつは、あとで失血死するかもしれないが、それまでにこちらが射殺されていたら、あまりよろこばしい結果とはならない。

ギルはスティールヤードと握手をした。

「どうしました、チーフ?」

ふたりは同じ階級だが、その階級になってからの期間は六十五歳のスティールヤードのほうがはるかに長く、ギルは自分の知る人間のなかでだれよりも彼に大きな敬意をいだいているので、つねに〝チーフ〟なのだ。

厳しい目をしたごま塩頭のスティールヤードは、身長はぴたり五フィート六インチ、体重は百五十ポンドという小柄な男だ。湾岸戦争に従軍した古参兵で、顔から爪先までまったく贅肉《ぜいにく》のない筋肉質の体をしている。

「ギル、軽い朝食をすませてくれていればいいんだが」

「朝飯など、どうでもいいです」うなじの毛を逆立たせながら、ギルは言った。「いつ行動にかかるんです？」

「まあ、そう急ぐな」

スティールヤードが先に立って、早足で滑走路を横切っていく。周囲一円を航空機が——固定翼のもあれば、回転翼のもある——ひっきりなしに行き交っていた。着陸したり離陸したりしているブラックホーク。おびただしい数の大型ヘリ、チヌーク。アフガニスタン国家警察軍の運用する、くたびれたロシア製のMi‐17ヘリが数機。飛行場の奥の端にある格納庫の前には、国籍マークも尾翼の番号もない、マットブラックに塗られたUH‐1イロコイ——愛称はヒューイ——ヘリコプターまであった。

「あそこが、めざす場所だ」唾《つば》で濡れたコイーバでそこを指さしながら、スティールヤードが言った。

待機していた高機動多目的装輪車輌《ハムヴィー》に乗りこむと、スティールヤードがハンドルを握り、滑走路を大きく迂回して、飛行場の奥の格納庫の前に駐機している黒いイロコイのところへ走らせていった。退屈した二名のパイロットが外に出て、機の後部に足をあげてすわりこみ、携帯型のテレビゲームで遊んでいるのが見てとれる。

格納庫に近づくとすぐ、二機のMH‐60K《キラーエッグ》が——カイユース攻撃ヘリコプターが高度に改良されたものだ——格納庫内部の車輪付き駐機台に鎮座し、武装した衛兵によって守られているのが見えてきた。ギルはこれまで、その改良型に間近でお目にかかったことは一度しかなかった。一般の目から隠すために、格納庫のいちばん奥、二機のMH‐60Kのそばに、黒く塗られた二機のMH‐60Lブラックホークが駐機し、やはり武装衛兵によって守られている。

「ここにSOARが大挙して来てるってわけですか？」

「非公式に拡大された交戦任務でな」つぶやくようにスティールヤードが言う。「じきに、その意味が理解できるだろう」

ふたりがハムヴィーを降りて、格納庫に入っていくと、僚友のDEVGRUの面々が一ダースほど、装備を点検したり銃の手入れをしたりしている光景に出くわした。そこの空気にはまぎれもない緊張感がみなぎっていて、ふだん目にする、へたなジョークや悪態のとばし合いといったものはなにもなく、陰気な会釈が向けられてきただけだった。昨夜遅く、オマーンでC‐130に乗りこんだあと、なにかが起こったのにちがいない、とギルは悟った。その緊張感には異常なまでに強い敵意が混じっていたが、なにが起こったのかは見当がつかなかった。

スティールヤードに導かれて、格納庫の奥の端にある受令室に入ると、ペレス少佐が立ったまま、NCIS捜査官と話をしているのが見えた。ギルはペレスとはあまりうまくやれた経験がなかったので、きちっと気をつけの姿勢をとって、きびきびと敬礼を送った。

「直れ、ギル」気さくと言っていい口調でペレスが応じ、またNCIS捜査官のほうへ注意を戻す。

それだけでギルは、どこかでなにか、とてつもなくまずい事態が発生したにちがいないと明確に認識した。このひょろりとしたペレスは、情報将校として部隊に配属されてから二年がたつが、ギルとファーストネームで呼んだことは一度もなかった。これまではつねにチーフ・シャノンであり、気さくな呼びかたをすることはなかったのだ。肩につけている徽章の重みがでかすぎて、そんなわけにはいかなかったのだろう。

このNCIS捜査官はスティールヤードの親しい友人であり、ギルにとってもたんなる知人以上の存在だった。レイモンド・チョウという文民で、中国人移民の二世だ。その男がペレスとの話し合いを終え、向きを変えて、ギルと握手を交わす。

「休暇を中断させて申しわけない、兄弟《バディ》」

「自分の意思でここに来たんだよ、レイ。なにがあったんだ？」

チョウがため息をついて、腕時計に目をやった。

「その情報は、この連中が与えてくれるだろう。わたしは、この朝ずっと悩まされていた面倒な事態の説明を、いまなんとか終えたところでね」スティールヤードとペレスのほうへ注意を戻す。「おふたりには申しわけないが、行動を可能とする情報は——いまのところは、まだだれも——持ちあわせていないんだが、少なくともそのしろものを見てもらうべきではあると思うんだ」

スティールヤードが陰気な顔で、チョウの背中をぽんとやる。

「あんたには借りがあるからな」

「ばかなことを。それより、よく聞いてくれ。あのヘリは、門外漢があれはどこに行ったのかと疑いだす前に、もとに戻しておかなくてはならない。それと、頭に入れておくように。わたしがここに来たことはないし、あんたらはわたしからなにひとつ知らされてはいない。それでいいね？」

「任せてくれ」ペレスが請けあった。

ギルはいらだってきた。休暇から戻ったときは、〝グループの一員〟に復帰するのに多少の時間がかかるのはいつものことだが、ペレスは気軽に〝任せてくれ〟と言うような男ではないし、兵卒や下士官と共謀するようなタイプでもない。というより、どちらかというと、高級将校にごまをするほうだ。

いったいなにが起こっているのか？

チョウが受令室をあとにすると、ギルはペレスを見つめて、声をかけた。

「サー？」

ペレスがぶるんと首をふって、スティールヤードを見る。

「ハル、あとはきみに任せよう」ギルにうなずきかけて、部屋を出ていった。

「チーフ、どうなってるんです？」

「こっちに来てくれ」

スティールヤードに導かれてロッカールームに入ると、そこのベンチにノートPCが置かれていた。彼がギルに、すわってくれと身ぶりを送り、タッチパッドに親指を触れて、画面を目覚めさせる。

「あらかじめ警告しておきたい、ギル。もしテレビ局が騒ぎだせば……これは面倒な事態になるだろう」スティールヤードは部屋を出ようとしたところで立ちどまって、ふりかえった。

「それと、スピーカーのボリュームはそのままにしておいたほうがいいぞ」

彼が出ていって、ドアを閉じると、ギルは最悪の予想に備えつつ、画面の〝再生〟ボタンを押した。

ビデオの再生が始まり、ギルはその映像を見つめた。男が五人、隣室に通じる戸口のところから撮影をしているらしいカメラマンに背を向けた格好で、ベッドの同じ側に群がっている。その男たちが、ベッドに横たわっている人間と握手をする機会を競うかのように、笑いながら、押しあいへしあいしていた。やがて、カメラに映っていない何者かが彼らに叫びかけ、右側から画面に入ってきて、彼らを押しのけた。その男がカメラマンに向きなおって、ひげ面と血まみれの片目を見せる。カメラマンが空いたほうの手をふって、ほかの五人を撮影範囲の外へ出させた。

そのとき、血の気の失せたサンドラ・ブラックスの裸身が見えた。片脚にひどい銃創を負って、ベッドの上に大の字に縛りつけられ、両目をぎゅっと閉じている。左右の乳首が、ひねられ、ねじられた直後なのか、真っ赤になっていた。ひげ面男がズボンを脱ぎ捨て、ベッドの上、彼女のそばに身を近づける。

〝淫売〟に相当するパシュト語のことば、〝ダマイ・ゾー〟が口に出されるのが、明瞭に聞きとれた。そのあと、〝このくそったれ〟に相当するパシュト語のことば、〝クス・ディ・ウガーメ〟が口にされるのも、ほぼ明瞭に聞きとれた。

まもなくサンドラが悲鳴をあげはじめ、カメラマンがカメラの角度を変え、行為を映し出した。ギルは正視できず、PCのボリュームを、ミュートにはならない最小限までさげた。レイプは八分近くつづき、その間ずっとサンドラは悲鳴をあげていた。いままで、これほど邪悪な行為を目にしたことはなかった。最後に、人間としての尊厳をぶちこわされ、涙で目を濡らした彼女の顔が、クローズアップになった。ビデオが終わったあとも、ギルは長いあいだ、両手で顔を覆《おお》ってベンチにすわっていた。これほど激しい怒りを覚えたことはない。しばらくして、スティールヤードが戻ってきて、腕を組んだ格好でロッカーにもたれかかった。

ギルは顔をあげ、冷静な口調で言った。

「以前、ダニエル・パールの処刑がビデオ撮影されたときは、少なくとも、やつらがなにを成し遂げようとしているかは理解できた」手をのばして、PCの蓋を閉じる。「だが、あのくそったれどもはこの行為でなにを得ようとしているのか……残酷な殺害以外に、どんな狙いがあるんでしょう？」

スティールヤードが腕を組んだままロッカーから身を離し、ブーツの爪先で床をこする。

「やつらは二千五百万ドルの身代金を得ることを期待しているんだ」

ギルはぽかんと口を開いた。

「やつらは、七日以内に二千五百万ドルを出せと要求してきた」スティールヤードが説明した。「さもないと、もっとむごたらしいビデオをアルジャジーラに送りつけると断言している。これに関する情報はすべて高度の機密事項になっているから、もしこのビデオにおさめられている事柄がCIDに漏れれば、レイは窮地に陥る。レイと同等の地位にあるCIDの捜査官は彼に全幅の信頼を示していて、レイがビデオのコピーをとっておいたことを知らされていないんだ」

「彼女の居どころについて、なんらかの手がかりはつかめているんですか？」

「行動を可能にするようなものはないが、間接的な手がかりはある。きみが潜入して、確認することを勧めたい——もしきみがその任務を望むのであれば」

　ギルは立ちあがった。

「あの連中を殺すということですね？　やつらの全員を？」

　スティールヤードが肩をすくめる。

「司令部《ヘッド・シェッド》からは、まだなんの指示も出ていない。上層部は身代金を支払う方向で考えているのかもしれん」

「なぜ、DEVGRUを出動させようとしないんでしょう。あるいは、上層部はデルタを行かせようとしているのか？」

「これまでに聞いたところでは」とスティールヤード。「SOGの人間はまだだれひとり、公式に出動を命じられていない」

「それはまったく筋の通らない話です」

「非公式筋から聞いたところでは、カルザイの執務室が、捕虜と身代金の交換の仲介役を申し出るつもりでいるようだ」

「だれかがあのろくでなし大統領を排除しなくては」ギルは言った。「彼はこの十二カ月、ヒズベ・イスラミのくそったれどもと裏取り引きをしてきた。彼がそうするようになったのは、われわれが北部の各州のほとんどから撤収したためなんです」

　スティールヤードがくわえていた葉巻を口から離す。

「彼は国を統治しなくてはならないんだ、ギル。軍閥の司令官たちと取り引きをしなくては、われわれがあの国から撤収したら、十分かそこらで彼は失脚してしまうだろう。それはきみにもわかっているはずだ」

「あのろくでなしは、だれが彼女を捕虜にしたかを知っているはずです、チーフ！」

「それは疑わしい」

「ほう？　だったらなぜ、早々と仲介役を買って出ようとしているんです？」

スティールヤードがブーツの片足をベンチにのせ、その膝に肘を置く。

「きみが怒り心頭に発しているわけは理解している、ギリガン。しかし、かりにきみが正しいにせよ、状況はなにも変わらない。われわれはほかのみんなと同じく、チェス盤に配されたポーンにすぎないんだ」

ギルは、空《から》のゴミ缶を部屋の向こう側まで蹴とばした。

「SOARはすでにあのビデオを観たんですか？」

スティールヤードがしかめ面を返してくる。

「この格納庫のあそこのところに、二機のキラーエッグと四機のMH‐60が、ひそかに収納されている。そのことを、きみはどう考えているんだ？」

「オーケイ。つまり、レイはここに姿を現わす前に、SOARを訪れていたにちがいないってことですね」

「サンドラは、ギル、第一六〇特殊作戦航空連隊ナイトストーカーズに採用された初の、そして唯一の女性パイロットなんだ。彼らが彼女を見棄てるわけがない。彼らはすでに、われわれがこれに関する行動可能な情報をつかめば——命令の有無にかかわらず——彼女の救出にのりだすことを決定している。もし命令なしで行くとすれば、問題はだれがそれに同行するかということになる――DEVGRUなのか、デルタなのか？」

「その答えはかんたんです。われわれはすでにここに来ている。デルタは全面的にカンダハルに撤収しています」

「だとしても、もしデルタがその一員を同行させることになったら、きみは了承するか？」

ギルの顔に皮肉っぽい笑みがひろがる。

「それは、すでにあなたはカンダハルにいるデルタの同等者との話し合いをすませたって意味ですね？」

「このくそったれなショーは、将校連中はわきに置いて、下士官同士《ノンコム》で演じるしかないことはわかってるだろう」

そうであれば、だれを要請すべきか、ギルは考えるまでもなく察していた。

「彼らがあの〝腰抜け〟クロスホワイトを二、三日、自由に貸しだしてくれるかどうか」

スティールヤードが葉巻を歯でくわえて、それに応じる。

「わたしの頭にあるのは、まさにあの男でね」

6

ラングレー(CIA本部)

CIA工作担当次官補クリータス・ウェブが工作担当次官のオフィスに入って、ドアを閉じた。

「ひとつ、問題ができました」

工作担当次官ジョージ・シュロイヤーが、吟味していたファイルから顔をあげ、読書眼鏡を鼻梁《びりょう》にひっかけた格好で、彼に目を向けた。

「深刻な問題か?」

ウェブはデスクの前の革張り椅子に腰をおろし、不安げなため息をついた。

「下院議長がブラックス准尉の件を嗅《か》ぎつけまして」

「彼女が拉致《らち》されたことを? それとも彼女が暴行されたビデオのことを?」

「両方です」

シュロイヤーがファイルをデスクに放り投げて、眼鏡をはずす。

「なんでそんなことになったんだ?」

ウェブは両手をあげてみせた。

「どう言えばいいものやら。あの女は、ロシアの政治将校よりたくさんの情報源を持っているんです。そのだれかが彼女に知らせたんでしょう」

「それはだれだ？」シュロイヤーが問いつめる。「それと、そのだれかはあちらにいるのか、こちらにいるのか？」

「それこそ、わたしにわかるわけがないでしょう、ジョージ？　彼女が教えてくれることはぜったいにないですし」

シュロイヤーが立ちあがり、オフィスの向こう側にある、リカー・キャビネット兼用の大きな地球儀のところへ足を運ぶ。キャビネットの上蓋《うわぶた》を開け、自分が飲むためにスコッチを指二本ぶんグラスに注いだ。

「彼女はなにを求めているんだ？」

「身代金を支払うことです」

「われわれが午前中いっぱいを費やして大統領と協議し、その支払いを除外したというのにか」

「むかっ腹を立てないでほしいんですが、ジョージ、彼女はカルザイの執務室が仲介役として動くことに同意した事実をつかんでるんです」

「いったいどうしてつかんだんだ？」シュロイヤーがかっとなった。「その情報はつい数時間前に入ってきたばかりなんだぞ！」

顔が真っ赤になっていた。彼はもともと下院議長を嫌悪しており、その彼女が自分と同じくらい早く機密情報をつかんだということで激怒したのだ。

「どうしてかはわかりませんが、だれが、というのは小さな問題ではありません。それだけははっきりと言えるでしょう」

「そうとも。だれかが告訴されねばならない――手始めは彼女だ」

「彼女はこの件を公《おおやけ》にしたくてうずうずしています」ウェブは断言した。「大統領が処理を誤ったように見せかけることができたら、彼女はたっぷりと政治的な点数を稼げるわけなので」

シュロイヤーがきついスコッチを飲みほして、グラスを置く。

「彼女は、そんな高額の身代金を支払うという先例をつくれば――アフガニスタンや朝鮮半島でアメリカ兵が捕虜になるたびに大金を出すはめになることがわかっているのか？」

「すでにその論法は試しましたが、彼女は受けつけようとしません。彼女はわが国が以前にも身代金を支払ったことを知っているばかりか、その事実を暴露すると脅しまでかけているんです。どうやってそれをやろうとしているのかまでは、わたしにはわかりませんが」

「わが国は、今回の連中が要求しているような高額の身代金を支払ったことは一度もない」

彼はその場に立ったまま、この難題をどうしたものかと頭を絞った。「オーケイ。彼女にこう伝えてくれ……われわれは特殊部隊に命じて、事態を評価させることを――」

ウェブは首をふった。

「それはうまくいかないでしょう。彼女は、行動を可能にする情報がないこともつかんでいますので」

シュロイヤーが喉まで出かけた悪態を押しもどし、気を落ち着けてから、穏やかに問いかける。

「彼女はあのビデオを観たのか、クリータス？」

ウェブは考えながら答えた。

「内容を聞かされたとのことでしたが……あれは嘘だったにちがいないです。その目で観もせずに、あれほど憤激して、熱くなるというのはありえないでしょう」

「それだ！」シュロイヤーがオフィスを歩いて、自分の椅子にすわりなおす。「国家安全保障局《NSA》のマイク・フェレルに協議を要請してくれ。いや、車を出して、あちらへ出向くんだ。彼は気に入るだろう——われわれがやってくることを。彼を動かして、この情報をだれがリークしたのかを突きとめてもらうことにしよう。判明したら、そいつをカスピ海の海底の牢獄にでも閉じこめてしまいたいもんだ」

ウェブは脚を組んで、両手の手首から先を肘掛けからだらんと垂らした。

「この件がもとで、またNSAと同衾《どうきん》することになるのは気に入らないですね。まったくもって気に入らない。いったんこちらのテントに首をつっこませたら、ひきさがらせるのにえらく長い時間がかかるでしょう。それより、ついさっき、SADのボブ・ポープに電話を入れてみたんですが」SADというのは、CIAの特殊活動部《スペシャル・アクティヴィティ・ディヴィジョン》の略称で、SOGを監督する立場にある。「彼の語ったところでは、この暴行の話は特殊作戦のコミュニティ全体に——DEVGRUからデルタに至るまで——野火のようにひろがっているそうです。言い換えれば、情報提供者はだれでもありうるということです」

「いかれたプロフェッサー、ポープも含めてということだな」つぶやくようにシュロイヤーが言う。「オーケイ、NSAのことは忘れてくれ」

ウェブは安堵《あんど》のため息をついた。

「情報を漏らしたのがだれであるにせよ、その意図はしごく明瞭です。特殊作戦のコミュニティはサンドラ・ブラックスを――いますぐ――救出することを望んでいる」

シュロイヤーが鼻の付け根を指でぎゅっとつまむ。

「もしわが国が身代金を支払ったら、それは世紀の大金強奪ということになるだろう」

「それはそうでしょうが、われわれにはなんの手立てもなく、残り時間は尽きかけています。あなたも、彼女がどんな状況に置かれ、どんな目にあわされているかをご覧になったでしょう」

シュロイヤーが困り果てたようすで目をあげる。

「それで、CIDはどうなってるんだ？　クートゥア将軍から聞いたところでは、待ち伏せ地点にタリバンの死体があったとのことだった。それのDNA鑑定によって、殺害者がどの村の人間であったかが証明されるはずだ。やったのがタリバンなのかHIKの者なのか、それが判明しないかぎり、大統領は軍事的決定を下すことはできないんだ」

ウェブは椅子の上でしゃんと背すじをのばした。

「駐留規模が縮小されたため、ジャララバードのCID職員はミクロ・レベルの検査をする手段を持ちあわせず、たとえ持ちあわせていたとしても、鑑定に必要なDNAのサンプルはすべて、いまはもうカブールに保管されています。どんなに早くても、鑑定結果が出るまでには二、三日の日数を要するでしょう。そのうえ、結果が出ても、それが特定の村、サンドラ・ブラックスが拘束されている村を指し示す手がかりとなる保証はないんです」

シュロイヤーが顔をしかめる。

「大統領はそんな話は聞きたがらないだろう。彼はテレビの『CSI：科学捜査班』シリーズをいやというほどよく観ているからな」

「言いたくはないですが」ウェブはつづけた。「あのいまいましいビデオがアルジャジーラの手に渡る前に、身代金を支払ったほうがいいのではないでしょうか。もしあのテレビ局の手に渡れば、大統領はのんびりテレビを観ているどころではなくなってしまうでしょう」

「ああ、そうなればどうなることやら」シュロイヤーが高級な革張り椅子にもたれこみ、芯《しん》が丸くなった鉛筆でマホガニーのデスクの縁をつつきながら言う。「ああいうビデオがあれば、アメリカはあの国の駐留軍を増強することが可能になるのではないか？　われわれはアフガニスタンの戦いに敗れようとしている。この事件は、勝利への意志に再点火する刺激剤のようなものにできるのではないだろうか」

それは、ウェブにはなんとも判断しかねることだった。

「そうかもしれませんが――」

「大統領はそんなふうには考えないから、論外だ」シュロイヤー自身がそう言って、その発想を捨てた。「ランチをすませたら、わたしはあそこにひきかえす。大統領に、下院議長に極秘の垂れ込みがあったことを伝え、彼がそれに対してなにを言うか、ようすを見てみよう。ろくな進展がないことを考えれば、彼は身代金を支払うほうを選ぶにちがいない。いまの彼には、選択の余地はほとんどないんだからな。もしあの暴行の映像がインターネットで流されたら、その反響はどれほどのものになると思う？　彼は進歩派《リベラル》のメディアに吊るし上げにされるだろう」

ウェブは、まずまちがいなくそうなるだろうと思った。

「そこで、大統領は」シュロイヤーがつづける。「別件として、〈虎の爪《タイガー・クロー》作戦〉を決行することを許可した。その効果は即座に現われるだろう。トルコ政府が航空機とクルーを提供することになり、エージェントのレーラーがすでにスタッフを伴って、あの国の航空輸送局に赴いているんだ」

「それは良き知らせです」とウェブは応じた。「大胆かつ独創的な発想です。イランがその侵入に気づくことはないでしょう。派遣するのはデルタ・フォースでしょうか？」

シュロイヤーが首をふる。

「統合参謀本部はその任務を海軍に委《ゆだ》ねたがっている。単独行動の隠密作戦になるというわけで、DEVGRUの人員が配されるだろう」

「隠密作戦？　その必要があるのでしょうか？」

「なにかまずいことが起こったために戦争行為が生じ、わが国がイランに非難される結果になっては困るだろう？」

「ええ、それはもちろん。われわれの工作員のだれかを派遣するより、その計画のほうがはるかにいいように感じます」

シュロイヤーが、デスクの端に積まれている書類の束を反対側の端へ押しやる。

「まあ、つまるところ、彼らは名誉のためにその作戦に志願するだろう」

それは、ウェブにはまっとうな話には思えなかった。

「そんなもののために志願するというのは、わたしにはよく理解できませんが、ジョージ、このワシントンにいるだれかがそのほうが好都合だと見なす理由は察しがつくような気がします」

シュロイヤーがデスクごしに見つめてくる。

「クリータス、わたしはときどき、軍がほんとうに望んでいることをきみが理解しているのかどうか、わからなくなることがあるんだ」

7

アフガニスタン
ジャララバード空軍基地

説明員《ブリーファー》のひとりであるらしい男が、びくついているのは明らかだった。ギルはこの早朝、その五十がらみの男がイギリス軍のヘリで運ばれてきて、平服姿でノートPCのバッグを手に降り立つのを目にしていた。男はいま、壁際のテーブルの前に置かれた折りたたみ椅子にすわって、iPhoneをひっきりなしにチェックしたり、ときどきファイルにメモを書きつけたりしている。他人と目を合わせるのを慎重に避けているようだ。ギルは最初、男はイギリス軍特殊部隊の顧問にちがいないと思ったが、すぐにそれに疑念をいだくようになった。三十分前、それまで考えていた状況が、思いがけず――そして、かなり性急に――一変し、緊急任務のブリーフィングのために、飛行場の反対側にあるこの小さな建物に出頭することを命じられたのだ。

DEVGRUがサンドラ・ブラックスの所在に関して行動を可能にする情報をつかんだのだと想定するのが当然とギルは考えていたが、このブリーフィングには始まったときからすでに、そうではないことを感じさせるものがあった。

ギルは、部屋の中央に置かれた椅子にすわっていた。

「ほかのみんなはどこに？」

それを聞いてようやく、イギリス人《ブリット》がiPhoneから目をあげた。

「えー、彼らは遠からず姿を現わすであろうと思われる」愛想のいい声で男は答えた。

なるほど、ブリットはほんとうに持ってまわった言いかたをするらしい。

「これは、ブラックス准尉とはなんの関係もない事柄だとか？」

ブリットが面くらったような顔になる。

「あいにく、その名は存じあげないので」

それだけ聞けば、じゅうぶんだ。ギルは椅子に背をあずけた。焦燥感が募るにつれて、アドレナリンが分泌されはじめ、体内の戦闘システムが形成されていく。じっとイギリス人を見つめていると、ひとつの明快な手がかりが目に入って、疑念がついに確信に変わった。男が貧乏揺すりを始めたのだ。そしてギルは、自分はサンドラとはなんの関係もない任務に選抜されたのであり、このブリーファーは——いまは、どこからどう見てもＭＩ６のエージェントだとわかる——死ぬほどびくついているのだと理解した。

ドアが開き、ＣＩＡの男が三名、きびきびとした足取りで部屋に入ってきた。仕立てのいいスーツに地味なネクタイという姿で、ひどく堅苦しい顔をしている。ギルはすぐさま、先頭の男がだれであるかを見分けた。前に一度、インドネシアでいっしょに仕事をしたことのある、レーラーという名のＣＩＡエージェントだ。

あのとき、レーラーはＪＳＯＣ――統合特殊作戦《ジョイント・スペシャル・オペレーションズ》コマンド――に配属されていて、生きた人間をゲーム盤の上で駒のように動かすことにとうの昔に慣れきって、なにも感じなくなった、冷徹なプロフェッショナルだった。

　レーラーが部屋を歩いてきて、片手をさしだすと、ギルは立ちあがって、握手をした。

「ギル」と呼びかけたレーラーの物腰は、例によってそっけなく、てきぱきとしていた。

「また会えてなによりだ」

　レーラーがブリーフケースをテーブルに置き、あと二名のエージェントが部屋の奥のデスクにデジタル・フォト・プロジェクターを準備するさまを無言で見つめた。

　ギルは椅子にすわりなおし、サンドラのことを意識的思考から押しのけた。任務が完了するまで、彼女のことにふりむける心の余地はない。

「ライトを」ブリーファーを務めるレーラーが言った。

　ライトが薄暗くなり、三十五歳前後の中東男の顔写真が壁面に投影された。整った顔立ちで、ひげはよく手入れされている。黒髪を短く刈りこんだ頭に、カフィエと呼ばれる四角い白布をかぶり、銃床が折りたためる五・四五ミリ口径のＡＫ‐74を肩から吊るしていた。

「オーケイ」レーラーがテーブルの縁に尻をあずけて、話しだす。「この任務は、〈タイガー・クロー作戦〉として立案された。そこに映しだされている男はユセフ・アスワド・アルナザリ――きみの主たるターゲットだ。サウジ国籍で、年齢は三十五歳、係累については不明だ。スンニ派イスラム教徒。シュトゥットガルト大学で物理学を学んだ。これまでたくみにわが国の探知網を完璧にかいくぐってきたが、先月、モサドがわれわれに警告を送ってきた。この男は、テルアヴィヴにおける三件の爆弾テロと、このアフガニスタンにおいて過去二年間に発生した爆弾テロのうち少なくとも六件に、直接的に関与し……少なくとも百二十名の人間を殺害したとのことだ」

張りつめた沈黙のなかで、ギルはあのブリットを見つめた。いまはもう、その男はブリットではさらさらなく、イスラエルの諜報機関モサドのエージェントだと察しがついていた。おそらくは、ロンドンで教育を受けたのだろう。イギリス軍のヘリでやってきたのは、イスラム国家に置かれた基地にイスラエルの諜報員がやってきたことが知れ渡るというリスクを回避するためであったにちがいない。

レーラーがつづける。

「最近の電子的探査により、このアルナザリ氏は現在、放射能兵器の製造に携わっており、その威力は不明だが、イスラエルに対して使用されるであろうことが判明している。つぎの写真」

長い黒髪を持つ女の写真が、壁面に投影される。

「これが第二のターゲットだ。女の名はヌーシン・シェルカート。生まれはイラン。つぎの――」

「ちょっと待ってくれ」ギルは椅子から身をのりだして、女の顔をしげしげと見た。射貫くような黒い目をしていて、年齢は三十を超えないだろう。これまで、女を撃てと命じられたことは一度もない。「この女の素性は？」

レーラーが内容のない答えを返してくる。

「まもなく、あの世でアルナザリ氏と合流することになる女だ」

ギルは、レーラーが説明をつづける前にモサドのエージェントとひそかに視線を交わすのを、目にとらえていた。

「つぎの写真」

その態度には、ためらいがちな感じがあった。このＪＳＯＣの男と初めていっしょに仕事をしたときからこのかた、そんな態度を目にしたことはなかったので、彼はまだなにか大きな秘密を隠しているのだろうとギルは判断した。

一枚の衛星写真が、地図と重ねて投影される。レーラーが胸ポケットからレーザーポインターを取りだした。

「きみが目標とするのは、シスタン・バルーチスタン州北辺にあるザーボル市の約十マイル南西にあたる地点だ」

地図を見たギルは、急にアドレナリンが湧いてくるのを感じた。

身をのりだして、重ねられた地図をじっくりと見る。選定されたターゲット・エリアは、アフガニスタンからイランへ国境を越えて二十五マイルほど入ったところで、一九七九年十一月に〈鷲の爪《イーグル・クロー》作戦〉が決行された地点から百マイルほどしか離れていない。あの人質救出作戦は、八名の海兵隊員と空軍兵が犠牲になるという、悲惨な失敗に終わったのだ。

その事実がみなの胸に染み入るのを待ってから、レーラーがつづける。

「アルナザリは、危機にさらされていることにまったく気づいておらず、われわれに電話を傍受されていることもまったく気づいていない。スケジュールを変えようともしていない。

これは、彼が一般的な警戒原則に無頓着《むとんちゃく》なことを表わすのではなく、イランの国境地帯という比較的安全な場所で暮らしているために、安心感を募らせているだけであろうとわれわれは考えている」

ギルはそこの地勢図をしげしげと見た。不毛で、大半が無人の地だ。薄暗がりのなか、彼はレーラーに目を向けた。

「つまり、アフマディネジャドの許可を得ず、イラン国内でおこなう作戦ということ？」

レーラーはしばらくためらっているように見えた。

「それはまあ、知ってのとおり、イラン政府内においても、左手のやっていることを右手は知らないという事態はよくあることでね。この件に関しては、あのイランの大統領は輪の外に置かれているように思われる。いずれにせよ、この作戦の安全性は保証されるだろう。強い影響力を有するある人物が、アルナザリに必要な物資を供給し、兵站《へいたん》支援をおこなっている。アルナザリが放射能兵器を製造したり、また持ち前の技能を発揮しだしたりする前に、その男を排除することがきわめて重要なんだ。現時点においては、その男は秘密の大半を隠しおおせているように見えるが、それがいつまでもつづくことはないだろう。

ギル、われわれはその男の居どころを正確に特定しようとつとめ、それがイランとの国境を越えて、そう遠くない地点であることを突きとめたんだ。この三週間、彼は無人機の監視下に置かれている。彼の日課もつかんでいる。最低限の安全処置だけで移動をしていることもつかんでいる。いまがその時なんだ」

「歩いてそこに入っていくわけにいかないのは明らかだ。アフガンからイランへ国境を越えるための輸送手段は用意してくれるんだろうね？」

こんどは、レーラーがあからさまにモサドの男に目をやった。

「いや、きみの動きが探知される危険を冒すわけにはいかない。アルナザリは、だれかが迫ってくるような気配を感じたとたん、姿を消すだろう。きみはＨＡＨＯ《ヘイホー》（高高度降下高高度開傘の略語。高高度を飛行する航空機から飛びだしてすぐに開傘し、離れた地点へ降下する、空挺降下法のこと）でそこへ行く。カブールからテヘランへ定期飛行するトルコの旅客機から、パラシュート降下するんだ。つぎの写真」

　壁面に、別の地図が投影される。その地図には、カブールからテヘランへの飛行経路が赤線で示されていた。ギルが航空機からイラン領空へと飛びだすことになる地点に、緑色のＸマークが記されている。

「この件について、トルコ政府の協力は得たのか？」

「得た」とレーラー。「これが大胆な任務であることはたしかだ、ギル。そうであるからこそ、これは成功するだろう」

「どういう航空機から飛びおりるんだ？」

「ボーイング７２７。すでに空港で待機している。いま、うちの職員たちがそこに行って、必要なすべての改修をおこなっているところだ。機体の状態は良好だ。きみは月の出ていない時間に、三万五千フィートの高度から飛びおり、ＧＰＳを利用して、キルゾーンに可能なかぎり近い地点に着地する。パイロットが一時的に針路を変えたように見られてはならないから、きみはおそらく、地表の距離にして三十マイルほどをパラシュートで移動することになるだろう。これは隠密作戦なので、いつもの装備を携えていくことはできない。この狙撃に使えるのはドラグノフ・スナイパー・ライフルのみだ」

　ギルはふたたび地図に目をやり、着地予定地点がイランの領土にかなり深く入りこんだところにあることを確認した。

「で、事後の脱出は？」

「狙撃のあと、きみは身をひそめ、陽が落ちてからの回収を待つ」レーラーが言った。「陽が落ちたら、南へ移動し、ナイトストーカーズが国境のイラン側に設定した回収地点へ向かう。イラン軍兵士と接触するおそれはないだろう。あの州は不毛の地であり、イラン軍が守るべきものはなにもない。しかしながら、あの一帯にはヘロインの密輸人がおおぜいいて、昼夜、時間を問わず、国境を出入りしている。そのような事情なので、イラン国内でアルナザリを狙撃しても、アメリカの関与を疑われることはないだろうと、われわれは確信しているんだ。図で説明させてくれ」

　レーラーが部屋の奥へ目をやる。

「つぎの写真」

　シスタン・バルーチスタン州の地図が、壁面に投影される。地図のあちこちに、さまざまな色の点が記されていた。

「シスタン・バルーチスタンは、世界のヘロイン取り引きの八十五パーセントが中継される中心地《ハブ》となっている。この地図に見える赤い点はそれぞれが、暗殺のあった場所を示している。青い点は、それぞれが爆弾テロのあった場所だ。そして最後に、黄色い点は、拉致。このすべてが、二〇〇八年以後に起こったものだ。見てわかるように、この地域は――中東でもっとも固く秘密にされてきたことだが——基本的に内戦地帯であるから、イランが外国の関与を疑う理由はなにもないというわけだ。

ここでひとつ、明確に断言しておくならば、ギル……きみがあそこへ行くことがイランに露見しないようにするために、想定しうるかぎりのありとあらゆる防護処置が講じられる。この作戦がわれわれの期待したとおりに運べば、イラン国内における今後の隠密作戦の数々に扉を開くことになるだろう。それがどれほど価値のあることかは、言うまでもないことだ」

「通信機器もロシア製？」ギルは、狙撃後の手順に関するブリーファーの説明には、あまり留意していなかった。狙撃がすんだあとは、自力が頼りであり、生きて生還するために必要なことはなんでもやるつもりだった。

レーラーが首をふった。

「無線機はもとより、GPSも中国製だ。細目に関しては、SOGの支援チームが直接、きみに説明してくれるだろう」

また間をとり、なにか付け加えることはないかとモサドのエージェントに目を向ける。相手の男も、首をふった。

「そういうことなら」レーラーがつづける。「任務の概略に関する説明はすんだものと考える。支援チームを呼び寄せる前に、なにか質問しておきたいことはあるか？」

「ある」ギルは言った。「出発はいつごろになる？」

「きみがカブール行きの空軍輸送機に乗りこむのは——」レーラーが腕時計で時間をチェッ

クする。「――ちょうど十一時間と四十分後になる。カブールに到着したら、すぐにイラン行きの727に搭乗することになるだろう。幸運を」

8

アフガニスタン
ヌーリスタン州ワイガル村

バディラが午後の食事をとっているとき、村長のサビル・ヌーリスタニが小屋に入ってきて、ナイームはどこにいるのかと問いかけてきた。

「知らない」と彼女は答えた。「朝からずっと目にしてないわ。カブールに行ったんだと思う」

サビルが隣室をのぞきこむと、サンドラがふたたび薄汚れたガウンを着せられ、負傷した脚を足枷《かせ》でベッドにつながれた状態で横たわっているのが見てとれた。眠っているようだ。

「あの女、いつまで生きていられそうじゃ？」

「事情によりけり」バディラは、その質問に飽き飽きしていた。

「どういう事情に？」

「残虐な行為にどこまで耐えられるかってこと」

ひどく悩ましい事柄がいろいろとあり、老人は立ったまま考えこんだ。彼はタリバンではなく、パシュトン人でもなかった。彼はカラーシャ族（アフガニスタンとパキスタンの山岳地に居住するアーリア系の少数民族）であって、ナイームとは民族が異なり、あの男が狂信しているイスラムの超保守派的な一派、ワッハーブ派の一員でもない。サビルの直系の祖先であるヌーリスタニの一族は、過去何世紀にもわたってヒンズークシで暮らしてきた。実際、この州の名は彼らにちなんだものだ。カラーシャ族には独自の伝統と慣習があり、彼らは、軍事部隊をこの村に送りこんできたタリバンとその新たな盟友であるヒズベ・イスラミ・ハーリスのどちらに対しても強い憤りを感じていた。

　ナイームは南部出身のパシュトン人新米中尉で、タリバンがヒズベ系各派の勢力拡大という現状に対処すべく北部へ送りこんできた男だ。ナイームがワイガル村を本拠に選んだ理由は、そこが山中の孤立した村であるということだけでなく、最近の資源と土地をめぐる争いでこの地域の中年男の多数が命を失っていたということもあった。つまり、残った村人たちは恐れおののいて、あっさりと服従するというわけだ。村の十代の男たちは父親を失っているせいで、部族の流儀を学べず、彼らに方針を示す人間も、部族の男としての生きかたを守らせる人間もいない。そのため、彼らはナイームの語る聖戦《ジハード》の逸話に――サビルは、そのほとんどが嘘だと思っているが――強く感化され、異教徒との戦いで死ねば、すべての女とあの経験ができるという、ナイームが約束する来世に魅了されてしまったのだ。

「アーシフ・コヒスタニに伝言を送った」かなりたってから、彼は口を開いた。「ナイームがあのアメリカ女を引き渡して身代金を取ろうとしていることを、彼が知れば――」

「でも、彼はヒズベ・イスラミよ！」バディラが言った。彼女はタリバン以上にヒズベ・イスラミ・ハーリスを恐れているのだ。「そんなことはすべきじゃなかった。ナイームに殺されるわよ」

「やってしまったことじゃ。あの女は、わしら全員に危険をもたらすじゃろう。この村は攻め落とすのが困難なので、アメリカ軍は無差別に攻撃してくるじゃろう。手当たりしだいに爆弾を落とし、だれかれなく撃ちまくって」すべての村人に危機が迫っているにちがいないと思って、彼はいらいらして爪を噛《か》んだ。

「伝言を送るのを待ってくれていたら」うらめしそうにバディラが言った。「すでに身代金の要求がカブールに届けられているんだから」

　サビルは手をふって、一蹴した。

「アメリカがカネを払うことはぜったいにない。ナイームの要求した金額は法外なものじゃ。ワッハーブの教えに取り憑《つ》かれているせいで、あいつは頭が空《から》っぽになっとる。あいつが焚《た》き火をかこんで少年たちに逸話を語っているときに、あの偉大なオサマに会ったことがあると言うのを耳にしたこともあるんじゃ。信じられるか？　ビンラディンがわざわざ、あんなあほうな男に会いにくるわけがないじゃろう」

「ビンラディンもあほうだったわ」うんざりしたようにバディラが言った。「彼のジハードは、わたしたちに災厄をもたらしただけ」隣室をのぞきこみ、夢にうなされているらしいサンドラを見つめる。「アーシフ・コヒスタニがこの村のことを――そしてあなたのことを――なんとも思っていないのはわかってるでしょ。彼はあのアメリカ人女性を引き取りにくるかもしれないけど、あなたをナイームから守ってはくれないわ」

「彼があの女をここから連れだしてくれれば」サビルは言った。「わしは村への義務を果たせたことになる。どのみち、ナイームはこの世に長くはおらん。あいつのような狂信者は、みんなそうなるんじゃ」

そのあとまもなく、サビルは立ち去っていった。バディラはサンドラが拘束されている部屋に入り、彼女を目覚めさせた。

「薬を服《の》んで、少し水を飲む必要があるわ。そうでないと、脱水症状を起こすから」

届けられた抗生物質のおかげで、感染症は抑えられていたが、サンドラの銃創はいまも熱を持ち、痛みがあった。

「アスピリンより強い鎮痛剤はないというのはたしかなの？」彼女が問いかけた。「痛くて……たまらない。もう耐えられないわ」

絶望したような声だった。

バディラはベッドに腰かけて、彼女を見つめた。

「アヘンならあげられる。ここにはそれしかないの」

「ヘロイン？」

「いえ、アヘン——芥子《けし》の実からつくられたものよ」

サンドラが涙まじりに同意する。

「オーケイ、なんでもいいわ」

バディラは戸口へ歩いていき、十代の監視兵に声をかけ、年配男のだれかからアヘンとパイプをもらってくるようにと指示した。

少年が、AK-47を不格好に肩からぶらさげた格好で立ちあがる。

「あなたのために?」

「あのアメリカ人のために。急いで。彼女は激痛に苦しんでるの」

少年が疑わしげに見つめてくる。

「年配の男たちは了承してくれないと——」

「これはナイームの命令だと言えばいいわ。行って!」

少年が敵意のこもった目で長いあいだ見つめたあと、きびすを返して、立ち去っていく。

二十分後、少年が、手作りの小さな木箱を持って戻り、バディラがサンドラの傷口を消毒している部屋に入ってきた。

「よかった」彼女は言った。「テーブルの上に置いて」

少年が木箱をテーブルに置き、嫌悪もあらわにサンドラを見おろす。

「やつらはアヘンを嫌ってると思ってたんだけど」

サンドラが少年の視線を避ける。

「痛みがひどいの」バディラは説明した。「さあ、外にひきかえしてちょうだい」

「やつらの痛みを抑えるのはアヘンを使うほど重要なことで、おれたちの痛みはそうじゃないってことか? この女はきっと嘘つきだ——ナイームが言ってたように」

少年がサンドラのほうへ手をのばし、ゆったりしたガウンの襟もとをつかんだ。彼女の胸が見たかったのだろう。サンドラがガウンを握りしめ、少年の手をはらいのけた。

少年が彼女の頬を不器用に殴りつけて、叫ぶ。

「おれにさわるな、異教徒の淫売！」

バディラはさっと椅子から立ちあがり、少年を戸口のほうへ押しやった。

「出てって！　ナイームがいないあいだは、わたしが彼女に関する責任を負ってるの。さっさと出てって！」

「この女、自分を何様だと思ってやがる！」少年が片手をふりまわして、問いつめるように叫ぶ。「おれは兵士だ。この女はおれたちの捕虜だ。こいつは、おれたちに言われたとおりにしてればいいんだ！」

「そして、あなたは、わたしに言われたようにすればいいの！」バディラは厳しい声で言い捨て、顔を覆《おお》っているヒジャーブをずらして、おぞましく切りとられた鼻を露出させた。「さあ、さっさと出てって！」

少年がひるんで、あとずさる。ついさっきまで、栗色のヒジャーブの上にきれいな双眼だけがあって、とてもきれいな顔に見えていたのが、そうではなくなってしまったからだ。

「ナイームに言いつけてやる！」部屋から駆けだしながら、肩ごしに少年が叫びかけた。

「そうすればいいわ！」その背中にバディラは叫びかえした。「女から逃げだしたと言ってやりなさい。あなたが告げ口をする日まで、わたしが生きていられたらいいんだけど」

彼女はカーテンを引いて戸口を覆ってから、ひきかえして、テーブルの上の木箱を開いた。

「彼、なんて言ってたの？」サンドラが問いかけた。いまの対決に気を取られて、彼女はほんの一瞬だが痛みを忘れていた。

「彼らはみんな、若くて愚かなの」バディラはそうとだけ言って、木箱から、乾燥させたエンドゥ豆サイズのアヘンのかたまりと、小ぶりなパイプ、短くなったろうそくを取りだした。

「吸引しなくてはいけないのね？」とサンドラが問いかけ、痛みをこらえながら、片肘をついて身を起こす。

「ここは病院じゃないから」バディラは念を押した。

小ぶりなパイプは陶器製で、サンドラの親指ほどの大きさしかなかった。白い粘土を焼いてつくったものらしい。バディラはアヘンのかたまりを火皿に詰めて、パイプを彼女に手渡した。それから、ろうそくに火をつけ、テーブルのほうへ身をのりだすようにとサンドラに言った。

「炎のそばにパイプを寄せて」とやりかたを教える。「火皿に炎を吸い寄せて、煙を吸いこむように」

サンドラが言われたとおりにし、脚の痛みが消えてくれることを切望しつつ、煙を深々と肺に吸いこむ。二度、息を吐くと、急激に現実感が薄れてきた。全身の筋肉から力が抜け、頭の重さが一気に五十ポンドに増えたような気がした。ぐったりとなった体をバディラがかかえこんで、ふたたびベッドに寝かせ、アヘンの吸引で意識を薄れさせていくサンドラに毛布をかぶせる。

バディラには、これでサンドラがアヘン中毒になることがわかっていたが、ナイームがアメリカとの身代金による捕虜釈放のためにひきかえしてくる前にアーシフ・コヒスタニが到着すれば、アヘン中毒を案じる必要はほとんどないと思っていた。当面は、彼女にアヘンを与えて、痛みから解放しておくほうがいいだろう。こうすることで、この先なにが起こるかはよくわからない。こんどは、ナイームに切り刻まれることになるのかもしれないが。

9

アフガニスタン
ジャララバード空軍基地

ギルはボーイング727の尾部に立ち、機体後部から六フィート下の滑走路へのばされた短い昇降階段をながめていた。階段の基部に立っているチーフのスティールヤードが、腰に両手をあてがい、火をつけていないコイーバ葉巻を口の端でしがみながら、こちらを見つめている。

「いまやっとわかりましたよ。D・B・クーパーはこんな気分だったにちがいないってね」

ギルは、一九七一年十一月に727をハイジャックし、乗客の命と引き換えに二十万ドルの身代金を要求した伝説の男、D・B・クーパーの逸話を思いだしながら、そう言った。緊急着陸した727に、身代金が四つのパラシュートとともに届けられたあと、クーパーはパイロットに対し、再離陸してメキシコ方面へ飛行することを要求した。だが、それは巧妙な策略だった。クーパーはオレゴン州ポートランドとワシントン州シアトルの中間あたりで、727の尾部にあるドアを開いて——まさしく、これからギルがしようとしているように——

—外へジャンプし、完全に姿をくらましてしまったのだ。FBIはずっと、クーパーがその降下を生きのびられたはずはないと主張してきた。そして、ギルの知るかぎりでは、それ以前もそれ以後も、そのような降下を試みた者はひとりもいない。

スティールヤードが葉巻を歯のあいだから引きぬいて、頭上にある機体を指し示した。

「このしろものを間近に見ると、この任務は職務範囲を超えているとしか思えなくなってくる。きみの頭のすぐ上に、三基のプラット&ホイットニー・エンジンがあるんだ。ドアから外へジャンプするときに、パイロットがまっすぐ水平にこいつを飛ばしていてくれなかったら、きみはジェット・エンジンの排気《ブラスト》を浴びて引き裂かれることになるぞ」

ギルは階段をおりていった。

「パイロットたちはそのときに対気速度を、ぎりぎりエンジン・ストールを起こさずにすむ二百ノットぐらいまで落としてくれることになってます」

「それでもやはり、これは気にくわない」

「クーパーの死体は発見されてないんですよ、チーフ。彼はやってのけたにちがいない。おれもやってやりますよ」

年かさのDEVGRU隊員、スティールヤードが首をふって、帽子のずれを直す。

「今回、SOGはなんともえらい計画をひねりだしたもんだ。乗客たちについてはどうなんだ？　客室の与圧が急にさがったことに気づくんじゃないかと思うんだが」

「すでにレーラーの技術員たちが、客室への非常酸素の供給を停止させる処置をすませています」ギルは言った。「このフライトは満席にはならず、乗客は十九人しかいません。おれがジャンプする三分前に、パイロットが客室の与圧を3PSI落とし(PSIは与圧の単位。通常、航空機が高高度を飛行するときのPSIは8で、これは標高二千四百メートルにおける大気圧に相当する)、全乗客の意識を失わせる。おれの〝客室乗務員〟とおれだけは、その前に酸素マスクを装着して、尾部コンパートメントに隠れておく。与圧がさがると、六十秒以内に乗客たちが気絶して、こちらに一分間の猶予が与えられるので、そのあいだにおれたちは階段をおろし、おれが外に飛びだす。事後、ふたたびドアが閉じられ、三分以内に客室の与圧がもとに戻される。そのあと二分ぐらいで、乗客の全員が意識を取りもどし——死ぬほど怯《おび》えているが、なにがあったのかはだれにもわからないってわけです」

二名のCIA技術員が整備トラックに乗りこみ、727の尾部の真下に移動させて停止する。彼らが後部貨物室に入ると、そこに、金属の溶接に用いられるTIG溶接機が置かれていた。ひとりが溶接機のスイッチを入れ、もうひとりが折りたたまれていた脚立《ステップラダー》を開く。そのあと、溶接担当者が両手に分厚い革手袋をはめ、暗色のゴーグルをかけて、脚立をのぼっていき、貨物室扉の左右にあたる胴体部分に設置されている、卓球ラケット程度の大きさしかない二個の金属製の回転羽根の一個めに、二カ所のスポット溶接をおこなった。

「それはいったいなにをやってるんだ?」スティールヤードが問いかけた。

「こいつはクーパーの羽根と呼ばれてましてね」脚立を押さえている技術員が答える。「バネ仕掛けなんです。航空機が飛行しているあいだは、気流がこの羽根を押して、階段があげられた状態で固定するようになっています。そして、機が速度を落とすと、気流が弱まって、自動的に羽根が開くという仕組みです。われわれはこの二個を開いた状態に溶接して、飛行中に階段をおろせるようにしているんです」

スティールヤードがギルを見やる。

「毎日、なにか新しいことを学ぶもんだ」彼が顎《あご》をしゃくった。「あの女性はだれだ？」

ギルがふりかえると、がっしりした体格の女性がつかつかと滑走路を歩いてくるのが見えた。暗色のパンツに栗色のタートルネック、紫色のスカーフという姿だ。途中でいったん、陸軍の衛兵が彼女を呼びとめて、身分証を確認し、通過を許可した。

「ＭＩＴの工作員です」ギルは言った。ＭＩＴというのはトルコ国家情報機構の略称だ。

「さっき言った客室乗務員ですよ」

「なんだと」スティールヤードがつぶやくように言う。「知らずにすませたかったな、リトル・バディ」

〝リトル・バディ〟というのは、おふざけでギルにつけられたネックネームで、テレビコメディの『ギリガン君ＳＯＳ』の主人公であるどじな男、ギリガンにちなんだものだ。

女性が近づいてきて、スティールヤードにはろくに目をくれず、ギルをじっと見つめる。

「この航空機はあなたのご期待に添うものになっているでしょうか、シャノン最先任上等兵曹？」

低い声で、英語のなまりが強かったが、意味を聞き分けるのは容易だった。これほど向こう見ずな任務であっても、ＤＥＶＧＲＵといっしょに仕事ができることをおおいに誇らしく思っているように見えた。

「もちろんだ、メリサ。どうもありがとう」

「われわれはこの機の準備が整いしだい、カンダハルに向けて離陸します」彼女が言った。

「あなたは二、三時間遅れで、あとを追うものと理解しています」

「そのとおりだ」と彼は応じた。「おれはまだ、ジャンプのための装備を整えなくてはならないんでね」

「それでけっこうです」彼女が言って、片手をさしだしてくる。「またカンダハルでお会いしましょう」

ギルは彼女と握手をした。

「またカンダハルで」短くうなずいて彼は言い、踵《かかと》をカチッと打ちあわせたい誘惑に駆られたが、彼女はユーモアを解しないにちがいないと考えて、そんな皮肉っぽい行為をするのはやめておいた。

彼女が立ち去っていくのを、ふたりは見送った。

スティールヤードが口から葉巻を抜きとって、唾《つば》を吐く。

「彼女がきみといっしょにジャンプしないのが残念だ。あの女性なら、素手で敵を十人はやっつけられるだろう」

ギルは小さく笑った。

「では、レーラーが持ってきた装備を見てみるとしましょう」

レーラーが供給した装備は、SOARがハイテク・ヘリコプターを外から見られないように収納している、あの格納庫のなかに用意されていた。キットそのものは、いまは壁にもたせかけて置かれているギルの遠征携行ボックスと似たようなサイズの、アルミニウム製ケースに収容されている。周囲にだれもいなかったので、ギルとスティールヤードは両端についている二重南京錠を解いた。

ギルがケースから最初に取りだしたのは、ロシア製PSO-1光学スコープ付きのドラグノフ・スナイパー・ライフル（SVD）がおさめられている、硬質プラスティック製ガン・ケースだった。そのケースを作業台の上に置いて、開く。ライフルの木製銃床は使い古しだったが、新たに亜麻仁油《リンシード・オイル》を用いての手磨きがされていて、良好な状態だった。ギルは苦もなく、ライフルをいったん分解してみた。品質の高いロシア製で、ライセンス生産の中国製やイラン製ではなかった。

「少なくともイズマッシュで製造されたものではある」スティールヤードに目を向けて、彼は言った。イズマッシュというのは、ロシアの機械製作工場の名称だ。

「レーラーは合成樹脂製の銃床を手に入れることができなかったらしい」スティールヤードがつぶやいた。

「まあ、あなたはそう考えるでしょうが」ギルは、スティールヤードがエージェントのレーラーのことを腹に据えかねているのを感じとって、言った。「イラン国内で活動しているジハーディストのなかに、最新型のSVDを持ってるやつはたいしていないんじゃないですか？」湾曲したプラスティック製フラッシュライトの光を銃口に向けて、銃身の内部をのぞいてみると、きれいなライフリングが見てとれた。「銃身はまっさら。照準合わせのために二、三発、発砲された形跡があるだけです」

「もっとましな銃があったろうに」スティールヤードがまわりを見て、近くにだれもいないのをたしかめ、ポケットからマッチを取りだして、葉巻に火をつける。「もしこれで爆発が起こっても、心配するな。だれのせいかはだれにもわかりはしない」

ギルはにやりとした。

ケースのなかに一挺の拳銃が見つかり、それが世界のどこにでもある、四五口径ACP弾を使う旧式なガバメント1911モデルであることがわかって、彼は気をよくした。だが、それのリコイル・スプリングの力が本来より弱いことがわかると、いい気分にはなれなかった。小さな部品に至るまではずして、完全に銃を分解してみると、撃針が少し磨《す》り減っているのがわかった。すばやく銃身をチェックすると、それは新品だった。

「チーフ、あそこのナンバー2ケースに、おれのキンバーが入ってるんです」彼は言った。「それをこっちに持ってきてくれませんか？　スプリングと撃針を交換しようと思ってます。あれの湾曲したメインスプリング・ハウジングも使うようにしたほうがいいかもしれない。レーラーの装備供給員は、この拳銃をSVDのおまけで手に入れたのにちがいないです」

スティールヤードが笑い、積まれてあるギルの遠征携行ボックスのほうへ歩いていく。

「あー、総員、出動！」突然、だれかの声が格納庫のなかにこだました。

ギルとスティールヤードがそろって当惑しながら、ゆっくりと周囲に目をやると、その声を発した人間が目に入ってきた。ふたりが笑みを浮かべて、首をふる。

「いったいどうした？」アメリカ陸軍特殊部隊の大尉ダニエル・クロスホワイトが、もったいぶった足取りで格納庫のなかをつっきってくる。「あの号令を聞いたら、分隊はさっと動きだすものと思っていたんだが」

ギルは皮肉っぽい笑みを浮かべて、彼を見つめた。

「こっちは海軍《フロッグ》で、そっちみたいにばかなことはしませんのでね」

「まあ、そんなことはどうでもいい」クロスホワイトが笑い、ふたりと握手を交わす。彼はデルタ・フォースに所属する特殊員だ。「きみらフロッグの連中が助けを必要としていることは承知している」

「おれに代わって、イランに降下してもいいような気分だとか？」ギルは、クロスホワイトが自分たち同様、信頼のおける男であることがわかっていたので、ざっくばらんに問いかけた。

「ばか言え」

クロスホワイトが唖然《あぜん》とした顔で見つめてきた。

彼は、黒髪に黒い目をしたハンサムな男で、筋肉質の痩身《そうしん》、悪魔も魅了されるような笑顔の持ち主でもある。

「おれはあのしろものから飛びおりることになってましてね」ギルは、ちょうど滑走路のほうへタクシングを始めた727に顎をしゃくってみせた。

クロスホワイトが低く口笛を吹く。

「プラット&ホイットニーのブラストを浴びて、バーベキューにされかねないぞ」

ギルはスティールヤードを見た。

「あのジェット・ブラストをちょっとでも浴びたら、あっさり焼かれてしまうもんですかね？」

クロスホワイトが笑った。

「両手、両足をひろげて飛びだして、ジェット・ブラストを浴びたら、と考えてるんだな？　しかも、きみは真っ暗ななかでジャンプをすることになってるにちがいない」

「明るいときにするわけがないでしょう？」

クロスホワイトが急に、ひどく真剣な態度になる。

「よく聞け、ギリガン、身を丸めて、転がるように飛びだすんだ。ふざけてるんじゃないぞ。後流《スリップストリーム》に入りこんだら、体をできるだけ小さく丸めるということだ」

ギルもまた真剣な態度になって、うなずいた。

「そうしましょう。必ず」

「とんでもないことをするもんだ。うらやましい。きみはどうなんだ、チーフ？」

「わたしもあんたぐらいの年齢なら、そうでしょう」とスティールヤード。「いまはどうかと？　ジェイムズ・ボンドみたいな冒険をするには、ちょいと歳を食いすぎましたかな」

ギルは親指でスティールヤードを指さした。

「彼はそろそろ、指《フィンガーペインティング》絵の講習でも受けようって気になってるんでしょう」

スティールヤードがコイーバを深々と吸いつけて、もうもうと煙を吐きだす。

「それは、そろそろ、きみの妹に指でファックしてもいいってことか？」

三人がそろって笑う。ギルが残りの装備のチェックをするのに、あとのふたりが手を貸した。

「レーラーめ」ややあって、ギルはつぶやいた。「愛用のオイル式コンパスを持っていくことにしよう。この中国製のやつは、あの高度だと凍りついて、壊れちまう」

「このばかでかいのはどうする？」中国製の軍用携帯無線機をかざして、クロスホワイトが問いかけた。「ＳＯＧは本気でこんなのを？」

「残念ながら、それで行くしかないでしょう」顔をしかめて、ギルは言った。

「いや、これではだめだろう」とクロスホワイト。「フロッグの友人に、こんな中国製のしろものを持たせて、敵の前線の背後に降下させるわけにはいかない」

彼が携帯電話を取りだした。

「ジョー、クロスホワイトだ。じつは、ひとつ頼まれてほしいことができて……まあ、落ち着けよ！　まだ頼みごとを言ってもいないだろう」クロスホワイトがふたりに目をやって、ぎょろっと目をむいてみせる。「彼はＧ２、陸軍情報部でね」

「フロッグの友人に、例のやつをひとつ貸してやってほしい……なにかは、言わなくてもわかるだろう！　彼はこの数時間後、あそこに降下することになってるから、この滑走路で彼と会うようにしてほしいんだが……うん？　そうさ、そっちはまだ、ダラスでのへまに関してこっちに借りがあるし――それとも、そんなことは忘れたと？」

クロスホワイトはそれから二分ほどジョーと話をつづけてから、電話を切った。

「オーケイ、手配はすんだ」彼がギルに言う。「これでよし。あの装置を肌身離さずにいるかぎり、きみの居どころをつかむことができるだろう」

「しかし、それはどういうものなんです？」ギルはスティールヤードと当惑の目を見交わしながら、問いかけた。

「われわれが開発してきた携帯情報端末《PDA》の試作品《プロトタイプ》でね」とクロスホワイト。「詳しくはジョーが説明してくれるだろう。それより、サンドラがどうなってるのかを教えてくれ。いまいましいビデオがどうのとかいう話を聞いてるぞ」

10

アフガニスタン
カブール　CID

エリシア・スケルトンは、アメリカ陸軍犯罪捜査局《ＣＩＤ》に所属する准尉だ。年齢は二十七、中国人と白人の混血で、若々しい顔と黒髪をしていて、その黒髪を軍隊スタイルのシニョンにまとめている。彼女が、両腕にＣＩＤの徽章がある陸軍戦闘服姿で廊下を歩いていき、上司のオフィスの戸口で足をとめ、ドアの枠をきびきびとノックした。

ブレント・シルヴァーウッドが、うわの空でコンピュータの画面から目をあげる。

「はい。エリシア？」彼はＣＩＤの民間人上級捜査官で、年齢は五十、茶色い髪のこめかみのあたりに白いものが出てきた、細身のハンサムな男だ。

「ミスター・シルヴァーウッド、ＤＮＡ鑑定の結果が出ました。サンプルは、サンドラ・ブラックス拉致《らち》事件の現場に残った数体のタリバン兵の死体から採取した血液です」

シルヴァーウッドが椅子から身を起こして、背すじをのばし、彼女に注意を集中する。

「入ってくれ、エリシア。そんなふうに戸口につったってることはない」

彼女は入室し、相手の顔に心配じわができて、下まぶたが黒ずんでいることに目をとめつつ、分厚いマニラ紙のファイルを手渡した。

「DNAの大半はありふれたもので、だれと特定することはできませんが」彼女はつづけた。「死体のひとつから採取したものが合致するようです。待ち伏せ地点から百ヤード離れたところで失血死した、十代のタリバン兵のものと」

シルヴァーウッドがファイルをわきに置き、ギイギイと音を立てる椅子にすわりなおす。

「わかりやすく説明してくれるか」

彼女はいくぶんくつろいだ姿勢になり、背後で両手を組みあわせて、話しだした。

「つまりその、われわれは幸運にめぐまれたのかもしれないということです」

彼が片方の眉をあげてみせる。

「どうしてそう思う？」

「その若い男のDNAが、ヒンズークシに住むカラーシャ族のひとびとのものと完全に一致するということです。DNAのある種のマーカーのいくつかが、彼らに特有のものとわかりました。というのも、彼らの遺伝子はかなり狭い範囲に限定されているからです。これは、ブラックス准尉の居どころを明確に示す手がかりとまではいきませんが、少なくとも、その若い男がワイガル村に住むひとびとと血縁関係にあったのはたしかです。彼がその村を拠点として活動していたのかどうかはわかりませんが、もしそうであったなら、サンドラ・ブラックスはワイガル谷のどこかにいるということになるでしょう」

シルヴァーウッドがすわったまま、電話に手をのばす。

「いい仕事をしてくれた、エリシア」

「ありがとうございます」彼女はほかの事柄を伝えようとしたが、相手が電話をかけはじめたので、ためらいを見せた。

「うん？」愛想よく彼が言った。

「あの……おうかがいしてもよろしいでしょうか……奥さまのおかげんは？」

彼が悲しげにほほえんで、電話をもとに戻す。

「いまも、つらい思いをしているよ。痛みがほぼ日に日に悪化しているんでね。そろそろ、妻の世話をするために家に帰ることになるかもしれない。彼女が化学療法の中止を決めたんだ」

エリシアは目を伏せた。

「おふたりがお気の毒でなりません」

「わたしも悲しい気分だよ。でも、訊いてくれてありがとう、エリシア。ここの職員のほとんどは、わたしがふだんどおりであるようにふるまいがちなので――といっても、彼らを責めるつもりはないよ。わたしのような状況に置かれた人間にかけることばを見つけるのは、たやすいことではないだろう」

「ええ、そうですね。いつでもお声をかけてください」控えめな笑みを返してから、彼女は部屋を出ていった。

シルヴァーウッドが受話器を取りあげ、ＮＣＩＳのレイモンド・チョウに電話をかける。ファイルをぱらぱらめくりながら、相手が出てくるのを待った。

「捜査官のチョウだ」

「レイ、ブレントだ。おい、ようやく、サンドラ・ブラックスに関して行動を可能にする材料が見つかったようだぞ」

「すばらしい。それはどういうもの？」

「その件に入る前に……きみは、わたしがあの部屋を出ているあいだに、例のビデオのコピーをとったか？」

チョウがしばしの沈黙ののち、答えを返してくる。

「あんたがそうさせるためにわざと部屋を出たんだと思っていた。誤解だったら申しわけない、ブレント」

「誤解じゃない。きみがちゃんとやったことを確認したかっただけさ。オーケイ、では、会うことにしよう。サンドラがどこに、だれによって拘束されているかが判明したことは、まずまちがいないんだが、事情がこみいっていてね。電話では話したくない。カブールにはどれくらいで来られる？」

「二時間ほど」

「じゃあ、いつもの場所で会おう」

「了解。では、そこで」

シルヴァーウッドが電話を切って、椅子から立ちあがり、スケルトン准尉をつかまえようと、廊下を歩いてそのオフィスに向かう。彼女はデスクの椅子に腰かけていた。

「入ってもいいかね？」

「はい、どうぞ」とエリシアが言って、立ちあがり、デスクの前の椅子を彼に勧めた。

シルヴァーウッドはそこに腰をおろして、にやっと笑いかけた。

「なぜきみはいつも、わたしの前でそんなにしゃっちょこばってるんだい？」

「なんとおっしゃいました？」

シルヴァーウッドはくっくっと笑った。声をあげて笑ったのは、ここ数カ月で初めてのことだった。

「きみは、わたしのそばにいるときより、陸軍の高級将校といっしょのときのほうがリラックスしているように見える。それはなぜかね？」

エリシアが彼を見つめ、熟慮を重ねてから返事をする。

「それは、その……よくわかりません。高級将校たちの反応は予想がつくからかもしれないです」

「なるほど。わたしは今夜、自宅に帰ることにしたんだ、エリシア。きみをここに置き去りにしてもいい口実を、ほかでもないきみが与えてくれたから、それを活用しようと思ってね」

「どういうことでしょう？」

「わたしがきみのオフィスにやってきたのは、規則を破るつもりでいることを知らせるためなんだ。わたしは、このDNA鑑定結果をすぐに国務省に伝えることはしないつもりだ。まずは、NCISの知人に伝える。彼はその鑑定結果を、ただちにジャララバードのDEVGRUに送るだろう。きみは、わが国が軍の撤収を開始して以後、ヒズベ・イスラミの動きにどのような変化があったかをつねに追っていたかね？」

「はい、そうしていました。ヒズベ・イスラミは、ヘクマティアル派とハーリス派のどちらも、雑草のように各地にはびこってきています。陸軍がアーシフ・コヒスタニの排除を望むようになったのは、そのためです。その男を――」彼女の眉がぴくんとあがる。「待ってください！　コヒスタニはワイガル谷との結びつきがある――あの地で生まれた男です。それにしても、彼はどうして、われわれが襲撃してくることを知りえたのでしょう？」

「それは、昨日、われわれが逮捕したＩＳＩの男が彼に情報を与えたから……これは機密事項なので、口外しないように」ＩＳＩというのは、パキスタンの最高情報機関である軍統合情報局の略称だ。

「なんという」彼女が言った。「ヒズベ・イスラミの諸党派はアフガン議会において少なからぬ議席を占めています。もし彼らがサンドラの拉致に関わっていたとしたら、カルザイは抜き差しならない状況に追いこまれるでしょう。アメリカに敵対する立場をとらざるをえなくなるかもしれません」

「すばらしい」彼は言った。「きみはよく考えている。そして、それは、彼の執務室が身代金による捕虜釈放の仲介役をあれほど迅速に申し出たことの説明にもなるだろう」

「カルザイはすでに、だれが彼女を拉致したかを知っているとお考えで？」

「自明の理として、確信しているよ。だからこそ、今回の情報を裏からＤＥＶＧＲＵに伝えることにしたんだ。この身代金の要求には、基本的におかしな点がある。あの連中にとって、サンドラはカネよりはるかに大きな価値があるはずだ。それがわからないほどコヒスタニがばかだとは、到底《とうてい》信じられない」

エリシアの全身に鳥肌が立つ。「DEVGRUは命令が来なくても行動に取りかかるとお考えで？」

彼は腕時計に目をやって、立ちあがった。

「彼らがそうするかどうかはわからない。わたしは彼らに選択肢を与えようとしているんだ。ワシントンDCがすでにサンドラを拉致した犯人を突きとめているというのはおおいにありうることだし、もしそうであった場合、きみのめざましいDNA鑑定結果は国務省によって揉《も》み消される可能性があるというわけだ」

エリシアが立ちあがる。幻滅感が目に表われていた。

「そうなる可能性があるどころか、きわめて強いのではないでしょうか？」

「きみがどう動くにせよ、エリシア、このような結論に達したことは、けっして口にしないように。問われた場合は、鑑定結果は、当然のこととして、わたしに伝えたとだけ答えるようにするんだ」

「わかりました。でも……もしDEVGRUが行動に着手したら、いずれ国務省はあなたが関与したことを突きとめるのではないでしょうか？」

「かもしれないが、そうなっても、わたしが困ることはないだろう」

彼女が不承不承うなずく。彼が窮地に陥ることになるかもしれないと思って、不安を感じているようだ。

「だいじょうぶさ」笑みを浮かべて彼は言った。「おそらく、きみとは二度と会えないだろうから、いま、わたしの気持ちを伝えておきたい。きみは優秀な捜査官であり、きみといっしょに仕事をするのは楽しいことだった。きみにはＣＩＤにおける輝かしい未来が待ち受けている。わたしがやったことを隠そうなどとして、それを台なしにしてはいけない」

エリシアが笑みを返し、力をこめて彼と握手をする。

「あなたがここにいらっしゃらなくなったら、みんなが残念に思うでしょう」

11

ラングレー

工作担当次官補のクリータス・ウェブが、同僚の次官補ふたりとCIAのカフェテリアでランチをとっているとき、次官のシュロイヤーがテーブルのほうへ近づいてくるのが見えた。目を合わせると、次官がちょっと足をとめ、ある方角へ顎《あご》をしゃくって、ついてくるようにと合図を送ってきた。ウェブはあとを追って、エレベーターのところへ歩き、いっしょにエレベーターに乗りこんだ。ドアが閉じ、ふたりは肩を並べて立った。

「暇な職員たちといっしょに飯を食ってる場合か？」シュロイヤーがそっけなく言った。

「誘われましたんでね」とウェブは答えた。「なんの予定も入っていなかったし、断わるのは不作法かと考えまして」

シュロイヤーが、手入れをしたばかりの爪を点検しながら、うめくように言う。

「大統領から、サンドラ・ブラックスのために身代金を払うようにとの命令が来た。二千五百万ドルだ。カブールに派遣されている連中は適切な準備をすませているんだろうな？」

「関与しているのがだれかを考慮すれば、そうと期待していいでしょう」

「よろしい。すべての紙幣の番号を担当者に記録させて、あとの動きが追えるようにしておくんだ」シュロイヤーが注意を促《うなが》す。「二千五百万ドルもの大金がかかってるんだから、大へまをやらかして非難されるはめになってはならない」

　ウェブは目をむいてみせた。

「手配はすませていますよ」

　シュロイヤーがスラックスのしわをのばす。

「ボブ・ポープがわたしのオフィスで待っている」ポープはＣＩＡ特殊活動部《ＳＡＤ》担当次官だ。「さまざまな風評が耳に入っているので、現地にいるＳＯＧに対し、一方的な判断で動けば、身代金を渡したあと、敵がサンドラの身柄をこちらに送りとどけるのに支障が生じかねないことを、明確に伝えておく必要がある。当分、ＳＡＤの要員に手綱《たづな》をつけて、勝手な行動ができないようにしておくことが、きみの仕事になるだろう」

「どれくらい厳格にやればよいのでしょう？」ウェブは問いかけた。

　エレベーターのドアが開き、シュロイヤーが無表情な顔を向けてくる。

「ポープがその部下たちに対して、必要なかぎり頻繁に、彼らはいったいなんのために働いているのかということを、きっちりと思い起こさせるようにするんだ。了解したか？」

「もちろん、しっかりと了解しました」ウェブは答えた。「ＳＯＧの〝忘れっぽさ〟が問題になる可能性がなきにしもあらずですが、指示はしっかりと了解しました」

　シュロイヤーがなにかを言いかけたが、考えなおしてやめたらしく、無言でエレベーターを降り、ウェブをあとに従えて自分のオフィスへと歩きだした。ふたりがいくつかのドアの前を、そしてシュロイヤーの秘書の部屋の前を通りすぎて、彼のオフィスに入ると、SAD担当次官が着座して待っていた。

「ボブ、クリータスのことは憶えてるだろう」

ポープが椅子から立ちあがって、握手をする。

「もちろん。調子はどうだい、クリータス？」

ポープは長身痩軀《そうく》、豊かな灰色の髪の持ち主だ。眼鏡の奥に、高い知性をうかがわせる青い目があり、その笑顔は少年のように愛嬌がある。だれかになにかを話しかけられている場合でも、いつも心の半分は別のことを考えているようなタイプの男だ。

「上々です、ありがとうございます」

ウェブがポープの横の椅子にすわると、シュロイヤーがデスクの向こうの椅子に腰をおろした。

「くりかえしになるが、待たせてすまなかった、ボブ」ネクタイを直しながら、シュロイヤーが言う。「クリータスの秘書が彼をつかまえられなくてね。彼が下のカフェテリアに行って……同僚といっしょに飯を食ってたせいで」

この建物のなかでは、警備上の目的で、携帯電話はすべて通信がブロックされるようになっているのだ。

ポープが愛想よく、くくっと笑い、ウェブはできるだけ慎み深い笑みを返した。

「さて」シュロイヤーがつづける。「まずは、この全員が同じ情報を共有できるようにしておこう、ボブ。サンドラ・ブラックスに対する身代金は、いまから十二時間以内に支払われることになっている。カブールにいるわれわれの要員がそのカネを用意し、カルザイ大統領の執務室が仲介をおこなう。周知のごとく、わが国は、カルザイが政府内の盟友たちの協力を継続的に得られるようにする必要があり、それら盟友たちのなかには立場が危うい者が何人もいる。先ごろ、ヒズベ・イスラミ系の二党派がいずれも国会で議席を獲得したことは、諸君も承知しているはずだ」

「ああ、もちろん。というか、わたしは十カ月ほど前、その二党派が多数の議席を獲得するだろうと予想して、きみに報告を送っておいただろう」

シュロイヤーの顔がこわばる。

「そういえばそうだ」短く彼は応じた。いまこのときまで、その報告を完全に失念していたのだ。「なんにせよ、現在のところ、メディアはブラックス准尉拉致事件をまったく報じていない。そんなわけで、すべての要素を考えあわせるならば、われわれはどちらかというと運がいいと考えてよさそうだ。彼女の夫は、われわれの用語で言うATO──アフガン作戦戦域──で飛行任務に従事している最中であり、すべてが計画どおりに進めば、いまから二十四時間ないし三十六時間のうちに、彼女をこちらの保護下に戻すことができるはずなんだ」

ポープが手の甲を掻《か》きながら、ロボットめいた薄笑いを浮かべて、うなずく。

シュロイヤーがしばし無言で彼を見つめたのち、ようやく、ポープがなにかほかの情報を持っていることに気がついた。

「ボブ?」

ポープが顔をのけぞらせて、それに応じる。

「うん？」

「なにか考えがあるんだろう？」

「いや、ちょっといぶかしんでいただけさ」

「いぶかしむ？　なにをいぶかしんでいたんだ？」

ポープが脚を組み、下にずれていた眼鏡を直しながら、乾いた含み笑いを漏らす。

「なんというか、ジョージ、この部屋にいる人間の何人が、予定どおりにことが運ぶと信じているんだろうといぶかしんでいたんだ」片手を中途半端にあげながら、ほかのふたりのあいだの空間を見つめる。「信じている者は、手をあげてくれるか？」

ウェブは床に目を落とした。ポープが狂気とすれすれの天才であることはわかっていたので、その彼が〝配線〟のどこかに欠陥があると見てとったとすれば、それが〝ショートを起こす〟確率が少なくとも五十パーセントはあるのはたしかだろう。

だが、シュロイヤーのほうは、ポープの知性をそれほど高く評価せず、知ったかぶりをする男としか見ていないので、両手の指先を合わせて、唇を引き結んだだけだった。シュロイヤーは十まで数を数えて気を落ち着けてから、やっと食いしばった歯のあいだから息を吸いこんで、問いかけたように見えた。

「それが、われわれの知らないことを言うときのきみのやり口なのか、ロバート？」

ふたたび乾いた笑い。

「いやいや、わたしもきみらと同じ情報しか持ちあわせていないさ、ジョージ。ただ、わたしにはそれを解釈するための時間が余分にあったのかもしれない」

「きみはその仕事をして給料をもらってるんじゃないか？」

「われわれの得た最新情報はすべて、われわれが向こうにまわしているのは、タリバンとヒズベ・イスラミ・ハーリス派との急ごしらえの同盟のようなものであることを示している。そのふたつの集団は、六カ月ないし七カ月前まで不俱戴天《ふぐたいてん》の敵同士であったことは、きみらも憶えているはずだ。その二派がいま、協力して途方もない大金を奪いとろうとしているというのは？」ポープが首をふった。「ありそうもないことだ」

「ありそうもないというのはなぜだ？」シュロイヤーが嚙《か》みつく。「身代金を払うべきではないと言いたいのか？」

「彼女が生きている証拠もないんだぞ、ジョージ」

「きみもあのいまいましいビデオを観ただろう、ボブ！」

「あれは暴行の証拠であって、生きている証拠じゃない。もしその直後、彼らが彼女を処刑していたとしたら？」

「ほかでもない、その処刑を防ぐために、われわれは行動しているんだ」

「その努力は評価しているさ」ポープが請けあった。シュロイヤーの激烈な口調など歯牙《しが》にもかけていないようだ。「それと、現時点における生存の証拠がなくても身代金を払わねばならないことも理解しているが、今回の身代金の額は途方もない。なにかがおかしい。どこがどうとは言えないが、なにかがおかしい。わたしにはアマチュアの犯行のように見えるし、もしアマチュアだったとすれば……」声をあげて笑う。「これがまずい展開になる道筋は際限なく考えられるだろう」

シュロイヤーがウェブを見つめる。

「なにか、この意見に付け加えることはないか？」

ウェブは咳払いをして、答えた。

「ええと、大統領がすでに決定したことです。彼が決断を二転三転させることはないでしょう、そうすることを持ちかけるのがいい考えでないのはたしかでしょう。しかも、連邦議会議事堂で下院議長が、いつメディアにリークしようかと手ぐすね引いて待っています。いまのわれわれは、大勢《たいせい》に従って行動し、この件に関してはボブの直感が誤っているのを願うことしかできないでしょう。あなたの考えはどうなんです、ボブ？」

そのころにはもう、ポープは心ここにあらずといった感じになっていた。

「あー、べつに、現時点でほかのことができるだろうと示唆しているわけではないんだ。わたしはただ、二千五百万ドルを費やして、なんの成果もなかった場合に、ショックを受ける人間が出ないようにしたいと思ってるだけで……それをしないほうがいいと言ってるのではなく……たんに……まあ、わたしの論点はわかってもらえるだろう」

シュロイヤーが憤激に近い表情になって、ウェブを見つめる。

「クリータス、きみはなにか、SOGの作戦に対するボブの懸念を打ち消すような材料を持ちあわせているんじゃないのか」

ウェブは慎重にことばを選んで、言った。

「いずれにせよ、ボブ、あなたの懸念が図星であって、サンドラを取りもどせなかった場合に、きわめて重要になるのは、ＳＡＤがＳＯＧのコミュニティ——具体的に言えば、ＤＥＶＧＲＵとＳＯＡＲ——に対して、彼女を発見するために一方的な行動をとってはならないと強調していたことになるわけです。われわれはさまざまな風評を耳にしており、現地の兵士たちは、彼女が耐えがたい虐待を受けたために、敵意をひどく募らせていることも理解している。つまり、あなたにしてもらう必要があるのは、わが国の特殊作戦に従事するひとびとに対し、われわれは彼らの僚友である女性兵士を生きて帰国させるためにあらゆる努力をはらっているのであり、われわれが彼らに求めているのは、行動の準備だけでなく、忍耐でもあると理解させることでしょう」

ポープが手をのばし、ウェブの腕をぽんとたたく。

「きみは、わたしのもったいぶったことばをそのまま受けとめてくれた。ＳＯＧの人間はだれひとり、そのようにすべきだと評価される以前に行動することはないだろう」

ウェブは明瞭な説明を求めようとしたが、シュロイヤーがそれをさえぎった。

「それならよし」とシュロイヤーが言って、椅子から身を起こす。「全員が同じ情報を共有できたようだ。来てくれてありがとう、ボブ。いつでも歓迎するよ」

彼が片手をさしだすと、ポープが立ちあがって、握手をした。

ふたりが握手をしているあいだ、ポープの顔を観察していたウェブは、その男のことばに裏の意味はなかったことに、はたと気がついた。ポープは、ＤＥＶＧＲＵもＳＯＡＲも、そうすべきだと評価される前に行動にかかることはないだろうと、暗に約束したのだ。そして、ウェブは、ポープの真意を——神がすべての生きものを創造したのが自明であるのと同じく

——明確に理解した。この取り引きにおいて、タリバンとその新たな盟友であるヒズベ・イスラミ・ハーリス派に不首尾な結果をもたらすための、適切な時と行動を最終的に決定するのはDEVGRUであると、彼は言いたかったのだ。

12

アフガニスタン
カブール

シルヴァーウッドは、チョウとの面談にいつも使っているホテルのラウンジで彼と落ちあい、奥のほうにある人目につかないテーブルを選んで、コーヒーをふたつ注文した。

「オーケイ」自分のカップにシュガーをたっぷりと注ぎながら、シルヴァーウッドは切りだした。「アーシフ・コヒスタニという名に、きみはどれくらいなじみがある？」

「サンドラが拉致《らち》されたとき、陸軍がその男をナンガルハールから拉致するための作戦の演習をしていた。ヒズベ・イスラミ系のどれかの党派の指導者であると見なされている。わたしが知っているのはそれぐらいのものだね」

「オーケイ、わかった」シルヴァーウッドは言った。「では、ワイガル村については、どれくらいなじみがある？」

「ろくにないね」チョウが首をふる。「数年前、ODA3336が惨敗を喫したショク谷の東にある村ということは知ってるが」

ＯＤＡ３３６というのは、ヒズベ・イスラミ・ヘクマティアル派の指導者、グルブディン・ヘクマティアルをショク谷から拉致するために派遣された、グリーンベレーのアルファ作戦分遣隊——通称Ａチーム——のことだ。その作戦は大失敗に終わり、多数の特殊部隊員が命を落とした。

「けっこう」シルヴァーウッドは言った。「じつのところ、海軍に配属されている人間にしては、予想以上によく知ってるね」

「もっとよく教育してくれ、オビ＝ワン・ケノービ」

『スター・ウォーズ』に出てくる有名なジェダイの騎士の名で呼ばれたので、シルヴァーウッドは思わず声をあげて笑った。

「オーケイ。ＯＤＡ３３６がショク谷へ派遣されたのは、グルブディン・ヘクマティアルという男を拉致するためだった。この名に心当たりは？」

チョウが首をふる。

「イスラム原理主義者で、年齢は六十五歳、一九七七年にヒズベ・イスラミ・ヘクマティアル派を創設した男だ。われわれはその派をＨＩＧと呼んでいる。創設当初、彼はたいした影響力を持っていなかったが、ソ連のアフガン侵攻以後、ムジャヒディーンすなわちイスラム教徒ゲリラの大物にのしあがった。だが、彼には大きな問題があった。権力をつかむための闘争のなかで、ソ連兵と同じくらい多数のアフガン人を殺したんだ。そのため、彼はひどく人望がなく、一九九〇年代にタリバンが権力の座に就くと、わきへ押しやられた。ところが、その後、わが国がタリバンを権力の座から追い落とすと、彼はまた政治的権力を取りもどすことになった」チョウの顔を見ると、了解のしるしにうなずいているのがわかった。「ああ、どうしてそうなったかはわかっている。われわれが、善意に基づくものではあれ、ああいう極悪人を生みだしたようなものだ。それはさておき、表舞台に復活するなり、彼はまた、じゃまをする者はだれかれなくぶっ殺すようになり、それ以後、権力を増大させてきた。彼を拉致しようとして二〇〇八年に決行された、ＯＤＡ３３３６の失敗は、彼をさらに強力にしただけだった」

「ちょっと待ってくれ」チョウが言った。「バダフシャーン州の虐殺事件を引き起こしたのも、その同じ男じゃなかったか？」

それは二〇一〇年八月に起こった、キリスト教系国際支援団体に所属する十名の外国人支援要員が惨殺された事件のことだ。

「だれがその襲撃を命じたのかは不明だが」シルヴァーウッドは言った。「もしヘクマティアル派ではなかったとしたら、おそらくは——一九七九年にＨＩＧから分派したように思われる、別のヒズベ・イスラミ系集団——ハーリス派の仕業《しわざ》であり、ほかでもないそのハーリス派のせいで、われわれはきょう、ここで顔を合わせることになったんだ。アーシフ・コヒスタニは最近、ヒズベ・イスラミ・ハーリス派の——われわれはそれをＨＩＫと呼んでるが——指導者にのしあがったんだが、それだけでなく、その集団は、サンドラが拉致されたナンガルハール州を本拠としているんだ」

チョウが椅子にもたれこんで、コーヒーをひとくち飲む。カップをテーブルに戻し、すぐさまシュガーを注ぎ足した。

「まだ先があることはわかってるから」笑みを浮かべて、彼が言う。「辛抱強くすわって、傾聴させてもらうよ」

シルヴァーウッドもコーヒーをひとくち飲んだ。

「現在、HIGとHIKがアフガン議会においてどれほどの議席を持っていると思う？」

「先に、全議席数を教えてくれないと、その数を言われてもピンと来ないだろうね」

シルヴァーウッドは笑った。

「彼らは、総数が二百四十六議席のなかで五十もの議席を持ってるんだ」

「オーケイ、ピンと来たよ」

「では」シルヴァーウッドはテーブルに身をのりだし、声を低めて言った。「たんなる会話のためと仮定して――善《よ》き大統領カルザイはサンドラを拉致したのはHIKであることを知っていると、考えてみてくれ。彼が、議会にこれほど多数の議席を持っている連中に敵対的な動きをすることはないんじゃないだろうか？」

「それは大きなリスクを冒すことになるだろうしね」チョウが同意した。「彼はきっとなにもせず、われわれが自力でなんとかするのを座視するだけだろう」

「あるいは、安全な立場に身を置こうとするか？」

チョウがそれに賛意を示す。

「安全な立場に身を置こうとするのなら、身代金との交換の仲介役を買って出るかもしれないし――それがまさに、彼のやったことだ。オーケイ、そこのところはよくわかったが、あんたの仮説にはひとつ欠陥がある」

シルヴァーウッドは椅子に背中をあずけた。

「それはどういうもの？」

「サンドラ拉致事件の現場にあった死体のひとつから、身元を確認できる証拠がすでに発見されていることは、わたしも承知している。彼女を連れ去ったのはタリバンの部隊であり、それはおたがいよくわかっていることなのに、あんたはさっき、タリバンがＨＩＫと協力することはないと言ったんだぞ」

「タリバンは、権力を持っているときはそうしなかった」シルヴァーウッドは言った。「いまは、ＨＩＫのほうがタリバンより大きな権力を持っていて、さらに権力を増大させつつあることを考慮すれば、タリバンにすれば、手を組むのが好都合になってるんだ」

「それでもまだ、すべてが状況証拠だろう」チョウがそのつながりに納得せず、反論した。

「それはそうだが、結論を出すのはこの事実を聞いてからにしてくれ。拉致現場に残されていたタリバン兵士の死体のひとつから、ワイガル谷に――より具体的に言えば、きわめて近づきがたい山中に孤立するワイガル村に――住んでいるカラーシャ族のひとびとに合致するＤＮＡが、発見されたんだ。ちなみに、このＤＮＡ鑑定結果はまだ国務省に報告されていない」

チョウがコーヒーカップをわきに押しやって、テーブルに両肘をつく。

「それはＨＩＫに直接つながるものなのか、それとも、あんたはまだそうとは決めかねているのか？」

議論に勝利しかけているとあって、シルヴァーウッドは思わず笑みを浮かべた。

「コヒスタニはそのワイガル村で生まれたんだ、レイ。彼はカラーシャ族ではないが、彼らの言語を話せ、彼の家族は婚姻によってカラーシャ族と結びついている。まだ納得しないようなら、付け加えるが、昨日逮捕されたISIの男が、三カ月前、ジャララバードでわれわれに協力して働くようになったときから、コヒスタニとHIKに情報を漏らしていたのは、九割がた確実なことなんだ」

「納得したと言うしかないね。で、この話の勘どころは？」

シルヴァーウッドは肩をすくめた。

「きみはもう、私が得た情報を入手したんだ。情報機関の流れに沿って、論理的結論を出せばいい」

チョウがしばし時間をとって、知らされた事柄をひとつひとつ吟味する。

「あ、そうか。あんたは、国務省がすでにサンドラを拉致したのはHIKだと……それどころか、彼女がどこに拘束されているのかも、知っていると考えているのか？」

「まあ、いまも方策はなにも考えちゃいないだろうが」にやっと笑って、シルヴァーウッドは言った。「彼らはほんとうに頭がとろい。それは請けあってもいいね」

「だが、それでは筋が通らないぞ」チョウが言った。「SOGはまだ、警戒態勢すらとってはいない。不測の事態に対応するために召集された者もいないんだ」

「それは、DCが身代金の支払いを決定したことを意味するにちがいない。わたしの仮説が完全な見当はずれでないかぎり、軍の動きがないことを説明する理由はそれしか見当たらない」

「だったら、けっこう！」とチョウ。「問題は解決だ。あの女性の件はかたがついた。身代金を渡して、彼女を取りもどす。大賛成だね。二千五百万ドルは大金だが、政府は毎日、くだらないことのためにそれ以上のカネを支出している。彼らは身代金以外に、解放のための条件をつけてくることはないだろう」

「わたしも同感だが」シルヴァーウッドは言った。「身代金そのものが気にならないか？　わたしは気になるんだ」

チョウがじっと見つめてくる。

「なぜ気になる？　アフガニスタンでは拉致は日常茶飯事だ。あの国の主要産業と言ってもいいほどさ」

「おいおい、レイ、もしコヒスタニの率いるHIKがほんとうにサンドラを拘束しているのなら、彼女をカルザイとアメリカの関係を裂くための道具にするのはしごくかんたんなことなのに、なぜカネというささいなものを得るために彼女を引き渡そうとするんだ？」

「つまり、カルザイに立場の選択を強いる道具にするということか？」

「正解」

「しかし、それにはばかでかいリスクが伴うだろう。カルザイはアメリカを選ばざるをえないんじゃないだろうか？」

「わたしはそこまでの確信は持てないね」シルヴァーウッドは言った。「よく考えてくれ。カルザイは、たんにアフガニスタンからアメリカ軍を追いだしたがっているのではなく、彼がこの十二カ月のあいだに築いてきた連立関係が危うくならないうちに、アメリカ軍を追いだしたいと思ってるんだ。アメリカ軍が撤収しつつあるいま、彼としては、ひとりのアメリカ人女性の件で、議会の五十議席を占める勢力を刺激するような動きをすることはぜったいにできない。アフガニスタンは歴史的に、つねに連立政権だった。今後もそれはけっして変わらないだろうし、カルザイはだれよりも……まあ、正確に言えば、たいていの人間よりも、そのことをよく知っているはずだ」

「では、あんたは身代金はペテンだと考えているんだな」チョウが言った。「二千五百万ドルを奪い、サンドラは返さないというたくらみだと。あるいは、カルザイを愚かな男に見せるためのたくらみだとか？」

　シルヴァーウッドは首をふった。

「どういう目的かは見当がつかない。この身代金要求には本質的に不審な点があると考えているだけだ。だからこそ、この情報を、DEVGRUにいるきみの友人たちに伝えたいと思ったんだ。きみがそのことに同意してくれれば、わたしは良心の呵責《かしゃく》なしに、今夜、このいまいましい国を離れられるだろう」

　チョウが驚きを示す。

「今夜、この国を離れるって。奥さんの容態が悪化したのか？」

「彼女が化学療法を拒否したんだ」シルヴァーウッドはコーヒーカップを見つめた。「長くて一カ月と医師に言われてるそうだ」

「なんともお気の毒に、ブレント。ほかになにか言えることがあればいいんだが」

　シルヴァーウッドはカップから目をあげた。

「言えることは山ほどあるさ、レイ。といっても、DEVGRUに言えることがね。とにかく、わたしはこの身代金の要求に、ひどくいやな感触を覚えてるんだ。それだけは、はっきりと伝えておくよ」

13

アフガニスタン
カンダハル空港

ギルが乗りこんだ機がカンダハルに着いたころには、あたりはすでに暗くなっていた。薄暗がりのなかに着陸した727から遠からぬところに駐機しているC‐130輸送機の下で、クロスホワイトの友人であるジョーが待っており、装備を携えて降りてきたギルを出迎えた。陸軍の民間契約要員であるジョーは、六フィートを超える長身で、くすんだブロンドの髪と、頬のそげた顔の持ち主だった。ほかの軍用機のあいだの闇にひそむ何者かに監視されていると思っているかのように、絶えず肩ごしに周囲に目を配っていて、いらいらしているように見えた。

「きみがジョー？」ギルは、その若い男を落ち着かせようと、気楽な調子で呼びかけた。

「ああ。いいかい」ジョーが言う。「あんたはおれのことなど耳にしたこともない。そういうことでオーケイだね？」

ギルは笑みを向けた。

「そもそも、ここに来たこともない。そんなところでどうだ？」

ジョーが笑みを返し、ポケットから、ありふれたiPhoneのようにしか見えないしろものを取りだす。

「オーケイ、これが、われわれが開発してきたスマートフォンの試作品だ。現在、デルタの部隊に実地試験をやらせてるところなので、まだ一ダースしか存在しない。この一個は表向き、あんたが——ぶっ壊さずに——返却してくれるまで、故障して使用中止ということにしてある」

ギルは小さく笑った。

「了解《ラジャー》」

ジョーが、画面を見せられるようにギルのそばに立ち、親指でさまざまなアプリを操作していく。

「このしろものは神様より賢いんだぞ。プログラムのバグを取り除いたら、あんたら特殊部隊の全員がこれを使うようになるだろう。みんなが使っているスマートフォンとまったく同じように使えるが、こいつは——GPSによる位置測定だの、生物測定《バイオメトリクス》だの、暗号化してのメール送信だの、弾道計算だのといったようなことを——すべて——やってのけるんだ。いろんな用途ごとに使い分けるいろんな携帯情報端末《PDA》を収納するバッグは、不要になる。言いたいことはわかるだろう？」

ギルは熱をこめてうなずくと、スマートフォンを受けとって、さまざまなアプリをたくみに走らせた。多少の使いかたのちがいと、余分なオプションがいろいろとあるのを除けば、これまで携行していた各種のPDAと同じように動くだけでなく、このスマートフォンはそれらより使いやすい《ユーザー・フレンドリー》ように感じられ、しかも、GPSのインタフェースにはグーグルアースの軍用ヴァージョンが採用されていた。試してみると、五十秒とかからず、自分がいまいる滑走路の一点が三フィートの誤差で正確に測定され、最新の衛星写真に重ねて、自分の立っている地点が、ズームインとズームアウトのできる状態で画面に表示された。

「すごいな」長身の若者を見あげて、彼は言った。

ジョーの顔に大きな笑みがひろがる。

「めちゃくちゃにすごいだろう？」

「で、これは、どう言うか……イランでも使えるんだろうな？」

ジョーの眉がぐいと持ちあがる。

「だれだか知らないけど、国境を越えようとするクレイジーなやつがいるんだろう？　もちろん、あそこでもちゃんと動いてくれるさ。そして、相棒、だぼらじゃなく」熱っぽい口調で彼がつづける。「一年以内に、こいつをタップするだけで、周囲の地形を——三個の衛星もしくは無人機からのデータ供給によって——ライヴで表示させて、こっちは見られずに、敵のいる位置を正確にズームできるようになるだろう。これぞまさに、未来の戦闘テクノロジーってわけだ」

「もし、これが敵の手に落ちたら？」ギルにはその点を知っておく必要があった。「われわれのものだってことが露見するんだろうか？」

ジョーが首をふる。

「いや、相棒、部品はすべて中国製さ」

「オーケイ。じゃあ、敵がこれにハッキングをしようとしたら？」

「心配ご無用。ふた通りの対策がされている。このカンダハルにある司令部から遠隔操作で破壊することができるし——あるいは、あんたがそれを自動でやれるようにセットしておくこともできるんだ」ジョーが肩にかけているキャンヴァス地の小型携帯バッグ《ミュゼットバッグ》から、衝撃を緩和するプラスティックでつくられた小さな黒いケースを取りだす。「これがそれ用のケースで——あんたの個人用装備携行システム《モリー・ギア》につけられる。このケースには一個のチップが内蔵されていて——車の遠隔操作キーのように使えるんだ。このケースがあれば——百ヤード離れたところからでも——スマートフォンをチェックしたいときは、いつなんどきでもできる。たとえば、三分ごとにチェックするようにセットしておき、逃げてるあいだにスマートフォンがケースから落ちたとしよう。すると、三分後に、スマートフォンがケースに内蔵されたチップとの交信をやって、あんたがそれを持ってるかどうかをチェックする。もしそれが求める信号が返ってこなかったら、また三分後にチェックする。それでもまだ信号が返ってこなかったら、また三分待って、それでだめなら自己破壊する。ふたつめの対策は単純だ。敵が三度、まちがったコードでアクセスしようとしたら——」

「自己破壊する」

「そのとおり」ジョーが言った。「これのアクセス・コードは、３-２-１-星印だ。戦闘中にややこしいコードを打つのはいやだろう。五分間、使わずにいると、コードを再入力しなくてはいけなくなる。これならかんたんだろう」

「必要に迫られたら、おれが自分で焼却することもできる？」

ジョーが見つめてくる。

「いま言っただろう、相棒。まちがったアクセス・コードを三度、入力すればいいんだ」

ギルは小さく笑った。

「オーケイ、相棒。よくわかった……それで、きみはここの司令部にいつまでいる予定になってるんだ？」

ジョーが肩をすくめる。

「クロスホワイトが電話をかけてきて、あんたの任務が完了したと告げるまで。おれはあんたの——非公式の見張り役なんだ、相棒」

ギルはスマートフォンをケースにおさめ、ファスナーを閉じた。

「ダラスでなにをしでかしたんだ？」

ジョーが居心地悪げに、足を踏み換える。

「おれはクロスホワイトのおかげで、刑務所送りをまぬがれてる。それ以上は言えないね」

「このしろものを使って、おれの居どころを追えるのか？」

ジョーが首をふる。

「それ用のアプリはまだうまくいかない。ソフトウェア統合上の問題のひとつでね」

ギルは片手をさしだした。

「今夜はずっと、しっかり目を開けておいてくれるな？」

「ラジャー」ジョーが握手をする。「クロスホワイトから伝言を頼まれてる。丸まって、転がれと――なんのことだか、さっぱりわからないけど」

「了解《ウィルコー》」ギルは言った。

しばしののち、ギルはすべての装備を携えて727に搭乗し、狭苦しい後部キャビンにすわって、メリサを待った。727に後部キャビンというものはないのだが、この任務に就く人間を収容できるように、CIAの技術員たちがそれを仕立てていた。造作は一級品で、安っぽさはかけらもない。事実を知らなければ、この飛行機にもともとあったものではないとは思えないほどだ。

数分後、メリサが、トルコ航空の客室乗務員のものであるツートン・カラーの制服を着て、昇降階段をのぼってきた。機内に入り、ボタンを押して、油圧式の階段を引きあげてから、ギルに向かいあう補助シートに腰をおろす。いくぶん緊張しているように見えた。

「あなたはぜんぜんびくついていないように見えるわ」彼女が言った。

ギルはほほえんだ。

「恐怖を道連れにすると、死を招くだけだ。冷静にしているのがいちばんなのはまちがいない」

彼女が思わず、小さな笑みを漏らす。

「言い換えれば、あなたは恐怖を隠すのがとても得意ってことね」

彼は笑った。

「おれはこれから、ジェットの尻尾《しっぽ》から……暗いなかで……イランへ降下するんだ。隠してるに決まってるだろう」

彼女がうなずいて、本題に入る。

「五分後、この機はタクシングでターミナルに入って、乗客を乗せる。わたしはほかの乗務員を手伝って、乗客全員をシートに着かせてから、またここに戻ってくるわ」

「ほかの乗務員もMITの人間か？」

「全クルーがMITよ」

ギルは、おそらくそうなるだろうと予想してはいたが、準備に追われていたので、そのあいだは細部を考えるどころではなかったのだ。外国の情報機関との協働は前にもやったことがあるが、MITが相手というのは初めてだ。彼らに関する報告はいろいろと耳にしていて、それらには良いものもあれば悪いものもあった。

「乗客リストはだれが点検するんだ？」

「われわれ」とメリサ。「それでオーケイね？ ミスター・レーラーはこの地に人的資源を持ちあわせていないの」

「おそらく、きみらがやったほうがいいんだろう」彼は言った。必ずしもそうと信じているわけではないが、だからどうだと。いまとなっては、そんなのはたいした問題ではない。

「全員を疑う」彼女がつづけた。「われわれのリストに一致しない名の乗客は……足止めされて、つぎのフライトに乗せられることになるでしょう」

まもなく飛行機が動きだし、タクシングで滑走路に出て、出発ターミナルに向かった。後部の昇降階段は、乗客の搭乗に用いられないことになっている。

メリサがシートから立ちあがった。

「いまから前方に行って、カミールが乗客を搭乗させるのに手を貸すわ」

「オーケイ」

乗客キャビンをちょっとのぞいてみると、カミールは同僚のメリサよりかなり小柄なMITエージェントであることが見てとれた。そのあと、メリサのぴったりした制服の背中側、腰のあたりにふくらみがあるのが目にとまり、ギルはそこに拳銃を隠し持っているのだろうと推察した。乗客のだれかがそれに気づくことはないだろう。彼らの大半は、さっさと自分のシートを見つけだし、機が飛び立つのを待つことしか頭にないはずだ。

乗客を乗せ終わってから十分後、727が離陸し、イランの領空へ向かった。

「これでもう、ひきかえすすべはなくなったようだぞ」メリサがシートにすわりなおしたところで、彼は言った。

「そうね」とメリサ。「イランに飛ぶのはこれが初めてなの」

「心配か?」

彼女がほほえむ。

「恐怖を道連れにすると、死を招くだけでしょ」

727が、ギルの予定着地点《DZ》から北へ三十マイルにあたる、高高度降下地点《HARP》へと、すみやかに近づいていく。トルコの関与がイランに露見してはまずいので、南へ針路をずらすことはまったくなかった。アメリカ軍の遂行するアルナザリ暗殺に加担したと疑われて、トルコに社会不安を生みだすようなことは、けっしてあってはならないのだ。

ギルは装備を整え、いつでもジャンプできる態勢にあった。ドラグノフは、銃口を下にし、銃床が左肩の上に突きだす格好で、体の左側に吊るしている。ほかの各装備は、体の前にぶらさげたキット・バッグに収納し、容量千七百三十一ccの携帯用酸素供給システムを、体の右側に装着していた。パラシュートはメインも予備もラムエア・パラシュート・システム《RAPS》（主傘の断面が翼状で、滑空性能とコントロール性が高く、空挺兵の降下やエアスポーツでよく用いられる）になっていて、高高度降下高高度開傘《HAHO》をすれば、パラシュートにぶらさがって四十マイルの距離を移動することができる。

あとは、プロテック・ヘルメットと酸素マスクを装着するだけでいい。

壁面についている電話が鳴り、メリサがそれに出て、パイロットと短いやりとりをし、腕時計で時刻を確認する。彼女が電話を切って、ギルを見つめた。

「二分後に、酸素供給を開始。三分後に階段をおろす」

「ラジャー」

ギルは腕時計で時刻を確認してから、ヘルメットをかぶり、酸素マスクを装着して、バックルで固定した。二分後、彼がメリサともども酸素の供給を開始したところで、後部区画の与圧が徐々に落とされていった。カミールはパイロットたちとともにコックピットに入り、その全員がやはり酸素マスクをしていた。うまくいけば、乗客のほとんどはすでに眠っていて、まだ起きている乗客も、意識を失う瞬間まで、異変に気づかないということになるだろう。

メリサが階段をおろすと、外気が大嵐のようにキャビンに吹きこんできて、ふたりは、何秒かたって内外の気圧が等しくなるまで、隔壁に身を押しつけられていた。ギルは彼女に親指を立ててみせた。そして、階段を最下段までくだっていき、体をできるかぎり固く丸めた。乱流に身を打たれた刹那《せつな》、ワイキキの激しい波が頭に浮かんだが、これはその十倍は強烈だった。自分がぼろ人形になったように感じるほど、体が猛烈な勢いで回転する。酸素マスクがもぎとれそうになり、ブーツが脱げそうな気がした瞬間もあった。

が、それは、始まったときと同様、ほぼ瞬時に終わった。体が自由落下《フリーフォール》していく。

三万フィートの高度で自動開傘《かいさん》コードが作動するのを待つ。それが作動すると、ハーネスになじみのある感触が伝わってきたが、それにはどことなくおかしな点があった。目をあげて、主傘《しゅさん》のぐあいをチェックする。月は出ていないが、雲層の上とあって、星々の光がバックライトになり、自分がひどい窮地に置かれているのが見てとれた。あの激しい乱流が、RAPSか自動開傘システムに損傷を与えたにちがいない。主傘には予備傘が付属しているが、その両方ともが適切に開かない状態になっていたのだ。破滅的な速度で落下していく。

ギルは切断ナイフを取りだし、主傘のコードを切りにかかった。予備傘も同じく、ラムエアの形状になっているから、それを使ってもDZへと滑空することができるだろうが、主傘をすばやく切り離さなければ、空中にいる時間がじゅうぶんにとれなくなる。最後のコードを切りとると、主傘が闇のなかへ消え、予備傘が完全に開いた。やっと中国製のGPSをひっぱりだして、滑空の方向を修正することができるようになった。このなじみのない装置は衛星の信号を安定して受信できないのがわかったが、じつのところ、それはたいして意外なことではなかった。ギルはそれをしまいこんで、デルタ部隊の試作品スマートフォンを取りだし、そのストラップを慎重に腰に巻きつけた。スイッチを入れると、即座に衛星信号を受信できた。そして、九十秒後には、現在位置を正確につかむことができるようになった。

操縦トグルを腰のあたりで保持して、方向を修正していく。頭のなかで計算をしてみると、予定のＤＺに行き着けるのはまずまちがいないとわかった。これのＧＰＳシステムによれば、ほぼ一時間四十分後にそこに着地することになるだろう。いまは、安定した滑空をつづけるようにするしかなかった。腕時計で時刻を確認する。〇〇二〇時。時間はたっぷりある。夜が明けて、一一三〇時になるまで、ターゲットに相まみえることはないのだ。

14

アフガニスタン
カブール　SOG作戦センター

ＣＩＡエージェント、レーラーとそのスタッフ、そしてアメリカ合衆国海軍大佐、グレン・メトカーフが会議室に集まっている。メトカーフは、アフガン作戦戦域《ATO》に配属されている、ＤＥＶＧＲＵの先任士官だ。ギルがその戦域に到着したことを知った瞬間、彼がじきじきに、アルナザリ暗殺任務にギルを選抜したのだった。そしていま、部屋にいる全員が、壁に設置された大型プラズマ画面に衛星からの赤外線映像として表示されている、ギルのパラシュート降下をながめていた。

メトカーフ大佐が懸念を押し隠して見守るなか、ギルのパラシュートが雲層のなかへつっこんで、姿を消していく。

「これじゃ竜頭蛇尾もいいところだ」レーラーのチームに所属する分析官のひとりが、退屈そうな声で言った。

その男が壁際の椅子から立ちあがり、実際以上に経験豊かであるように見せかけようとして、発泡スチロールのカップからコーヒーを飲む。ハーヴァード大学を卒業して入局し、つい数日前に二十五歳になったばかりという、プレイステーション世代の申し子で、いまも『SECOM：アメリカ海軍《US NAVY》SEALs』のゲームで遊んでいるティーンエイジャーと同じ感覚で、その映像をながめているのだ。

メトカーフのほうは、ギルが必死に主傘《しゅさん》のコードを切断しているあいだ、心臓が喉から飛びだしそうな思いをしていた。この部屋にいるほかのひとびとはだれひとり、自分が説明してやらないかぎり、パラシュートが開かなかったらどんな死を迎えることになるか、理解できないだろう。あの若い分析官がここにいることだけでなく、その態度に対しても腹が立ってくる。戦闘のことを——テレビゲーム程度にしか——理解していない、ああいう若い連中をこの部屋に来させる理由はどこにもないのだ。たしかに、彼らは作戦を立案するのに必要な情報の収集においてはいい仕事をしてきたが、そもそもそういう仕事をするために高い給料をもらっているのであって、レーラーの言いまわしに従えば、〝現実の暗殺任務の渦中〟にしゃしゃり出てくるべきではない。もちろん、軍隊は民間人に奉仕するために存在しており、その一員であるメトカーフにできるのはせいぜいが歯ぎしりぐらいのものだ。それでも、ときにはアメリカ海軍大佐として、反論のしようがないほど鋭い質問を浴びせることはできるだろう。

「きみはなにを目撃したかったのかね、若き分析官？　勇者が墜落死する光景なのか？」

「わたしが？」いまの妄言《もうげん》をとがめられたことにぎょっとしながら、分析官が問いかえし、レーラーをちらっと見たが、相手は見つめかえすだけだった。「いえ、大佐。わたしが言わんとしたのは、たんに……つまりその、彼は真のプロフェッショナルらしく、状況に対処したということで」

「最先任上等兵曹ギルがその賞賛のことばを聞いたら、さぞよろこぶことだろう」レーラーが皮肉を言い、即刻退室せよと、ドアのほうへ顎をしゃくった。

分析官が青ざめ、同僚たちが目を伏せるなか、すごすごと部屋を出ていく。

メトカーフは気を静め、ほかの分析官たちを寛大な目で見まわした。

「これまでのところはしごく順調だ、諸君。あの男が今夜、銃弾にさらされることはないだろう。あとは、彼が雲層の下に出たあと、どうなっているかをできるだけ早く確認できることを願うのみだ。気象部からなにか新たな知らせは入っているかね、エージェント・レーラー？」

レーラーが肩をすくめる。

「残念ながら、いい知らせはない。あすは雲層が高くなり、無人機プレデターが下降して、ときおり下をのぞき見ることができるだろうと予想していたんだが、上空を通過するだけになりそうだ」スタッフのほうに顔を向ける。「今夜はこれでおしまいだ、みんな。少し眠っておくように。あすは重大な一日になる。ドナルドソン、きみは今夜ひと晩、空軍のひとたちとともに作戦に従事してくれ。もしなにか進展があったら、それがなんであれ、わたしをたたき起こすように。わかったな？」

「わかりました」髪をきっちりとポニーテールにまとめているブロンドの女性が答えた。

スタッフが部屋を出ていき、あとにはレーラーとメトカーフ大佐だけが残った。

「あのばか者のことは申しわけなかった」レーラーが言った。

彼自身は、自分の分析官の妄言を気にしてはいなかった。スタッフは彼にとってたんなる人的資源であり、それぞれの感情というのは考慮の対象ではないのだ。ではあっても、口を閉ざしておくべき場合をわきまえることぐらいは彼らに期待しているし、問題の分析官がその期待を理解していなかったのは明白なので、あの男はつぎに手配できるフライトで本国へ送りかえすことになるだろう。

「あれは文化的な病理だね」その件にかたをつけられたことに満足して、メトカーフは言った。「NSAから、なにか報告は?」

レーラーが首をふる。

「一時間前、アルナザリが妻に電話をし……それは日常的行動で……目新しいものではなく……日課にはなんの変化も観察されていない。あの男は、午前十一時三十分にいると思われているとおりの場所にいるはずだ」

「よし」メトカーフは言った。「多少の幸運に恵まれれば、この狙撃作戦はこれからも予定どおり着実に進むだろう」

15

イラン
シスタン・バルーチスタン州
アフガニスタンとの国境から二十五マイル北方

ギルは上空から見て選んでおいた、石切場へと滑空していった。そこに降り立てば、少なくとも降下装備を取りはずすあいだは身を隠しておけるだろうと思ったからだ。トグルを強く引いて、主傘《しゅさん》から空気を追いだしながら、両足でしっかりと着地し、すぐに向きを変えて、パラシュートを押しつぶす。キット・バッグの装備脱着装置をたたいてパラシュートを切り離し、一分とかけず、降下ハーネスをドラグノフといっしょにはずし、ヘルメットと酸素マスク、断熱式のジャンプスーツを脱ぎ捨てた。着地して九十秒後には、装備を整えて、いつでも動きだせる態勢がとれていた。パラシュートで降下装備一式を丸めこんで、肩に担《かつ》ぎ、すばやく段丘上の石切場をおりていってその底に達すると、斜面に平行に走っているコンクリート造りの排水管が見つかった。装備を丸めこんだパラシュートをそのなかに入れ、だれにも見つからないようにと、ドラグノフを使って奥へ押しこんでおく。気候の変化で、この地域には何年ものあいだ雨らしい雨は降らなくなり、そのため、ここの住民の多数がやむなくトルクメニスタンとの国境に近い、北方へ移住していた。

ロシア製の軍用暗視ゴーグルを頭に装着し、近辺のようすをうかがうと、北の方角にある、つい数分前に通過した小さな町の灯りが空を照らしているのが見えた。この土地は不毛で、見渡すかぎりほぼ平坦な地形がつづいていて、火星に着地したような気味の悪い感覚に襲われた。この荒れ果て、見棄てられた土地の二十五マイルほど南に、アフガニスタンとの国境という比較的安全な場所があり、そこに、自分が非常事態を告げた場合に備えて、すでに回収チームが待機しているはずだった。低い雲層が頭上にかかっているので、彼らが衛星や無人機からの映像で展開を予想することができないのはわかっていたが、それはたいして気にならなかった。どのみち、イランの領土への爆撃をプレデターに要請できるわけがない。自分は獣の腹のなかに、ひとりで入りこんだようなものだ。

ゴーグルをはずし、戦闘ハーネスにDリングでつながっているそれがだらんと垂れるにまかせる。暗視ゴーグルを長く使うと、本来の暗視能力が損なわれ、遠近感が失われるおそれがあるのだ。無線のスイッチを入れる。雲層の上方をうろついている通信無人機が、その最新のステルス・テクノロジーでこちらが発信した電波をとらえ、衛星経由でカブールの司令センターへ伝達してくれるだろう。

ギルはボタンを押し、抑えた声で送信をした。

「タイフーン本部《メイン》へ、タイフーン・メインへ。こちらタイフーン・アクチュアル。無線チェック。どうぞ《オーヴァー》」

ほぼ即座に応答が来た。

「ラジャー、アクチュアル。こちらメイン。リーマ・チャーリーに聞きとれる。オーヴァー」〝リーマ・チャーリー（Lima Charlie）〟というのは、〝大きく、明瞭に（loud and clear）〟を意味する無線用語だ。

「ラジャー、メイン。こちらは着地し、現在地点から約一・三マイル南東にあるターゲット・エリアへ移動中。こちらの確認コードは、ウィスキー・タンゴ。現時点において、なにかこちらに伝達することはあるか？　オーヴァー」

「ラジャー、アクチュアル。現時点においてはそちらの映像が得られないとの通告を受けている。オーヴァー」

「ラジャー、メイン」ギルは腕時計で時刻を確認した。まもなく〇二〇〇時。「つぎのこちらからの送信は〇四〇〇の予定。オーヴァー」

「ラジャー、アクチュアル。オーヴァー」

「タイフーン・アクチュアル、オーヴァー」

ギルは無線機を切って、石切場の段丘をのぼりはじめた。南の方角、石切場の出入口のところに、ヘッドライトの光が出現し、それがこちらに向きを変える。ギルは、降下のあいだに発見されたにちがいないと考え、身を隠すべく、急いでまた底へくだっていった。ライフルを肩づけし、そのスコープをのぞくと、自動車が百ヤードほど向こうから急速に迫ってくるのが見えた。

重い引き金を少し絞りながら、ようすをうかがっていると、その車はここまであと五十フィートほどのところまで来て、停止した。軍用車輌でも警察車輌でもないとわかったので、引き金を絞るのを中断する。白のホンダ・シビックのドアが開き、騒々しいヒップホップ・ミュージックが夜の闇にあふれだした。すばやく暗視ゴーグルを装着し、六人のティーンエイジャーが――三人が男で、三人が女だ――いるのを確認して、また暗視ゴーグルをはずす。若者たちがミュージックに負けない大声でしゃべりながら車を降りてきて、煙草に火をつけた。体が冷えないようにするためか、女たちのうちのふたりが、まばゆいヘッドライトのあいだにあるボンネットにすわって、抱きあい、いかにもティーンエイジャーの少女らしい笑い声をあげる。

　なんの脅威にもならない連中とはいえ――ギルがその気になれば、彼らが気づきもしないうちに軍用ナイフKA-BAR《ケイバー》で全員を殺すことができるだろう――目撃されずに、この石切場の段丘をよじのぼって闇のなかに姿をくらますのはむりだろうから、このままでは間近に控えている任務に支障を来《きた》してしまう。ほんの少しの遅れでも、行動予定が危機にさらされるおそれがあった。ターゲット・エリアまで一・三マイルの距離を歩いていかねばならず、そのうえ、狙撃のための潜伏場所を準備するための時間も必要になる。いまのところは時間の余裕があるが、夜はまだ浅く、このあとも遅れを生じる事態に何度遭遇することになるかは予想がつかない。戦闘というのは流動的で、展開がつねに変化するものなので、敵国の内部で、たとえ一分でも時間をむだにするわけにはいかないのだ。

　それから二分ほどが過ぎたころには、十代の少年少女が吸っているのはマリファナであること、そして、しゃべっているのがイランで使われている現代ペルシャ語で、あの少女たちがなにを言っているのかがわからない事実を別にすれば、アメリカの夜のパーティに集まって、笑ったり、ジョークをとばしたりしているティーンエイジャーたちとなんの変わりもないのがわかってきた。ただし、この夜、あの無邪気な若い男女は戦争の真っ只中へ車を乗り入れてきたのであり、この戦いでは捕虜にされるということはないのだった。

ギルは、彼らにじゅうぶんな時間を与えてから、目撃されずに段丘をよじのぼることにしようと決めた。もし、不運にも、のぼっているあいだに見つかったら、身を転じて、彼らを始末することになる——手早く、銃声を立てずにだ。

十五分ほど、あとの方策を明瞭に考えておこうとつとめていると、男たちのひとりがこちらに歩いてくるのが見えた。肩ごしにふりかえって、なにかをしゃべり、ズボンのファスナーを開きながら、近づいてくる。ギルは、大腿部《だいたいぶ》にストラップどめしている鞘《さや》からKA－BARを抜きだした。こうなったら彼らを皆殺しにするしかないと悟って、心が激しく動揺し、アドレナリンが湧きあがってくる。自分に追いつめられて喉を切り裂かれる少女たちの悲鳴が、早々と耳のなかで聞こえていた。もっといい解決策を見つけだそうと、必死に思考をめぐらしてみたが、なにも浮かんでこない。ここには目撃者はいないだろう。

ギルは暗い溝の底で身を平たくし、じっと動かずにいた。顔を黒く塗り、体は七色が使われた迷彩服に包まれている。呼吸をとめ、まばたきもしない。アナコンダのように音もなく地面から身を起こして襲いかかり、あの若者の顎の下部から脳へナイフを突き刺して即死させ、静かに地面に倒れこませて、あとの男女が友の姿が見えなくなったことに不審を募らせて近づいてくるのを待つことになるだろう。待ち伏せているアメリカ軍特殊部隊員に出くわすというのは、この世のだれであれ、なによりも避けたいことにちがいない。

その十代の若者が溝の縁で立ちどまり、まだいくぶん顔を後ろに向けて大声でしゃべりながら、ギルの密林帽《ブーニーハット》と肩の真上に小便をしはじめた。その足もとからほんの数インチ下の暗がりに熟練の暗殺者がいるという事実に、まったく気づいていないようだ。若者が排尿をすませ、ファスナーを閉じながら、身を転じる。

若者が尿のにおいを残して去っていくのを、ギルは見守った。目新しいことではまったくなかった。以前にも、血と内臓と尿のにおいの混じった軍服姿の男女の死体を運んだことが、何度もある。肉弾戦での殺しはきわめて私的なものであり、もっとも親密な行為に、女性との性交に、類似しているのだ。敵がこちらに組み敷かれて無力に抵抗するとき、その体が死を逃《のが》れようと必死にあがくのが感じとれ、敵にナイフを突き立てるときは、そいつの熱い息がこちらの顔にかかるのを感じる。そして、絶命するとき、敵は脱糞や失禁をし、血を浴びせかけてくる。それはもっとも原初的な戦いであり、ギルは、あの若者が危険きわまる状況に置かれていたことに気づかなかったのをうれしく思った。ひとえにその無頓着《むとんちゃく》さのおかげで、あの若者だけでなく、友人たちの命も救われることになったのだ。

それからまた四十分ほど、そこらをぶらぶらしたあと、若者たちは車に乗りこみ、砂煙をあげて石切場から走り去っていき、ようやく動きがとれるようになったギルは、急いで段丘をよじのぼって、砂漠めいた土地を進みはじめた。干上がった湖底に沿って、歩いていく。その一部は人造湖で、かつてこの一帯が商業地として繁栄していたころは、湖の水を利用しての仕事や活動がおこなわれていたが、いまはもう、荒廃した建物が点在し、干上がったかつての浅瀬に船が置き去りにされた不毛の地でしかない。乾燥の進むその荒れ地は、すっかり異星の様相を呈していた。

石切場から二、三百ヤード進んだとき、食べものをねだろうとする痩《や》せこけたイヌ科の動物があとを追っていることに気がついた。ギルはシッと声を発したり、石を投げつけたりして、その哀れな生きものを闇のなかへ追いはらった。足をとめたついでにと、少しのあいだ暗視ゴーグルを装着して、あたりの地形を三百六十度観察し、GPSを再チェックして、自分の進むべき方角を確認する。朝になったらアルナザリとその一党が車でやってくるであろう道路が見つかったので、それと五十ヤードの間隔を置いて平行に移動していく。DZから一マイルあまり進んだところで、また足をとめ、暗視ゴーグルでそこの地形を調べた。

道路を東西に分かつ干上がった小川に、古びた一車線の石橋が架かっているのが見えてくる。橋から二百ヤードほど南に、さらに古びた石の廃墟があり、そこがスナイパーの潜伏場《ネスト》所に理想的な場所と思われた。道路を二マイルほど南に行ったあたりに、崩れかけた軍用建築物の一群がフェンスでかこまれている場所があり、その建物群はいま、情報機関の報告書によれば、アルナザリの爆破活動の拠点に使われているという。監視衛星が撮影した映像では、歩哨小屋が三、四カ所あり、イラン警察の制服を着た連中がイラン政府の車輌を使って、二十四時間体制で警備をしているようだ。

歩哨小屋のことは気にかけなくていい。明晩の脱出のときは、あの拠点を迂回し、闇にまぎれて南へ、アフガニスタンとの国境へと進んで、回収チームと合流することにしよう。チームは国境からさらに二十マイルほど向こうにある不毛の地に待機していて、そのナイトストーカーズのヘリがイランとの国境へ忍びやかに飛行してくる音がだれかに聞きつけられることはないだろう。

ギルは、橋までの距離は百ヤードと目星をつけて、動きだした。南西の方角からヘリコプターの音が聞こえてきて、不安な気分にさせられたが、そのローター音は二、三分で消えていったので、前進を再開する。あのヘリは、北にあるザーヘダーンから麻薬取締任務のために飛行してきたものだろう。シスタン・バルーチスタン州の州都であるその都市は、アフガニスタンとの国境から二十マイルほどの距離しかないところに位置していて、ヘロイン密輸の国際的な拠点となっている。アフガニスタンのヘロインは、ザーヘダーンからテヘランへ、テヘランからトルコへと運ばれて、そこから全世界へ送りこまれるというわけだ。そのルートで密輸されるのは、麻薬のみにとどまらない。各種の兵器から密入国のアフガニスタン人に至るまで、あらゆるものが密かに送りこまれる。イランは二十一世紀の初頭になるまでに、密輸との戦争に大敗を喫していて、イランの警察組織はいまや、汚職まみれのメキシコの警察がボーイスカウトに見えてしまうほど腐敗しきっているのだ。

ギルはほどなく廃墟までの距離を踏破し、そこに近づきながら、暗視ゴーグルを使って慎重にようすを探った。その一帯には、イスラム以前のさまざまな時代に属するいくつかの廃墟が点在していた。そのいくつかは、かつてはゾロアスター教の神が祀《まつ》られていた寺院や塔であるようだ。廃墟が無人なのをたしかめてから、立ちあがって、道路からそこを見渡してみる。やはり、この距離からでも、崩れた石壁がスナイパーに完璧な潜伏場所を提供してくれることが見てとれた。

だが、ギルはそこを選ばずに、道路の向こう側へ移動し、ロシア製の塹壕掘削具《ざんごうくっさくぐ》を使って穴を掘りはじめた。

16

アフガニスタン
ジャララバード空軍基地

格納庫のなかで、海軍犯罪捜査局《NCIS》捜査官レイモンド・チョウがスティールヤードとペレス少佐を相手に、サンドラ・ブラックスがワイガル村に拘束されている可能性について話しあっている。そこには、一時間前に到着したナイトストーカーズのクルーもいて、このあとに想定されている回収任務のためにヘリコプターの準備を始めていた。

　クロスホワイト大尉がハムヴィーを格納庫に乗り入れてきて、車を降り、三人のほうへ歩きながら、いつも儀礼に無頓着なペレス少佐にいいかげんな敬礼を送る。

「はてさて、なにが計画されているんだろう？」彼が問いかけた。

　スティールヤードが肩をすくめる。

「われわれもまだ知らされていません。だからこそ、いまこうして話し合いをしているんですよ」

　クロスホワイトが周囲を見やる。

「そちらのDEVGRU隊員たちはどこに？」

「裏で、遠征携行ボックスの中身を取りだしているところ。そちらの装備は？」

クロスホワイトが親指で肩ごしに、乗ってきたハムヴィーを指し示す。

「軽装にした。ほかになにか必要なものがあれば、きみらに装着してもらえばいいんじゃないか？」

スティールヤードがうなずく。

「外に出て、裏にまわってみたらどうです？」クロスホワイトが立ち去ると、チーフはペレスに目を戻した。「さっき言ったように、少佐、この作戦はDEVGRU側としては下士官レベルのことにとどめておくのがよろしかろうと、わたしは考えています。われわれのもくろんでいることが司令部に知られたら、彼らはわれわれの行動にたがをかけようとするでしょう。わたしはすでにこの作戦のためにじゅうぶんな数の下士官を集めており、彼らはみな、結果を恐れないすぐれた男たちなんです」

ペレスのほうは、結果をひどく恐れる男とあって、ジレンマに陥っていた。最初は、上からの命令なしでサンドラ・ブラックスを救出するという、格納庫のなかにみなぎる雄々しい気配にあおられて、おおいに乗り気になったのだが、いまは、行動を可能にする情報がまだないということで、気持ちが冷めかけているのだった。

スティールヤードは、ペレスが後方でのうのうとしているくそ野郎タイプだとわかっていたので、そうなるだろうと予想していた。そんなわけで、彼はあらかじめ、この救出作戦のために熟練の下士官を六名、全幅の信頼を置ける兵卒を二名、選抜していた。ペレスには、多数の高級将校の意向に逆らってまでこの救出作戦に従事する気骨はないとわかっていたからだ。ダニエル・クロスホワイトはすでに作戦の指揮を執ることを志願して、必要となる最小限の数の将校を割り当ててくれている。いまスティールヤードが期待しているのは、ペレスが司令部にひきかえさず、口をつぐんでいてくれることだった。

スティールヤードは葉巻を口から引きぬいて、言った。

「ご承知のように、この男たちはひどく口が固いんです、少佐。もしこの作戦がまずい結果になっても、あなたが知っていたことを漏らす男はひとりもいません。ここにとどまっていても、あなたが窮地に立たされるおそれはまったくないというわけです」

チョウもまた、ペレスには電話一本ですべてをぶち壊しにする力があることを知っていて、ずっと注意深くその男のようすを観察していた。そして、ペレスがいまにもその決断をやってのけそうだと見てとった。

「こういうことだ」チョウは、ペレスがなにも言いだせないうちにと、さりげなく声をかけた。「あなたは、SOARがこれらのヘリコプターに乗ってやってくるのを阻止できたわけじゃない。そしてまた、その男たちが暴行のビデオを観るのを阻止できたわけでもない」

ペレスがチョウを見つめ、そのことばの含意を理解する。事実、ペレスはその男たちがビデオを観るのを阻止できなかっただけでなく、それが機密事項であることを重々承知のうえで、彼らといっしょにビデオを観たのだ。チョウが言いたかったことは、明々白々だった。もしペレスがいま司令部にひきかえし、ほかの面々が絞りあげられることになったら、ペレスは、機密情報が一般の兵士に漏れたことを知った瞬間に司令部に行かなかったということで、同罪に処せられるはめになるだろう。

チョウはNCISに所属する民間人であって、ペレスの下位に位置するわけではない。チョウはペレスに好かれているかどうかなどは気にもとめないどころか、彼をまったく恐れてもいないはずだ。ペレスがどれほど憤激しようが、この男はそんなものは無視し、危うい結果を招くおそれのある作戦に手を染めるだろう。

スティールヤードが咳払いをして、口を開く。「われわれは、司令部内にこちらの味方になる男をひとり必要としているんです」ペレスを完全に取りこめたと見てとって、彼は言った。「だれかが疑問を口に出しはじめたときに、それを妨害してくれる男を」

ペレスは、してやられたと察し、下士官と親しくなってしまった自分を、迂闊《うかつ》だったと後悔して、胸の内でののしった。だが、こうなっては、作戦が成功するように手を貸し、彼らが伝説の男たちとなってくれるのを願うしかなかった。

彼は、実際以上に熱心であるように見せかけながら、スティールヤードを見つめた。

「で、この作戦をどう呼べばいいんだ、チーフ？」

「〈銀行強盗作戦《バンク・ハイスト》〉」スティールヤードがにやっと笑って、またコイーバ葉巻を口にくわえ、片手をさしだす。「これが慰めになるかどうかはわかりませんが、少佐、あなた抜きでこの作戦を決行することは、おそらくできなかったでしょう」

おそらくもへったくれもないだろう、とペレスは思った。スティールヤードとチョウは最初から、この作戦にペレスを引きこむつもりでいたのだ。規模の大小にかかわらず、無許可の作戦を遂行するには、妨害を排除し、上層部に作戦が露見するのを防ぐ人間が司令部内にいる必要があるからだ。そもそも、チョウが彼を招いてあのビデオを観させたのは、そのためだったのだ。なにを言っても間抜けに見えるだろうと感じたペレスは、無言でうなずいて、チョウと握手をし、格納庫を出ていった。

スティールヤードとチョウが笑みを交わす。

「彼があんなふうに打ちのめされたようすを見て、ほっとしたよ」スティールヤードが言った。

チョウがくくっと笑う。

「そうだね、チーフ。あとわれわれにできるのは、彼が突如、気骨のある男に変じないように願うことだけだろう」

17

イラン
シスタン・バルーチスタン州

　ギルは、砂漠の道路から五十ヤードほどの距離にある、廃墟とは反対側の地点につくった潜伏場所に、身を伏せていた。その潜伏場所は、岩の多い土地を東西に走る低い丘の裏側斜面を垂直に掘りさげた、体の幅ぐらいしかない浅い溝だ。二百ヤード射程の射撃には六インチ幅の隙間と、九十度の視界があればよい。その範囲がターゲット・エリアとなり、そこにいる人間が徒歩でどの方向に移動しても撃ち倒すことができるだろう。

　きょう、アルナザリがいつもどおりのやりかたでやってくるとすれば、三台のSUVからなる車輛隊《キャラヴァン》となるだろう。やつは真ん中の車輛に、女とドライヴァー、そしてボディガードとともに乗りこんでいる。先頭と最後尾の車輛にはそれぞれ、三名ないし四名のガンマンが乗っているはずだ。三台すべてに橋を渡らせてから、先頭車のドライヴァーを射殺し、すぐさま二台めに、そして三台めに銃口をめぐらそう。ドライヴァーが絶命したあと、車輛がどの方角に行くかは予見できないが、二百ヤードの距離があれば、射撃を調整するための時間と余裕はたっぷりあるだろう。

鍵となるのは最初の三発で、それはすべて移動する車輛を狙ってのものとあって、もっともむずかしい射撃になるだろう。荒れた路面が車輛のスピードを落とさせるだろうが、揺れ動くターゲットを遠方から狙うのはタフな射撃になる。そのことを心に留めつつ、ギルは、石橋から七十ヤードほどの路面に点々とある大きな穴を夜の闇が満たしていくのをながめて、時を過ごしていた。もし引き金を引いた瞬間、ドライヴァーのひとりがレティクルの下に姿を消したら、貴重な数秒を失うことになってしまうだろう。

首尾よくドライヴァーどもを射殺しても、残りの警護の連中に事態を推測する時間を与えることになるが、それは気にしなくていい。やつらは、どこにも逃げ場がなく、身を隠せるのは干上がった小川の土手ぐらいしかない、大きく開けたキルゾーンに身をさらすことになるからだ。SVDの七・六二ミリ弾は、エンジンブロックを除く、車輛のあらゆる部分を貫通するし、この潜伏場所はキルゾーンよりほんのわずか低くなっているから、だれかがエンジンブロックの下にもぐりこんで身を隠そうとしても、射殺することができるだろう。

ブリーフィングでは、ターゲットの数は十二を超えないとされていたが、ギルはそれはたんなる推測だと考えていた。戦闘において運はあてにできず、どんな場合であれ、〈マーフィーの法則〉（〝失敗する可能性のあるものは失敗する〟とか〝失敗は必ず最悪の結果をもたらす〟とかといった経験則で、『マーフィーの法則』のタイトルでベストセラーにもなっている）がしゃしゃり出てくるものだ。それにまた、敵は少なくとも一挺は、ロシア製のPSO-1程度の光学スコープのついたスナイパー・ライフルを所持しているものと想定しなくてはならない。ターゲットのほとんどはAK-47を携行していて、スナイパーの射撃にさらされていると気づいた瞬間、目に見える唯一の遮蔽物《しゃへいぶつ》である廃墟のほうへ弾をばらまきはじめるだろう。スナイパー・ライフルを持つ男がお粗末な遮蔽物を見つけだして、二、三発応射してくる可能性もある。もちろん、ロケット推進擲弾発射機《RPG》が用いられる危険性があることは言うまでもない。

どんなときもできるだけコマンチ族のような戦いかたをしたいし、コマンチ族は大地のなかに身をひそめるのが安全だと信じていたのだ。ギルは道路を観察しながら、キャメルバックの水筒から少しだけ水を飲んだ。

「タイフーン・メインへ、こちらタイフーン・アクチュアル。まだこの地点を監視できる目はないのか?」

「ない《ネガティヴ》、アクチュアル。いまもまだ覆《おお》っている雲層が厚すぎる。オーヴァー」

「ラジャー、メイン」

とそのとき、先頭車が視界に入ってきた。

「メインへ、こちらアクチュアル。いまちょうどターゲットが現われてきた。交信終了《オーヴァー・アンド・アウト》」

ギルはドラグノフの銃床をしっかりと肩づけし、先頭のSUVを照準におさめた。よごれた黒のニッサン・アルマーダだ。橋を渡る手前にある自然の下り斜面が深くえぐれているせいで、三台すべてが急激に速度を落とすだろうとわかっていた。ギルがあらかじめその部分を、サスペンションが傷むほどではなく、警戒心を起こさせない程度の深さ、つまり六インチほど掘りさげて、車輛がやむなく速度を落として橋を渡り、キルゾーンに入ってくるようにしておいたのだ。

先頭車のドライヴァーは暗いサングラスをかけ、野球帽のようなものをかぶっていて、この朝はひげを剃《そ》っていないことが見てとれた。予想どおり、先頭車は橋を渡ったあとも速度をあげようとはせず、低速を保って、あとの二台が隊列を崩さずに橋を渡ってくるのを待っていた。

三台めが橋を渡ったあとも、ギルはまだ、車列が遮蔽物になる可能性のある小川の土手からかなり離れるまで間をおいた。そして、最後尾車輛のバンパーが橋から五十フィートほど離れたとき、息を吸いこんで、引き金を絞った。

銃弾が先頭車ドライヴァーの喉もとに命中し、そいつが助手席のほうへ倒れこむ。

ギルはそのときにはすでに二台めの車輛へ銃口をめぐらし、助手席側の後部シートにすわっているアルナザリを目にとめていた。ためらわず引き金を絞る。アルナザリの頭部が、柵柱にぶつけられたカボチャのように破裂し、惰性で前進している車輛のドライヴァーが後部シートをふりかえるのが見えた。ギルは三《み》たび引き金を絞って、そのドライヴァーの顔面をふっとばした。

三台めのドライヴァーは、かろうじてシフトレヴァーをバックに入れる時間があっただけで、車体を貫通してきたギルの銃弾を浴びることになった。

彼は四秒とかけず、三台すべてを無力化し、主要ターゲットを抹殺していた。これ以後の行動はすべて、自分が生きのびるためのものになる。つかのま、十代の終わりにモンタナ山中の製材会社、ルイジアナ・パシフィックで荷掛け人として働いていたころに学んだモットーが頭に浮かぶ——やるときは仕事に集中し、やったら自分の命を守れ！　白髪まじりの老職長が笛を吹くと、ギルはほかの荷掛け人たちとともに切り倒されたばかりの四本の木の周囲に駆け寄る。そのすぐあとに職長がまた笛を吹いたときに、そこを離れていなければ、荷掛け人たちは材木に巻きこまれて山腹を転がり落ち、押しつぶされて死んでしまうことになるのだった。

その仕事に就いた最初の週、山腹の林道を歩いてくだっている最中に、材木に巻きこまれそうになったことがあった。職長がこちらに叫びかけ、よけろと猛烈に手をふっていた。ギルが林道から跳びしさった直後、それまで歩いていたところに一本の巨木が激突してきたのだ。

「けっして林道を歩くな」ギルはそうつぶやきながら、五たび引き金を引き、五人めを殺した。ふらふらと道路をはずれていく車輌は一台もなかったが、最後尾の車輌はバックで動きつづけ、ついには石橋のとっかかりにぶつかって急停止した。ギルは弾倉に残っている五発の銃弾をその車輌に撃ちこんで、あとの三名を射殺し、そいつらが溝に逃げこもうとするのを阻止した。

新しい弾倉に交換しているとき、二台めに乗っている女が身をかがめて運転席側から外に出ようとしているのが目に入った。助手席側のドアをつらぬいて弾を撃ちこむと、女は地面に倒れこんだ。ギルは、前の二台の助手席側から外に出た残る四名のガンマンどもと交戦するべく、銃口をめぐらした。そいつらは、ギルが実際にいる場所がつかめず、道路の反対側にある廃墟を狙って銃を乱射していた。

銃弾がつぎつぎに石壁に当たって跳ねかえり、あちこちに小さな砂煙があがる。

ギルがここまでに射撃に費やした時間は三十秒たらず。あと三十秒のうちに、すべてのターゲットが撃ち倒されるだろう。先頭車のフェンダーを撃ちぬくと、ひとりの男が地面に転がった。別の男が、そいつを安全な場所へひきずっていこうと手をのばす。ギルはその男の腕を撃って、肘《ひじ》から先をふっとばした。残る二名が身を低くして車輌を盾《たて》にしながら、あわてて橋のほうへ退却を始める。ギルがそのひとりを狙い、二台めのSUVのボディをつらぬいて銃弾を撃ちこむと、まぎれもない幸運で頭部に命中した。それに怯《おび》えている最後のひとりが、さっと立ちあがって必死に走りだす。

「むりして走ることはないぜ。くたびれて死ぬだけだ」ギルが左右の肩甲骨《けんこうこつ》の中間に銃弾をぶちこんで、背骨を砕くと、そいつは顔面から大地に倒れこんだ。

アルナザリの死を確認する必要は——頭部が破裂するのを目視していたから——ないが、車輌のなかになにか価値のある情報が残っているかもしれない。

「タイフーン・メインへ、こちらタイフーン・アクチュアル。こちらの声が聞きとれるか？」

「聞きとれる、アクチュアル」

「メインへ伝達。すべてのターゲットを始末した。くりかえす。すべてのターゲットを始末した。主要ターゲットの即死《KIA》を確認。オーヴァー」

「ラジャー、アクチュアル」

「待機されたい、メイン。いまからターゲット・エリアに移動し、情報を捜索する。オーヴァー」

「ラジャー、アクチュアル。メイン、待機する」

ギルは用心しつつ潜伏場所から身を起こし、いつでも撃てるようにドラグノフを肩づけして、前進を開始した。駆け足で二百ヤードを進んだのち、ちょっと足をとめて、先頭車の前方を慎重にまわりこむ。片腕を失った男が、死に瀕した僚友の頭を膝にのせ、前輪にもたれこんですわっていた。どちらも緩慢《かんまん》な失血死に至ろうとしていて、安楽な最後を祈るように目を閉じている。

ギルは四五口径拳銃を抜いた。祈っている最中の人間を撃つのはたまらなくいやなものだが、そうしなければ、おそらく彼らは失血して意識が途切れるまで祈りつづけるだろう。ギルはそのふたりの頭部に銃弾をたたきこんだ。

二発めの銃声が薄れていくとき、車輛の向こう側からひどく気になる声が聞こえてきた——携帯電話の話し声。急いで先頭車の後方へまわりこむと、二台めの助手席側ドアの陰に、肩甲骨《けんこうこつ》を銃弾に撃ちぬかれてもまだ生きている女がいるのが目に入った。アルナザリの血と脳漿《のうしょう》を全身に浴びていてもなお、目の覚めるような美女だ。激痛に耐えているのは明らかで、それだけでなく、妊娠中であることも明らかだった。

ギルはつかのま、胃がざわめくのを感じた。

「何カ月めだ？」相手が英語を理解するかどうかも考えず、彼は問いかけていた。

「八カ月」女が流暢《りゅうちょう》な英語で、喘《あえ》ぐように言う。「もしこの子が死んだら……あなたは地獄にすら行けなくなるわ」

「そうかもしれない」とギルはつぶやいて、身をかがめ、女の手から携帯電話をもぎとった。

「だれと電話を？」

「父と。父が部下たちを連れて、わたしを助けにきてくれる。あなたにとって唯一のチャンスは、わたしを生かしておいて……自分の命を救うために逃げだし、わたしが父を説き伏せて、追跡しないようにさせることよ」

ギルはほんの数秒で、行動方針を決めた。自分が受けている命令に従うならば、採るべき方針は明瞭だ。女を撃ち、つぎの夜になるまで捕獲されるのを回避し、回収のヘリに乗りこむ。だが、自分があざむかれていたことが、いまやっとわかった。レーラーはこのペルシャ《サルーク》女が妊娠していること、それがギルにとって悩みの種になることがわかっていたので、その事実を隠し通していたのだ。この背信は、妊娠している女の殺害という胸くその悪い行為より、はるかに重大な問題だ。もしこの女が撃たれる前に車の外に出ていたら、自分はその腹を見て、発砲をためらっていただろう。予期していなかったものがスコープのなかに見えたということで、ためらっていただろうし、逡巡《しゅんじゅん》はスナイパーにとって、焦燥《しょうそう》や過度の熱中と同じくらい致命的なものだ。レーラーはもちろんそのことを知っているし、あの男には、ターゲットに関係する情報を――入手可能なありとあらゆる関連情報を――工作員に与える責任があるのだ。

激昂《げきこう》した頭脳がギルに命令を下してくる。いまは自力のみが頼りであって、レーラーがどう思おうが知ったことじゃない。もしあの男に度胸があるようなら、やつに女を撃たせればいい。

ギルは女の体の下に両手をさしいれて、かかえあげた。

「いっしょに来てもらおう」

「ノー！」女が腕のなかで身をもがく。

ギルは女をかかえあげたまま地面にすわりこんで、その顔を見つめた。

「いいか、レディ、おれといっしょに来るように──いっしょに来るようにつとめてくれないと、死んでもらうことになる。おれがここにいることを語る生き証人を残していくわけにはいかないからだ。わかったか？」

女がこちらの目をのぞきこんで、その意味を理解する。この件にアメリカが関与している疑いをイラン政府に持たせてはならないというのは、筋が通った話だと。じつのところ、彼女はギルがドアの陰にまわりこんでくるまで、山賊に襲われたのだと信じていて、いまこのときも、父とその部下たちは山賊を向こうにまわすことになると考えていたのだ。

ギルの無線機が作動する。

「タイフーン・メインから忠告……電子的探査により、そちらの女性ターゲットによる携帯電話の交信があったことが報告された。くりかえす。そちらの女性ターゲットは生きていて、敵と交信し、その軍勢がそちらの現在地点へ向かっている。到着予想時刻《ETA》は──四十分後。了解《コピー》したか？　オーヴァー」

「ラジャー、メイン。コピーした。ターゲットは無力化されている。至急の回収を要請する。オーヴァー」

「タイフーン・アクチュアル、それは緊急事態の宣言か？　オーヴァー」

ギルには、日中にナイトストーカーズに回収してもらう許可を得るには、緊急事態を宣言するしか手がないことがわかっていた。とはいえ、エージェント・レーラーに逆《さか》ねじを食わせてやる気になったというだけの理由で、ヘリのクルーを危険にさらすわけにはいかない。

「タイフーン・アクチュアル、それは緊急事態の宣言なのか？　オーヴァー？」

ギルは灰色の空を見あげた。雲層はまだひどく低くて厚く、衛星も無人機も地面を観察することはできないだろう。

「ネガティヴ、メイン。ネガティヴ。現時点において緊急事態を宣言するつもりはない。計画どおりに任務を進める。オーヴァー」

「ラジャー、アクチュアル」

通常の状況ならば、四十分という時間的余裕は、だれを相手にするかがわかっていない敵を回避するのにじゅうぶんなものだ。だが、負傷した妊娠中の女を連れての逃走、回避となると、事情はまったく異なってくる。どれほど熟練した工作員でも、こんな任務に従事したことはない。即興でやるしかないだろう。

「歩けるか？」

「アフガンとの国境まではむり！」女が吐き捨てた。「忘れないで。あなたがわたしを撃ったのよ！」

彼は思わず笑ってしまった。

「必要となれば、また必ず撃ってやるさ」

18

アフガニスタン
カブール

アメリカ合衆国国務省から派遣された、〝トムとジェリー〟なるコードネームを持つ二名の使者が、二千五百万ドルに相当するアフガンの通貨、アフガニで身代金を支払う命令を受けて、大統領官邸に到着した。彼らはそこで、カルザイ大統領に指名された仲介人であり、タリバンの捕虜になっているサンドラ・ブラックスの身代金支払いの業務に携わる代理人と、短い協議をおこなった。大統領自身は、その日は官邸にいなかった。以前から提案していた、アフガンを経由してイランからはるかインドまでつづく天然ガス・パイプラインの計画を協議するためという表向きの理由で、パキスタンのアボッターバードに出向いていたのだ。

公式には、〝トムとジェリー〟は在カブール・アメリカ大使館の外交官とされていたが、実際には、アメリカ陸軍デルタ・フォースに所属し、SOGの指令によって行動する、武装を整えた隊員たちだった。カーキ色のズボン、黒の革ブーツ、野球帽という身なりで、それによく合う濃い黄緑色《オリーヴ・ドラブ》のノースフェース製ジャケットを着こみ、その内側にそれぞれが、H《ヘッ》

&Ｋ《ケラー&コッホ》-ＭＰ７という、毎分九百四十発を発射できる四・六ミリ口径の短機関銃を携行している。

仲介人に身代金を渡したあと、この二人組チームは外で待機し、ひそかに仲介人のあとをつけて、引き渡し地点へ行くことになっていた。彼らが受けている命令は明快だ。第一は、途中で現金が強奪されないようにすること。第二は、もしブラックス准尉が交換場所にいた場合――そうはならないだろうと予想されているが――彼女がぶじ仲介人に引き渡されるまで待ち、その後、現場にやってきたすべてのタリバンとＨＩＫメンバーを――ひとり残らず――抹殺し、二千五百万ドル相当のアフガニを回収すること。

トムはいま、くたびれたニッサン車の運転席にすわり、オークリーのサングラスごしに官邸を監視している。

「あのいやみな仲介人野郎は信用できない。そうだろう?」

ジェリーはイヤフォンでリアルタイムの情報に耳を澄ましている最中とあって、人さし指を立ててみせただけだった。ネヴァダ州インディアン・スプリングズにあるクリーチ空軍基地から、衛星中継で送られてくる情報だ。クリーチには中央軍――ＣｅｎｔＣｏｍ《セントコム》――第四三二航空団の本拠があり、そこのエアコンがきいた安全なオフィスでパイロットたちが無人機《UAV》を遠隔操縦している。仲介人が別の出入口からこっそりと出ていこうとした場合、それを探知するために、ＵＡＶがこの三万フィート上空を周回しているのだった。

「オーケイ、彼らが出てくる」ジェリーが言った。「もうすぐ、メイン・ゲートを通りぬけてくるはずだ」

彼らは街路の少し先にあたる地点に、くたびれた街の風景に似つかわしい、ありふれた白のニッサン車を駐車していた。UAVが持ち場についているので、仲介人を継続的に視認しておく必要はない。もし交通渋滞に巻きこまれても、クリーチから方向を指示する情報が送られてくるだろう。上空から判別ができるよう、彼らの車のトランクリッドは真っ黒に塗られていた。

トムがシフトレヴァーをD《ドライヴ》に入れる。

「さあ、行くぞ」黒塗りのSUVが視界から消えるのを待って、彼は車を発進させた。

カブールの街路を二十分ほど、ほぼ南西の方角へ車を走らせたところで、SUVが道を折れて、街の郊外に近い遺棄された工業地区に進入したとの情報をクリーチが送ってきた。トムとジェリーがあとを追うと、SUVがその地区を直進して、街区の半分を占める大きな倉庫に入っていくのが見えた。SUVがなかに乗り入れたところで、AK-47を肩に吊るし、カーキ色の軍服をだらしなく身につけた二名の男たちが、上下開閉式の大きな扉をおろして閉じる。

トムはシフトレヴァーをP《パーキング》に入れた。

「あのふたり、タリバン野郎のように見えたか?」

ジェリーが首をふる。

「クリーチへ伝達。AK-47を携えた軍服姿の二名の男たちが、ジャッカルの到着を待ち受けていた」ジャッカルは仲介人につけられたコードネームだ。

ふたりは街路の反対側に車を停めて、監視をつづけた。両国の協定により、身代金支払いの場所はアメリカ大使館には知らされていなかった。身代金目当ての拉致《らち》はカブールではありふれたビジネスであり、アフガン政府の要人や富裕な市民を安全に取りもどすために犯人の要求に従うというのが、標準的なやりかたになっている。少数の例外を除き、拉致されたひとびとは身代金が支払われてから二十四時間以内に解放されるのが通常ということで、アメリカ大使館は国務省に対し、サンドラ・ブラックスを可能なかぎり早急かつ穏便に解放させたければ、その既成のシステムに従うのがおそらく最善であろうと忠告していた。

トムとジェリーは、そのシステムにおける唯一の改変点であり、アメリカ国務省がひそかに用意した切り札だった。国務省は、全世界の野心的な若いテロリストたちに対し、アメリカ軍の女性の拉致や暴行という大それたことはすべきでないというメッセージをなんとしても送りつけたいと思っているのだ。交換の場に残された犯人どもの死体は、そのメッセージを明白に示すものになるだろうと考えられていたが、それができるのは、サンドラの身柄が現金と引き換えに即刻、引き渡された場合にかぎられる。CIA内には、サンドラがそこにいる可能性がきわめて高いと考えている人間がおおぜいいた。その理由は、これほど危険な捕虜を、絶対的に必要な時間より長く確保しておく必要が——とりわけ、身代金が支払われ、関係者のすべてが有効性の実証されている交換システムに従っているとなれば——どこにあるというのか、というものだ。

「彼女があのなかにいると思うか?」ジェリーがシートにもたれこみ、ダッシュボードにブーツの片足をのせて、問いかけた。

トムが首をふる。

「そんなわけがない。この件は、なにからなにまで臭《くさ》い。実行犯のくそったれどもは、あれほど大量の現金を持って、われわれに追われることなく、どこへ逃げようとしてやがるのか？　やつらが相手にしているのはアフガン政府などじゃなく、CIAなんだ。UAVの監視の目を逃《のが》れられるわけがないだろう？」

「だが、それは無知な山岳民族の場合の話だろう」ジェリーが釘を刺した。

「あの連中は、無知な山岳民族のように見えただろう？　しかも、それだけじゃなく、ジャッカルは空に目があることを知っている。彼は、われわれが監視をするのかと尋ねもしなかった。われわれの知らないなにかを知っているかのように、ほほえんだだけだ。あの男、なにかをもくろんでやがる。そうにちがいない」

「彼が分け前を狙ってると考えてるのか？」

「悪党の仲間はみんな、分け前をもらうもんだ」

「しかし、あの男はカルザイがじきじきに選んだんだぞ」

「で、そのカルザイはいまどこにいる？」トムが言った。「都合よく、このいまいましい国の外に出てるんだ。はっきり言って、この件は気にくわない。クリーチに、われわれはもっとそばに近寄って、ようすを見ると伝えてくれ」

「しかし、われわれは――」

トムが銃をチェックする。

「ケツをあげる準備をしろ」

ジェリーがシートにすわりなおす。

「クリーチへ伝達……トムがそばに寄って、ようすを見たいと言っている。怪しい状況であるように思われる」しばらく相手の声に耳を澄ましたあと、彼はトムに目を向けた。「ラングレーに許可を求めるとのことだ」

「許可なんぞ、くそくらえだ」とトムが応じて、車を降りる。「ラングレーが手をこまねいてるあいだに、この取り引きは大失敗に終わってしまうぜ。さあ、行くぞ」

ジェリーも車を降り、トムを追って街路の横断にかかった。

「クリーチへ伝達。われわれはそばでようすを見るために、接近中」

「報告しなくても、あっちにはわれわれが見えてるんだぞ、このばか」

ジェリーが笑う。

「ばかはそっちさ。おれは自分の仕事をしてるだけだ」

彼らは、見張りがいるだろうかと用心しながら倉庫のほうへ走っていったが、こちらを見ている人間はどこにもいないようだった。

「あの連中、自分らはぜったいに安全だと思ってるらしい」ジェリーが言った。

「そう思うのが当然だろう？」とトムが応じる。「あのなかに入りこんだのはカルザイの選んだやつで、もしやつがＨＩＫと結託しているとしたら、いったいなにを恐れる必要があるというんだ？」

彼らは倉庫の裏側に沿って、進んでいった。注意すべき窓やカメラはどこにもなかったので、危険な気配が感じられたらすぐに銃を抜きだせるよう、両手をジャケットの内側につっこんで、走っていく。

「ヘイ」ジェリーが声をかけた。「いま、クリーチがラングレーから許可を得たぞ」

「クリーチによろしくな」壁面沿いに二、三百ヤード進むと、人間が出入りするためのドアがあったので、トムはもう倉庫のメイン・エントランスからじゅうぶんに離れただろうと思って、足をとめた。「オーライ、態勢をつくれ。突入するぞ」

彼はドアのノブを試したが、ロックがかかっていた。

「くそ！　得意のあれをやってくれ」

ジェリーがドアの前で片膝をつき、ポケットからピッキングのセットを取りだす。だれかがいまのふたりの姿を目にしたら悪事をもくろんでいると考えるにちがいないとあって、トムはジャケットの内側からMP7を抜きだした。ジェリーが一分とちょっとでドアのロックを解き、あとずさったので、トムは倉庫に入りこむことができた。ふたりが内部に忍びこむと、そこは天窓からの日射しに照らされていることがわかった。両側の壁面に沿って、頭の高さの保管棚がつづいているので、壁際は薄暗い。どちらの棚にも、得体の知れない奇妙な物品やがらくたがぎっしり置かれていて、そのなかには、乗用車やトラックの部品、中古のブルドーザー用タイヤ、航空機の機体部品、さまざまな木製クレート、空《から》の木枠、やはり中身のない貨物パレットなども混じっていた。

二名の特殊部隊員が壁面に沿って、がらくたのあいだを抜けながら、ここに接近する際にめざした裏側のほうへ進んでいくあいだに、前方からあわただしくどたばたと動くような音が聞こえてきた。裏側まであと五十フィートほどのところまで近づくと、車種も型式も異なる、ありふれたタイプの乗用車とヴァンが五台、そこに並んでいるのが見えた。一列に並んでいるテーブルのそばにジャッカルが立ち、二十人ほどの男たちがすでにテーブルの上に置いた五個の軍用ダッフルバッグに、アフガニの現金の束を分割して押しこんでいるところだった。どうやら、待機している五台の車に分けて載せ、どことも知れない場所へ運ぼうとしているらしい。

「あれが通常のやりかたに見えるか？」小声でトムが問いかけた。

「知るもんか」肩をすくめて、ジェリーが言った。「おまえはどうしたいんだ？」

トムがすばやく、ジャッカルの態度と表情を観察する。中肉中背の男で、年齢は四十代後半、黒い髪と黒く太い眉をしている。仲介人の役割を務めている男のようには見えない。ただの傍観者のように見えると言ったほうが、はるかに近いだろう。それだけでなく、そいつは不安そうな顔をして、絶えず腕時計で時刻を確認していた。

「やつらを始末しよう」トムが腹を決め、MP7の伸縮式銃床をのばす。「これはまともな状況じゃない」

ジェリーが規則に従い、自分たちが行動を起こすことをクリーチに通知する。

その返事を待たず、ふたりは銃を肩づけして、隠れていた場所から足を踏みだした。

「動くな！」トムが迅速に前進しながら、思いきり声を張りあげて叫んだ。「両手を上にあげろ！　両手をあげるんだ、くそったれども！」

激烈に鳴り響くその声を聞いて、男たちのほとんどが真っ青になり、両手をさっと上にあげた。

ジェリーがすばやく倉庫の上階に視線をめぐらしながら迅速に動いて、トムの左手にまわりこみ、L字隊形を形成する。そうすれば、だれひとり脱出できず、同士討ちの危険も避けられるからだ。

だが、ジャッカルと、AK－47を持つ二名の男たちだけは、両手を体のわきに垂らしたまま、平静を保っていた。

「両手を上にあげろと言っただろう！」トムが叫んだ。「ことばがわからないなどとは言わせないぞ！」

AK－47の男たちはゆっくりとその命令に従ったが、ジャッカルはほほえむだけで、そうはしなかった。

「ここになにをしに来た？」ジャッカルが揺るぎのない黒い目でふたりを見つめ、冷静な声で問いかける。「同胞のパイロットを死なせたいのか？　こんなことをしている時間はない。きみらはここに来るべきではなかったんだ」

「いったいなにをやってるんだ？」トムが強く迫った。

「街の外へ運ぶために、現金を分けているところだ」ジャッカルが答えた。「一台に全部を載せて運ぶだろうと予想していたのか？　そんなばかなことをするわけがないだろう」

「ジェリー、この状況をクリーチに伝えてくれ」

ジェリーが無線機を使って、現況を報告する。

「もう、この男たちに両手をおろさせてもいいか？」ジャッカルが尋ねた。「きみらのせいで、彼らは死ぬほど怯《おび》えているようなんでね」

トムが彼らの顔をさっと一瞥《いちべつ》する。だれも怯えているようには見えなかった。必死になっているように見えた。

「両手をあげたままにさせておけ。ＡＫ‐47を持ってるふたりは、それを床に置くように——ゆっくりとだ！」

ジャッカルがため息をついて、言われたとおりにし、指示されたことをパシュト語に通訳して、穏やかに男たちに伝える。

「よけいなことを言うな！」トムが叫んだ。「しゃべるのは英語だけにするんだ！」

ジャッカルがまた、ため息をつく。

「両手をあげておくようにと言っただけだよ。これでは貴重な時間をむだにするだけだ」

ジェリーはいまも小声でクリーチと交信し、ラングレーにいる連中にこの状況を詳しく伝えていた。

「この男たちの何人がタリバンで、何人がＨＩＫなんだ？」トムは詰問した。

「この男たちはみな、タリバンでもＨＩＫでもない」ジャッカルが答えた。「これが彼らの仕事でね。彼らはわたしのために——われわれのために——働いている。この全員が職業的仲介者なんだ。きみらには立ち去ってもらう必要がある。きみらがここにいる時間が長くなればなるほど、同胞のパイロットをさらに危険にさらすことになるんだ」

「ジェリー？」

ジェリーが肩をすくめる。

「クリーチが言うには、ラングレーはこの状況を案じていない。われわれは撤収していいんだ」

「もう満足しただろう？」ジャッカルが問いかけた。「きみらは出ていったほうがいい。われわれに仕事をさせてくれ」

「いや、まったく満足してない」トムが言いかえす。「この連中を、頭の後ろで両手を組ませて、テーブルの前に並ばせておけ。われわれはこの五台の車を捜索する。もしあんたがパシュト語でなにかを言おうとしているとおれが考えたら、死んでもらう」

「きみが彼を説得してくれないか？」ジェリーに向かって、ジャッカルが言った。「彼はクレイジーだ。このままでは同胞のパイロットが殺されることになるぞ」

ジェリーが男たちの群れに銃口を向けたまま、声をかける。

「トム、ラングレーはわれわれの撤収を求めているんだ」

「ラングレーの連中はこの場にいやしないんだ、ジェリー。ラングレーには、おれが見ているものが見えてるわけじゃない」

「きみはなにを見ていると？」とうとう感情を抑えきれない声になって、ジャッカルが問いかけた。「言ってくれ。きみはなにを見ていると考えているんだ！」

「びくついてるくそったれどもの集団だ！」トムが叫んだ。「さあ、やつらを並ばせるんだ。頭の後ろで両手を組ませて、床にひざまずかせろ。さっさとやれ！」

「彼らがびくつくのもむりはない」あきれたような笑い声をあげて、ジャッカルが言う。

「銃を持つクレイジーな男がいるんだからね！」

「やれ！　さっさとやるんだ！」

「頼むよ！」ジャッカルが懇願するような口調でジェリーに話しかける。「司令部のひとびとに伝えてくれ。彼らに伝えて、この男の行動を統制させてくれないか。これでは、きみらの同胞のパイロットは深刻な危機にさらされることになるぞ！」

いまはジェリーもそう考えるようになっていた。

「彼は、われわれが車を捜索するのを望んでいない」

「もちろん、こいつはそれを望んじゃいないさ」トムがジャッカルのほうへ足を踏みだして、床に蹴り倒し、その顔に銃口を突きつけながら、声を張りあげて叫ぶ。「このくそったれどもを並ばせろと言っただろう！」

「わかった！」ジャッカルが両手を前に突きだして、叫びかえした。「わかったとも。だが、これは途方もなくまちがった行動だ。きみは窮地に立たされるぞ。わたしはアフガン政府の外交官なんだ」

「おまえは敵だ！　こいつらを並ばせろ！」トムがジャッカルのわき腹を蹴りつけた。

ジャッカルが急いでその男たちに声をかけて、場所を指さすと、彼らがゆっくりと一列に並びはじめた。

ジェリーは玉の汗を浮かべていた。もしこの連中を撃ち殺す結果になったら、ただの誤解だったではすまなくなり、自分とトムは残りの人生をレヴンワース刑務所で送るはめになるだろう。

「トム、これはまずいぞ」

「わかってるさ」トムがジャッカルを凝視しながら、肩ごしに声を返した。「だが、このくそ野郎は嘘をついてる」ジャッカルのそばを離れ、ひざまずいている男たちの背中を順番に蹴りつけていく。ついには、彼らはひとり残らず、頭の後ろで両手を組んだ格好で、よごれた床に倒れ伏すことになった。「こいつらに、両足を組めと指示しろ」

ジャッカルがよごれた床に横倒しになったまま、彼らに声をかけ、彼らが足首のところで両足を組む。

全員を捕虜にして統制下に置いたことで、ようやく満足したトムが、彼らの背後に立ち、ジェリーに指示して、五台の車を捜索させた。

ジェリーはすばやく二台のセダンを捜索したが、なにも出てこなかった。ヴァンのほうへ移動し、そのサイド・ドアを開くと、生命のない人体を覆《おお》う、血に染まった毛布が目に入った。毛布の下の端から、女の脚と足首が突きだしている。

「なんだこれは！」彼は言った。「死体が——女の死体がある！」

「きみらはなにもわかっちゃいない！」ジャッカルがさっと立ちあがって、言った。

男たちのひとりが頭の後ろで組んでいた手をはずし、シャツの前側に隠し持っている拳銃に手をのばす。トムがオートマティックの一斉射をその男にたたきこみ、左右にいるふたりの男も巻き添えになった。並ばされている残りの捕虜たちがよごれた床に身を伏せて、両手で頭を覆い、ジャッカルが身をひるがえしてSUVのほうへ駆けだす。三歩も走らないうちに、トムが彼を撃ち倒した。

ジェリーはヴァンのそばで身をかがめ、いまはよごれた床に顔を伏せて、失禁でズボンを濡らしている男たちに銃口を向けていた。

「もう安全か？」

トムが弾倉を交換して、返事をする。

「安全だ！」

ジェリーは立ちあがって、ヴァンのなかに入りこんだ。毛布の端から、血で茶色いモップのように固まった髪がはみだしているのが見える。彼は毛布を引きはがした。

「くそったれどもに殴り殺されたんだ」

トムが男たちのほうへ近寄って、蹴りつけていく。

「ここに、英語が話せるやつはいるか？　ひとりもいないのか？　オーケイ、くそ野郎ども、いますぐ死んでもらおう！」

一本の手があがる。

「おれ、英語、へた」

「へたな英語を話す？　よし、立ちあがれ、へた英語野郎」

痩《や》せこけた若い男が、震えながら立ちあがる。ズボンの前が、小便で濡れていた。

「彼女を殺したのはだれだ？」

若い男がなんのためらいもなく、ふたりの男たちを指さす。そのふたりはいまも頭の後ろを両手で覆って、よごれた床に伏せていた。

トムがそこへ足を運び、そいつらの手の甲に真新しい切り傷があることを確認する。彼はありったけの力をこめて、そのふたりのわき腹を蹴りつけた。

「いまのは、ただの手始めだぞ」

ジェリーが毛布をかぶせなおして、ヴァンを降りる。

「クリーチへ伝達。対象者は到着時死亡《DOA》。くりかえす。対象者はＤＯＡ。死亡時刻は約十二時間前と思われる。つづいて伝達。ジャッカルは即死《KIA》。ＣＩＤの出動と、十六名の捕虜を取り扱うのにじゅうぶんな保安処置を要請する」じりじりしながら相手の声に耳を澄ましたあと、彼はうんざりしたような薄笑いを漏らして、それに答えた。「ラジャー、クリーチ。身代金はすべて確保されている」

19

イラン
シスタン・バルーチスタン州

ギルは困難な選択、ひとつの困難な選択に伴う困難な選択に迫られていた。SEAL隊員は殺し屋ではなく、戦士であり、自分たちに戦いを挑んでこない女や子どもに戦いを仕掛ける意図を持って、戦闘に臨むことはない。ときに付帯的損害は出るにせよ、それはつねに不運なめぐり合わせであって、SEAL隊員が意図して非戦闘員の命を奪うことはけっしてない。付帯的損害が出ても、ほとんどの隊員は――少なくとも表面的には――そのことを気にかけようとはしない。これは戦争で、自分たちは国のために戦っているのであり、神がすべてを解決してくれるだろうと、自分たちに言い聞かせるのだ。そうしないかぎり、さまざまな惨事に直面する彼らがどうして生きつづけることができよう？

ギルはそういう考えかたに完全に同意しているわけではないが、ときにはそれを選択する以外にない状況に置かれることもある。とはいえ、妊娠中の女を撃つためにDEVGRUに加わったのではない。自分は、レーラーによってこの世の荒野に放たれて、よごれ仕事をやっている男たちのような、殺人機械ではないのだ。このサルーク女を連れて帰るか、それをやろうと試みて死ぬかのどちらかしかない。最終的に海軍を除隊したときに、妻の顔をまともに見られる男でありたいし、それができないようなら、生きて国に帰っても、たいした意味はないだろう。死より、汚点を残して生きることのほうが、はるかにおぞましい。

DEVGRUの同僚たちの大半は、道路上で妊娠中の女を間近から撃つという不快な決断を迫られた場合──さっきギルが祈りの最中のガンマンたちを撃ったのとまったく同様に──いやいやそれをして、そのあと、これも任務の一部としてかたづけてしまおうとするだろう。それにまた、クロスホワイトやスティールヤードなどは、おそらく女を撃つだけでなく、帰還したときに、それを迫られたことを激しく罵倒《ばとう》するにちがいない。なぜ自分は彼らのようになれないのか、そこのところがよくわからない。なりたいものだと思う。自分はそれほど強くないのか、あるいは、ある種の事柄に関しては理想主義に走りすぎるのか。なんにせよ、SEAL隊員は、あのタリバン野郎どもがサンドラ・ブラックスにしでかしたようなまねはぜったいにしないのはたしかであり、それを行動の手本にするのが唯一の方策であるのもたしかだ。となれば、快く思わないやつがいようがどうしようが、なにがなんでもそれを手本として行動するしかないだろう。

「やはり」ギルはつぶやいた。「いまは自分で決めるべきときだ」

まずは女を、より安楽だと思われる後部シートにすわらせてから、良好そうなAK‐47を一挺と、運べるかぎり多数の予備弾倉を見つけだしにかかる。あわただしくその捜索をしているあいだに、ひとつの死体の上着のポケットを探ると、くたびれた感じの手榴弾が見つかった。四オンスのTNT火薬が詰められた、旧ソ連軍のRGD－5手榴弾だ。この開けた地形と近辺の道路状況を考えると、あまり役には立ちそうにないが、手榴弾には敵に投じる以外にもいろいろと使い途《みち》がある。敵の到着に備えて、あとに残しておけば、上首尾な結果を生むことが少なくない。ギルは手榴弾のピンを抜いてから、安全レバーが下になるようにして、それを男の上着の内側に置いた。こうしておけば、体が動かされると、手榴弾が上着の内側で転がって安全レバーを解放し、内部の信管に点火するだろう。そして、四秒後に……ドカンと爆発する。

一台のトラックのなかで救急キットを見つけたので、そのなかの包帯を女の傷口に巻き、折れている鎖骨が動かないように、腕を胸部に固定した。

「逃げたほうがいいわよ」顔に汗を浮かべながら、女が言った。

彼は腕時計で時刻を確認した。

「そんなに遠いところへ行くわけじゃない、レディ。それと、父親にこちらを攻撃させたくないのなら、彼の外見を説明してくれたほうがいいだろう」

「あなたが先に撃てるようにってことね！」

ギルは肩をすくめた。

「好きに考えればいいさ」女の両手をつかんで、道路からおりるのを助ける。「さて、よく聞いてくれ。もしおれの足取りを鈍らせるようなことや、なにかつまらないまねをしたら――それがなんであっても――きみを撃つ。わかったか？」

女がこちらをにらみつけ、かなり間をおいてから一度だけうなずいた。

ギルはベドウィンのようにシュマーグを頭に巻きつけ、ＡＫ－47を背中に吊るしてから、女の腕を取って大地を歩きだした。道路をはずれて半マイルあまり進んだところで、女をすわらせる。そして、スコップを取りだして、穴掘りを始めた。

「きみの父親はアヘンの密輸業者なんだろう？」

女は、彼が見つけて肩にかけてやっていたコートを身に引き寄せ、なにも聞かなかったかのように、いま来た方角をぼんやりと見つめた。

「それにまちがいないだろう」ギルは、固い地面にスコップを突き立てながら言った。「そうでなかったら、いまごろはもう、あの放射能爆弾工場の警備員たちがここに来ているはずだ。彼は手下どもの何人を引き連れてくるんだ？」

女がじっと見つめてくる。

「全員を」

彼は笑った。

「打ち解ける気はまったくないようだな？」

女がまた目をそらす。

「あなたは人殺しなのよ」

「それは、見方によっては真実なんだろう」

ギルはしばらくのあいだ、土を撒《ま》き散らさないように注意しながら地面を掘りつづけた。敵が双眼鏡であたりの地形を探っても、新たに土を掘りかえした形跡を見つけられないようにするためだ。

「ネダのことは憶えてるか？」

何分かたち、女がもぐりこめるかたちの穴を掘ったところで、彼は問いかけた。ネダ・アガソルタンは二十六歳になった二〇〇九年、イランで起こった自由を求める抗議運動のなかで射殺された女性だ。その死の光景は数分後には、インターネットを通じて全世界に伝えられた。

女がまたこちらをふりかえり、黒い目に不信の思いをこめて見つめてくる。

「あなたがネダのなにを知ってるというの？」

「テヘランの街路でパスダランに殺されたことは知ってる」彼はキャメルバックの水筒から水をひとくち飲んだ。パスダランというのは、イランの宗教政治体制を守っている特殊組織、革命防衛隊のことだ。「イランの人権弾圧に抗議しているときに殺されたことも知ってる」

女がばかにしたように肩をすくめる。

「だれがネダを殺したのか知ってる人間はいないわ」

「だが、きみは知ってる」彼はまたスコップを手に取った。「きみの国にも善良なひとびとはいる。イラン人のすべてが密輸人と殺し屋というわけじゃない」

女がさっとふりむいて、鋭く言いかえす。

「わたしは密輸人じゃないし——あなたは殺し屋なのよ！」

彼は地面にすわりこんだ。

「きみの父親が密輸している麻薬は、おれがこれまでに殺したのより多数の人間を殺してる。しかし、それでいいってことなんだろう？　彼らは異教徒にすぎないんだからな」

女が作り笑いを浮かべて、また顔をそむける。

「自分の墓を掘るがいいわ、アメリカ人。自分の墓を掘るのに専念して、わたしのことはほうっておいて」

ギルは小さく笑って、つぶやくように言った。

「これはきみの墓穴さ」また少し掘ってから、彼は問いかけた。「彼が、アルナザリが、きみの夫だったのか？」

「それ以上の存在だった」誇らしげに女が言う。「彼は英雄だった。そしていま、彼は殉教者になったわ」

「だが、彼はスンニ派で——きみはシーア派だ」

女が笑いとばす。

「そう聞かされてるの？　わたしの家族はシーア派ではないわ」ギルの結婚指輪に目をとめる。「あなたの奥さんは、あなたがやってることをどう思ってるの？」

「妻はおれがやってることをよく知らない。それはともかく、妻には二度と会えそうにないと言えば、きみは気をよくするんじゃないか。きみの面倒を見なくてはならないせいで、おれは危険な状況にさらされることになるんだ」

女が突然、誇りをかなぐり捨てて、こちらに向きなおる。

「わたしはひどい痛みに襲われてるのよ」

「だが、きみは王者のようによくそれに耐えてる」ギルは女をほめた。「モルヒネを与えてやりたいのはやまやまだが、それをすると、いざというときに歩けなくなるかもしれないんでね」掘るのを中断して、スコップに体重をあずけ、巻いていたシュマーグをはずす。「とはいっても、きみは激痛に苦しむことになりかねないから、選択の余地はほとんどないというわけだ」

ギルは自分の救急キットのなかを探った。そして、少量のモルヒネを、彼女の負傷しているほうの肩に注射した。彼女の顔から緊張感が一気に消え、痛みがやわらいで、目が少しうつろになるのが見てとれた。掘った穴に、彼女を寝かせる。地面よりほんの二、三インチ、低くなったにすぎなかった。

「銃撃戦が始まったときに、弾を浴びたくなければ、頭をあげないようにしておくことだ。さあ、きみの父親の外見を説明してくれ。彼を撃たないように心がけよう」

モルヒネが彼女の心の抑制をいくぶん解いて、協力する気にさせたようだ。

「父は眼鏡をかけてる。黒いひげを生やしてる」

ギルは自分用の穴を掘り終え、そこに身をおさめて、ドラグノフ・スナイパー・ライフル《ＳＶＤ》を肩づけした。携えてきた弾倉は二十個。計画された任務には多すぎる数だったが、この新たな展開を考えると、二百発という弾数はいささか少ないような気がしてきた。ＡＫ-47用の三十発入り弾倉が二十五個あるが、ＡＫ-47での撃ち合いとなると敵と同等の立場になってしまう。ＳＶＤの銃弾をすべて命中させるようにしなくてはならないだろう。

ほどなく、女の父親の手下どもが二台のトラックにぎっしり乗りこんで、やってきた。その数は約二十名。その多数が、待ち伏せを受けた車列の周囲で防御態勢をとり、女の父親とその側近が現場を歩きまわる。ギルはしばらくその男の動きを観察してから、スナイパーの姿を求めて、ほかの男たちのようすを探った。

すると、二台めのトラックの背後に立って、高性能の大型双眼鏡で周囲の土地を観察している男が目にとまった。合成樹脂製の銃床がついたドラグノフを胸の前に吊るしていて、それの光学スコープはギルのPSOよりはるかにすぐれたものだった。その態度から、そいつは自信満々であることがうかがい知れた。おそらく、これまでに何度も遠方から商売敵《がたき》の麻薬密輸人どもを仕留めて、このサルーク女の父親が土地の大立者になることを助けてきたのだろう。

そういうやつを生かしておくわけにはいかない。つまり、いますぐあの連中と交戦を開始しなくてはいけないということだ。開けた土地でのスナイパー同士の戦いはどちらが勝つか予想がつかないのだから、公正な撃ち合いに持ちこむつもりは毛頭ない。T字状のレティクルをそのスナイパーの胸に重ねて、引き金を絞った瞬間、死体の上着の内側に隠しておいた手榴弾が爆発した。

スナイパーが爆発音のあがったほうへ身をひねったせいで、ギルの放った銃弾はそいつのわき腹に当たってしまった。

くそ！　だれかがまさに最悪の瞬間に、あの死体を動かしたのだ。

ふたたび発砲すると、スナイパーの左肩に命中して、その体が後方へ回転した。三発めを撃ったとき、爆発地点のほうから走ってきた別の男がスナイパーにぶつかった。そいつが運悪く銃弾を浴び、スナイパーのほうは宙にふっとんで、姿が見えなくなった。

ギルは、自分が窮地に陥ったことを悟った。あのスナイパーは死んではいない。重傷を負いはしただろうが、それでもけっして戦いをやめようとはせず、すでに応戦場所を確保して、スコープでこちらの位置を探っているにちがいない。ギルは、周囲に散開した連中は無視して、これまでの射撃をチェックし、スナイパーの姿を探した。

そいつはどこかに消え失せていた。

それから一分とたたないうちに、十五名ほどのガンマンが——女の父親も含めて——ひろく散開し、いつでも撃てるようにAK‐47を肩づけした格好で、こちらへ前進を開始した。いまギルがそいつらを狙って発砲すれば、おそらくは二、三人を撃ち殺したところで、このドラグノフが巻きあげた砂埃《すなぼこり》が敵スナイパーに発見されて、自分が始末されることになるだろう。

「ブラックロックで味わった最悪の日を思いだすぜ」女にモルヒネを与えておいてよかったと思いながら、彼はつぶやいた。そうしておかなかったら、彼女はみずからに危険が降りかかるのも顧みず、この位置を暴露していたにちがいない。彼女を盾《たて》にしようかという考えがちらっと浮かんだが、それは臆病者の行為であり、隅に追いつめられた鼠《ねずみ》でももっとましなことをするだろう。敵の連中がこちらのおおよその位置を探りだしたことが見てとれた。

「タイフーン・メインへ、聞こえるか？　オーヴァー？」

「よく聞こえる、アクチュアル」

「タイフーン・メインへ伝達……」ギルはちょっと間をとって、そのあとのことばを選んだ。「タイフーン・メインへ伝達。こちらは十名以上のガンマンに狙われ……能力の不明な一名のスナイパーと対峙《たいじ》している。このあと、もしまた報告ができるようならそうする。オーヴ返事の声にはそこはかとない不安の響きがあった。

「アクチュアルへ、緊急事態を宣言するつもりか？　オーヴァー」

かたがついてしまうだろう。

「ネガティヴ、メイン。どのみち、応援が来る前に、かたがついてしまうだろう。タイフーン・アクチュアル、アウト」ギルは無線のスイッチを切り、ＰＳＯをのぞきこんで、ターゲット・エリアのようすを探った。「くそ野郎め、もしおれがおまえの立場だったら、どこに身を置くだろう？」

20

アフガニスタン
カブール SOG作戦センター

CIAエージェント、レーラーが不安げなため息を漏らして、コーヒーカップをテーブルに置き、かなり混みあっている作戦センターのなかをいらだたしげに見まわした。

「なんで彼は交信を断ったままでいるんだ？ 彼がなにも知らせてこなければ、われわれがリアルタイムの情報を収集するすべはないだろう？ こちらからはなにも見えないことが、彼にはよくわかっているはずなのに。だれでもいいから、あの地表が見えるようにしてくれないか」

空軍の連絡将校が咳払いをした。

レーラーがその女性将校のほうをふりかえる。

「ミスター・レーラー、いまもクリーチとの交信は維持しています」辛抱強く彼女が言う。

「その報告によれば、現地には前線が近づいているそうですが、雲層はいまなお五千フィートより低い高度に垂れこめているとのことです。もしUAVを雲層の下に下降させたら、敵に発見されることになるでしょう」

レーラーは鬱憤《うっぷん》を募らせていた。過去三週間、熱を入れて進めてきた作戦の推移をわが目で見ることができないせいで、気分がむしゃくしゃしていたのだ。アルナザリが撃たれる光景を目撃することもできず、いまはいまで、予想される激烈な銃撃戦を見ることもできそうにない。これでは、自分は提供できるかぎりの情報をすべて与えて、ホテルの部屋に缶詰にされているのと変わりがない。一瞬でもいいからUAVをターゲット・エリアの雲層の下へ下降させろと命令を下したいところだが、もしそれがイラン政府のなにかの機関に発見されたら、アルナザリ暗殺にアメリカが関与したことを示す動かぬ証拠となってしまうだろう。だが、それがどうだというのだ。どのみち、あの工作員が真相を暴露してしまいそうな展開ではないか。

「メトカーフ大佐？　なにか提案は？」

メトカーフが椅子にもたれこんで、顎をさする。

「わたしの部下にどんな仕事をさせたいと考えていたのかね」気楽な調子でメトカーフが言う。「われわれは、実況中継をさせるために彼をあそこへ送りこんだのではない。彼をあそこに送りこんだのは、ターゲットを抹殺させるためだ。彼はそれをやってのけた。そしていま、彼は自力のみを頼りに脱出しようとしている。もし彼がなんらかの助力を必要としているようなら、それをきみに知らせてくるはずなので、よけいな心配はしないことだ」

レーラーは、おもしろくもなさそうにほほえんだ。作戦センターに多数の高級将校が居合わせているのが気にくわない。

「それもひとつの計画ではあるんだろうね」

厳密に言えば、メトカーフは関心を持って観察しているひとりの男でしかないのだが、もしなにかまずい事態が生じたり、レーラーが誤った指示を出したりすれば、この年配の大佐が責任を負うことになるのはたしかだった。

そのメトカーフが彼に目配せをしてみせた。

海軍の軍人にすれば、レーラーは、いかにもなにかの現場仕事に着手しようとするようにシャツの袖《そで》をまくりあげて立っている、CIAのスパイのひとりにすぎないのだ。もちろん、レーラーはおそらくほとんどのスパイより信頼できる男ではあるだろうが、それは卑劣さに関しても当てはまることだ。レーラーは、おのれに特権が与えられているのは信頼できる男だからと思いあがっているのだろう。そういう男であるからこそ、メトカーフは作戦センターにとどまって、任務の進行を逐一観察することにしたのだった。若いCIAエージェントが、まるでファン・バルデス（コロンビア・コーヒー生産者連合会がつくりあげたコーヒー生産者のイメージ・キャラクター）がコーヒー豆づくりをやめようとしていると考えているかのように、コーヒーをがぶ飲みするようすをながめるのはおもしろかった。いまのレーラーに必要なのは、ベンゼトリン（興奮剤アンフェタミンの商品名）の一カプセルだろうが、それでは短時間、しゃんとするだけで、そのあとはほんの十分のあいだも頭がまわらなくなるにちがいなかった。

レーラーがすごすごと部屋を退出していくのを、メトカーフはほくそ笑みながら見守り、黒人の空軍中尉に目配せを送った。

その女性中尉がにやっと笑い、部屋にいる民間人のだれにも気づかれないうちに顔をそむけた。

21

イラン
シスタン・バルーチスタン州

ギルには幸運が必要だった。十五名から成る敵が百ヤードの幅にひろがって形成した散開線が、五百ヤードの距離にまで迫っていた。こちらが仕留めはじめる前に、敵が百ヤードを切る距離まで迫ってきたら、負け戦《いくさ》になる。穴に身を埋めていても、それほどの近距離となれば、オープンサイトしかないAK－47でもじゅうぶんに正確な射撃ができるので、自分は撃たれてしまうだろう。女の父親が隊列の中央に位置して、左右に命令を発しつつ大胆に進んでくるのが見えた。父親は、手下全員の命を危険にさらしてでも娘を取りかえしたいと思っているのだ。手下の多数がやられる前に、自分のスナイパーが相手をかたづけてくれるという読みなのだろうが、なんにせよ、あの連中がそろって恐れ知らずであるのは明らかだった。

こんなときこそ、消音器《サプレッサー》が付いていて、二十発の銃弾を亜音速で発射できるレミントン製のスナイパー・ライフルがほしいものだ。だが、そうはいかず、いま自分の手にあるのは、発砲すると、その反動で体がゆすられ、砂埃《すなぼこり》が舞いあがって、テヘランとアボッタバードのあいだにいるすべての人間にこちらの位置を暴露してしまう。ロシア製の不格好なライフルだった。敵の隊列が迫れば迫るほど、やつらを仕留めるために銃口を大きく左右にめぐらさねばならなくなり、しかも、敵がこちらの位置を正確に判別するための時間を与えることになってしまうだろう。

そのとき、ほかならぬ戦いの神がじきじきに贈りものを届けてくれたかのように、背後から砂漠の突風が吹きつけてきた。好機と見たギルは、ためらいなくドラグノフの銃口を隊列の左端にいるガンマンに向け、その体の中心を狙って発砲した。すぐさま銃口を戻し、こんどは右端にいるガンマンの体の中心を狙って二発めを発砲し、不運な男の内臓を背中から噴出させた。二度の発砲で舞いあがった埃は、煙をかたちづくる前に、背後から吹きつける突風に散らされていた。

応射はなく、隊列を形成する残りの十三名の男たちが足取りを鈍らせ、必死にAK‐47の銃口をめぐらしているだけだった。スナイパー同士の戦いになるのは避けたいところだ。隊列の前進が遅くなっているあいだに、敵のスナイパーを見つけださなくてはならない。

PSOのスコープをのぞきこんで、ターゲット・エリアの範囲を小さく絞り、ライフルの狙いをつけようとしていることを物語るシルエットを探す。敵スナイパーは隊列のなかにいるために、いまもその視野を妨げるものはこちらより多いだろう。その要素と、そいつが重傷を負って反射神経が鈍っているという事実を勘案すれば、こちらのほうが優位にあると期待してよさそうだった。

隊列のなかのだれかが、ギルの居場所をつかんだと思いこんだらしく、そいつの左手五十ヤードほどのところにある、小さな岩のそばの窪《くぼ》みを狙って、発砲を始めた。ほかの五人がそれに加わって、オートマティック射撃をおこなう。ギルはその騒音に乗じて、また左端の男とそのつぎの男の二名を始末した。できるだけ長いあいだ敵スナイパーの視野の妨げになるものを残しておきたいと考えて、中央部の男たちはあとまわしにした。敵の銃撃が激烈だったこともあって、こちらが立てた埃は、やつらが撃たれていることに気づく前に消え失せてくれた。ギルはいま、この種の仕事のなかで身につけ、あらゆるスナイパーが習得しようとしている忍耐力を発揮することで、ひどく微妙なバランスを維持していた。もし一瞬でも、パニックに陥ったり集中を失ったりすれば、負け戦になるだろう。

四百ヤードの距離に迫った隊列の人数が十一名に減ったことで、いくぶん気が楽になった。それから三十秒がたった。銃撃を加えてくる者はいなかったが、こちらもあいかわらず、敵スナイパーの姿を発見することができない。

そのとき、背後のどこかで雲が割れ、光の壁が前方の大地を一気に明るく染めた。自分の姿がバックライトで浮かびあがってしまう——時間切れだ！　すぐれた光学スコープを持つ敵スナイパーが、ギルの戦闘服《ACU》と周囲の地形の微妙な色合いのちがいを見分けるだろう。一発めの銃弾が飛来して、右肩の肉を裂き、体内をえぐったのち右臀《でん》部《ぶ》から射出し、ブーツの踵《かかと》をつらぬいて地面に食いこむ。二発めは頭部に命中するだろう。

光の壁がターゲット・エリアを照らしていき——反射防止塗装が施されていないスナイパー・スコープがぎらっと銀色に光る。先頭のトラックの踏み板に尻をのせている敵スナイパーを発見したギルは、反射的に発砲した。そいつを照らすバックライトがなく、シルエットが浮かびあがっているわけではなかったので、狙ったのは、運転席と後部荷台の中間だった。

ギルが放った弾丸が敵のスナイパー・スコープに直撃し、そいつの後頭部が爆裂した。

隊列からAK‐47の銃弾が周囲に雨あられと降りそそいできたが、そのときにはもう、ギルはそこにはいなかった。ライフルの銃口を右から左へとめぐらしながら、カーニヴァルで家鴨《あひる》を撃つように、ひとりずつ敵をかたづけていく。自分の周囲に銃弾が飛来していることは考えず、サルーク女の父親の心臓を撃ちぬいたときも、なにも考えていなかった。手下の最後のひとりが砂埃のなかに倒れこんでもなお、その男は立ちどまらず、AK‐47を構えて前進をつづけていた。撃たれたことを感じていないのだろう。大量のアドレナリンが全身を駆けめぐっていて、なにも感じなくなっているのだ。胸に被弾してもまだ生きていた手下のひとりが、短い斉射をして、AK‐47の残弾を撃ちつくす。

ふと気づいたときには、ギルはすでにターゲット・エリアにたどり着いていた。敵スナイパーが顔面の左側をふっとばされた状態で、トラックの後ろに仰向《あおむ》けに倒れている。

「そうか、おまえは左利きだったのか？」

そいつの肩にかかっているスリングを蹴りはずし、できのいいドラグノフのボルトを後退させて、自分を殺していたかもしれない銃弾――〝血に飢えた牙〟――を排出する。その銃弾をポケットに押しこんでから、先頭のトラックに飛び乗って、キーをまわし、でこぼこした大地から砂埃を巻きあげながら、女の回収に向かう。

「タイフーン・メインへ、こちらタイフーン・アクチュアル。報告する。自分は負傷しており、いまから脱出予定地点へ向かう。くりかえす。自分は負傷し、脱出予定地点へ向かう。ETAは十五分後。オーヴァー」

「ラジャー、タイフーン・アクチュアル。少し待て」

ギルは、タイフーン・メインがヘリでの回収のために待機しているナイトストーカーズに指示を伝える声に耳を澄ました。

「ウォーロックへ、こちらタイフーン・メイン。報告する。緊急医療後送に着手せよ。くりかえす。緊急医療後送に着手せよ」

「ラジャー、メイン。すぐに取りかかる。ETAは十分後。オーヴァー」

「こちらタイフーン・アクチュアル」ギルは呼びかけた。「直接、それをコピーした。報告する。自分は黒いニッサンのSUVを運転していく。くりかえす。黒いニッサンのSUVを運転していく。オーヴァー」

「ラジャー、アクチュアル。こちらはすでにそこへ向かっている。オーヴァー」

「コピーした、ウォーロック。そちらが到着したら――」

緑と白に塗られたイラン警察のランドローヴァーが二台、猛然と走ってきて、前方をふさいだ。どちらも、南にある爆弾工場からやってきたようだ。ギルは急ブレーキを踏んで、トラックから飛びおり、そいつらを迎え撃つべくAK‐47を肩づけして走った。五十ヤードの距離から、先頭のランドローヴァーに弾倉の全弾をたたきこんで、乗っているふたりを殺し、また走りながら弾倉を交換する。

二台めのランドローヴァーが横滑りして急停止し、飛びおりてきた二名の憲兵たちがドアを遮蔽《しゃへい》に使って、拳銃を乱射した。

ギルは前方へ身を投げだして、腹這《はらば》いになり、左右のドアに各六発、連射を浴びせて、その二名を殺した。跳ね起きて、女のもとに駆け寄ると、彼女はいまも穴のなかに、涙で目を濡らして、ぐったりと横たわっていた。

「父は?」ギルにかかえあげられたとき、女が問いかけてきた。

「残念だが」立ちあがると臀部に痛みが走ったので、つぶやくような声になった。「生きのびられなかった」

女はギルに平手打ちをくわせようと、彼の腕から身をもぎ離そうとしたが、それができるほどの力は残っていなかった。

「こんなことをするなんて、あなたはきっと地獄に墜ちるわ」うめき声で女が言った。

「きみのためにシートを用意しておいたよ、ダーリン」

ギルはトラックの後部シートに女を押しこんで、運転席に飛び乗ると、シフトレヴァーをD《ドライヴ》に入れて、アクセルを踏みこみ、砂の上を走りだした。手首にベルクロでGPS装置を巻きつけ、絶えずそれを片目で見ながら、でこぼこした大地を走破していく。十分後には、ナイトストーカーズの三機のヘリコプターがこちらに飛んでくるのが目に入ってきた。そのうちの二機の上空掩護ヘリは、ミサイル発射機を搭載し、機体から機関銃の銃口が突きだしていて、このうえなく勇壮に見えた。

予定地点に着く前に、ナイトストーカーズがこちらを発見したので、ギルはブレーキを踏んで、飛びおり、後部シートからサルーク女をかかえおろして、着陸する医療後送ヘリが巻き起こす砂嵐のなかを駆けぬけていった。

ヘリの機付長《クルーチーフ》が両手でM16ライフルをかかえて飛びおり、こちらに駆け寄って出迎える。

「その女性はだれなんです、マスターチーフ？」

「この女性は妊娠しているんだ！」ギルはヘリのタービンのうなりに負けじと大声で言った。

若いクルーチーフが首をふる。

「どうにもなりません！　この国の人間を運ぶ許可は与えられていないんです。その女性は残していくしかありません」

ギルはクルーチーフをまわりこんで、彼女をヘリの機内におろした。

「この女性はいまにも出産しそうなんだ！」

「チーフ、それはできません！　置いていくしかないんです！」

ギルは四五口径拳銃を抜いて、クルーチーフに手渡した。やはり、タービンのうなりに負けない大声で言う。

「それなら、彼女を殺してもらうしかないぞ！　これは隠密作戦だ！　おれがここにいたことを証言できる人間を生きて置いていくわけにはいかない！」

クルーチーフがちらっと女に目をやって、またギルを見つめる。

「女は撃てません！」

「命令だ！」

「しょうがないですね、マスターチーフ！　あなたが全責任を負ってくれなくてはいけませんよ」

ギルは拳銃をホルスターに戻して、ヘリに飛び乗った。
十秒後、ヘリが離陸し、アフガンの領空へ向かった。

22

ラングレー

工作担当次官補クリータス・ウェブが自分のデスクについて、特殊活動部担当次官ボブ・ポープと話しあっていると、前触れなく工作担当次官シュロイヤーがオフィスに入ってきた。ウェブのデスクの前にポープがすわっているのを見て、シュロイヤーはちょっと驚いたようだが、躊躇《ちゅうちょ》したようすは見せなかった。

「身代金を手渡すときになにが起こったんだ、クリータス？　それだけじゃなく、わたしがきみをつかまえにこなくてはいけないはめになったのは、いったいどういうわけなんだ？　大統領からの電話になにも答えられなかったせいで、わたしはさんざん油を絞られることになったんだぞ。どうにもならん大間抜けに思われたことだろう！　サンドラ・ブラックスが死んだとなれば、大統領がこの件で矢面《やおもて》に立たされないようにしなくてはいけないんだ」

ウェブは落ち着いた態度を崩さなかった。シュロイヤーや大統領のような男たちには、情報の信頼性を突きあわせるという複雑な作業は理解できないし、それが何千マイルも離れていて時差のずれが大きい土地で生じた事柄となればなおのことだ。彼らはいつも、情報を即刻ほしがる。彼はポープに目をやった。

「ボブ?」

いきなりパスをまわされてきたポープが、ぎょっとした顔になる。

「あー、そのう……サンドラは死んではいないんだ、ジョージ。例の死体は彼女ではなかった。わたしがクリータスに会いにきたのはそれが理由でね。死んだ若い女は、アフガニスタン中央銀行総裁の娘で、既婚者だった」椅子をまわして、シュロイヤーにほぼ正対し、コーデュロイ・ジャケットのしわをのばして、ずれていた眼鏡を直す。「これまでに得られた情報を取りまとめると、ジャッカルはひとつの拉致《らち》グループの首領であったように思われる。アフガン政府の人間はだれひとり、その若い女の失踪を知らなかったことが判明している。彼女の父親がそのことを伏せていたからだ。父親が身代金の支払いを渋っていたために、ジャッカルは脅しをかけ、その間に女が殴り殺されることになった。彼女のおおよその見かけ、体のサイズ、髪の色といったものがどれもこれもサンドラ・ブラックスに酷似していて、そのうえ、殴打された顔が腫《は》れあがっていた……まあ、そういう状況を考えると、トムとジェリーが誤った判断をしたのもむりからぬことではあるだろう。CIDがふたりの身柄を確保して、事情聴取したところ、彼らはそろって、女の死体はその日の遅い時刻にカブールのダウンタウンに遺棄されていただろうと証言したそうだ。すべての情報を突きあわせると、ジャッカルはサンドラの引き渡しと交換に――自分の分け前を差し引いて――身代金を渡すつもりでいたのは明らかだったようだ」

シュロイヤーが怒りを懸命に押し隠して、言う。

「そして、その交換はなされなくなったと。つまり、トムとジェリーが大失態を犯したということだ」

ポープが首をふる。

「いや、彼らはきっちり手順を踏んでやったんだ」

「クリーチから送付されてきた文書を読んだところでは」とシュロイヤー。「トムとジェリーは撤収を指示されていたが」

ポープが肩をすくめる。

「ささいなことだ」

「ささいなこと？」シュロイヤーが怒りをあらわにした。

ポープが手の甲を掻《か》きながら、退屈したような口調で話しだす。

「このラングレーにいる分析官たちには、あの倉庫で起こっていたことが見えていたわけじゃない。トムとジェリーは、サンドラを取りもどし、タリバンの拉致犯どもを抹殺し、身代金を確保せよとの命令を受けていたんだ。厳密に検討しても、彼らは完璧な仕事をしたと言える。事実、彼らは拉致された犠牲者を確保し、中央銀行によって用意されたアフガンの通貨もすべて確保した。それだけでなく、あの街を恐怖に陥れていた大規模拉致グループのひとつを壊滅させたんだ」工作担当次官とその次官補の中間に目をやる。「これは、完全に理に適《かな》った実験がまったく予期せぬ結果を生む実例のひとつにすぎないということだ」

ウェブは、シュロイヤーの怒りの矛先をポープから引き離そうと、咳払いをして言った。

「あなたに報告しに行く前に、ボブからことの詳細を聞きだしておこうと思ったんですよ。

もっと早く報告しなかったことをお詫《わ》びします。まさか、大統領がこんな朝早くに一部始終を知ることになるとは思わなかったので。事態に対処するための時間が一時間かそこらはあるだろうと思っていたんです。この遅延の責任はひとえにわたしにあります」

シュロイヤーはウェブの弁明を理解はしたが、怒りはおさまるどころか募るばかりだった。なにしろ大統領が、新たな情報が入ってこないのを不快に感じていることを明白に伝えてきたのだ。

「それはいいとして、そのあとは？　身代金の支払いも、パイロットの引き渡しも——なにもなされていないんだぞ」

ポープはまだ、なんの感情も顔に出さない。

「既知の接触者はジャッカルだけだった。われわれとしては待つしかない」

シュロイヤーが両手をポケットにつっこんだ。

「だとすれば、また別の冒瀆《ぼうとく》的な暴行のビデオが送られてきて——こんどはアルジャジーラにも送りつけられることになるにちがいない。しかも、あのクレイジーな連中はおそらく身代金の要求を倍増させてくるだろう。わたしは、こうなったらことを公《おおやけ》にすべきだと、大統領に助言するつもりだ。きみらの考えはどうなんだ？　なにか、そうすべきでないとする理由はあるのか？」

ウェブはポープに目をやった。

ポープがふたりを見返す。政治的配慮が必要ということが、彼には気に入らないのだ。

「まあ、心に留め置かねばならないのは……もしわが国が公にしたら、ＨＩＫのほうも口をつぐんでおく理由はなくなるということだ。現状を鑑《かんが》みれば、彼らにはまだ、大金をせしめようとしていることを彼ら以外のイスラム世界のひとびとに知られずに、金銭的解決を交渉する余地が残されている。しかし、もしわが国がこの事件を公にすれば――倫理的観点からの非難がごうごうとあがるだろうから――彼らに残される選択は、プロパガンダを優先して、儲《もう》けを放棄することだけになるだろう。わたしの助言は、今後もこの状況を維持すること。彼らにつぎの行動を促《うなが》すんだ。いずれにしても、ボールはまちがいなく彼らのコートにあるのだし、彼らのつぎの行動を妨げるような試みは失敗に終わる危険性があるだろう。ハイゼンベルクの不確定性原理を忘れないようにするのが重要だ」

シュロイヤーがちらっとウェブを見やり、ウェブはかすかな笑みを浮かべて、相手を見返した。

「なんだ、それは?」穏やかにシュロイヤーが問いかけた。

「単純に言えば」とポープが答える。「確実にわかることはなにもないという原理でね。われわれには、HIKのつぎの行動がサンドラをさらに危険な状況に追いやるのかどうか、予期することはできない。彼らもまたわれわれと同様、つぎにどうすべきかがわかっていない可能性はおおいにある。彼らに強硬な出方をさせないようにしようじゃないか」

「いま、きみはHIKと言ったな?」とシュロイヤー。「ついさっきは、タリバンと言っていたのに。いったいぜんたい、われわれが相手にしているのはだれなんだ、ボブ?」

ポープがほほえむ。

「こみいった話になりそうだ。アフガニスタンは歴史を通じて、そうであったと考えていい。

現在の情報は、ＨＩＫがタリバンとなんらかの不安定な同盟を結んだことを示している。わたしの読みでは――たぶんだが――ＨＩＫがタリバンに使いっ走り的な仕事をさせようとしているんだろう」

シュロイヤーが観念したように顔を伏せ、ウェブのデスクの前に置かれている椅子にすわりこんだ。

「まあ、そういうことなら――ボブ、きみがここにいることでもあるし――話を先に進めるとしよう。〈タイガー・クロー作戦〉にいったいなにが起こったのか、そこのところをきみに説明してもらいたい。知ってのとおり、大統領はイラン国内における隠密作戦の遂行に許可を出した。しかし、彼はイラン国民の拉致を承認してはいない――それが政治的問題を引き起こすおそれがあることは、説明するまでもないだろう」

23

アフガニスタン
ジャララバード空軍基地

肩から背中と臀部《でんぶ》におよぶ銃創の縫合《ほうごう》をされ、しかるべき注射と内服薬の投与がすべて終わったところで、ギルはようやく、基地の外科医から、任務報告の場に出向く許可を得ることができた。

マスターチーフのスティールヤードが診察室にやってきて、にやっと笑い、新品の戦闘服《ACU》のズボンを投げてよこす。

「これで、もう一方のケツに弾をくらうための準備ができるだろう？」

ギルは小さく笑って、ベッドから立ちあがった。

「いったいなにを思って、あの女をここに連れてきたんだ？　わたしの教育が足りなかったとでもいうのか？」

ギルは慎重にズボンを穿《は》いてから、ベッドの端に左の臀部だけをのせて、すわった。

「ブーツを取ってもらえませんか、チーフ？」

椅子に置かれていたブーツをスティールヤードが手に取り、ギルの足もとの床に置く。

「命令に従うなら、彼女を殺すべきだった」右足のブーツをそろそろと履《は》きながら、ギルは言った。「最初は彼女の姿がよく見えなかったので、トラックのドアごしに撃った。そのあと、そばに近づいていったとき、おれが愕然《がくぜん》となったことはたしかだ。なんと、彼女は妊娠中で、ひと目でわかるほど腹がふくらみ……顔を血まみれにして、両手で腹をかかえていたんだ」彼は首をふった。「あんなものに出くわすとは――思いもよらなかった。あなたは間近から妊娠中の女を撃てますか？」

スティールヤードが眉をひそめる。

「その女がアメリカ合衆国に対する脅威であれば、イエスだが――戦場でその判断をするのはわれわれの職分じゃない。それぐらいのことはわかってるだろう。そういう判断は情報機関の連中がするんだ。もしわれわれのやった戦闘のすべてが分析官たちの後知恵で批判されるようになったら、ＳＯＧは一年以内に崩壊するだろうよ。きみも例外じゃない、ギル。レーラーはこの件で、きみを火あぶりにしたがるだろう。あの男はきみを降格させたいと思ってるんだ」

ギルは左足のブーツを履いた。

「レーラーのことは気にしてないさ。気にしてるのはメトカーフ大佐のこと――この作戦におれを選抜したのは彼ですからね。それと、おれは降格されることも気にしちゃいない。気にしてるのは、地上勤務にまわされて、本国のあちこちに転属されることです」

スティールヤードは同情を示さなかった。

「おそらく、その両方ともが現実になるだろう。とにかく、どういうかたちになるにせよ、きみは叱責《しっせき》を受けざるをえない。任務の範囲を逸脱したんだからな」

ギルはブーツの紐《ひも》を結んでいる途中で、目をあげた。

「おれは彼女が妊娠していることを知らされていなかったんです、チーフ」

スティールヤードがなにかを言いかけて思いとどまり、問いかけてくる。

「レーラーは知っていたと言いたいのか？」

「あの野郎が、アルナザリの電話をＣＩＡが盗聴していたときのことを得意げにしゃべってたことを思いかえせば――知っていたと考えるのが当然じゃないですか？　あの男がターゲットの関連情報を伏せていたせいで、おれはキルゾーンの内部で意表を衝《つ》かれるはめになった。やつは不都合があるのを承知のうえで、おれをあそこに送りこんだんです」

「オーケイ」スティールヤードがその主張を受けいれた。「たぶん、彼は知っていた。だが、だからといって、戦場で国の対外政策を修正し、私的な考えを採用してもいいことにはならない。いいか、ギリガン、きみはイラン国民のひとりを拉致したんだ！　それが国際関係にどんな影響をもたらすかは、きみにもわかるだろう。しかも、言うまでもないことだが、きみが連れてきたのは暗殺の生き証人なんだ」

「だったら、レーラーに彼女を撃たせればいいでしょう。あいつにその度胸があればですが」いらだちながらギルは言った。「そして、だれにも気づかれないうちに、この基地に埋めてしまう。なんなら、おれがあいつに代わって墓穴を掘ってやってもいい！」

「それではうまくいかないことは、ギル、きみにもわかってるだろう」

ギルは立ちあがった。

「じゃあ、どうすればうまくいくんです、チーフ？　それを教えてください！　無人の荒野で、だれにも見られていないときに妊娠中の女を撃ち殺すか、ここで昼日中《ひるひなか》に、われわれの倫理規定を破ってそれをやるかってことでしょう？　くそ！　やりかたはそのふたつしかないんだ。どっちかを選んでください！」

「われわれの職務はそういうものなんだ」とスティールヤード。「この仕事はときに、われわれがよごれ仕事に手を染めることを要求する。その要求に応えられないのであれば、別の仕事を見つけるようにしたほうがいいぞ、カウボーイ！」

ギルは失敗をやらかしたことを自覚していたが、あのときはほかに手の打ちようがなかったとも考えていた。あの状況でサルーク女を殺害していたら、なんの情報も得られず、自分もそのあとすぐに死んでいただろう。両端にクソの詰めこまれたロールパン・サンドイッチを、どちらかの側からかじることを強いられたようなものだ。だが、自分はその真ん中をかじってしまったために、いま全員の不興を買うことになったのだ。

「要点はのみこめましたよ」ギルは肩をすくめて、ＡＣＵを着こみ、ファスナーを閉じた。「もう、あのターゲット・エリアの画像は得られるようになってるんでしょう？」

スティールヤードがひとつ深呼吸をして、気を落ち着かせる。

「ああ。これまでのところ、あのエリアにイラン軍がやってきた形跡はない。きみの判断ミスがなければ、あれは完璧な暗殺、完璧な作戦になっていただろう。きみがあれほどの敵《KI》を射殺し、全般的な成功をおさめたことに、司令部は感銘を受けている。彼らは、その全即死者《A》数をきみの公式射殺記録に記載するつもりでいる……それがきみのためになるかどうかはさておき」

ギルは肩をすくめて一蹴した。

「おれはなにかのコンテストに勝とうとしてるわけじゃないんでね。もしあのスナイパーがスコープに反射防止処置を施していたら、死ぬのはおれのほうだったでしょう」

スティールヤードが鼻をこすって、ドアのほうへ身を転じる。

「戦闘において運をあてにしてはいけないということだ。さあ、彼らが憲兵《MP》をわれわれの捜索にさしむける前に、事後報告に出向くとしよう」

空軍基地の敷地を歩いていく途中、ギルは、滑走路の奥の端にある格納庫のなかに活発な動きがあることに気がついた。

「あれはいったいなにをやってるんです？」

スティールヤードが足をとめず、つかのま、そこに目を向ける。

「〇一〇〇時に予定されている〈バンク・ハイスト作戦〉の準備だ。聞くところでは、サンドラと身代金の交換は大失敗に終わったそうだ。ただし、NCISのたしかな情報によれば、彼女はワイガルにいるらしいので、われわれは日の出とともにその村に侵入することになった。クロスホワイトがその指揮を執る」

「ワイガル？」ギルのうなじの毛が逆立った。「あそこは山奥の土地でしょう」

「それはそうだろうが」とスティールヤード。「きみには関係のないことだろう。きみはこの件については蚊帳《かや》の外だ」

「蚊帳の外というのは気にくわないですね、チーフ。おれはいまも走ったり飛んだりできるし、泳ぐことだってできるんです」

スティールヤードがちょっと足をとめて、コイーバに火をつける。

「きみはいま非難の矢面《やおもて》に立たされているし、この任務はよけいな注意を引かないようにしておく必要がある……それだけじゃなく、ワイガル村での作戦が大失敗に終わった場合に備えて、この種の作戦の内容を知悉《ちしつ》する人間を予備に取っておく必要もあるんだ。まあ、そのどちらもが失敗に終わって、この遠征任務が終了することになるかもしれんが」

ギルが、〈タイガー・クロー作戦〉を決行する前にその任務の説明を受けたのと同じ部屋に入っていくと、テーブルの前にすわって待っているCIAエージェントとメトカーフ大佐の姿が見えた。

レーラーは見るからにいらだっていた。

「すわってくれ、最先任上等兵曹《マスターチーフ》」

ギルはメトカーフ大佐に敬礼を送ってから、金属製の折りたたみ椅子の端に腰をおろし、バランスを保つために、背もたれに片腕をかけて体の左側に重心を置くようにした。

「クッションが必要か？」レーラーが問いかけた。怒りを抑えようとつとめているような声だ。

ギルは彼を見つめた。

「いいや」

レーラーがメトカーフを盗み見る。いまの返事を聞いて、ギルにはサルーク女を連れてきたことを謝罪するつもりはなさそうだと気がついたのだ。その女性はいまもまだ肩甲骨《けんこうこつ》と鎖骨の手術を受けている最中だが、レーラーは彼女がこの建物に運びこまれる数分前に、容態は良好で、切迫流産のおそれはないと説明を受けていた。

彼がテーブルの端に三脚にのせて置かれている小型ビデオ・カメラに手をのばし、スイッチを入れる。

「オーケイ」と言って、カメラのデータ・ファイルにおさめられている多数の高解像度写真を調べていく。それらの写真はすべて、過去一時間以内に撮影されたものだ。「そもそもの始まりから取りかかろう。これらの写真を見て、着地した地点や、降下装備を隠した地点といったものを正確に示してもらう必要がある。わかってるだろうが、マスターチーフ、可能なかぎり詳しく説明してもらうのが重要なんだ」

「あんたは、そもそもの始まりから取りかかろうとするだろうと思ってたよ」カメラをちらっと見て、ギルは言った。

レーラーが写真から目をあげる。

「航空機に搭乗しているときや、降下の途中に、なにかわれわれの知るべきことは起こったか？」

「おれは、そのどちらも始まりとは考えてないよ」相手を凝視して、ギルは応じた。

その態度は、だれが見ても、自分の指揮官から二、三フィートしか離れていない椅子にすわっている男のようには思えなかっただろう。

レーラーが椅子にもたれこむ。

「オーケイ。では、どこが始まりだと考えているんだ？」ギルは言った。「おれが暗殺を命じられた連中のひとりの関連情報を伝えるのを、あんたがさしひかえたときだ」

レーラーが身を硬直させる。暗殺という語は通常、公式の場で用いられることはないからだ。レーラーは、ギルがすぐさま攻勢に出たことで、この事後報告の主導権を握ろうとしているようだと判断した。

「マスターチーフ、伝達をさしひかえた関連情報はなにもない。任務を遂行するのに必要なすべての情報が与えられたんだ。では、話を戻して――」

「論点をそらすな」断固とした口調でギルはさえぎった。「あんたは、女が妊娠中という情報を伝えずに、おれを暗殺任務のためにイランへ送りこんだ。あんたには、あんたの権限をもって、あらゆることをなし、おれがそこにあるはずのないものをスコープで見ることはないように、引き金を絞る前にためらいを感じさせたり、その国に行った目的に疑問を覚えさせたりすることがないようにしておく責任があったんだ」

レーラーが息を吸いこんで、反論に取りかかろうとする。

「つづける！」ギルは先手を打った。「予測不可能な事態を生みだしたのはおれの責任だが、あんたは関連情報を意図的にさしひかえたのであって、その理由はひとつしか考えられない。いま知ったばかりだと否定しようとしても、むだだ。あんたがなにを知り、なにを知らなかったかを示す証拠が軍法会議で提出されるだろうし――おれは降格や懲罰《ちょうばつ》処置をよろこんで受けいれるのではなく、それを要求するつもりでいる。これでおれの論点は明らかになっただろう、エージェント・レーラー？　あんたがカメラの前で可能なかぎり詳しく説明しろといったから、おれはきっちりそれをやろうとしているんだ」

　レーラーが身をこわばらせる。

「この件で懲罰を求めている者はいないし――」

「おれはそうは聞いてない」ギルは軍人としての方針をしっかりと決めていた。「現時点において、おれは海軍法務部《JAG》捜査官の出席を要請する」メトカーフ大佐のほうへ目を向ける。「大佐、統一軍事裁判法によれば、自分には犯罪の訴追につながりうる質問を受ける際は法務部捜査官を要請する権利がありますね。該当任務の内容と、自分が受けて書面に記しておいた命令の性質を考慮し、この時点において、公式にその要請をします」

　メトカーフ大佐がレーラーに、カメラのスイッチを切るようにとの身ぶりを送り、レーラーがすぐさまそれをした。

メトカーフが両手を組みあわせて、テーブルの上に置く。

「きみはほんとうにそのようにしたいと考えているのか、ギル？」

「本気も本気ですが、それがなにか？」

「いやまあ、わたしに嘘はついてほしくないのでね、きみ」

「降格されることになるのなら、この嘘つき野郎を道連れにしてやろうというのが自分の意思です。試みても失敗するかもしれませんが、少なくとも、彼はＳＯＧからはずされるでしょうし、そうなれば、このあとＳＥＡＬ隊員の何人かが命を救われることになるだろうと…

……」

　レーラーが気色《けしき》ばんだが、この件についてはメトカーフの権限が優先することを知っているので、口をさしはさみはしなかった。この事後報告の場にJAG捜査官が同席するのは彼には望ましくないことであり、いまそれを防いでくれる人間はメトカーフしかいないのだ。

　メトカーフが椅子に背をあずけて、腕を組む。

「もし、妊娠中のサルーク女がいるのを隠しておくことを命じたのがわたしであったとしても、きみはその方法を採ろうとするのか？」

　ギルは完全に意表を衝かれた。

「大佐？」

「それを隠しておくようにと命じたのがわたしだとわかってもなお、きみはJAG捜査官を要請するのか？」

　レーラーがよろこびを必死に覆《おお》い隠す。よろこびだけでなく、彼はメトカーフが補佐役をかばうために自分が責任をかぶったことに驚愕してもいた。これで、シャノンのこざかしいやりかたは、まったく通用しなくなるだろう。

　ギルはしばらく呆然としていた。どう見ても裏切られたとしか感じられなかったが、自分の指揮官を侮辱するような行動に出るわけにはいかない。

「いいえ、大佐」自分がそう応じる声が聞こえた。

「よろしい」とメトカーフが言って、また身をのりだす。「ミスター・レーラー、カメラのメモリー・カードを取りだして、こちらによこしてくれ。一からやりなおそう」

その後、二、三時間、事後報告は円滑に進んだ。ギルは任務の経緯をこまごました点に至るまで詳しく語り、レーラーはできるだけ寛大に対応し、その間に二度、ギルをほめるということまでやった。任務の内容を逸脱した部分に話がおよんでも、サルーク女に関してはなんの発言もなかったが、それは事後報告に関してはその件は重要ではないからだとギルにはわかっていた。その分析は後日におこなわれ、そのあとすぐに懲罰が下されるだろう。

それがなんだ、と彼は思った。除隊すればいい。これからはもう、戦争は彼らの好きなようにやらせてやろう。ようやく、マリーの願いが叶うのだ。

「ありがとう、マスターチーフ」レーラーが報告を締めくくった。「当面は、これでじゅうぶんだ」

ギルは立ちあがり、メトカーフ大佐に敬礼をしてから、きびすを返して、部屋をあとにした。

「さて、このあとの問題は」レーラーが自分の持ちものを寄せ集めながら言った。「サルーク女をどうすべきかということになりますね」

「わたしはそのことは案じていない」メトカーフが言った。「彼女があの地の麻薬取り引きに関する内部情報をわれわれに話すようになれば、それだけで貴重な人的資源であることが明らかになるはずだ。うまくいけば、われわれの側に立って働いてもらうようにもできるかもしれない」

レーラーはその点をじっくりと考えてみたが、それをギルが任務の内容を逸脱したことの口実に使う気にはなれなかった。なにしろ自分の工作員が叛旗をひるがえしたのだから、なんとも言いようがなかった。

「それはひとつの可能性ではありますね。シャノン最先任上等兵曹《マスターチーフ》に対する懲罰処置は、われわれが処理するというのはどうです？　わたしが勧告文書を上層部にあげる前に、それに目を通してみるというのはいかがでしょう？」

メトカーフは考えこむような顔になり、すぐに首をふった。

「いや、きみが否定的なことを書いて上にあげるのは生産的ではないだろう……わたしは彼に青銅星章《ブロンズ・スター》を授与することを推奨するつもりでいるから、なおのことだ」

レーラーが陰気な顔になる。

「残念ながら、理解しかねます、大佐」

「それは、きみがスパイだからだ」メトカーフが立ちあがり、砂漠用ACUのジャケットのしわをのばした。「スパイは軍人を理解しない。きみらはみな、おのれの職務の点数稼ぎに没頭するあまり、ほかのことが目に入らないんだ。シャノン最先任上等兵曹が任務の内容を逸脱したのは、きみがきわめて基本的な失策を犯したからだ。わたしが言っているのは、関連情報という側面ではなく――うまくいくかどうかは軍の倫理委員会しだいという論点だ。それはまったく異なる論点であり、とりわけ、わたしが軍事法廷で宣誓証言をしたならば、うまくいくであろうという論点だ。いいかね、アメリカ軍にはひとつ、きみがあずかり知らぬ、古くからのルールがあるんだ」

レーラーが半眼になって、大佐を見つめる。

「指揮官は、従われないことがわかっている命令を下してはならない。もし彼がそのような命令を下し、その命令に部下が従わなかった場合、指揮官は部下と同じ責任を負う。つまり、きみに対する質問は、エージェント・レーラー、こうなる。きみには、シャノン最先任上等兵曹が妊娠中の女性の暗殺に失敗したことに対し、彼と同じ責任を負う覚悟はあるのか？ないようなら、口をつぐんでおくことを勧める……そうでないと、わたしはきみをSOGから追放する任務を自分に課すことになるだろう。いまは、よろこんで推薦状を書いて、きみを送りだしてやろうという気分だが、十二時間以内にわたしの前から姿を消さなければ、考えを変えることになりそうだぞ」

24

アフガニスタン
ジャララバード空軍基地

暗くなりかけたころに格納庫を訪れたギルは、この何年か味わったことがないほど不快な気分になっていた。そんな気分にさせられているのは、自分が〈バンク・ハイスト作戦〉からはずされたからというだけのことではなかった。おそらくはこの週の終わりにはハンプトン・ローズのノーフォーク海軍基地に送りかえされ、そこで長く待たされたあげく除隊することになるだろうし、そうなるのはひとえにスーツ姿のスパイ野郎が自分を稀代の悪党のように憎んでいるからということもあった。格納庫のなかで、クロスホワイトがＤＥＶＧＲＵ隊員のひとりと会話を交わしているのが見えた。どちらも部分的に装備を整えて、Ｍ４を肩に吊るしている。

「煙草を一本もらえませんか」ギルは言って、片手をさしだした。

クロスホワイトがひしゃげたキャメルのパッケージを戦闘服《ACU》から取りだし、それをふって一本を飛びださせる。

「どんなぐあいだった？」

「最悪です」ギルはクロスホワイトのライターを借りて、煙草に火をつけた。「おれは降格されるでしょう」

「それはたしかか？」

「壁にでかでかと書いてあるようなもんです」ギルは煙を深々と吸いこんで、ふうっと吐きだした。「こんちくしょう！」

そこにいたDEVGRU隊員も煙草を吸いはじめた。レスカヴォンスキーという名の男だが、彼のチームのメンバーにはアルファ——アルファベットの省略形だ——と呼ばれている。まだ二十四歳の若者で、ブロンドの髪と青い目の持ち主だ。

「それは例のサルーク女が原因ですか、チーフ？」

ギルはうなずいた。

「彼女を連れてきたのはなぜです？　出産が間近だったからとか？」

「おれの顔を見られたからさ」

アルファがぐいと眉をあげる。

「始末するんじゃなく、連れてきたせいで、上の怒りを買った？」

「うっかりこっちに歩いてきた武装ジハーディストを撃って、レヴンワースに二十年くらいこむようなもんで」ギルは吐き捨てた。「妊娠中の女を撃つのを拒否したために、軍歴はおしまいってわけだ。おれは終わったよ」

アルファがクロスホワイトと目を見交わす。

「くそ、もしおれたちが〈バンク・ハイスト作戦〉をしくじったら、どんな懲罰《ちょうばつ》を受けることになるんでしょう?」

クロスホワイトが顔をしかめる。

「それはあのくそ野郎、レーラーの差し金か?」

「ほかにだれがいます」ギルはまた深々と煙を吸いこんだ。

「わたしは前から、あれは信頼できない野郎だと思ってたよ」

「そうでしょうよ。メトカーフもご機嫌ななめでしてね」うんざりしたようにギルは言った。「わけがわからない。彼は上層部にべったりの男じゃないと思ってたんですが」

「退役の時期が近づいてるからだろう」クロスホワイトがあけすけに言った。「大金のもらえる民間企業に職を得ようとしてるんだ。聞くところでは、レーラーはあちこちにいいコネを持ってるらしい」

それを聞いて、ギルは腸《はらわた》が煮えくりかえった。

「どっちもが民間人に戻ったら、彼に一発お見舞いしてやろうか」

もちろん、それは口先だけのことだ。ゆがんだ政治機構や、そのおこぼれをちょうだいしようとする最低のろくでなしどもを相手にしても、意味はない。ギル自身もこの数年、そういう利得にありつける機会を何度も持ったが、そのすべてを断わってきた。つまり、責める相手は自分しかいないというわけだが、自分としては、自力でつかんだもの以外はなにもほしくない。だいいち、自分は子を宿している女を殺してでも昇進しようとするような男ではぜったいにないのだ。

となれば、レーラーを王のようにそっくりかえらせておくしかないし――それはメトカーフにも当てはまる。まあ、少なくとも今回は、あのスパイ野郎の思いどおりにはならなかった。今回は、たとえささいなものであれ、あいつはおのれがやったことの責任をとらなくてはならないし、いずれクロスホワイトやアルファがこの話をひろめたら、あの野郎はSOGの内部で進んで協力してくれる人間を見つけだすのがむずかしい立場に置かれるだろう。

「ところで、ここのみんなはどうしてそういう装備をしてるんです？」煙草を投げ捨てて、ギルは問いかけた。「ワイガル谷でくそったれどもと派手にやりあうためだけに、そういう装備を？」

クロスホワイトもまた煙草を捨てて、そばに近寄ってきた。

「あのいまいましい村にたどり着くには、六つの山を越えていかなくてはいけない。きみも衛星写真を見ただろう？　あの村は尾根の上に位置している。『ロード・オブ・ザ・リング』の映画に出てくる光景を彷彿《ほうふつ》させる場所にあるんだ」

ギルはこれまでずっと、スティールヤードとともにすべての作戦に従事してきた。救出チームが、ローター音を敵に聞かれずにヘリコプターを谷底に着陸させることはできないし――もしそれができたとしても、敵に怪しまれないようにするには、遠く南に離れた地点に着陸することになるだろう。その地域なら、軍のヘリコプターが頻繁に上空を行き来しているからだ。その作戦のすべてが計画どおりに進めば、十名から成るチームは夜明け前にあの村にたどり着いて、ターゲット・エリアを偵察する時間のゆとりが持て、必要な戦術的調整をおこなうことができるだろう。

計画自体は、かなり単純なものだ。敵の歩哨がいれば、音を立てずに無力化して、村に入りこみ、迂闊《うかつ》にも姿をさらしたすべてのタリバン兵を殺して、サンドラ・ブラックスを救出し、医療後送ヘリを呼ぶ。その村はさして大きくはなく、近づくのが容易ではないとあって、敵兵の数はせいぜいが数ダースと予想されていたが、それを確認する手立てはない。途中で敵に一度も遭遇せず、徒歩で村に入りこんだまではよかったが、そこにサンドラはいなかったということになるかもしれない。逆にそうはならず、〝ワイガル要塞〟をめざして、のぼっていくはめになるかもしれない。

もちろん、最悪の可能性は、チームがそこにたどり着く前に、サンドラが処刑されているというものだ。もしそうなった場合、関与した全員が、命令なしで行動したという理由で軍法会議にかけられることになるだろう。そうなった場合の責任は、クロスホワイトとスティールヤードが進んで負うだろうが、DEVGRUとナイトストーカーズの隊員たちはだれひとり、それをよしとはしないだろう。彼らはみな、ともに成功をおさめるか、ともに裁きを受けるかだと決心しているにちがいない。

たとえ作戦が大成功に終わっても、彼らが軍法会議にかけられる可能性はあると、ギルは考えていた。あのタリバンの死体のDNA鑑定結果がしかるべき筋に送られていたとしても、作戦に遂行許可《グリーンライト》が出るのは、早くても——どんなに早くても——二、三日先のことになるだろう。国務省のぼんくらどもは不可思議な数式を持ちあわせていて、それを使って成功と失敗の可能性を突きあわせ、その数式を適用できない場合は必ず右往左往するからだ。

もしサンドラが政治家や民間のジャーナリストであれば、DEVGRUとSOARが協力して無許可の救出作戦をおこなおうとは考えなかっただろうが、サンドラは自分たちの一員であり、しかも女性であって……ジェシカ・リンチの実例からして、女性の捕虜は、国のために男女を問わず兵士が耐えるべき範囲をはるかに超える過酷な仕打ちを受けることになるのは明白だった。この作戦に従事する男たちはみな、たとえ成功の見込みは薄くても、自分の市民としての権利や生命と引き換えにしてでも彼女を救いだそうとしているのだ。

ひとつ、確実なことがある。〈バンク・ハイスト作戦〉がどんな結果に終わろうとも、特殊作戦の世界に属する者はだれもが躊躇《ちゅうちょ》せずに仲間を救おうとすることを、司令部の全員が理解するだろうし、この救出の試みだけでも、国務省のぼんくらや政治屋どものつぎの世代の連中に、いつまでも残る強烈な印象を与えるのにじゅうぶんなメッセージを送りつけることになるだろう。

一台のハムヴィーが、格納庫の前に乗りつけてきた。運転席からチーフ・スティールヤードが降りてくる。明確な目的を持ったときはいつもそうなるように、陰鬱な顔をし、火をつけた葉巻の先を赤く光らせながら、格納庫のなかに足を踏み入れてきた。

アルファが、「アイ・アイ」と言って、さっとそちらに向きを変える。

スティールヤードがギルに顔を向けてきた。

「わたしに代わって、あのハムヴィーを作戦センターに戻しておいてくれ。そのあとは四時間ほど、われわれがこの作戦のために地上を離れるまで、なにかすることを見つけて、それをしているように」

それを聞くなり、ギルはむかっとして、片方の眉をぐいとあげた。自分は、相手がたとえチーフ・スティールヤードであろうと、ただの使いっ走りではないし、ましてやあんな口調で言われる筋合いはない。

スティールヤードが葉巻を口からもぎ離して、胸をそびやかす。

「わたしに階級を笠に着るような出方をさせないように、マスターチーフ」もちろん、ふたりは同じ階級なのだが、スティールヤードはその階級になってからの期間がギルよりはるかに長いので、実質的には上の階級に相当するのだ。

クロスホワイトが、ふたりは最後には殴り合いをやらかしそうだと考えて、ほんの少しあとずさった。

ギルは長いあいだスティールヤードの凝視を受けとめたあと、ここは対決しないほうがいいだろうと考え、だれかを殺してしまいたいほどの怒りをかかえて格納庫を立ち去った。すでに、自分は本国送りになるだろうという噂が出まわっていて、この男は遠からず海軍にとって好ましからざる人物《ペルソナ・ノン・グラータ》になるだろうと思われているにちがいなかった。

滑走路に出て、ハムヴィーのドアをぐいと開くと、助手席にメトカーフ大佐がすわっているのが見えた。一瞬、どうしていいかわからなくなった。

「おいおい、そこにつったってることはないぞ、マスターチーフ」

「はい、大佐！」

ギルはハムヴィーに乗りこみ、痛い思いをしながらシートにすわって、ドアを閉じた。そのあいだに、メトカーフはスティールヤードからもらった高級なキューバ葉巻にマッチで火をつけていた。

「わかってるだろうが」さりげなくメトカーフが言う。「わたしはここに来てはいない。了解したな？」

「イエス、サー」

メトカーフが、車を出せと身ぶりを送った。

「ミスター・レーラーはアフガン作戦戦域《ATO》からはずされることになったと聞いても、きみは失望はせんだろう」メトカーフが話をつづける。「きみのイラン侵入任務は完璧だったと記録され、そこでのきみの射殺数が総計に加えられるはずだ。それだけでなく、起こらずじまいになったことに関しては、もはやなにも語られはしないだろう。あの作戦が成功だったことを示すために、きみへの青銅星章《ブロンズ・スター》の授与を推薦するつもりだが、わたしはそれが認められると期待してはいないし、きみも期待しないように」

「ありがとうございます、大佐。ですが、理解できないことが――」

「疑問がいろいろとあることはわかっているが、ギル、解答は抜きでやっていくしかないんだ。わたしはときにひどく微妙な線をたどって歩くし、そういう線を歩くのがつきものの仕事を自分が選んだのだと考えている。理解したかね？」

「イエス、サー」

「けっこう。今回の件を要約するならば、安手の金メッキのような男が妊娠中の女性の暗殺を命じ、わたしがその男を自分の目の届くところにいさせないようにしたということだ。では、作戦センターの前でわたしを降ろしてもらおうか。きみは自分の兵舎に帰って、少し睡眠をとるように――これは命令だ。このハムヴィーはわたしのだから、あすまできみが使っていればよい。きみにはそのケツの負傷が癒《い》えるまでの何日か、わたしの臨時副官を務めてもらう。それでかまわんか？」

「アイ、サー」

「けっこう」メトカーフがコイーバをふかす。「わたしの副官は口腔外科で処置を受けるためにカブールへ出かけていて、その体調が回復するまでのあいだ、自分で衣類の用意をするのがおっくうでな。彼はなんと、親知らずを四本、いっぺんに抜くことにしたんだ。想像がつくかね？　たまらんぞ！」

ギルは笑った。

「自分の妻もそれをやりましてね、大佐。とんでもない処置ですが、ほかにやりようがなかったんです」

25

アフガニスタン
ジャララバード空軍基地

ギルは兵舎の前にハムヴィーを駐車して、自分の部屋に入った。臀部《でんぶ》の銃創がたまらなく痛くても、レーラーを相手に首尾よく事後報告をやってのけることができたが、いまはメトカーフがあんなふうに問題に決着をつけたのがもとで、心がひどく傷ついていた。スティールヤードとのやりとりは、いまはもう忘れている。SEAL隊員たちは、群れをつくる狼たちが仕留めた獲物をめぐってうなりあうように、激しくやりあうことがよくある。だが、それを気に病む者はまれだし、悪感情が尾を引くこともまれだ。スティールヤードはそれなりの理由があって、さまざまな状況を彼のやりかたで捌《さば》くのであって、それは自分にしても同じことだ。自分たちは小学校の教師ではなく、戦士なのだ。

衛星電話を取りだして、椅子の端に腰かけ、マリーに電話をかけようかどうかと思案する。彼女と話をしたいのではなく――その必要があると思ったからだ。任務に就いているときにそんな気持ちになることはめったにない。それは心の弱みを吐露せずにはいられない感情であり、男がこの状況で心の弱みを吐きだすわけにはいかなかった。とはいっても、必要なものは必要であって、必要性を満たさずにおくと、もっと大きな問題にふくれあがってしまうおそれがある。ギルは、モンタナはいま朝の九時にあたるはずだと確認してから、電話をかけた。

「ハロー？」

「やあ、ベイビー、おれだ」

「どうしたの？」ギルが重苦しい声になっていることを即座に察して、彼女が言った。

「きつい一日だったよ」

具体的な質問はしないほうがいいという思いをふりすてて、彼女が問いかける。

「仲間のだれかを失ったってことじゃないんでしょ？」

「うん、そういうことじゃない」自分の耳にも心細く聞こえる声で、彼は言った。

「なんにしても、電話をかけてきてくれてうれしい」ギルに時間を与えようとして、彼女が言う。「いま、オツがキッチンに入ってきたわ。わたしの声の調子で、あなたと話してることがわかったみたい」

「おれは倫理にもとる命令の遂行を拒否したんだ」

「だったら、よかった。あなたを誇りに思うわ」

「おれはまさか、自分がそんなことをするとは思っても……」感情を抑えきれなくなって、彼は歯がみした。

「恥じることはまったくないわ、ベイビー」

ギルは手で左右のこめかみを押さえた。

「聞いてくれ、ベイビー……あす、ラジオでなにかを聞いたり……新聞でなにかを読んだりしても……なんというか……心配はしないでくれ。おれはいま、なんの任務にも従事してないし……このあとも、少なくとも四十八時間はそのはずなんだ」

「あなたがいないあいだは、ニュースを見聞きしないの。そのことは知ってるでしょ」

「それは知ってるけど、どこかのばかが電話をかけてくるとか、どこかの店でだれかに声をかけられるとかってことがあるかもしれないと思ってね。ちょっとおれのご機嫌取りをしてくれないか？」

彼女のやわらかな笑い声が耳に響く。

「アイ・アイ、サー」

その声を聞いて、ギルの気持ちが静まってくる。

「おれはきみに心配してほしいだけなんだ」

「それならお安い御用」励ますように彼女が言う。「在籍期間が終わるまで、ハンプトン・ローズでの勤務に就いて」

ギルは、まさにそうなるところだったと考えて、思わず顔を伏せた。

「二十年の在籍期間には、まだあと三年もあるんだ、ベイビー。ハンプトン・ローズにずっといたら、気が変になるだろうな」

「オーライ」さらりと彼女が言う。「だったら、心配してほしいと言うのはやめて。四十八時間の〝刑の執行延期〟なんて、わたしにはなんの意味もないわ、ギル。なんの気休めにもならない。もしこの十分後に非常事態が起こったら、あなたは真っ先にヘリコプターに飛乗るでしょうし、それは自分でもよくわかってるでしょ」

「まいったな。おれが電話をかけたのは、気分が落ちこんでたからなんだぞ」

また、あのやわらかな笑い声。

「いまはどんな気分？」

「きみの後ろをよちよち歩いてるような気分かな」

「それなら、月から電話をしてきたのは、あなたにとってよかったってことになりそうね」

陽気な声で彼女が言った。

彼は笑いだした。

「ここはそこまで遠くはないさ」

「でも、とっても遠いってことは同じ。そういえば、そっちはいま何時なの？」

「うまいつっこみだ」彼は言った。

彼女が、ギルをからかうのを楽しんでいるような笑い声をあげる。

「わたしはつっこむのが好き。わかってるでしょ。ママが、よろしくって」

「愛してると言っておいてくれ」窓の外へ目をやると、スティールヤードが葉巻の先を赤く光らせて、この建物のほうへ歩いてくるのが見えた。「聞いてくれ、ベイビー。おれはそろそろ行かなくてはいけない。愛してるよ」

「いまは地面にへばりついてるのよね？」

「うん、そうだ」

「だったらオーライ。わたしも愛してるわ」

電話を切って数分後、スティールヤードが訪れてきて、ギルはドアを開いた。

「出発の準備が整ったんですね？」

スティールヤードが室内に足を踏み入れながら、うなるように言う。

「あとはヘリを滑走路へ転がすだけだ。きみは、ここのどこかに酒を隠し持ってるということはないだろうな？」

「そんなことをしていたら、おれはさらに困った立場になるじゃないですか？」

「いいか、ギリガン、きみは無傷で今回の窮地を切りぬけたんだ」

ギルは両手をポケットにつっこんだ。

「あなたなら彼女を撃っていたんでしょうか、チーフ？」

スティールヤードが歯にはさんでいた葉巻をもぎ離して、ギルの目をのぞきこむ。

「さっさと撃ち殺していただろうよ」

ギルはうなずいて、床に目を落とした。

「そして、そのあと一生、彼女の顔が夢に出てきて、目を覚ますはめになっただろう」年かさのチーフがつづける。「それを聞いて、どう思う？　なんにせよ、きみはそんなはめにならないようにしたということだ。よく聞け。わたしはSEAL隊員が命を落とさず、面倒に巻きこまれないようにするためなら、どんな助力でもする。そのことはメトカーフに明言したし、いまきみにも明言した。だから、あの件はうっちゃってしまえ――終わったんだ。このあとの計画をクロスホワイトに説明したところ、彼はわたしがこの任務からきみをはずしたのはそういうわけかと理解してくれた。きみは軟弱になったと、彼が考えるようになるのは避けたかったんだ」

「いや、彼はもともと」ギルは言った。「おれは年寄りをぶん殴るような男じゃないと思ってたでしょうよ」

「それはさておき」スティールヤードがつづけた。「あのイラン人女性は、手術が終わって三十分後に出産した……おめでとうってわけだ。男の子だった。あの子はおそらく、二十年後に成人したら、きみを狩ろうとするだろう。あるいは、タイムズ・スクエアに核爆弾を落とそうとするか」

ギルは笑みを浮かべた。

「〝人間万事塞翁《さいおう》が馬〟という、中国の古いたとえ話を聞いたことがあるでしょう?」

「ああ。いやってほど聞いてる」スティールヤードはまた葉巻を歯にくわえた。「孫がじいさんをからかうようなことをするんじゃない、ボーイ。きみが人生のなにを知ってるというんだ。わたしはいまも精力満々なんだぞ」

26

アフガニスタン
ヌーリスタン州ワイガル谷

ワイガル村から六マイル南にあたる谷底で、二機のナイトストーカーズのヘリから迅速にロープ降下したのち、クロスホワイト大尉と、DEVGRUから選抜された八名の隊員たちは、森のひろがるごつごつした山地を北へ二マイルほど進んでいった。アフガン人の通訳、フォーログが同行していた。彼はチームのほかのメンバーとほとんど見分けがつかず、武装もマルチカム（迷彩パターンのひとつ）の戦闘服《ACU》も彼らと同じだった。

彼らがほぼ八ヤード間隔の縦隊を形成して、曲がりくねった山道を進んでいく。全員が、無線と暗視ゴーグルが装備されたSEALのインテグレート・バリスティック・ヘルメット《IBH》をかぶっていた。主たる武器はサプレッサーのついたM4カービンだ。大半が補助的な武器と、さまざまなタイプの爆発物を携行している。

やがて、先頭を歩いているアルファが山羊《やぎ》の鳴き声を聞きつけて、足をとめた。こぶしをつくった片手を掲げて、身を沈め、山道の端にしゃがみこんでから、無線でクロスホワイトに呼びかける。チームのほかの面々が岩や木の陰に身を隠した。

クロスホワイトがやってきて、アルファのかたわらに膝をつく。

「なにがあった？」

「山羊です」声を低めてアルファが言い——そのささやきが闇のなかへ漂っていく。「アフガニスタンのどこにでもいる、ただの山羊だと思いますが」

クロスホワイトは、前方にひろがる、何世紀も前に岩崩れでできた林間の空き地を見渡した。見えたのは、岩と岩のあいだに点々といる百頭ほどの山羊で、そのほとんどが前脚を曲げて、のんびりと休んでいた。二、三人の子どもが、その周囲をうろついている。

「いったいあそこでなにをやってるんだ？」

アルファが、岩のあいだを縫《ぬ》って流れる小川のそばにぽつんと立つ木のかたわらで寝そべっている、二頭の山羊を指さした。そのとき彼は、そのさらに五十ヤードほど先にあたる、森がまた始まる地点の木立のところに、また二頭の山羊が寝そべっているのを目にとめた。

「少年たちに気づかれずに、あの山羊たちのあいだを通りぬけていくことはできるでしょうか？」

フォーログがやってきて、ふたりのあいだに片膝をつき、クロスホワイトの肩に手をかける。

「いや。山羊は臆病なので、われわれが通りぬけようとしたら、騒々しい音を立てるでしょう。山羊はひどく神経質な動物なんです」なまりの強い英語だが、聞きとるのは容易だ。

「これは問題になりそうです。峡谷を形成する山腹の両側で山羊たちが眠ってるのが見えますね？　あれを迂回していくには、かなり長い時間がかかるでしょう。それでも、山羊たちを驚かせないようにするには、山腹のはるか上のほうを進んでいくしかないでしょう」

「そんなのはくそくらえだ」アルファが言った。「ここから山羊の群れをかたづけて、まっすぐ進みましょう」

　クロスホワイトは首をふった。

「これは無許可任務なんだ。民間人を殺すことはできない。別の方策を考えるしかないだろう。ゆっくりと山羊のあいだを這《は》っていくというのはどうだ、フォーログ？」

　フォーログが首をふる。

「それは危険性が高い。ちょっと待ってください……」空き地をよく見ようと、彼が身を起こす。「あそこのようすはなにかがおかしい」

山羊の糞のにおいを別にすれば、クロスホワイトには無害そのものの光景に見えた。

「どういうことだ？」

　フォーログがまたしゃがみこむ。

「おれには、ただの山羊の群れであるようには見えません」

　クロスホワイトは、フォーログには見えていて自分には見えていないものはなんなのかをたしかめようと、緑と黒が基調の光景に目を凝らした。四人の男たちはみな、山羊飼いのローブをまとっていた。空き地の中央にある木にＡＫ‐47が一挺、立てかけられているが、ここは危険な土地なので、それはべつに意外なことではない。彼は腕時計で時刻を確認し、自分たちの位置を調べるのに用いているＧＰＳを再チェックした。これまでのところはスケジュールどおりに進んできたが、いまは遅れが出はじめているうえ、前途にはまだ、もっとも急峻な斜面が待ち受けているのだ。

「どうして山羊飼いではないとわかるんだ？」

「おれが山羊飼いだったからです」とフォーログ。「あの男たちは山羊飼いではない……少なくとも全員が山羊飼いというわけではないです」

「じゃあ、なぜあんなにたくさん山羊がいるんだ？」

「ここで待っててください」フォーログが前方へ這いはじめる。

クロスホワイトは、基地にいるときのフォーログは知っていたが、実戦をともにするのはこれが初めてだった。

「あのムスリム男は、自分のやってることがわかってるのか？」彼はアルファに問いかけた。

「彼がなにかがおかしいと言ったら」アルファが答える。「おれはそう信じます――彼の思いどおりにさせておくのがいいでしょう」

クロスホワイトは、AK‐47のそばで眠っている男のほうへM4の銃口を向けながら、匍《ほ》匐《ふく》前進した。無害な山羊飼いたちであろうとなかろうと、もしそのだれかが目を覚まして、銃に手をのばしたら、こっちは撃つしかないだろう。

フォーログが一頭の山羊のところへ這っていって、かたわらにうずくまり、一分あまりその山羊の首を撫《な》でてから、立ちあがらせ、その角《つの》をつかんで、群れのあいだを通りぬけていく。その山羊を連れていることで、ほかの山羊たちを驚かさずに群れのなかをくぐりぬけることができるようだった。眠っている山羊飼いたちのそばにある木から十フィートほどの距離にまで這っていったところで、フォーログが岩の陰にうずくまり、山羊を放して、M4を構えた。

しばしののち、無線機を通して、彼のささやくような声がクロスホワイトの耳に届いてきた。

「この男たちは始末していいです。彼らはヘロインの密輪屋で——山羊を隠れ蓑《みの》に使っているんです。山道の上方に、もっとおおぜいがいて、そいつらは密輸する荷物を守る仕事をしているでしょう。彼らはおそらくわれわれと同様、ワイガルに向かっているんでしょう」

「どうしてそうとわかるんだ？」クロスホワイトは言った。

「いまは説明できません。おれを信じてもらうしかないです」

クロスホワイトは這ってあとずさり、アルファに相談を持ちかけた。

「彼はいったいどうして、そんな判断ができるんだろう？」

「彼が密輪屋どもだと言うのなら、おれはそう信じます」

「だが、それだけでは、彼らを殺していいということにはならない」

「指揮官はあなたです」肩をすくめて、アルファが言った。

そのころには、チームのほかの隊員たちが間隔を詰めていて、縦隊は五十フィートほどの長さになっていた。その全員が、あらゆる方角に監視の目を向けている。

クロスホワイトは無線交信を再開した。

「フォーログ、彼らの始末を許可するには、きみが彼らを密輸人と判断した理由を知らなくてはならない」

ちょっと間をおいて、フォーログが答えを返してくる。

「彼らは密輸人のように見えるということです」

クロスホワイトは悪魔にケツをかじられているような気分になって、アルファを見やった。

「こんな答えだと、わたしはいったいどうすりゃいいんだ？」

アルファにとっては考えるまでもないことだった。

「おれは彼を信じますよ、大尉」

「彼の助言にのって、刑務所送りになる危険を冒そうと？」

「彼の助言に命を懸けたことが何度もあって、それでもまだおれは生きてますからね」

クロスホワイトはひとつ深呼吸をして、決断を下した。

「フォーログ、山羊たちにどう対応するかについて、なにか提案できることはあるか？」

「さっきおれがやったみたいに、ここまで這ってくることはできますか？」フォーログが答えた。

「できるに決まってるだろう。待機していろ」彼はアルファを見やった。「やってやる。木立のそばにいるムスリムたちを監視してくれ」

クロスホワイトは一頭の山羊のそばへ匍匐《ほふく》していき、フォーログがやったのと同じように、そのかたわらにうずくまって、鼻面を撫で、首をさすって、おとなしくさせた。山羊が安心したように感じられたところで、立ちあがらせ、角をつかもうとした。その瞬間、山羊がぐいと首をふって、彼の脚に頭をぶつけ、腿《もも》に装着しているサプレッサー付きのH&K《ヘッケラー&コッホ》MK《マーク》23拳銃を角で打った。クロスホワイトはふたたび角を、こんどはさっきよりしっかりとつかんで立ち、山羊がどうするだろうかと待ち受けた。山羊は抗議するように鳴いたが、その声を聞いても、そばにいるほかの山羊たちが動揺したようすはなかったので、彼はいやがる山羊を引き連れて、フォーログが通ったのと同じ経路を進んでいった。途中でまた一度、山羊と格闘をするはめにはなったが、それでも彼はなんとか岩のところまで行き着き、山羊を放して、フォーログのかたわらにうずくまった。

「上出来でしたよ」フォーログが言った。

「自分が大ばか者になったような気分だ」クロスホワイトはつぶやいた。「で、つぎはどうする？　チームの残りの全員にあんなことをやらせるわけにはいかないからな」

「あのふたりを殺します」フォーログが岩のわきから、そこを指さした。

クロスホワイトは彼を見つめた。

「どうして彼らは山羊飼いではないとわかるんだ？」

「彼らを殺したら、そうとわかるでしょう」

クロスホワイトは長いあいだ彼を見つめ、そのあと峡谷の両側にのびる高い尾根を見やった。山羊の群れを迂回して森のなかを抜けていくとなると、長い時間がかかるだろうし、そうしたからといって山羊の群れを驚かせずにすむ保証はない。そしてまた、フォーログの言ったことが当たっていて、山道の上のほうに密輸屋の一団がいるとすれば、激しい銃撃戦になる可能性がおおいにあるだろう。これが許可された任務で、上空からUAVが監視しているのであれば、なんの問題もない。山道の上方に敵が待ち構えているかどうかを、UAVの赤外線探知装置が二秒もかけず判定してくれるだろう。だが、これはそうではなく、自分たちは旧式な――目視と直感のみが頼りの――やりかたで行動するしかないのだ。

「きみの拳銃を貸してくれ」彼は言った。

フォーログがホルスターからＭＫ23を抜いて、彼に手渡す。

クロスホワイトは自分の意図を無線でチームの面々に伝えてから、Ｍ４を岩に立てかけて、身を起こした。自分の拳銃を抜きだし、木立の端から四十ヤードほどのところでいまも眠っているふたりの男のようすを、しばしチェックする。慎重に岩の陰から足を踏みだし、両手に拳銃を握りしめて、木のほうへ這っていった。どちらのＭＫ23の弾倉にも四五口径弾が装塡《そうてん》され、高性能の海兵隊制式サプレッサーが付いている。Ｍ４カービンの五・五六ミリ口径弾は超音速だが、この拳銃の弾丸は亜音速なので、発砲しても、拳銃の自動機構が作動する音がするだけで、銃声がとどろくことはないはずだ。クロスホワイトは右手でも左手でも――たくみに――射撃ができるので、ふたりの男を各一発で射殺できるだろうし、それなら、ほかの男たちに勘づかれたり、山羊たちを驚かせたりする危険性は限定されたものになるだろう。

クロスホワイトは眠っている男たちから四フィートほどの距離まで這っていき、両方の顔面に狙いをつけて、引き金を絞った。ふたつの頭部がメロンのように破裂する。彼は身をかがめ、あとのふたりが撃ってきた場合に備えて、遮蔽物《しゃへいぶつ》の陰にまわりこんだ。なんのさわぎも起こらない。なにもなかったような感じだった。
二、三分後、フォーログがクロスホワイトのＭ４を手に、そのかたわらにやってきて、ふたりは銃を交換した。

「では、どうして密輪屋とわかったのかを教えてもらおうか」

フォーログが手近の死体のそばにしゃがみこみ、死んだ男のローブを分けて、アフガンの山岳地帯を根城にする戦士に特有の装備をあらわにする。手榴弾やAK‐47の予備弾薬帯《バンダリア》も身につけていた。

「わかりますね？　彼らは山羊の群れを隠れ蓑《みの》にしている。前にもこういうのを見たことがあるんです」

クロスホワイトは安堵《あんど》のため息をつき、向きを変えて、あとのふたりとの距離を目測した。

「あいつらはどうする？」

「生かしておくほうがいいでしょう」とフォーログ。「彼らは本物の山羊飼いです。山道の上のほうで待っている連中の人数をよろこんで教えてくれるでしょう」

そのあとまもなく、ふたりがまだ眠っている男たちのところへ行くと、ひとりはかなりの年配で、もうひとりは二十代の後半であるように見えた。クロスホワイトは若いほうの男の喉を片足で踏みつけ、拳銃のサプレッサーを目に押しつけた。フォーログが年かさのほうの口を手でふさいで、拳銃を頭に突きつけ、声は押し殺してはいても厳しい口調のパシュト語でふたりに話しかける。

山羊飼いたちはどちらも呆然としているのは明らかで、よくわかったと言いたげにしきりにうなずいていた。ふたりを腹這いにさせ、両手を背中にまわさせて、ナイロンの結束バンドでしっかりと拘束する。

クロスホワイトが促《うなが》すまでもなく、フォーログがただちに年かさの男に質問をしはじめた。

「チームをこっちに来させてもだいじょうぶです」しばらくして、フォーログが言った。「山道を五、六十ヤードのぼったところで、五頭のロバを伴った十一名の密輪屋が眠っています。この老人によれば、おそらく歩哨に立っている者はいないが、断言はできないとのことです。朝になると、彼らはまた山道をのぼってワイガル村に向かう。村は、彼らがあすの何時かに到着することを予期しているようです」

クロスホワイトはフォーログと向かいあう位置にしゃがみこんで、ぬかりなくふたりのようすをうかがっていた。

「彼らはどこから来たのか尋ねてくれ。われわれがやってくるあいだ、ほかに山羊を見かけなかったのはなぜなのかもだ」

フォーログがまた老人に質問をし、しばらくして話しだす。

「彼の話では、ふたりはあの東の山腹の下にある――」肩ごしに北の方角を親指で示す。「――山道を進んできたそうです。彼の村の住民たちはこの空き地を、休憩と山羊の群れに水を与えるために使っている……何世紀も前から使ってきたとか。彼が言うには、六カ月ほど前から、タリバンがタジキスタンの新たなアヘン市場に運ぶために、この地域を運搬経路に使うようになったそうです。彼は真実を語っていると、おれは信じます」

「オーケイ」クロスホワイトは言った。「生かして、ここに置いていったら、彼らはどうするだろう?」

「質問の相手はおれなのか、彼らなのか、どっちなんです?」

「きみだ」

「おれの考えでは、彼らは山羊の群れを連れて、来た道をひきかえし、東の峰を越えて、つぎの峡谷のほうへくだっていくでしょう」

クロスホワイトはチームの残りのメンバーに呼びかけて、前進させた。DEVGRUの隊員たちが周囲に集まって、それぞれが遮蔽物の陰に身を隠す。そのころには、山羊たちが彼らに気づいて目を覚ましていたが、べつになにも気にかけていないように見えた。クロスホワイトは地図を開き、老人の手枷《かせ》を解くようにと命令を下した。赤い光で地図を照らし、フォーログに、老人がいまの地点を理解しているかどうかを確認させる。

「このあとどの方角に向かうつもりでいるかを、彼に訊いてくれ」クロスホワイトは言った。

老人がその経路を指で示す。

「オーケイ。フォーログ、あすの正午までここにとどまってから、出発するようにと彼に言ってやってくれ。それより早く動きだしたら、撃たれることになるだろうと。彼がちゃんと理解したことを確認するんだ」

フォーログがその勧告を伝えると、老人は何度も大きくうなずいてみせた。

「ちゃんと理解したと言ってます。命じられたとおりにするそうです。面倒に巻きこまれるのはいやだと言っています。彼らはアメリカを愛しているようです」

クロスホワイトはうなずいた。

「ああ、だれもがアメリカを愛してるからな。とにかく、あすの真っ昼間まで、この空き地から動かずにいるようにと念押しをしておいてくれ」

「彼は命じられたとおりにすると約束しています」フォーログが言った。「それと、彼が言うには、あなたは煙草のにおいをさせているので、よければアメリカの煙草を分けてくれないかと頼んでいます」

クロスホワイトは小さく笑い、腕ポケットからキャメルのパッケージを取りだし、中身を半分ほどふりだして、老人にさしだした。

「朝陽が射してくる前に光らせてはならないと伝えてくれ」

「光らせる？」

「朝になる前に煙草に火をつけてはならないという意味だ」

フォーログがそれを通訳すると、老人は大きく指をふってみせた。

「心配しないでくれと言ってます。彼が言うには、ムジャヒディンの一員としてソ連軍と戦ったことがあり、夜中に煙草を安全に吸う方法を知ってるとのことです。それと、あの木立のそばのふたつの死体から武器をもらってもいいか、知りたいとのことです」

クロスホワイトはうなずいた。

「それは贈りものとして進呈するが、朝になるまで手を出さないようにと伝えてくれ」

フォーログが老人に通訳して、それを理解したことを確認する。

「あとひとつ、質問があるそうです。あなたたちはアメリカ人女性を救いだすために、この谷をのぼっているのかと」

クロスホワイトは総毛立った。

「なにを知っているのかと、彼に訊いてくれ」

「急ぐ必要があると言っています。ＨＩＫが村に入りこんでいるとのことです」

27

アフガニスタン
ヌーリスタン州ワイガル村

ナイームとアーシフ・コヒスタニが部屋に足を踏み入れて、ベッドのかたわらに立ったとき、サンドラはアヘンのもたらす深い靄《もや》のなかにいた。よく見えるようにと、ナイームが石油ランプをかざすと、顔が熱で汗ばみ、脚の感染が悪化しているのが見てとれた。彼女がかすんだ目を開き、「くそったれ」とだけ言って、また目を閉じ、靄のなかへ入りこんでいく。

「兄弟のヌーリスタニがわたしを呼び寄せたのはよきことだった」コヒスタニが言った。「まもなく脚が腐り、毒が全身にまわるだろう。遠からずこの女は死ぬ……適切な治療が施されなければ」

ナイームはいまも、アメリカが身代金を支払う約束を破ったことに強い怒りを覚えていた。彼は、仲介人のジャッカルの死や、身代金の押収といったことはなにも知らない。知っているのは、カブールにいる自分の連絡員に仲介人がカネを届けなかったということだけだ。仲介人がカネを独り占めした可能性もあるが、おそらくそうではないだろう。カルザイの側近のひとりであるあの男はおおいに信頼できると知らされているし、そういう立場の男であれば、裏切りをしなくても、大金をせしめる機会は山ほどあるはずだ。

この日の朝早く、コヒスタニがやってきたとき、ナイームは、サビル・ヌーリスタニが到着したら火あぶりにしてやると神に誓ったほど、怒りを募らせた。が、そのあと、この女はつぎの身代金交換のくわだてができないうちに死ぬだろうとバディラに報告を受けると、自分は運がよかったと胸の内でアラーに感謝をささげたのだった。このヒズベ・イスラミの男とうまい取り引きができれば、たぶん完全な失敗は回避することができるだろう。

「ここの看護師はあまりできがよくないので」バディラの医療技術者としての能力が足りないからだとうんざりしながら、彼はつぶやくように言った。

「看護師のせいではない、兄弟よ」穏やかにコヒスタニが言った。「これは医薬品の欠如によるものだ。それだけでなく、粗末なアヘンを吸引したせいで、免疫機能が低下している」

ナイームには、免疫機能とはどういうものなのか、ほとんど理解できなかった。

「こんな状態の女が、あんたにとってどれほどの値打ちがあるんだろう?」不機嫌に彼は問いかけた。

コヒスタニが親しげに彼の肩に手をかけて、笑みを浮かべる。

「わたしの捕虜を身代金と交換しようというくわだては、すべきでなかった」

「おれの手元にこの女を残していったからだ」ナイームは言った。「あんたが尋問をすませたところで、この女は用ずみになったと思った。で、おれはカネを奪って、あんたと山分けしようとしたんだ」

「わたしはカネに興味はない」とコヒスタニが言い、護衛のラメシュをちらっと見て、必要になればいつでもナイームを殺す用意ができていることを確認する。「わたしはこの女を、カネというささいなものよりはるかに大きな計画に利用するつもりでいるんだ」

「カネはささいなものじゃない」目をすがめて、ナイームは言った。「もしヒズベ・イスラミがその計画をそこまで隠し立てしていなければ、たぶん……」

「われわれが隠し立てしているのは、それなりの理由があるからだ」さらりとコヒスタニが言ってのけた。「きみには、部下たちのためのライフルと医薬品を送ることにしよう」

「いや」あとずさりながらナイームは言った。「それだけじゃ足りない。この女はあんたにとって、それよりずっと大きな値打ちがある。あんたはアルジャジーラと接点を持ってる。おれはこの女の映像をテレビで流させたら、あんたに大きな栄光がもたらされるだろう。おれはこの女を捕虜にしたことに対して、もっとでかい褒美《ほうび》をもらうのが当然だ。おれはまだ、あんたからなにももらっちゃいないんだ」

コヒスタニが足を踏みだして、若者の肩に腕をまわし、ゆっくりと隣室へ導いていく。そこで、ふたりはランプの光に照らされたテーブルの前にすわった。

「われわれは、きみもわたしも、栄光を求めてはならない。われわれはみな、アラーの僕《しもべ》だ。われわれはジハードのために戦うのであって……あの女はアラーの栄光のためにのみ利用しなくてはならない」彼が反論を予期して、ナイームの目を見つめる。「きみは身代金が支払われなかった理由を知りたい思っているんだろう？　その理由を教えてやろう——身代金が支払われなかったのは、アラーの意志だ。彼もまた、より大きな計画のためにこの女を使おうとしておられるのだ」少し間をとり、ほかの男たちのひとりがカップに注いだ熱い茶《チャイ》を小屋に運んでくるのを待つ。「さて、わが兄弟よ……わたしがライフルと医薬品を送るのと引き換えに、あの女を——きみが撮ったビデオとともに——こちらに渡してほしい」

ナイームは、栄光をつかむ唯一の機会があっさりと手のなかから滑り落ちていくのを感じた。教育のない頭で、彼は問題の解決策を必死に考えた。まっこうからコヒスタニに逆らうと、この先いろんな問題が生じてくるにちがいないが、身代金奪取の失敗をなにかで埋めあわせなくては気がすまない。

「いいだろう」彼はきっぱりと言った。「女は、ライフルと医薬品と引き換えにあんたに渡す——ただし、ビデオはおれのもんだ。手間はかかるだろうが、おれが自分であれをアルジャジーラに売りつけ、そのカネをこの村を救う足しにするつもりだ」

コヒスタニが愛想よくほほえむ。ナイームを殺してしまいたいのはやまやまだが、このタリバン兵はまだＨＩＫの役に立つとあって、辛抱強く接するだけの価値はあるというわけだ。ナイームが野心的な若者で、壮大な幻想をいだくワッハーブ派原理主義者であることを、彼は認識していた。この男を好きなようにさせておいたら、この地域の事実上の軍閥司令官になる可能性がおおいにあるし、コヒスタニとしては、自分の勢力圏内で無学にして強力な男が工作をおこなう事態だけは、なんとしても避けたいところだった。教育のない狂信者は、行動の予測が不可能であるばかりか、ほかの全員に危害をおよぼすことにもなりかねない。さらにまずいことに、ナイームは自尊心のかたまりで強欲という、異常者すれすれのところにある男だ。この御しがたい男を南部にいるタリバンの導師が北へ送りつけた理由がいやというほどよくわかると、コヒスタニは思った――彼らはこの男を放りだし、ヒズベ・イスラミの問題にしてしまおうとしたのだ。

「よかろう、兄弟」腹を決めて、彼は言った。「ビデオと交換に、カナダ製の大型スナイパー・ライフルと五十発の弾薬を――ほかのライフルおよび医薬品とともに、きみに送ろう」コヒスタニの言ったライフルとは、戦利品として手に入れた五〇口径のマクミランTac-50のことだ。

ナイームの目が輝く。そんな銃を手に入れる機会はこの先、二度とないだろう。

「弾薬は百発ほしい」

コヒスタニは肩をすくめた。

「われわれも五十発しか持っていないんだ、兄弟。しかし、弾薬は、銃そのものよりずっと容易に入手できる。きみはこの提案を受けいれるべきだ」

「いいだろう」不満そうにナイームは言ったが、いまからもうその銃を手にした気分になっていた。そういうライフルがあれば、アメリカ軍と対等に渡りあえるだろう。二年前、いとこのムハンマドがでかい弾を浴びて死んだときのように、やつらにでかい弾を浴びせて殺し、それらの死体を、一発で体が半分に引き裂かれた死体を必ずまじえて、トラックに山積みし、おじの家に届けてやるのだ。ナイームは部下のひとりに命じて、ビデオを持ってこさせた。

「それを使ってなにをするつもりなんだ？」

「この種のお宝をアラーの栄光のために用いるすべを知っている男たちに引き渡すつもりだ」コヒスタニは、おもちゃひとつで目の前にすわっている若い男をその気にさせられたことに安堵《あんど》しながら、そう答えた。あと必要なのは、アメリカ軍を自分の殺戮《さつりく》地帯におびき寄せることだけだ。それをやってのければ、アメリカの市民たちがすぐに、軍を本来あるべき場所、本国に引きあげさせろとさらに声高に主張しだすだろう。「では、兄弟、わたしはいとませねばならない。あのアメリカ女を連れていく。その面倒を見させるために彼女の看護師も連れていこうと思うが、かまわないだろうね？」

ナイームがうなずく。

「ふたりとも、あんたのものだ。あの看護師は未亡人でね。だれのものでもない。アメリカ女を連れていく先は、東のバザラクか？」

コヒスタニがちょっとためらってから、答えた。

「いや、北のパルンだ」

「そうか」とナイームは応じて、胸の内で考えた。やっぱり、おれの思ったとおり、東のバザラクだ。バザラクはパンジシール州にある。ヒズベ・イスラミ・ハーリスがすでにそのパンジシール渓谷に軍勢を進めたことを、彼は知っていたのだ。

彼らはジハードのことを語りあい、その間、コヒスタニは、若い成り上がり者に接するには似つかわしくない丁寧《ていねい》な態度を我慢強く示して、チャイを飲み終えた。一時間後、毛布に包まれたサンドラが、前回の戦争のときに残されていったソ連軍のくたびれた軍用ストレッチャーにのせられて、運ばれてきた。その前にバディラが、小屋のなかで安らかに眠っていたアメリカ軍の女性パイロットを揺り起こし、ヒズベ・イスラミ・ハーリスの男たちが彼女を北のパルンへ連れていくことになったと説明していた。バディラは着替えの時間を与えられただけで、急いで外に出ていった。

彼女が村の門へつづく細い山道を歩きだすと、暗がりのなかに、サンドラのストレッチャーを運ぶ四人の男たちが立っているのが見えた。

ナイームが近くの小屋から出てきて、コヒスタニの前に立ち、ランプを高く掲げる。

「バディラ、おまえはこの女を生かしておくために、彼らといっしょに行くことになった」

「もう、わたしには彼女にしてあげられることはない」不満の声で彼女は言った。「薬を与えたくても、なんにもない。与えられるのはアヘンだけだし、それならだれでも与えられるわ」

「だったら、それを与えろ。なんでもいいから、必要なものをやればいいんだ！」ナイームが吐き捨てるように言った。「兄弟コヒスタニの男たちに女のやるべき仕事をやらせて、困らせるわけにはいかない。彼らは戦士の一団なんだ！ おまえは黙ってろ」

バディラがおおいに安堵したことに、ほかでもないサビル・ヌーリスタニがランプを持って、山道を急ぎ足でやってきた。

「待て、ナイーム！ ひとりしかいないわしらの看護師をこの真夜中に村から出ていかせるわけにはいかん」

コヒスタニがそのそばに近寄り、カラーシャ族のことばでヌーリスタニに話しかける。

「彼女は早急にここに送りかえすつもりだ。心配するな。あんたはあの女を生かしておくために、きわめて大きな貢献をしてくれた。バディラを送りかえすときは、この村に必要な医薬品を持たせることにしよう」

「医薬品をもらっても、あいつが盗んでしまうじゃろう」サビルがナイームを指さした。

「全員に行き渡るだけの医薬品を送ろう」コヒスタニが請けあった。自分と部下たちが村から出ていくまで、いがみあうふたりの対決を回避しておくようにするためなら、どんな約束でもするつもりだった。

「いかん」サビルが言った。「ここには病人がおおぜいおる！　わしは村長で、そのわしが、わしらの看護師は行かせんと言っておるんじゃ！」

ナイームが、部下たちのひとりが持っている棒をひったくって、そばに寄り、サビルの側頭部に痛烈な一撃を浴びせた。サビルが石のように硬直して倒れこみ、ランプがかたわらの地面に落ちて、砕け散る。

「もっと前にこうしておくべきだった」

バディラがサビルのそばに駆け寄って、片膝をつく。

「死んでる！」彼女が叫んだ。「あなたはただの殺し屋よ！」

ナイームが彼女を死体のそばから蹴り離し、その背中を棒で殴りつける。

「言われたとおりにしろ、女！　行け——そして、二度と戻ってくるな！　ここにはもう、おまえの居場所はないんだ！」

28

アフガニスタン
ヌーリスタン州ワイガル村

クロスホワイトは、チームの準備ができているのを確認してから、フォーログに密輸人どもの位置を偵察させつつ、山道をのぼっていった。五、六十ヤードのぼったあたりでやつらと遭遇すると予想されたが、十五ヤードほども行かないうちに、一本の巨木の向こうからパシュト語の話し声が聞こえてきた。ふたりは動きをとめて、銃を構えたが、発砲はせず、暗視ゴーグルを使って木々のあいだから前方のようすを探った。男たちが用心深く、闇のなかをこちらに向かってくるのがはっきり見てとれた。

フォーログが足を踏みだし、さりげなくパシュト語で呼びかける。

クロスホワイトは一歩あとずさって、間隔を置いた。木々のあいだを縫《ぬ》ってやってくる男たちがこちらの姿を見てとることはできないはずだが、どうやら声の出場所を手がかりにして、左右に分かれたようだ。巨木の陰にいる男がフォーログに厳しい口調で話しかけていることから、おまえはだれだとか、空き地でなにが起こってるんだとかと詰問しているのだろうと思われた。そいつは自分の位置が手下どもにわかるようにするために、つねに大きな声を出している。

クロスホワイトは無線機の送信ボタンを三度押して、なにもしゃべらず、三秒待ってから、また送信ボタンを三度押した。アルファに対し、戦闘を予期しつつチームを前進させろと知らせる暗号だった。フォーログの姿勢から、木の陰にいる男との交戦に備えていることが見てとれたが、その声はあいかわらずさりげない調子だった。彼にも無線の暗号が聞こえたはずなので、自分の仕事はDEVGRUの隊員たちが位置につくまで時間を稼ぐことだとわかっているだろう。

当然、木の陰にいる男も手下どもに同じことをやって、できるだけ時間をかけようとしているにちがいない。クロスホワイトには、そいつがこのエリアにアメリカ軍がやってきたのだと考えているとは思えなかった。それよりは、土地の山賊が自分たちの荷物の略奪を狙っているのではないかと疑っている可能性のほうがずっと大きい。その木がでかすぎるせいで、そいつに銃の狙いをつけることができないので、クロスホワイトとしては、フォーログが独力でそいつをうまく処理してくれるのをあてにするしかなかった。すばやく前方の状況を観察すると、十名の男たちが山道の左右に等しく分かれ、姿を見られないように岩や木に隠れながら、こちらに進んできているのがわかった。ものの十分たらずで、自分とフォーログは包囲されてしまうだろう。

アルファらDEVGRUの隊員たちが視認できる範囲に近づいてきて、アルファがほかの隊員たちに左から右へと順にターゲットを割り当てる声がクロスホワイトの耳に届いてきた。

フォーローグと相手の男とのパシュトゥ語によるやりとりが急に中断し、森が不気味な静寂に包まれる。むだ話の種が尽きたのだろう。

アルファが迅速に命令を発する。

「発砲」

DEVGRU隊員たちの消音された銃声が闇に低く響き、クロスホワイトの視野のなかで、八名のパシュトゥン人が射殺されて倒れる光景が展開された。向かって右側のはずれのほうで、二挺のAK－47が火を噴いたが、それらの射手たちも即座に撃ち倒された。

巨木の向こう側で、手榴弾のピンが抜かれる音がし、クロスホワイトは、男が投じた手榴弾が自分の背後に転がる音を聞きつけた。フォーローグが岩陰に飛びこみ、クロスホワイトもまた、自分がキルゾーンの範囲にいることを本能的に察して、地面に身を投げだした。猛烈な爆発で、身が地面から浮きあがって、岩にたたきつけられ、肺の空気が押しだされる。聴力が失われて、高周波の耳鳴りだけがするなか、彼は懸命に体を動かそうとしたが、すぐに意識が途切れた。

まぶしい白光に目を照らされて、彼は意識を取りもどした。

「大尉、声が聞こえますか？」

思考が徐々に回復してくる。ようやく動けるようになって、最初にやったのは、自分の股間を探ることだった。

「ちゃんとありますよ、大尉。だいじょうぶです。小便を撒《ま》き散らしたってだけのことです」

「手を貸して立たせてくれ」彼はぎこちなく闇を手探りした。

衛生兵が彼の胸をしっかり押さえて、寝たままにさせる。

「だめです。脳が揺さぶられたので、じっとしていなくては」

「木の向こうにいたやつはどうなった？」

「かたづけました」アルファが言った。

「フォーログは？」

「ぶじです、大尉。全員が無傷で、この一帯は安全です。脳震盪《のうしんとう》から回復するまで、じっとしていてください」

アルファが立ちあがり、フォーログをそばに連れてくる。

「きみが話をしていた男は、近辺にまだほかにだれかが——手榴弾の爆発音を聞きつけたやつがいるのかどうか、そのあたりのことをなにか言っていたか？」

「このエリアにほかにだれかがいたら彼らにとっても驚きだろうというのが、おれの得た感触です」フォーログが言った。「つまり、われわれはオーケイであるはずですが、実際のところはわかりません……なにしろ、ここはヒンズークシなので」

荷物を運ぶ動物の居どころを調べるために前方へ送りだされていた二名のDEVGRU隊員たちのひとりが、無線を入れてきた。

「アルファへ、こちらトリッグ。山道を七十五ヤードほどのぼったところに五頭のロバがいた。ここに人間はいないが、みんなに見てもらったほうがいいものがある」

クロスホワイトは五分後には立ちあがれるようになったが、まだ頭がぼうっとしていたので、引きつづきアルファが臨時の指揮官を務めることになった。いまはもう自分たちは存在を暴露されたものと想定され、任務の遂行に切迫感が生じてきたので、彼らはすぐに動きだして、トリッグほか二名のDEVGRU隊員たちのもとへ急いだ。そこに行き着くと、トリッグが足をよろめかせている五頭のロバのそばに立っているのが見えた。アヘンの荷物の束が、山道のそばに積まれている。

「なにがあったんだ？」アルファは問いかけた。

トリッグが、ついてこいという身ぶりを送る。

「おれはあやうくそれに足をひっかけるところだった」小声で彼が言った。

山道をさらに四十フィートほどのぼって、道幅が狭まりはじめる地点に達したとき、彼がアルファを立ちどまらせた。レーザー方式の携帯仕掛け線《トリップワイヤ》照射器を使って、山道の膝の高さにジグザグに張りめぐらされた単繊維《モノフィラメント》のワイヤを照射する。暗視ゴーグルを通してとあって、そのワイヤは白く光って見えた。

「前にこんなものを見たことはあるか？」

アルファは闇のなかで首をふった。

「いや。これは、やつらが接近路を守備するために張ったのか、どうなのか？　なにになってるんだろう？」

トリッグが、いま来た方角に顔を向ける。

「あそこの木々のなかに、二個のクレイモアが仕掛けられている」

アルファがふりかえって、そこに目をやると、山道の両側にある木々の頭の高さにM18A

1クレイモア対人地雷が仕掛けられているのが見えた。真夜中にだれかがこの山道を進んできたら、このワイヤをひっかけてしまい、五十フィートの距離を置いてあとにつづく者が地雷でふっとばされることになるだろうと、即座にわかった。

「麻薬の取り引きは闇商売だからな」アルファはつぶやいた。「こうなると、われわれはもっと注意しなくてはいけなくなり……スケジュールに遅れが出てしまうだろう」

彼らは仕掛け罠《ブービートラップ》をはずし、地雷を安全な場所にかたづけた。ロバたちは放してやる。チームは隊列を組み、トリッグを先頭に立てて、危険性を感じたらトリップワイヤ照射器を使うようにさせながら、山道を進みだした。

一時間後にはクロスホワイトが脳震盪から完全に回復し、ふたたび指揮を執るようになった。そろそろ日の出が間近とあって、彼は倍の速さでチームを進ませ、小休止はまったくとらせず、歩きながらGPSのチェックをさせるようにして、山のさらなる高みへとのぼっていった。それは過酷な登りとなり、彼らはキャメルバックの水筒の中身を飲みほすことになった。だれであれ、ちょっとでも遅れたら、追いつくために走るというよけいなことをしなくてはならない。夜が明ける前に村を偵察して、準備を整えるための時間は、もうほんのわずかしか残されていなかった。

きつい山登りを始めて三時間が過ぎたとき、山道のカーブをまわりこんだ先頭の隊員たちが、アヘン密輸人たちに合流するために山をくだってきた七名のパシュトン人から成る警邏《けいら》隊ともろに鉢合わせした。

パシュトン人の男たちはAK－47を肩に吊るしたままで、アメリカ軍の特殊部隊員たちがカーブをまわりこんできたときも、仲間内で軽口をたたきあっていた。トリッグとクロスホワイトがパシュトン人警邏隊の先頭にいるふたりに襲いかかり、四人が脚と銃がからみあったひとかたまりとなって、地面に転がる。

驚いたパシュトン人の一団が叫び声や怒声をあげ、いったいなにが起こったのかを理解しようとあがいた。フォーログがパシュト語でなにやら熱弁をふるって騒動に輪をかけ、パシュトン人たちの混乱をさらに激化させようとしたが、そのときだれかがフラッシュライトを点灯し、瞬時に危険な状況が出現した。アメリカ軍の隊列の後続がカーブをまわりこみ、パシュトン人の一団がAK-47を肩からおろす。半秒とたたず、いたるところで乱闘が展開した。双方の男たちがライフルの銃床やナイフを使って肉弾戦をし、間合いを取るために蹴ったり押したりしていた。

クロスホワイトは、折り重なって倒れた男の手に嚙《か》みつくと、血の味を感じつつ格闘し、もがきながら顔面を殴ってこようとするそいつに馬乗りになった。そしてようやく、そのパシュトン人の両の眼窩《がんか》に親指を深々と突きこんで、さっと立ちあがったが、戦いに加わったばかりのDEVGRU隊員のひとりにぶつかってバランスを崩したフォーログに押されて、ふたたび倒れこむはめになった。そのDEVGRU隊員がふたりを飛びこえ、AK-47の銃口を水平にめぐらして乱射しているパシュトン人に痛烈な銃床の一撃を浴びせる。その DEVGRU隊員は、銃口がそちらに向けられる前にパシュトン人の顔面を陥没させ、奇跡的に、自分だけでなく、少なくとも二名のアメリカ兵の命を救った。銃口がよそに向けられる前にトリッグとクロスホワイトが立ちあがっていたら、ふたりはそろって撃ち倒されていただろう。

最後にカーブをまわりこんできた四名のDEVGRU隊員たちが、その戦闘の様相を明瞭に見てとった。残った三名のパシュトゥン人たちが、恐怖の形相でAK-47を握りしめていた。暗視装置のない彼らには、いったいなにがどうなっているのかさっぱりわからず、そのため、目の前の山道の上をうごめく黒い影のどれが敵なのか、見分けることができないのだ。パシュトゥン人たちが算を乱して逃げだしたが、ものの数フィートも行かないうちに撃ち倒された。

まもなく乱戦は終わり、クロスホワイトは自分のM4を高く掲げて、静かにしろとみなに呼びかけた。全員が生きていたが、戦闘のなかで暗視ゴーグルが壊れたDEVGRU隊員が二名いて、フィッシャーという隊員が左の肩甲骨《けんこうこつ》に貫通銃創を負っていた。

「おれはやりとおせる」上腕を体側に固定する処置を衛生兵に施されてまもなく、フィッシャーが言った。「装塡《そうてん》ができるように、前腕だけは自由に動かせるようにしてくれ」

クロスホワイトはまだ、口のなかに入ったパシュトゥン人の血を吐きだしているところだった。顔が傷だらけになり、鼻梁《びりょう》が裂けて出血していた。

「きみは左利きか、フィッシャー？」

フィッシャーが首をふる。

「いいえ、大尉」

「ちょっとした幸運だな」とクロスホワイトはつぶやき、DEVGRU隊員の三名を適当に選んで、それぞれの拳銃の予備弾倉の一個とフィッシャーのM4の予備弾倉を交換させた。

「オーケイ、よく聞け」低いが断固とした声で、全員に告げる。「この任務はのっけからひどいものになったし、山道を行った先にくそったれどもが何人いるかもわかってはいない。そこで、これを続行するかどうか、投票にかけようと思う。われわれの総数は十名だが、もしひとりでも反対に入れたら、だれにもつべこべ言わせず、ゲームの終了を宣言する。わたしがこの任務に関する責任をすべて負い、戦闘の実態をよく知った人物のところに戻った時点で、自分の身柄を委《ゆだ》ねることにする」

「だれも、おれのせいでひきかえすほうに投票してくれるな！」フィッシャーが言った。「おれはやりとおせる」

すぐに声をあげる者は、ひとりもいなかった。

ようやく、アルファが咳払いをし、クロスホワイトはそちらにふりむいて、暗視ゴーグルごしに彼を見やった。

「きみの気持ちは？」

「デルタの隊員たちはそんなふうにするんでしょうか、大尉？　面倒の最初の兆候が現われただけで、背を向けるなんてことを？」

デルタの一員であるクロスホワイトは、思わず笑い声を漏らした。

「では、すぐに動きだすとしよう。スケジュールに遅れが出ているからな」

29

アフガニスタン
ヌーリスタン州ワイガル村

暗い山中をゆっくりとくだっていくとき、谷をはさんだ向こう側の山腹でＡＫ‐47の銃声があがるのが、サンドラと彼女の捕獲者であるヒズベ・イスラミの耳に届いてきた。数分後、銃声が静まると、ヒズベ・イスラミの二名が偵察に送りだされた。隊列は待機に入り、コヒスタニが戦士たちをそばに呼び寄せて、どこからアメリカ軍の攻撃がかけられても対応できるようにと指示をする。彼は偶然など信じず、アメリカ軍無人機《UAV》の能力を甘く見てはいなかった。もしヤンキーの殺人者どもが、ワイガル村に女性パイロットがいることをつかむか、その疑いを持つかした場合、ＵＡＶの一機がこの上空に派遣され、いまこの瞬間にもその赤外線カメラが谷を監視しているかもしれないのだ。

サンドラはかなり意識がはっきりしてきて、捕獲者たちの気配が変化したことを感じとっていた。ＡＫ‐47の銃声があがるまで、彼らは警戒心をろくに示さず、足早に山腹をくだってきた。だが、いまは足をとめて、サンドラをのせたストレッチャーの周囲に堅固な防御態勢をつくり、刺激された毒蛇があらゆる方向からの攻撃に備えようとするように、ささやき声を交わしている。自分に注意を向けているのはバディラだけだったので、サンドラは、もしだしぬけにアメリカ軍の救出チームが出現したら、すぐに動きだせるようにするために、わが身を縛っているロープの結び目をほどきにかかった。その時が来たら、アヘンで反射神経が鈍っていて、負傷した脚がどんなに痛くても、力をふりしぼって立ちあがるのだと自分に誓う。

けれども、その時はなかなか来ず、分刻みが時間刻みとなって、かすかに湧きあがっていたアドレナリンが消え失せていき、さっきの決意は露と消えた。また頭がぼうっとして、痛みが心を乗っ取っていく。一時間半が過ぎたころ、彼女は闇のなかでバディラの腕を握りしめ、またアヘンの吸引が必要になったことを訴えた。

バディラがその要求を無視する。この状況でマッチを擦《す》ることを、コヒスタニが許すわけがないとわかっていたからだ。

痛みがさらに募ると、逆に頭がはっきりしてきた。サンドラは全力をふりしぼって、大きく息を吸いこんだ。

「わたしはここよ!」必死に叫ぶ。「わたしはここよ! 助けに——!」

側頭部にこぶしがたたきこまれて、サンドラが気を失う。彼女が意識を取りもどした場合に備え、別の戦士が飛びかかってきて、彼女の横隔膜に膝を強く押しつけ、叫び声が出せないようにした。

十分後、偵察班が戻ってきて、谷の向こう側の山道で七名のパシュトゥン人の死体を発見したことをコヒスタニに報告した。偵察班のひとりが、片手に握っていた五・五六ミリ弾の空《から》薬莢《やっきょう》をばらばらと落とす。

「アメリカ軍がその全員を殺し、村をめざして山中を移動しています」その偵察兵が言った。「朝陽が射してくる前に村に行き着くことはないでしょう。女はもうそこにいないことをやつらが知ったときには、われわれはすでにトラックにたどり着いているはずです」

闇のなかでコヒスタニがほほえむ。

「アラーをほめたたえよ」大いなるよろこびをこめて、彼は言った。いまこの瞬間まで、女の悲鳴が自分たち全員を破滅させるだろうと考えていたのだ。「われわれがこの時にこの場所にいるのは、ただの偶然ではない、兄弟たちよ。アラーのおはからいに偶然というものはないのだ」

彼はストレッチャーのそばに歩いていき、自分の懐中電灯を点灯して、捕虜のようすをたしかめた。叫ぶのをやめさせるために浴びせられた一撃で、左目がほとんどふさがってしまうほど、その周囲が腫《は》れあがっていた。彼はバディラの目に光を当てて、告げた。

「おまえがこの女の口を手でふさぐことを思いつくべきだった」

「あなたがそうすることをわたしに教えるべきだったのかも」バディラがやりかえした。

コヒスタニが懐中電灯の持ち手で顔を殴りつけ、彼女の上唇が裂けた。

「思いちがいをしないように。わたしは小さな村の長《おさ》などではないんだ」親しげに聞こえるような声で、彼が言う「さあ、このアメリカ人に猿ぐつわをかけて、われわれがトラックにたどり着くまで声が出せないようにしておくんだ。もしこの女がまた叫んだら、おまえに責任をとってもらうことになるぞ」

30

アフガニスタン
ワイガル村

淡い曙光《しょこう》が射してきた直後、クロスホワイトと彼の率いるDEVGRUの選抜隊員たちはワイガル村の南のはずれにたどり着いた。だれもが疲れきり、水筒の水はすでに尽きていたが、スケジュールの遅れは二十分にとどまっていた。クロスホワイトは衛生兵に命じて、ベンゼドリンの徐放性カプセルを各自に二個ずつ支給させてから、トリッグとアルファを村の東側と西側の偵察に送りだした。村の北端は、さらに千フィートほど上方へつづく山腹に接している。

現在の地点から斜面の上方へ目をやると、ワイガル村は、家の上に家が積み重なっているように見えた。トランプのカードを縦横に何枚も並べてつくった、ひとつの大きな家のような感じだ。実際には、それぞれの住居が、山腹を形成する岩だらけの急斜面に建てられているだけのことだが。この村は高木限界線より上にあるので、樹木はひどくまばらだ。DEVGRU隊員たちが暗視ゴーグルの利点を生かすには、できるだけ早く村に入りこむ必要があった。

クロスホワイトは大岩の陰にしゃがみこみ、暗視ゴーグルを使って村のようすをうかがった。

「なんとも印象的な光景だな」フォーログに向かって、彼は言った。

「そうですね」とフォーログ。「この村のひとびとのほとんどはカラーシャ語を話します。おれはカラーシャ語はできません」

クロスホワイトは彼に目を向けた。

「司令部を離れる前に、そのことを言っておいてくれたらよかったろうに！」

フォーログが肩をすくめる。

「それは問題じゃないです。カラーシャ語を話せるのは、ここのひとびとだけなんで」クロスホワイトの肩をぽんとたたく。「ご心配なく。村人の多くは、パシュト語も上手《じょうず》に話せます。女性パイロットを拘束しているタリバンのほとんどは、カラーシャ族ではないと思います。彼らはそういうことはしません。そのことを部下のみんなに言っておいたほうがいいでしょう」

クロスホワイトはうめくように言った。

「われわれは、やむをえない場合でないかぎり、だれも殺しはしない」

彼は無線機を取りあげた。

「バンク・ハイスト2へ、こちらバンク・ハイスト1。聞こえるか？　オーヴァー」

ナイトストーカーズがすぐに応答する。

「バンク・ハイスト1へ伝達。われわれは位置につき、ターゲットへの接近を準備中」

「バンク・ハイスト2へ、待機せよ……」

クロスホワイトは、別の大岩の陰に、自由に動かせるほうの手でサプレッサー付きのMK23拳銃を持ってしゃがんでいるフィッシャーに目をやった。

「行けるか？」

フィッシャーがうなずく。

先に無線を入れてきたのは、アルファだった。

「大尉、ここからでは、村のなかが見通せません。山腹の勾配がひどくきついので。見えるのは、並んでる小屋の前面だけです。なんの行動もとりようがありません」

「オーライ」とクロスホワイトは応じた。「きみはこちらに戻ってくれ。トリッグ、なにかつかめたか？」

「まだ偵察中ですが」トリッグが答えを返してくる。「これまでのところは、収穫なしです」

「オーケイ、こちらに戻ってくれ」

チームの全員が再結集したところで、クロスホワイトは各自に任務を割り当てた。

「この村は、小屋をひとつひとつ捜索するにはでかすぎる。村のいちばん低い地点にぽつぽつとある小屋のどれかを接収し、なかにいる人間から話を聞くようにするしかないだろう。だれか、もっといいアイデアを持ってる者はいるか？　時計はいまもまわってるんだ」

トリッグが山腹のほうを指さす。

「村のすぐ下、あの尾根のところにぽつんと建ってる小屋を押さえるほうがいいんじゃないかと。あれはどの小屋からもかなり離れているので、ほかの小屋のひとびとに勘づかれずに、そこの家族から事情を聞きだすことができるでしょう」

その小屋は、小型車用ガレージの半分ほどの大きさしかなかった。

クロスホワイトは最後にもう一度、周囲に目をやってから、前進の命令を出し、先頭に立って、斜面を九十ヤードほどのぼった地点にある孤立した小屋をめざした。夜明け前の寒風が吹きつけるなか、彼らはごつごつした斜面をのぼっていき、五分後には小屋の外にたどり着いた。クロスホワイトは、まず自分が入り、アルファとフォーログがすぐあとにつづくようにと合図を送った。ほかの七名のＤＥＶＧＲＵ隊員たちがサプレッサー付きのＭ４を村のほうへ向けて、防御態勢を形成する。

くたびれた木のドアに、鍵はかかっていなかった。クロスホワイトが木製の掛け具を持ちあげてはずし、幽霊のようにそっとなかに滑りこむと、そのすぐあとにアルファとフォーログがつづいた。暗視ゴーグルに特有の緑と黒から成る光景をうかがい見ると、小屋には部屋がひとつしかないことが即座に判別がついた。ひとりきりの住民が、奥の壁際に置かれた寝台の上で、毛布を何枚もかぶって眠っている。室内に漂うかすかなにおいは、クロスホワイトには〝年老いたひとびと〟としか表現しようのないもので……しかも、それは腐敗臭に似ていた。

「くそ、こいつは死んでるようだ」彼はつぶやいた。

「おれはそうは思いません」用心深い声でフォーログが言った。

アルファがその体をつつき、フォーログがパシュト語で厳しく、「起きろ」と声をかけた。毛布の下で人間が身動きし、咳をする。

「起きろ！」フォーログがくりかえした。

ふたたび毛布の下で身動きがあって、痰《たん》のからまった咳が聞こえ、横たわっていた人間が起きあがってくる。

クロスホワイトが手袋をした手をのばして、毛布の顔にかかっている部分をひっぱると、無残に老いさらばえた女の顔、全体がゆがんだように見える顔が、現われてきた。老女がまぶたを開いたが、すぐにぎょろっと白目をむいただけで、網膜や瞳孔は見てとれなかった。老女がまだ眠気の抜けないまま、フォーログにも理解できないことばをつぶやき、いまはもうすべての指が付け根しか残っていない、無残に変形した手で顔をこする。

クロスホワイトはフォーログに目をやり、シュマーグで自分の顔を覆《おお》った。

「これは伝染病だと思うんだが？」

「ちくしょう！」パニックに陥ったアルファが悪態をついて、飛びのき、後ろにあった椅子の上に倒れこむ。「くっそう――この女は重症だ！」

クロスホワイトはそちらに向きなおった。

「落ち着け、このばか！」

「ここを出なくては！」アルファが椅子を蹴とばし、四つん這いになって、あとずさる。

「気を静めろ！」フォーログが、自分もシュマーグで顔を覆いながら言った。「人間の九十五パーセントは、生まれつき免疫を持ってる」

「く、く、くだらんことを言うな！」アルファがさっと立ちあがって、戸口へ駆けだす。外に出たところで立ちどまって、小屋のなかをのぞきこんだ。「くそ、おれたちはあの女の吐いた息を吸っちまった——こんちくしょうめ！　あの死にそうな顔を見ろよ」

クロスホワイトは戸口のほうへ歩いていき、押し殺した声で言った。

「つべこべ言わず、口に蓋《ふた》をしておくんだ」

「あの女は重病人で、おれたちはその息を吸っちまったんですよ！」

トリッグが後ろからアルファの体をひっつかみ、背後からの裸絞め《リア・ネイキッドチョーク》をかけて、脳に行く血をとめながら、小屋の裏側に張りだしている大岩の下の暗がりへひきずっていく。数秒のうちにアルファは意識を失い、トリッグが彼を地面に寝かせて、スピードという名のDEVGRU隊員に監視を委《ゆだ》ねた。

小屋のなかでは、フォーログが盲目の老女にパシュトゥ語による事情聴取を始めていて、まずは、自分たちがだれであるかをきっちりと説明し、恐れることはないと話しかけていた。老女が、パシュトゥ語とカラーシャ語の入りまじった答えを返してくる。そのことばはたどたどしくて、聞きづらく、フォーログですら理解するのが困難だった。

「意味が正確につかめません」しばらくして、フォーログがクロスホワイトに言った。「動詞の時制が混乱していて。アメリカ人女性のことを言っているのはたしかですが、彼女が村全体を見渡せる小屋に拘束されているのか、それともそこに拘束されていたのか、そこのところが判然としないんです」

「そこをなんとか明瞭にさせてくれ」クロスホワイトは命じた。まだ、アルファの思いがけない動転ぶりに心が乱れていた。

フォーログがいらだったように首をふる。

「もうすでに、五、六回やってみました。彼女はパシュト語を正確に話せないので、カラーシャ語で言ってくるんです」

「やれやれ」クロスホワイトは言った。「そのふたつの言語はそんなに異なっているのか？　わたしにはまったく同じように聞こえるんだが」

フォーログが肩をすくめる。

「こうなったら、村全体を見渡せるその建物に行くか、別の小屋を接収するかでしょう」

「くそ」クロスホワイトは言った。「われわれが去ったあと、この女は面倒を引き起こしそうか？」

「それはないでしょう」とフォーログ。「彼女は絶えず、疲れたと言いつづけています。もう一度眠りたいとしか考えていないでしょう。これは夢だと思っているかもしれません」

クロスホワイトは戸口の外へ目をやり、東の空が明るくなりつつあることをたしかめた。そろそろ村人たちが起きてくるだろう。

「時間がない。村全体を見渡せるという小屋に移動しよう。場所は確認しているんだろうな？」

「その建物がどこにあるかについては、彼女は明瞭に語ったように思えますね」

「それだけでも儲《もう》けものだろう」クロスホワイトは言った。「よし、行くぞ」

ふたりが小屋の外に出たときには、アルファはすでに立ちあがって、地面を見つめていた。

ひどく動揺し、自分がやったことを恥じているのが明らかだった。トリッグとスピードが彼をはさんで立ち、どちらも彼の肩に手を置いていた。

クロスホワイトはアルファの真ん前に立ち、鼻と鼻が触れあいそうなほど顔を寄せて、うなるような低い声で話しかけた。

「きみは、自分がこの任務をやりとおせると考えているのか、水兵？」

「アイ、サー」

「また仲間や任務を危機にさらすようなまねをしでかしたら、その場できみを任務からはずすつもりだ。了解したか？」

アルファが視線を受けとめる。

「アイ、サー」

クロスホワイトはスピードに目を向けた。

「この男はきみに預ける」

スピードがうなずいた。

「彼はだいじょうぶです、大尉。おれが請けあいます」

「そうあってほしいもんだ！」

そのあと、フォーログが彼らに目的の場所を説明した。村全体を見渡せる小屋は山腹をさらに百五十ヤードほど行った地点にあり、そこにたどり着くには村のど真ん中を通りぬける必要があるうえ、その道筋の大半が、隣接する建物のあいだをうねうねと抜けていく、九パーセント勾配ののぼりになるだろうということだった。

「側面に迂回するとか、左右に分かれるとかといったことは考えるな」クロスホワイトは言った。「時間がないし、そういうことをするのに必要な情報もない。正面から強行突破して、〝銀行〟を襲撃し、可能なかぎりの手を尽くして撤収する――まさしくバンク・ハイストをやってのけるんだ。武器を持つやつを見つけたら、迷わず撃て。さあ、前進だ、みんな。あそこでサンドラがわれわれを待ってるぞ」

彼らは、最初の数軒の小屋のそばをだれにも見られずに通りすぎ、ふたつめの民家の並びをめざして、狭い裏道をのぼっていった。日射しが明るくなっていたので、もはや進む先を見るのに暗視ゴーグルを使う必要はなかった。一軒の小屋のドアが開き、戸口に現われた男が恐怖に目を見開いて凍りつく。フォーログがその男に、なかに戻れと命じると、男はためらわずそれに従い、そっとドアを閉じて、鍵をかけた。

小屋が並んでいる場所は五カ所ほどあるように思われたが、山腹の勾配が均一ではないので、実際にそういう集団がこの村にいくつあるのか見定めるのはむずかしい。彼らにできるのは、北西の方角をめざして、のぼりつづけることだけだった。三つめの小屋の並びのところまでのぼって、角をまわりこんだとき、ひとつの小屋の外に、十代の少年がふたり、AK－47を肩に吊るして立っているのが見えた。クロスホワイトがサプレッサー付きM4でオートマティックの連射を浴びせると、彼らの体が宙に浮いて後方へふっとび、小屋の壁に頭から激突した。

DEVGRU隊員たちの隊列は、負傷しているフィッシャーが背後を守るかたちをとって、ふたつの死体のそばにさしかかった。

その小屋のドアが開き、男がひとり、なにが起こったのかたしかめようと外に出てきたので、フィッシャーがすばやくその頭部をＭＫ23で殴りつけて、昏倒《こんとう》させ、ほかにまだひとがいるかどうかを確認するために、なかに踏みこんでいく。テーブルのそばにひとりの女が立ち、幼い子どもがふたり、女にしがみついていた。いまにも叫びだしそうに見えたので、フィッシャーは女の顔に銃口を向けて、自分の唇に指をあてがった。女が叫びださないのを確認したところで、彼はその夫の腕をつかんで、なかにひきずりこみ、急いで外に出て、隊列に追いついた。

ようやく道の行きどまりにたどり着いたとき、水を汲みに出てきた男がいたので、彼らはその男をつかまえた。フォーログがその男に、自分たちはどこをめざさなくてはならないかを説明する。男は即座に、サンドラは夜のうちにどこかへ連れていかれ、すでに村にはいないと語った。もちろん、クロスホワイトはその話に納得せず、真実を吐かせようと、男の喉に拳銃のサプレッサーを押しつけた。

男が、自分はほんとうのこと言っていると誓って、泣きだす。

「その小屋に案内させろ！」クロスホワイトは命じた。

フォーログが男を落ち着かせてから、話しかける。

「アメリカ人たちはその目でそれをたしかめる必要があるんだ。その小屋に案内し、彼らが職務を果たして立ち去れるようにしてくれ」

男が先に立って、とある無人の小屋のなかへ、そしてその裏口から外へと、彼らを導いていく。そこには台地のようなものがひろがっていた。台地の向こうにぽつんと建っている小屋があり、その前の斜面で十代の少年がふたり、ドアに頭をあずけ、AK-47を膝のあいだにはさんだ格好で居眠りをしている。

「あのふたりをかたづけろ」クロスホワイトはアルファに命じた。このDEVGRU隊員がほんとうに実践に復帰したのかどうか、確認したかったのだ。

戸口の内側に立っているアルファが、M4を肩づけして、発砲しようとする。

案内してきた村人が、やめてくれと言いだした。

クロスホワイトはその前にまわりこみ、殴りつけて昏倒させた。

「嘘つきめ！　無人の建物に歩哨がいるわけがないだろう？」

アルファが十代の少年ふたりの額《ひたい》に銃弾を撃ちこみ、彼らがドアに脳漿《のうしょう》を撒《ま》き散らして、斜面を転がり落ちる。

チームがいっせいに小屋から台地へ飛びだし、どの方向からの敵の接近にも対処できる配置につく。クロスホワイトはトリッグを伴ってその小屋に近づき、ドアの外に立って、耳を澄ました。聞こえるのは、眠っている男の大きないびきだけだった。トリッグが掛け金をはずし、ドアを内側へ開いて、なかに踏みこみ、クロスホワイトがあとにつづく。

そこはテーブルと数脚の椅子がある主室になっていて、隣室につづく戸口にカーテンがさがっていた。DEVGRU隊員たちが拳銃を抜いて、カーテンのほうへ前進する。それをわきへ引くと、ベッドで眠っているひげ面の男が見えた。

クロスホワイトは、この部屋は前に目にしたことがあると確信した。静かに部屋を歩いていって、眠っている男の顔にサプレッサー付きMK23を突きつける。

「起きろ、くそったれめ！」

ナイームがまぶたを開き、その目がすぐ愕然《がくぜん》と見開かれる。

「あの写真を出してくれ」クロスホワイトは、ナイームがちょっとでも動いたら撃てるように、その両目のあいだに銃口を向けながら、トリッグに命じた。

トリッグが、ビデオの一シーンをプリントアウトした写真を取りだす。男の左目のそばに、見まちがえようのない傷痕があった。

「よし、知ってることを洗いざらいしゃべれ！」クロスホワイトは拳銃を逆に持ちかえて銃身を握り、銃把でナイームの睾丸《こうがん》を殴りつけた。

ナイームが太いうなり声を漏らし、ベッドの上で身を二つ折りにする。

「フォーログをここに呼んでくれ」クロスホワイトは命じた。

トリッグが小屋を出て、フォーログをなかへ呼び寄せる。

「こいつに訊いてくれ。サンドラはどこへ連れていかれたのか」

フォーログがナイームに目をやり、ビデオで見た男だと即座に判別した。

「あのアメリカ人女性はどこへ連れていかれた？」パシュト語で彼が問いかけた。

「くそくらえ《ファック・ユー》！」ナイームがまずまずの英語で叫んだ。

クロスホワイトはその前歯にM４の床尾を打ちつけ、ナイームが顔を押さえて、苦痛のうなり声をあげる。

「もう一度、訊くんだ！」

「アメリカ人女性はどこへ連れていかれた？」

ナイームが、「プファック・ユー」と聞こえる叫び声をあげた。

　トリッグがなかにひきかえしてくる。

「大尉、決断を急がねばなりません。三十名ほどのガンマンが村のなかをこちらへ進んでくるように思われます。そいつらがふたつめの台地にのぼると、すぐに姿が見えなくなりましたが、急速にこちらに迫っているようです。上空掩護を要請しますか？」

「このくそったれにプラスティック手錠《フレックス・カフ》をかけろ！」クロスホワイトは命じた。「こいつを連行する」

　彼はすぐに無線機を使って、ナイトストーカーズに送信した。

「バンク・ハイスト２へ、こちらバンク・ハイスト１。聞こえるか？　オーヴァー」

「ラジャー、バンク・ハイスト１。大きく明瞭に《ファイヴ・バイ・ファイヴ》聞こえる。オーヴァー」

「バンク・ハイスト２へ伝達。われわれは〝銀行〟に入ったが、カネは移送されていた。くりかえす。カネはもうここにはない！　しかしながら、報告に値することがある。われわれは主犯《ロミオ》の身柄を確保した。くりかえす。ロミオの身柄を確保した！　オーヴァー」

「ラジャー、バンク・ハイスト１。すでにローターをまわしている。すぐに離陸にかかり、六十秒以内にそちらの地点へ向かう。ＥＴＡは十五分後。オーヴァー」

「攻撃目標は外周部にとどめるようにしてくれ、バンク・ハイスト２。われわれは銃撃戦で血路を開かねばならなくなるので、そちらのロケット弾を浴びるはめになっては困る。ぶじにワイガル上空に進入したら、知らせてくれ。オーヴァー」

「ラジャー。ウィルコ――そちらから報告があるまで、攻撃は外周部にとどめておく」

31

アフガニスタン
ワイガル村

クロスホワイトは、震えている案内人をひっつかんで、フォーログに目を向けた。

「この野郎に言ってくれ。われわれがこのいまいましい迷宮から脱出できるように、案内しろと」

フォーログが通訳すると、案内人は縮みあがり、大あわてでしゃべりだした。

話し終えると、案内人は地面に両膝をついて、祈りはじめた。

フォーログがクロスホワイトに目を向けて、首をふる。

「それはできないそうです。われわれの脱出に手を貸したら、自分と家族の全員がタリバンに殺される。手を貸すのを断わったら、自分はあなたに殺されるかもしれないが、妻と子どもたちの命は救われると」

「くそ、わたしはこいつを殺すつもりはないんだ」クロスホワイトは言った。「立ちあがれと言ってやれ。こいつは、われわれがこの地獄穴から逃げだすためのルートを教えてくれたら、それでいいんだ」

案内人が安堵《あんど》の思いをあらわにして、うれしそうに立ちあがり、フォーログに向かって話しだした。急な曲がり角を何度もまわりこんで、谷をジグザグに抜けていく道筋があることを、両手を使って示しながら説明していく。

「まいったな」クロスホワイトはつぶやいた。「ここの連中は、まっすぐな道があるってことを知らないのか？　彼に言ってやってくれ──ニューヨークに来たら、街区はどうやってつくるものかわかるだろうと」

フォーログは耳を貸さず、案内人の方向指示に集中していた。そして、どう行けばよいかを理解できたと感じた時点で、その男に礼を言い、クロスホワイトに向きなおって、無視したことを詫《わ》びた。

「オーケイ」ほかの面々に向かってフォーログが言う。「道筋を忘れないうちに、出発しよう」

クロスホワイトが、そばに立たされているナイームのほうへ目をやると、そいつはフレックス・カフで両手を背後で拘束されているにもかかわらず、にやにやしていた。クロスホワイトはKA‐BARを抜いて、タリバンの指揮官の顎の下に切っ先を押しつけた。

「このくそったれに言ってやってくれ。もしここから脱出する途中でなにかを──なにか妙なまねを──やらかしたら、両目をえぐって、その場に放りだしていくぞと」

フォーログがそれを通訳すると、ナイームのにやにや笑いが瞬時に消えた。殺されるのはたいして気にならないが、そんなふうに容貌が損なわれた身となって、死後にアラーのもとで来世をすごすことになるのは、耐えられないと思ったのだろう。

「もう、おもしろがってはいられなくなったか？」そいつの目をのぞきこんで、クロスホワイトは言った。「スピード、こいつの監視はきみに任せる。アルファ、また先頭に立ってくれ。フォーログ、きみはわたしのすぐあとにつづけ。さあ、行くぞ！」

チームは案内人に指示された方角をめざして、低い小屋の並ぶ裏道を移動していった。いまはもう、彼らの存在が村じゅうに知れ渡っていたので、屋外に人影はまったくなかったが、通りすぎていく住居のあちこちから、興奮した話し声が聞こえていた。

「パニックに陥った村人もいます」フォーログが言った。「彼らは空爆を恐れているんです」

クロスホワイトは立ちどまって、向きを変えた。

「よし――それを利用しよう。村人たちに、われわれが空爆を要請したと告げてくれ。村の外へ避難するようにさせるんだ！　その混乱を利用して、ここを脱出しよう」

フォーログが返事をためらって、彼を見つめる。

「どうした？　その話をひろめるんだ」

「この村には年寄りと病人がおおぜいいます、大尉。カラーシャのひとびとを苦しめたくありません。おれにそんなことをさせないでください」

クロスホワイトはフォーログの言い分が正しいと悟って、悪態を押し殺した。アルファに命じて、移動を再開させる。

裏道の突き当たりに達したアルファが、角からちらっと左右をのぞきこむと、タリバン兵の一団がこちらに突進してくるのが見えた。彼は跳びしさって、ハーネスから手榴弾を抜きとり、ピンを抜いて角の向こうへ放り投げた。DEVGRU隊員たちはみな、なにも言われなくても地面に伏せていた。手榴弾が爆発して、小屋の角の部分をふっとばし、人体の破片が宙に舞う。破壊された住居から、男女が悲鳴をあげて飛びだしてきた。幼児が金切り声をあげる。

「行け！」とクロスホワイトは叫び、さっと立ちあがって、角をまわりこんだ。石塀と低い小屋にはさまれた横丁に、半ダースほどの死体が転がっている。DEVGRU隊員たちがそこを駆けぬけていくあいだも、破壊されたいくつかの住居のなかで、出血した村人たちが隠れ場所を求めて逃げまどっていた。彼らにしてやれることはなにもない。自力でできるかぎり身を守るようにしてもらうしかなかった。これはまさに、戦争のもっともいとわしい一面だった。

彼らが横丁の突き当たりに達すると、石造りの下り階段があった。ひどく急で、ひどく狭く、長さは五十フィートほどのものか。クロスホワイトはいやな気分になったが、ほかに脱出の道はない。階段をなかばまでおりたとき、積みあげられた薪《まき》の陰から、タリバンのガンマンがセミオートマティックのSKSを撃ちはじめた。二名のDEVGRU隊員が被弾した。クロスホワイトとアルファがその射手の居場所に銃弾を浴びせて始末したが、こんどは背後の階段のてっぺんに二名のタリバン兵が現われて、発砲を開始した。

フィッシャーが、すでに被弾している肩にまた弾をくらう。バランスを崩し、後ろ向きに階段を転げ落ちながらも、彼は片手で拳銃を撃った。タリバンのひとりの首にそれが命中し、もうひとりがあわててあとずさる。その間に、やはり弾をくらっていたスピードが。そのショックから回復していた。背中の下部に負った銃創から血を流しつつ、スピードが階段を駆けもどり、タリバン兵がふたたび顔をのぞかせた瞬間、そいつの額《ひたい》に銃弾をたたきこむ。階段のてっぺんで片膝をつき、チームのほかの面々に向かって、くだりつづけろと声をかけた。

「おれもすぐ、あとにつづく！」とスピードは叫び、クロスホワイトと短く目を合わせてから、いま来た方角に向きなおって、連射を浴びせ、破壊された小屋の角をまわりこんできた三名のタリバンを押しもどした。背中の銃創をさすってみると、手が血まみれになった。

「ちくしょう」彼はつぶやいた。「これはちょいとまずい」

腕ポケットから残りのベンゼドリン・カプセルを取りだし、水なしでそれを服《の》むと、喉の途中でつっかえた感じがあった。スピードはまた銃創をさすって、手袋にたっぷりと血をすくいとり、その血でカプセルを飲みくだした。

「ぐあいが悪いのか？」背後からフィッシャーが問いかけた。

スピードは、はっとそちらをふりかえった。

「なんでおまえがここにいるんだ？」

「おまえのケツを離れるわけがないだろう」

彼らは、ほかの隊員たちが階段をくだりきるまで待った。それから、スピードがフィッシャーのハーネスから手榴弾を抜きとり、横丁の角のほうへ投げた。彼らが階段を四分の一ほどくだったとき、それが爆発した。階段の下に目をやると、チームのほかの面々が角をまわったところで半円形の防御態勢をとり、重傷を負ったブレインというＤＥＶＧＲＵ隊員に衛生兵が処置を施すのを待っているのが見えた。

ナイームは土の地面にうつぶせにされ、その背中に、コンマンとみんなに呼ばれているDEVGRU隊員が膝を押しつけていた。コンマンはチームでいちばん小柄で、体重は百四十五ポンドほど、身長はせいぜいが五フィート六インチほどしかない。だが、彼は生粋のガンファイターであり、殺戮《さつりく》本能を持つ向こう見ずな男でもある。その男がナイームの耳にMK23の銃口をぐりぐり押しこみ、そうしながら、もう一方の手に、いつでも撃てる状態でM4を握っていた。彼がスピードに目を向け、〝きょうも職場はいつもどおりさ〟といった感じで肩をすくめてみせる。

フォーログが方角を確認し、錆《さ》びた青い雨水樽が表に置かれている小屋のほうを指さした。

「あそこに雨水樽がある」案内人の指示を思いだして、彼が言う。「ドクの処置が終わったら、あの小屋を抜けて、東に向かう必要がある」

「くそ、どの方角に行っても、待ち伏せのど真ん中につっこんでいくことになりそうだ」クロスホワイトは、ドクのニックネームで呼ばれるラテン系の衛生兵に処置をされているブレインに目をやった。大腿《だいたい》動脈が損傷したらしく、腿《もも》からおびただしい出血があった。

「どんなぐあいだ、ドク？」

ドクが、メスを包んでいるポリラップを急いで引きはがしながら、首をふる。

「失血死しないうちに、大腿動脈のところまでメスを入れて、血流をとめなくてはいけない」ジャクソンというDEVGRU隊員に指示して、ブレインの胸の上にすわらせた。「死ぬほど痛い思いをするだろうが、ブレイン、モガディシュ（一九九三年、ソマリアに軍事介入したアメリカの特殊部隊が首都のモガディシュで銃撃戦をし、十八名が殺害された事件のことで、『ブラックホーク・ダウン』のタイトルで映画化もされた）のようにはさせない――おれの前でおまえを死なせてなるもんか！」

　ドクがブレインの大腿筋にメスを入れはじめたとき、こんどは空き地の向こうに並んでいる小屋から銃撃が加えられてきた。ＤＥＶＧＲＵ隊員たちがそれらの小屋に応射を浴びせると、敵の銃撃は中断した。

　ブレインがうなって、狂った獣のように歯ぎしりし、ドクが口につっこんでおいた詰めものの入りの革手袋を噛《か》み裂きながら、ジャクソンの手を握りしめる。歯ぎしりがあまりにひどく、ジャクソンは彼の歯が欠けるのではないかと思った。

「くっそう！」ブレインに手を握りつぶされそうな気がして、彼は言った。「麻酔なしでやるしかないのか、ドク？　こいつにちょっとモルヒネを与えてやったらどうなんだ」

　ドクが、目の上に溜まった汗を必死に袖口でぬぐう。

「朦朧《もうろう》となった状態で、どうやって戦う？　脚を動かすんじゃない、ブレイン！」

　防御態勢をとっている横丁の奥のほうから、また敵の銃撃が開始された。クロスホワイトがＭ２０３からＨＥ弾を発射して、そこにある小屋をふっとばす。空薬莢《からやっきょう》を排出したところで、彼はトリッグと短く目を合わせた。

　トリッグは首の傷口から出血していたが、重傷というほどではなかった。

「もう、あまり長い時間はもちこたえられません、大尉。そろそろバンク・ハイスト２を呼び寄せてはどうです？」

　クロスホワイトはいま木《こ》っ端《ぱ》微《み》塵《じん》にふっとばした小屋から目を離さず、首をふった。

「ここには着陸する場所がない。上空にホヴァリングして、ロープをおろすというのもむりだ。それだと、敵のだれかがRPGを発射して、ヘリを撃墜するおそれがあるから、われわれが回収地点《EZ》にたどり着くようにするしかない——選択の余地はないんだ」

「いや、あります。ヘリが降りられるようにすれば——」

「村を全滅させるわけにはいかない」クロスホワイトは言った。「サンドラを発見できていればよかったんだが、そうはならなかったんだから、われわれはなんとかしてここを脱出するしかないんだ」

「見つけた！」ドクが叫んだ。「ここだ！」

袖の折り返しにはさんでいた止血クランプをひっぱりだし、それを使って、ブレインの腿の奥深くにある大腿動脈の損傷箇所に止血処置を施す。そのあと、彼は圧迫包帯を取りだして、それで傷口をきつく巻いてから、クランプがはずれることなく、ブレインが歩けるように、できれば戦闘もできるようにと願いながら、緑色のダクトテープで周囲をしっかりと巻いて固定した。

ジャクソンがブレインの胸の上から身をはずし、ブレインが起きあがって、すわりこむ。汗まみれになり、顔が青ざめ、目がうつろになっていた。ドクが医療バッグからステンレススチールのフラスクを取りだし、ブレインの口にあてがう。

「飲みくだせ！」ドクが言って、フラスクを傾け、中身をブレインの喉の奥へ流しこんだ。「ショック症状が出るのをとめなければ、おまえは戦闘をするどころじゃなくなってしまうんだぞ」

ブレインがその液体に喉を焼かれて、顔をそむけ、咳きこみながら首をふった。

「これはいったいなんだ――テキーラか？」

「ショック症状を抑えてくれる液体さ」ドクが言って、備品をあわただしくバッグに詰めこんでいく。「このあとずっと、おれにへばりついておけよ、おまえ《バト》。ひどくやられてるんだからな」クロスホワイトに目を向ける。「もう、いつ動きだしてもけっこうです、大尉――」彼はそのとき初めて、マカリスターというDEVGRU隊員がスピードの背中に絆創膏《ばんそうこう》を貼っていることに気がついた。「傷はどんなぐあいだ？」

スピードが肩をすくめる。

「おまえにも手の施しようがないほど、ひどくやられた。すぐにEZにたどり着けなかったら、おれはおしまいだろう」

クロスホワイトは迅速に戦況を評価した。自分の脚を貫通した銃創を勘定に入れるなら、負傷者は五名で、そのうち二名は危険な状況にある。そして、フィッシャーも、本人は愚痴《ぐち》りもなにもしていないが、前に撃たれた肩にまた弾をくらっていた。

ドクとジャクソンが手を貸して、ブレインを立ちあがらせる。負傷した脚に体重がかかったとき、ブレインはひどく顔をしかめはしたが、それでも、自分は任務を続行できると言って、みなを安心させた。

彼らはふたたびアルファを先頭に立てて、青い雨水樽のある小屋のほうへ進みはじめた。

その小屋に入りこんだところで、クロスホワイトはトリッグのバックパックからクレイモア地雷を一個、取りだした。

「アルファ、そのまま隊を引き連れて、村を通りぬけてくれ。わたしはあとで追いつく。階段のてっぺんにいる連中を放置すると、EZに行き着くまでずっと、そいつらに付け狙われることになるだろう」

怯《おび》えて小屋のあちこちに隠れていたカラーシャ族の家族を、チームのほかの面々がひっぱりだし、彼らを引き連れて裏口から外に出ると、案内人がフォーログに説明したとおり、そこから狭い路地がつづいていることがわかった。

クロスホワイトは、クレイモア地雷の基部にある一対の折りたたみ式二脚を開いてから、それを小屋の奥の土間の床に、前面を表口に向けた格好で置いた。そのとき、石階段のてっぺんの遮蔽物《しゃへいぶつ》の陰からタリバン兵の小集団が現われたので、立ちあがって、窓から銃撃を浴びせる。だれにも弾は当たらなかったが、そいつらを少しのあいだ遮蔽物の陰に追いもどすことはできた。クレイモアの設置作業を続行すると、AK-47の銃弾が雨あられと小屋をつらぬいて飛来し、腹這いになることを強いられた。急いで、地雷の起爆コードを解いて、ドアのほうへひっぱっていき、床のすぐ上の木の壁から突きだしている錆《さ》びた釘にしっかりと巻きつける。一発の銃弾がヘルメットをかすめ、左右の肩甲骨《けんこうこつ》の中間、背骨に近いところに食いこんだ。ボディアーマーを置いてくる決断をしたことが悔やんでも悔やみきれない事態だが、それは結果論でしかない。もしボディアーマーを装着していたら、山登りの強行軍を成し遂げることはできなかっただろう。

タリバン兵たちが弾倉交換のために発砲を停止したとき、彼は床から跳ね起きて、裏口から外へ駆けだし、チームに追いつくべく路地を走りだした。一軒の小屋のドアが開き、彼は二名のタリバン兵と鉢合わせした。そのふたりは側面からまわりこんできて、青い雨水樽のある小屋に攻撃をかけようとしていたのだ。

三人がもつれあって転がり、激烈な乱闘をくりひろげたのち、よろよろと立ちあがる。クロスホワイトは、落としたM4を回収しようとも、拳銃を抜きだそうともしなかった。そんな手間はかけず、KA‐BARを抜きだして、大柄なほうのタリバン兵に突進し、その胸部にナイフを突きこんだ。そして、死に瀕した男を盾《たて》にしながら、狭い路地のなかで、もうひとりのほうへ向きを変えた。その若いタリバン兵は、ナイフを突き刺されて苦悶《くもん》の悲鳴をあげている仲間があいだにいるせいで発砲できず、つったったまま必死に両手をのばして、クロスホワイトの目をえぐろうとした。

クロスホワイトは大柄なタリバン兵を前に押しやり、ナイフをその体に残したまま、跳びしさって距離をとった。拳銃を抜きだして、そのふたりを射殺する。

そのときちょうど、階段をおりてきたタリバン兵の一団が、青い雨水樽のある小屋の前にたどり着いた。先頭の男がドアをぐいと引き開け、クレイモア地雷が起爆した。八分の一インチ大の鋼鉄球が七百個、秒速三千九百フィートの初速で、六十度の扇状を描いて前方へ発射される。小屋の前面が粉砕され、それと同時に、九名のタリバン兵のすべてがなんらかの損傷をこうむった。

クロスホワイトは自分の武器を回収し、追跡者の全員を無力化したのを確認してから、ふたたび路地を走りだした。無線でチームに呼びかける。

「アルファへ、クレイモアが仕事をしてくれた。わたしはそちらに追いつくべく移動中」

「ラジャー」アルファが答えた。「路地の突き当たりを左に折れ、つぎの角で右に折れてください。こちらは五十ヤードほど先行し、石塀の陰に隠れています。銃撃を受けているところです！」

ブラックホーク・ヘリコプターのローター音がクロスホワイトの耳に届く。ようやく、彼らがここのはるか上空に、交戦地帯の内部に、やってきたのだ。彼は無線でヘリと交信した。

「バンク・ハイスト2へ伝達。われわれはこの地点で戦闘を展開中！　現時点では、安全にわれわれを回収するすべはない。交戦地帯の外に出て、待機されたい。オーヴァー！」

「バンク・ハイスト1へ伝達。こちらは三千五百フィートの高度を維持している。そちらが赤外線ストロボを作動させれば、それを目印にして、敵のやつらにちょいと攻撃を浴びせることができるだろう。オーヴァー」

クロスホワイトは、走りながら考えた。ヘリが三千五百フィートの高度を維持しているのは、敵のＲＰＧがほぼ三千フィートの高度でロケット弾を爆発させるようになっているからだ。だが、もしロケット弾が垂直に発射されたら、その高度まで到達するかもしれない。

「ネガティヴ、ネガティヴ、バンク・ハイスト2！　このあたりには敵兵と民間人が混在しているんだ」

そのとき、村のどこかで小火器の銃声があがったのが聞こえ、早々とヘリへの攻撃が開始されたことが推察された。クロスホワイトは、ヘリの射手が仲間に攻撃を浴びせることがないよう、戦闘用ハーネスに装備している赤外線ストロボのスイッチを入れ、チームのみなに、同じことをしろと命じた。村の上空で大きな爆発音があがったのが聞こえ、敵のだれかがＲ

PGでヘリを撃墜しようとしたことがわかった。

「バンク・ハイスト2へ、RPGでなんらかの損傷をこうむったか？　オーヴァー」

「ネガティヴ、バンク・ハイスト1」退屈しているような声で、パイロットが答える。「よく聞け。ここからは、きみらと敵どもの両方がきわめて明瞭に見てとれる。やつらは、きみらの脱出ルートを予期しているようだ。村のすぐ下にある岩場のなかに集まって、きみらの到着を待ち受けている。われわれがそこを攻撃して、撤収を容易にするという作戦はどうだ？　オーヴァー」

クロスホワイトは、いまごろはもうNSAかCIAが——あるいはその両方が——この不法な無線交信を傍受していて、まもなくこの無許可任務が明るみに出ることになるだろうと悟った。

「バンク・ハイスト2へ。やつらが完全に村の外に出たことを確認してくれるか？　オーヴァー」

「ラジャー、バンク・ハイスト1。しかし、やつらはいま村のほうへ戻ろうとしているから、すぐに攻撃をかけたほうがいいだろう。オーヴァー」

「やってくれ、バンク・ハイスト2」

「ラジャー。頭をさげておけよ、みんな」

クロスホワイトがふたたびチームと無線交信をして、そのことを伝え終えた瞬間、ナイトストーカーズの射手たちが村の外にいるタリバン兵たちに、七・六二ミリ弾を毎分三千発の速度で発射するM134ガトリング銃の二挺で攻撃をかけた。この石塀の陰からも、タリバン兵どもが岩のあいだの潜伏場所から飛びだして、命からがら四方八方へ逃げていくようすが見てとれた。高速で連射される七・六二ミリの熱い曳光弾《トレイサー》が赤いレーザー・ビームのように彼らを追い、三桁《けた》の弾を浴びた人体が爆裂し、山腹に巨大な扇状の着弾痕がかたちづくられていく。ものの数秒で、二十五名のタリバン兵が抹殺された。

クロスホワイトは部下たちに命じて、塀の陰から出てこさせた。彼らは山腹を五百ヤードほどくだり、比較的地形が平坦な場所として、あらかじめ選定しておいた場所に行き、先頭のブラックホークが着陸するのを待った。二機めのヘリは上空支援のために、高い高度を保っている。

クルーチーフの曹長が飛びおりてきて、クロスホワイトに敬礼を送る。

「通達がありました、大尉。いましがた、ただちに基地に帰還せよとの命令を受信しました。こちらはそれに応答していませんが、ちゃんと聞こえていたことがあちらにはわかっているでしょう。いつなんどき、F-15がこの上空に飛来してもおかしくはありません」

クロスホワイトは身ぶりを送って、ナイームを前方の真ん中へ連れてこさせた。

「曹長……こいつがロミオだ」

クルーチーフがヘルメットのヴァイザーをあげて、タリバンの指揮官に向かってにやっと笑いかける。

「おめでとう、ミスター・タリバン。まさにこの瞬間、おまえはこの惑星でもっとも不運な男という栄誉を受ける存在になったんだ」

32

ラングレー

ロバート・ポープが暗い一室のなかで、ずらりと並んだ高解像度ビデオ・モニターの前に立っている。それらのモニターには、地表から二百マイルの静止軌道にあるCIAのスパイ衛星からのライヴ映像が表示されていた。空に浮かぶ二機のブラックホーク・ヘリコプターを見ながら、彼はあれこれと思考をめぐらした。ワイガル村の戦闘が終了したのは明らかだが、救出チームがサンドラ・ブラックスを発見したようには思われず、捕虜にされた男の身元はまだ判明していない。ロミオというコールサインは、ポープにとってはなんの意味も持たなかった。彼は二名の女性技術者の肩をぽんとたたいて、ドアのほうへ身を向けた。

「いい仕事をしてくれた、ご婦人がた。ビデオ・カードをしかるべきブラックホールに消滅させることを忘れないようにしてもらえるかね？」

「イエス、サー」

ポープはふたりの女性にウィンクを送ってから、廊下に忍び出た。自分がCIA長官に報告せずに、あの無許可任務を――最初から最後まで――観察していたことがだれかにばれるおそれは、まずないだろうとは思っていた。自分は〝情報世界の食物連鎖〟のまさに頂点にある身だ。その世界のシステムを自分よりよく知っている者はおらず、自分の仕事を監視している者もいない。すべての情報が、世界の片隅にひそんでいる自分のもとに届いてくる。近ごろ使っているコンピュータ・プログラムの大半は、自分が使うために自分が書いたもので、それら秘密のプログラムを、アメリカ政府のために遂行する責務として情報収集に用いることになっている正式のプログラムと並行して使ってきた。これはつまり、もしだれかが自分の行動を追跡しようとしても、そこに発見できるのは……すべてに日付が正確に記録され、検討され、評価がおこなわれた、一連のひどく退屈で、ひどく合法的で、月並みで、ありふれた情報活動の痕跡でしかないということになるのだ。

ポープの哲学は単純明快だ。聡明で誠実で目の覚めるような美人をふたりとも、わがものにできるとしたら、ひとりに絞りこむ必要がどこにある？　だが、この哲学は、自分に割り当てる仕事の量を倍増させるだけではすまない。職員としてなすべき仕事があり、自分が真に興味を持つ研究に取り組むあいだも、それをないがしろにはできないので、仕事に費やす時間も倍増することになる。たとえば、ロシア海軍がオホーツク海においてもくろんでいるのはなにかを調査せよと命じられたら――それをないがしろにするわけにはいかないではないか？　あるいはまた、アメリカの石油採掘会社が原油の埋蔵があるわけがないアフリカ大陸をつつきまわっている原因や、イスラエルのモサドがにわかにメキシコ政府に強い関心を寄せるようになった原因を調査せよと命じられたら？

その種の疑問に対する解答はどれもこれも、自分が謎を解いたころには、まったく無害なものと判明しているかもしれないが、自分はその種の疑問自体におおいに興味をいだいてしまうので、ないがしろにはできない。それと同様に、アメリカの特殊部隊コミュニティに属するひとびとが——ワシントンが政治的側面をあれこれと考慮しているあいだ、手をこまねいて待っているのではなく——軍人としての枠組みを無視して、サンドラ・ブラックス救出のくわだてを準備しているのを察知すると、彼らの大胆不敵さにひどく魅せられてしまい、通報するなどということは考えもしなかったのだ。もちろん、長官には、たとえわずかであれ、そのような可能性があることを警告してあったが。

彼は自分のデスクの椅子に腰をおろし、工作担当次官補が送ってくるにちがいないテキストメッセージ・メールの着信を待ちながら、黙想した。NSAがあの隠密任務の無線交信を傍受していたのはたしかだろうし、もうすでにCIAのカブール支局長に直接、緊急事態を告げるメッセージが送られ、支局長が中東担当局長に直接、連絡を入れて、局長がCIA工作担当次官補——クリータス・ウェブ——に直接、電話を入れてくるだろう。

ほぼ予想どおりの時刻に、デスクに置いたiPhoneが鳴って、待っていたメールが届いた——〝即刻、自宅に連絡を入れてくれ！〟

ポープは固定電話の受話器を取りあげ、ウェブの自宅のオートダイヤル・ボタンを押した。自分が早朝までオフィスに残っているのは珍しくないことだから、この電話が強い疑惑を呼び起こすおそれはないだろう。それに、職員のほとんどが自分をある種の奇人と見なしていることも、よくわかっている——自分はそう思われていることをうまく利用しているのだ。

最初の呼出音で、ウェブが電話に出てきた。

「ボブ？」

「ああ。どうした、クリータス？　なにかあったのか？」

「そっちが教えてくれると期待していたんだがね」とウェブ。「この夜、アフガニスタンからなにか知らせはなかったか？」

「なにも聞いてないよ」声に出してあくびをしながら、ポープは言った。「電子的盗聴はわたしの職務範囲に入っていないんでね」

「うーん、だからといって、きみがそれをしないはずはないんだが」ウェブがつぶやくように言った。「聞いてくれ、ボブ。DEVGRUとSOARの構成員たちが合同して、ワイガル谷における救出任務のようなものを決行したらしい。わたしが連絡を入れたのは、シュロイヤーの自宅に電話を入れる前に、きみがなにを知っているかたしかめておきたかったからなんだ。わたしは彼に説明をして、大統領がよそから知らされる前に、彼から大統領に報告できるようにする必要があるんだ」

「よそというのは、たとえばNSA？」

「だれでもありうるさ、ボブ。なにか教えてもらえることはあるか？」

「それはまあ、ワイガルはヌーリスタン州にあって」ポープは言った。「ジャララバードの北に位置しているとか。そこの住民の大半はカラーシャ語を話すとか。それと、思いだせるかぎりでは――」

「ボブ、この作戦についてはなにも知らないと――きみの監督下にある特殊部隊員たちは無許可任務を、それが完了するまでだれにも気づかれずにやってのける能力があると――言い張るつもりなのか？」

　ポープはそのときたまたま、デスクブロッター（上面に大判の吸い取り紙が敷かれたデスクマット）の紙を、月が変わってからまだ一度もめくりとっていないことに気がついた。そこで彼は、ほかの物品を落とさずに紙をめくりとれるように、デスクの上をかたづけはじめた。

「ボブ！」

「うん？　あ――そうか、たしかにその可能性はあるさ、クリータス。あの隊員たちは何千マイルも離れた場所で工作をしているんだからね。彼らのやる行動を逐一モニターするわけにはいかない。なんといっても、彼らは高度な訓練を受けた一人前のおとななんだしね。ときには、彼らを信頼して、好きなようにさせることもある……それに、わたしは以前、不確定性原理を持ちだして、警告したことがあるだろう。それはそうと、きみに連絡を入れてきたのはだれなんだ？　中東担当の局長か？」

「いや、ボブ、統合参謀本部議長だ」ウェブが言った。「アフガン作戦戦域《ATO》のクートゥア将軍から直接、連絡があったとのことだ」クートゥア将軍は、アフガニスタンに配備されたアメリカ合衆国全軍を統轄する司令官の地位にある。「彼が朝食をとっている最中に、その知らせが入ってきたらしい。彼の作戦戦域のなかで、夜のあいだに隠密作戦が遂行されたのに、そのことをあらかじめ彼に伝える健全な判断力の持ち主はひとりもいなかったとのことだ。彼は怒り心頭に発している」

　ポープは小さく笑った。

「クートゥアとは面識があるから、想像がつくな。いまからこの件を調べて、クリータス、また電話を入れよう。それでどうだ？」

ウェブが不満げなため息を漏らす。

「それでいいだろう、ボブ。なにか見つかって、われわれにそれを伝える気になったら、すぐに電話を入れてくれ」

「もちろん」ポープは電話を切った。

デスクブロッターのことはすっかり忘れて、のびとあくびをし、革張り椅子にもたれこんで、自分が若者だったころのことを思いだす。新米のパイロットとしてエア・アメリカに配属されて、一九五〇年から一九七六年まで、SADやCIAの下で、空輪を隠れ蓑《みの》にした作戦に従事していたのだった。そして、ヴェトナム戦争の末期、アメリカの情報収集業務というポーカー・ゲームに勝つための、最初のでかいチップをたまたま手に入れることになった。

自分はCIAの副操縦士《コ・パイロット》とともに、最高機密ファイルを満載したおんぼろC－130輸送機を、ヴェトナムのビエンホア空軍基地からフィリピンに向けて飛ばしていた。ジャングルの上空にさしかかったとき、輸送機が致命的なエンジン・トラブルを起こした。いまもまだ、あれは破壊活動《サボタージュ》によるものだったという疑いを持っているが、それを確認することはけっしてできないだろう。輸送機はジャングルに不時着して、ばらばらになった。コ・パイロットは死に、自分は片脚を骨折した。輸送機が火に包まれ、自分はなんとか機体が爆発する前に、外へ這《は》いだしたのだった。

救難信号《メーデー》を発する時間はなく、その輸送機に自動応答装置はなかったので、自分はいずれ、ジャングルのなかに放りだされた状態で死ぬか、その地で活動しているヴェトコンに見つかって殺されるかのどちらかになるにちがいないと思った。翌日、陽が昇ってくると、枯れ木の枝を使って杖をつくり、あまり気乗りはしなかったが、なにかサバイバルに役立つものはないだろうかと、燃えつきた機体の周囲をよろよろと歩きまわった。

見つかったのは、機体がばらばらに引き裂かれたときに外に飛びだした、機密文書のぎっしり詰まった外交郵袋《パウチ》だけだった。ほかになにもすることがなかったので、木にもたれてすわりこみ、パウチの中身を調べていった。入っていた文書類には、ヴェトナムと本国双方のCIA工作員と職員たちの氏名が何十と記載されていて、そのひとびとはみな、ヴェトナム戦争のあいだにエア・アメリカの不法な麻薬輸送業務に従事して大金を稼いでいたことがわかった。

その翌日、アメリカ陸軍グリーンベレーのAチームが自分を発見してくれたが、回収ゾーンへ向かう途中、自分たちはヴェトコンの待ち伏せにあった。銃撃戦が終わったとき、生き残ったのは自分とグリーンベレーの下士官一名のみとなった。そのグリーンベレー隊員は、ガイ・シャノンという名の曹長。その男が回収ゾーンまで自分を背中に担《かつ》いでいってくれ、そこでようやく自分たちは、飛来したイロコイ・ヒューイが砂煙をあげるなか、その機に乗せられて大地を離れたのだった。

そのあと何年か、ポープは機密文書ファイルに記載されていた情報を活用して、CIA上層部にいる誠実な支援者たちの仕事を助け、残業の時間に、それら支援者たちの助けを得て、CIA以外の各政府部門に属する〝危うい〟職員たちの氏名を収集していった。そして、髪が白くなりはじめるころには、ポープに好意を示すのを拒否する向こう見ずな人間は、ワシントンDCにひとりもいなくなった。彼らはみな、ポープがなにかの情報を求めてきた場合、彼は自分たちと同じだけの情報をすでに持っているにちがいないと自然に想定するようになったのだ。

ポープはだれよりもよく理解していた。情報こそが――カネやガンではなく――来《きた》るべき世界における真の権力の源泉であり、情報はあらゆる対価を支払って守られねばならず、それを分かちあう相手は……信頼でき、価値のある少数の人間に限定されねばならないことを。

33

アフガニスタン
ジャララバード空軍基地

スティールヤードが格納庫の奥にある部屋に入っていくと、ギルとトリッグ、そしてペレス少佐が、ナイームを半円形に取り巻いて立っているのが見えた。ナイームはいま、スチールの肘掛け椅子に縛りつけられ、頭に黒い袋をかぶせられている。スティールヤードは煙を立ちのぼらせている葉巻をコンクリートの床に捨て、ブーツの踵《かかと》で踏み消した。

「手早くやってしまわねばならない」彼が言った。「司令部がこいつの素性を知ったら、すぐにMPを派遣して、われわれの手元から連れ去ろうとするだろう。トリッグ、ゴミのポリ袋をひと箱と、ナイロンの結束バンドをひとつかみ、持ってきてくれ。少佐、あなたはこの件に関しては、ここにいないようにしたほうがいいでしょう」

ペレスが心得たような目配せをギルに送ってから、姿勢を正し、胸を張って言う。

「だいじょうぶだ、チーフ。わたしはここにとどまる」

「いいんですか、少佐？　わたしはジュネーブ協定に違反することをやろうとしている。この種の尋問に加担したことがばれたら、軍歴を棒にふることになるんですよ」

ペレスの顔にごくかすかな笑みが浮かぶ。

「そうなったら、きみら全員がひどく胸を痛めるのはわかってるが、チーフ……それでも、わたしはここにとどまる」

「なら、けっこうです」スティールヤードがギルにうなずきかけ、ナイームの頭にかぶせられている黒い袋を取りはずすようにと身ぶりを送った。

椅子にすわらされているナイームが、傷だらけの顔に傲慢《ごうまん》な笑みを浮かべて、こちらを見やり、「ファック・ユー！」と言った。歯が欠けているせいで、いまもやはり空気が漏れるような声だ。

スティールヤードがフォーログに目を向けた。

「サンドラはどこに連れていかれたのか尋ねてくれ」

フォーログがパシュトゥ語で、アメリカ人パイロットはどこに連れていかれたのかとナイームに問いかける。

ナイームがにやりと笑う。

「ファック・ユー！」

ナイームの嘲笑にはある種のきわだった特徴があることに以前から気づいていたフォーログが、問いかける。

「おまえはワッハーブ派なんだな？」

ナイームが嫌悪をこめた目で見返す。

フォーログがほかの面々に目を向けて、首をふった。

「なにもしゃべらないでしょう。こいつはワッハーブ派の原理主義者です。これは、こいつにとってはアラーへの忠誠を証明する機会でしかないんです」

「この男は英語を話せるのか？」ペレスが問いかけた。

フォーログがまた首をふる。

「しゃべれるのは〝ファック・ユー〟ぐらいのものでしょう」

スティールヤードがトリッグから黒いポリ袋をひったくって、言い放つ。

「それだけ聞けばじゅうぶんだ」ナイームの頭に袋をかぶせ、顔にぴったり押しつけて空気を抜いてから、結束バンドを首の周囲にまわして、きつく締めつける。「さっさとしゃべるようにしたほうがいいぞと言ってやれ」

フォーログがナイームに、サンドラの連れていかれた先を明らかにしなければ、アメリカ人によって窒息させられることになると告げた。

「ファック・ユー！」すでに息を詰まらせながら、ナイームが言った。息を吸おうとするたびにポリ袋が口にへばりつき、狼狽《ろうばい》して喘《あえ》ぎながら息を吐きだすことになるのだ。袋のなかのどこかに残っているかもしれない空気を探して、必死にこうべをめぐらしても、空気はどこにもない。数秒後、ナイームはパニックに襲われて、叫んだり、拘束をふりほどこうと無益に荒々しくもがいたりしはじめた。

ナイームが椅子を後ろへひっくりかえし、袋をコンクリートの床にこすりつけて破ろうとするかもしれないので、それを防ぐため、ギルが椅子の背もたれをがっちりとつかんだ。

「あの女性の居どころを話せ」フォーログが強く促した。「急いで話さないと、死んでしまうぞ！」

まもなく、ナイームが完全にパニックに陥り、プールで溺《おぼ》れかけている男のように、腕も脚もしっかりと拘束されている身を狂ったようにばたつかせ、絶望が募りゆくなか、呼吸をしようとするたびに袋を口にへばりつかせる行為を何度もくりかえすようになった。そして、狂乱しながらも、最後のあがきとして、袋を嚙《か》み裂いて穴を開けようとしたが、スティールヤードが石のように硬い左右の掌《てのひら》でその両耳を痛打して、意識を失わせた。ナイームが気絶して、ぐったりとなる。ついには、頭部をだらんと横に傾がせ、全身を数秒間、おぞましく痙攣《けいれん》させたのち、動かなくなった。

スティールヤードは、意識と血色を失ったナイームがまた呼吸ができるようにするために袋の一部を裂いて穴を開け、そのあと袋を頭部から剝《は》ぎとった。

「通常、これを何回くりかえす必要があるんだ？」落ち着かない声で彼が問いかけた。

ナイームだけでなく、ペレスもまた、いくぶん青ざめた顔になっていた。

スティールヤードがギルと目を見交わす。

「この野郎はタフなので、これまでの連中より長く抵抗できるかもしれません」

フォーログが気まずげに彼らを見つめていた。こういう尋問に立ち会うのは初めてとあって、不安を覚えはじめていたのだ。

「こいつをどこかよそへ移すことはできますか？」ギルは言った。

「いや」とペレスが応じた。「ほかに安全が保証できる場所はない」

ナイームの意識が徐々に戻ってくる。

ギルはトリッグに顔を向けた。

「ドクのところへひとっ走りしてくれ！　彼からアルブミンのボトルと、百ccの注射器をもらってくるんだ」

トリッグがポリ袋の箱をペレスに手渡し、部屋の外へ駆けだしていく。

「MPたちがここに来たときに、彼らを納得させられる見込みはあるんでしょうか？」ギルはあえて口に出して言った。

スティールヤードがペレスの持っている箱から、二枚めのポリ袋を取りだす。

「ない。堅物のMPたちが特殊部隊員のために軍規を破るはずはない。彼らは常日ごろから、われわれのやることに憤慨しているんだ」

ギルは嗅《か》ぎ塩の気つけ薬をポケットから取りだし、ナイームの鼻先でそれを割った。

「起きろ、この野郎」

ナイームがほぼ即座に目を覚まし、嗅ぎ塩の強烈なにおいをいやがって顔をそむける。

「アメリカ人女性はどこにいる？」すぐさまフォーログが尋ねた。

「ファック・ユー！」ナイームが毒づいて、フォーログの上着に唾《つば》を吐きかける。

ギルは背後からその両耳を掌で痛打した。その痛みでナイームが悲鳴をあげているあいだに、スティールヤードが二枚めのポリ袋をその頭部にかぶせ、先ほどと同じ手順をくりかえしたが、今回は首の周囲にまわした結束バンドの締めつけをさらに強めて、脳への血流を断ち、肉体的な苦痛を増大させるようにしていた。

ナイームがさっきより激しく椅子の上で身をばたつかせ、窒息が始まると、すさまじいうめき声をあげた。前回の半分の時間でナイームが気絶すると、スティールヤードがニッパーを使って、首の周囲にまわされているナイロンの結束バンドを切り、脳への血流を回復させてから、頭部にかぶせたポリ袋をはずした。

ナイームの顔が紫色に腫《は》れあがり、彫像のように硬直していた。

「こいつをさっさとたたき起こすんだ」スティールヤードが言った。「もう一度やるぞ」

ナイームがまた嗅ぎ塩で目覚めさせられ、ポリ袋を頭にかぶせられもしないうちに、じたばたとあがいて身をふりほどこうとする。

「あの女性がどこにいるかしゃべってくれ!」フォーログが懇願するように言った。「それをしゃべったら、これは終わるんだ!」

ナイームが歯ぎしりをしながら、思いつくかぎりの卑猥《ひわい》きわまる悪態語を並べたて、おまえらはみんな地獄に行くぞと涙声で言った。

「アラーがおまえらみんなを罰してくださるだろう!」怒りと屈辱感のもたらす狂乱状態に陥りつつ、ナイームが叫ぶ。「彼がこのことでおまえらを罰してくださるだろう!」

フォーログが不安げにスティールヤードを見つめる。

「こいつは気が変になりかけています」

格納庫の反対側の端から、ハムヴィーの停止する音が届いてきた。同時に、トリッグが室内に駆けこんでくる。

「MPが来やがった!」

ギルは彼の手から注射器とアルブミンのボトルをひったくって、ペレスを見やった。

「少佐、彼らを押しとどめておいてください――二分だけ」

ペレスがなにかを言いかえそうとする。

「さあ、少佐、一生に一度でいいから、SEAL隊員のようにふるまってください！」

ペレスがギルをにらみかえしから、急いで部屋を出ていく。ペレスがMPに告げ口をして、自分たち全員を逮捕させるのではないかと案じたのだ。

「いまのはまずいんじゃないか」トリッグがつぶやいた。

ギルは、片手に持った代用血漿《けっしょう》アルブミンのボトルに、大きなプラスティック製注射器の針を射しこみながら、フォーログに話しかけた。

「こいつに言ってやってくれ。これは動物の血清から――豚の血液から――製造されたものだと。衛生兵はこれを、負傷して失血死しかけている兵士の血液を増やすために使っているんだ」

フォーログがためらって、口ごもる。

「おれが言ったことをさっさと通訳するんだ！」

フォーログが命じられたとおりにすると、ナイームの目に初めて、まぎれもない恐怖の色が浮かんできた。

ナイームの頭部にスティールヤードがポリ袋をかぶせたところで、ギルはその片腕をつかんで、ふくらんだ血管に針を突き入れた。

ナイームが激しく頭をふりまわし、フォーログに助けを求めて、無益に叫ぶ。

「こいつに、おまえは地獄に直行することになるぞと言ってやれ」ギルは命じた。「血管に豚の血が入ったムスリムは、けっして天国には行けないだろうと」

フォーログ自身もムスリムなので、ギルのことばを聞いて、骨の髄まで震えあがった。

「ギル、そんなことをしてはいけない……それは——」

「この野郎に言うんだ！」ギルはどなりつけた。「さっさと通訳しろ！」

「兄弟！」狼狽しながらフォーログが言う。「頼むよ！　この狂気の異教徒に、あの女性の居どころを教えてくれ。彼は、アラーが穢《けが》らわしいと見なしたことをおまえにしようとしている——おまえは永遠に地獄にいることになってしまうぞ！」

「やめさせてくれ！」ナイームが叫んだ。「アラーへの愛に誓って、彼にしゃべる」すでによごれた血が自分の血管に注入されているように感じ、恐怖のあまり震えだす。「彼にしゃべる——彼にしゃべる！　とにかくやめさせてくれ！」

「彼女はどこにいる？」ギルはわめいた。「いまから注入するぞ」

「兄弟、彼が注射器を押そうとしている！」

「バザラク——あの女はパンジシール州の渓谷にあるバザラクにいる！　頼むから、やめさせてくれ！」

フォーログができるかぎりの早口でそれを通訳した。

「こいつは真実を語ったのか？」スティールヤードが問いかけた。「おまえはこいつの言ったことは信じるのか？」

フォーログがきっぱりとうなずく。

「イエス！　おれは彼の言ったことを信じます。こいつは震えあがっています——悪魔に出会う寸前だったからです」

スティールヤードがギルに目配せをしたちょうどそのとき、ドアが開いて、六名の大柄なMPがぞろぞろと部屋に入ってきた。

「われわれはクートゥア将軍より、この捕虜の身柄を確保せよとの命令を受けた」ブラックオーク製の彫刻のように見える、巨漢の曹長が通告した。

ギルは注射器をナイームの腕から離し、ナイームが恐怖のこもった不敬な叫び声を漏らす。

「こいつはあんたらに進呈するよ、曹長」

MPたちがギルらを肩で押しのけて通り、ナイームを椅子に拘束しているストラップを解いていく。彼らの腕のなかでぐったりとなったナイームが、かかえあげられるのをいやがって泣きだし、神の赦《ゆる》しを祈ることばを力なくつぶやきはじめた。

曹長がスティールヤードを見つめて、落胆したように首をふる。

「おれをこんな立場に置いてほしくないと本心から願っていたんだ、マスターチーフ。このことは報告させてもらうからな」

スティールヤードがコイーバを一本、ポケットから取りだして、歯でくわえた。

「このくそ野郎は、われわれの一員であるナイトストーカーズの女性隊員を強姦し、われわれは彼女がどこに拘束されているのかを突きとめようとしていたんだが……まあ、きみらはきみらの仕事をするしかないだろうしな、曹長」

曹長がぎゅっと眉根を寄せる。

「それは、われわれの一員である女性兵士がどこかでやつらに捕虜にされたという意味か？」

スティールヤードがちょっと間をとって、マッチを擦《す》る。

「そのことは、現時点ではまだ機密事項とされているが」たっぷりと時間をとって、葉巻に火をつけた。「イエスだ、曹長。わたしが言ったのはそういう意味だ」

曹長が、ナイームをハムヴィーに乗せろと部下たちに命じる。そして、彼らがナイームを部屋から連れだすのをながめながら、その場に立って、なにかを考えていた。

「椅子と注射器については、報告からはずそう」腹を決めて彼が言った。「ただし、もう二度とおれをこんな立場にさせてくれるなよ」

それだけ言うと、彼は身を転じて、立ち去った。

その直後、ペレスがひきかえしてきた。

ギルとスティールヤードが彼をじろっと見る。

「そんな目でわたしを見るんじゃない」憤然としてペレスが言った。「わたしは彼らを相手に、ここでまた悲鳴があがりはじめるまで、格納庫をまちがったにちがいないと説得していたんだぞ」

フォーログがトリッグを押しのけて、ドアのほうへ足を向ける。

ギルはその上着をひっつかんだ。

「なにか気に入らないことがあるのか？」

フォーログがくるっとふりかえる。その目に怒りがみなぎっていた。

「あんたは嘘つきだ！　あんたはあいつに、彼女の居どころをしゃべったら注入しないと言った。おれに嘘をつき――あいつの魂を不必要に苦しめた。あんたはどうしようもない嘘つきだ。あんたといっしょに仕事をするのは、二度とごめんだ」

ギルは彼の上着から手を離して、スティールヤードと笑みを交わした。

「あなたが教えてやりますか、チーフ？　それとも、おれが？」

フォーログがふたりを代わるがわる見つめる。

「教えるって、なにを？」

スティールヤードが歯のあいだから葉巻を抜いて、話しだす。

「じつを言うと、あのボトルに入っていたのは、ただの食塩水でな。豚の血からつくられたアルブミンなんてものはないんだ。しかし、あの野郎にそうと信じさせるためには、おまえにも信じさせる必要があった。そうしなければ、うまくいかなかっただろう。一か八かの事態では一か八かの手段を講じなくてはならないことが、ときにあるというわけだ」

フォーログの顎がかくんと落ちる。

「あれはトリックだったと？」

ギルは小さく笑った。

「だから、そんなに怒らないでくれ。おれは、どうせならあの野郎のケツにポークチョップを押しこんでやりたかったんだが、ここにはチーフがいたし、彼はそれでは同じ効果は期待できないと考えたんだ」

34

アフガニスタン
ジャララバード空軍基地

二機のブラックホークが帰投して、着陸するなり、クロスホワイトは負傷した四名のDEVGRU隊員とともに手術室に急送された。高級将校たちが彼らに質問をすべく待ち構えていたということはなく、〈バンク・ハイスト〉はいまなお、この基地のなかでは、暗黙のうちに承認された作戦として通っていた。

もう陽は落ちていたが、まだ高級将校たちがやってくるということはなく、クロスホワイトは身柄を拘束されていないどころか、事後報告を求められてもいなかった。寝かされている病室のベッドの上で身を起こしてみると、手術のための麻酔と、そのあとに投与された鎮痛剤のせいで、また頭がぼうっとした感じがあった。脚の銃創はそうたいしたものではなかったが、背中に浴びた弾丸が脊髄《せきずい》に近いところに残っていたので、空軍の脊髄外科医が呼ばれて、取りだされた。一時間におよぶ手術が終わると、外科医は真剣な表情で、弾があと五ミリずれていたら下半身麻痺《まひ》になっていただろうと告げた。

処置がすむと、まずは負傷した僚友たちの見舞いに行き、そのあと病室に戻ると、ギルとスティールヤードがやってきて、ベッドに腰をおろした。クロスホワイトはそのふたりに目をやって、言った。

「どうだろう？　ドクへの殊勲十字章《DSC》の授与を推薦するというのは。彼はブレインの命を救った。もしソマリアに同行した衛生兵たちがあんなふうな野戦止血処置をやってのけられたら、おそらくジェイミー・スミスはあの戦闘を生きのびられただろう」

ジェイミー・スミスというのは、一九九三年十月三日、ソマリア民兵団の将軍モハメッド・アイディードを捕獲するためにブラックホークによって決行された、悪名高い〝モガディシュの戦闘〟のなかで失血死した、陸軍特殊部隊の伍長だ。スミスは大腿部《だいたいぶ》のかなり上の部分に被弾したために、止血帯を使うことも手で圧迫することもできず、大腿動脈の数カ所からの出血をとめることができなかったのだ。

ギルがぎょろっと目をまわす。

「そんな推薦はあっさり却下されるに決まってます」

「ちくしょうめ」

スティールヤードが、クロスホワイトの脈拍などを看護師が調べ終え、病室を出ていくのを待って、口を開く。

「任務をどじったんだから、監禁室送りにならずにすめば、幸運というもんでしょう。それなのに、ばかみたいに、DSC授与の推薦を言いはじめるというのは？」

クロスホワイトはギルにウィンクを送った。

「きみの導師《メンター》に言ってやってくれるか？　上官に向かってしゃべってるんだぞと」

「彼はしっかりわかっていますよ」さえない声でギルが言った。臀部《でんぶ》の銃創が、まだひどくずきずきしていたのだ。

「われわれがあの野郎を連行してきたことに関して、メトカーフ大佐はなんと言うだろう？」クロスホワイトは急に、そのことが気になってきた。「彼はまだ、わたしの見舞いに来てもいないんだ」

スティールヤードが顔をしかめ、ドアを閉じるようにとギルに身ぶりを送る。

「メトカーフ大佐は、今回の任務に関してはなにも知らない——それが了解事項になってるんです。責任はひとえにわれわれがかぶるべきであり……そのわれわれが失敗したというわけです」

クロスホワイトはベッドの上にすわったまま、背すじをほぼまっすぐにのばした。体につながっている多数の点滴《IV》チューブがひっぱられ、点滴袋がぶらさがっているスチールの支柱がひっくりかえりそうになった。

「おい、チーフ……われわれはあの作戦に失敗したんじゃない。彼女はあそこにいなかったんだぞ！」

ギルが身をのりだして、クロスホワイトの脚に手を置く。

「ダン、彼はそういう意味で言ったんじゃないですよ。落ち着いて」

「あれはモルヒネが言わせたことばだな」とスティールヤードがつぶやいて、腕組みをする。

「たしかに、ダン、あなたの言うとおりです。わたしの言いかたがまずかった。われわれは狙いを的中させたが、やつらはターゲットを動かしていた。今回にかぎらず、よくあることです。ただ、明るい面もあります。あの野郎を連行してきたこと——そして、こちらの兵士がひとりも殺されなかったこと。それがあるので、少なくとも監禁室送りになるのをまぬがれる可能性は残っているでしょう」

だしぬけにドアが開き、ウィリアム・J・クートゥア将軍がずかずかと部屋に入ってきた。胸に四つの黒い星がある、糊《のり》の利いた戦闘服《ACU》を着ている。その左右に、アメリカ海軍のメトカーフ大佐と、将軍の副官である鼻っ柱の強い長身の陸軍少佐が同行していた。少佐は特殊部隊員の徽章をつけ、両脇に四五口径のグロック拳銃を吊るしている。

ギルとスティールヤードがさっと立ちあがり、ぴしっと気をつけの姿勢をとった。ギルは、クートゥア将軍は伝説のパットン将軍のような大胆不敵な男だという話を一、二度、耳にしたことがあるが、その側近が政府の支給品ではない拳銃を携行しているのを目にして、つまるところ、あの噂はそれほど大げさではなかったらしいと思った。

クートゥア将軍が、負傷したクロスホワイトを無視して、ギルとスティールヤードに目を向けてきた。六フィートを超える長身で、白くなりかけている髪の毛を頭頂部の近くまで短く刈りあげている。冷酷そうな灰色の目をしていて、顔の左側にむごたらしい傷痕があった。この戦域にいる者はみな、その傷痕は、第二次湾岸戦争の初期、彼がまだ二つ星の少将だった時代に、乗っていたハムヴィーがRPGの攻撃を受けてできたものであることを知っている。

「シャノン」記憶を掘り起こしているような声で、彼が言った。「少し前にその名を耳にしたような憶えがある。最近、イランに行ったか？」

ギルは気をつけの姿勢を保って、それに答えた。

「申しわけありませんが、閣下、自分はそのような質問に関しては、肯定することも否定することもできません」

クートゥアがうめき、スティールヤードに向かって、ことばをつづける。

「マスターチーフ、きみは今回の騒動にどこまで関与していたんだ？」

「すべてにです、閣下。責任はひとえにわたしにあります」

クロスホワイトがベッドの上ですわりなおす。

「将軍、失礼ながら、マスターチーフは嘘をついています。今回の任務はすべて、わたしの発案になるものです。わたしが彼とその部下たちに命じて、任務に従事させ――」

スティールヤードが咳払いをして、彼をさえぎる。

「閣下、クロスホワイト大尉はいま、自分の言っていることがよくわからない状態にあると思われます……モルヒネのせいで」

「そんなことはない！」クロスホワイトが言った。

将軍の目の奥に、かすかな了解の光が浮かびあがってくる。

「わたしがそれを受けいれたならば、その時が来た場合、きみら頑固者はそろって、この誤った〈バンク・ハイスト〉に参加した全員のために、進んで責任をかぶるということだな？」

「イエス、サー！」ふたりが同時に答えた。

「よろしい」いくぶんそっけない口調でクートゥアが言った。「それなら、わたしの仕事は予想していたよりはるかに楽になるだろう」メトカーフ大佐のほうに向きなおる。「大佐、大統領に話をあげるのに必要な、陸軍、海軍両方の首謀者が判明したように思われる。おそらく、これですべての説明をつけられるのではないかね？」

メトカーフがほんの一瞬、スティールヤードと目を見交わす。ふたりは長らく軍歴をともにしてきた間柄だ。

「イエス、サー。おそらく、すべての説明をつけられると考えます」

「それなら、よし」クートゥアが言った。「直れ、諸君」と号令をかけたあと、病室を出る前にちょっと立ちどまって、ギルと目を合わせる。「あそこではいい仕事をしてくれたな、マスターチーフ」

「ありがとうございます、閣下」ギルはつぶやいて、目を伏せた。

将軍の一行が部屋を出て、副官がドアを閉じたあと、ベッドにすわっている三人の戦士は沈黙を保っていたが、しばらくしてやっと、クロスホワイトが姿勢をくずし、ため息をついて口を開いた。

「くそ」と悪態をついて、乱れていた毛布を直す。「これで、なにがなんでもドクへのDSC授与を推薦する気になったぞ」

ギルはベッドの横の壁に、頭をあずけた。

「もっといいことを思いつきましたよ。どうせドクに恩恵を授けるなら、彼はこの件に関わっていなかったことにしてやったらどうです？」

35

ワシントンDC
ホワイトハウス

シュロイヤー次官を前にして、オーヴァル・オフィスのデスクの向こうにすわっているアメリカ合衆国大統領は、上機嫌とはほど遠い顔をしているように見えた。

「つまるところ、ジョージ、きみは特殊活動部《SAD》と特殊作戦グループ《SOG》のどちらに関しても責任を担《にな》っているのではないか？」

シュロイヤーは肛門がゆるみそうな気分になった。

「はい、大統領」

大統領がうなずき、部屋の向こう側の壁に掲げられているジョージ・ワシントンの肖像画を見ながら、思考に没入する。五十代半ばで、髪は白くなりかけているが、目の覚めるような青い目とよく日焼けした肌をした、きわめつきに大統領らしい風貌の男だ。民間人時代はずっとビジネスマンで、軍事についてはろくになにも知らず、そのため、軍隊に関する問題を処理する場合は補佐官たちをおおいに頼りにしてきた。

「まあ、よかろう」ようやく彼が言った。「なにはともあれ……これまでに解明できたことを、きみがきちんと説明してくれるのであれば」

シュロイヤーは顔が熱くなるのを感じた。この場でこんな思いをするのはこれが初めてだった。

「えー、大統領、どうやら、SOGを構成する部隊のうちのふたつ――具体的に申しあげるならば、SEALのチーム6と、第一六〇特殊作戦航空連隊が――」

「ちょっと待った。さっききみが口にしたDEVGRUというのは、なんなのだ？」

シュロイヤーはうすら笑いを浮かべた。

「失礼しました、大統領。チーム6は、現在はDEVGRUと改称されておりまして。混乱を招くような説明をして、申しわけありません」

大統領がいらだったように、かたわらに立っている首席軍事顧問ティム・ヘイゲンのほうへちらっと目をやる。ヘイゲンはワイヤリムの眼鏡をかけた、小柄な男だ。

「きょう初めて耳にしたように思うんだが？」

ヘイゲンは目をむきたいような気分だったが、実際には同情するような笑みを浮かべただけだった。

「大統領、昨日、この件を話しあった際に申しあげたように、軍事略語というのは憶えにくいものでして」

「そのとおりです」渡りに船と、シュロイヤーは言った。「あなたがすべてを記憶する必要はありません、大統領。それはわれわれの仕事なので」

大統領が気を静めて、椅子にもたれこむ。

「話を進めてくれ」

「どうやら」シュロイヤーはつづけた。「その任務に従事した兵士たちは、それが無許可の作戦であることを知らなかったようです。わたしの理解するところでは、その計画はある陸軍大尉とある海軍最先任上等兵曹《マスターチーフ》によって立案されたものであり、その両名は、カブールのＣＩＤ調査官が彼らに渡した——とわれわれが考えている——ＤＮＡ鑑定結果に基づき、協調して行動したように思われます」

「きみがそう考えているんだろう」と大統領。

「はい、大統領。そのように申しあげているのは、〈バンク・ハイスト作戦〉が実行される直前、ＤＮＡ鑑定をおこなった陸軍准尉がその結果を上官に報告していたからです。彼女の上官は同日、アフガニスタンを発《た》ち、癌《がん》で死に瀕している妻が待つアイオワの自宅に帰りました。彼は電話に出ず、われわれには彼の自宅にひとを派遣する時間がなかったというのが実情です」

「そのＤＮＡ鑑定には、なにか特徴的なものがあったのか？」

「サンドラ・ブラックスの拉致《らち》現場に残っていたタリバン兵の死体から採取されたＤＮＡの鑑定結果は、ヒンズークシにあるワイガルという村に直接的につながりました。われわれの得た最新の情報によれば、サンドラはその村にいたのですが、ＤＥＶＧＲＵチームがそこにたどり着く数時間前によそへ移されていたようです。われわれはいま、彼女は、ＨＩＫが現時点において本拠としている村、バザラクに拘束されていると考えています。すでに衛星をその上空に配備し――」

大統領が片手をあげて、話を中断させる。

「バザラクのことは、ちょっとあとまわしにしよう。これまでのきみの説明では、〈バンク・ハイスト作戦〉なるものは、この執務室にはろくになにも知らされずにおこなわれたもののように思えるんだが？　そうなのかね？」

シュロイヤーは気まずげに身じろぎした。

「ある意味ではそうでしょうが、大統領――」

「そして、そのバザラクに関する件は、彼らがワイガル村で捕獲したタリバン兵から新たにもたらされた情報に基づいているということか？」

「はい、大統領。その男の名は、ナイーム・ワルダク。経歴はほとんどつかめていませんが、中級タリバン兵のひとりであると思われます」シュロイヤーはひと息入れて、心の準備をし、多少は自分の得点稼ぎになりそうな話を持ちだした。「その男に関するもっとも重要な事実は、そいつこそが、あの身代金要求のビデオのなかでサンドラに暴行した男であるという点です」

大統領が椅子にもたれこみ、驚いたようにヘイゲンと目を見交わす。どちらにとっても、そのタリバン兵捕虜がサンドラに暴行した男だという話は初耳だったのだ。雷雨の最中に、にわかに陽が射してきたようなものというか。すでにその男を拘束しているとなれば、近い将来、あの穢《けが》らわしいビデオがインターネットで流されたとしても、長い目で見れば、自分たちはみな、きわめて有能であったと思われることになるだろう。

大統領がそんな思いを押し隠していても、その目に安堵《あんど》感が浮かぶのを、シュロイヤーは見てとっていた。あの頭のいかれたポープに感謝！ つい三十分前、大統領との会議に間に合うよう、急ぎホワイトハウスに出向く途中で、彼から電話がかかってきて、その事実を知らされたのだ。

　大統領が身をのりだし、デスクに肘をついて、両手を組む。

「その作戦を立案した陸軍大尉と海軍最先任上等兵曹《マスターチーフ》はどうなったんだ？」

「わたしの理解するところでは」慎重にシュロイヤーは答えた。「クートゥア将軍がその両名と話をし、彼らが全責任をかぶりました。大尉は任務遂行中に重傷を負い、数名のSEAL隊員も負傷しましたが、SAD担当の次官ロバート・ポープの情報によれば、彼らはみな完全に回復するであろうとのことです」

「きみはその男のことをどう考えているんだ？」いぶかしむように、大統領が問いかけた。

「ポープのことでしょうか、大統領？」シュロイヤーは、これはポープの寝首をかく絶好の機会だと思った。「そのう、率直なところ、大統領、あの男にはいつもいらいらさせられていますが……その原因のほとんどは、自分が彼をよく理解できないためだろうと考えています」

「わたしがそう尋ねたのは」と大統領。「統合参謀本部が彼を快く思っていないからでね。彼らはあの男をはずしたがっている。彼はあまりに勝手気ままだと考えているんだ」

　シュロイヤーはろくに間をおかず、心を決めた。ポープを救うか、それとも破滅するにまかせるか？ ここにウェブがいて助言してくれればいいのだが、いまは自分で迅速に判断するしかない。ウェブはおそらく、この時点でポープを切ることには反対するだろうし、ウェブは自分より聡明なのだから……。

「統合参謀本部が彼を好んでいないというのは」彼は答えた。「それ自体がとりたててぐあいの悪いこととは言えないでしょう。CIAの職員たちもまた、局外の人間のことを考えるときは、いつもいささかいらいらさせられるものです。おそらくポープは、妥協点を見いだそうと努力するでしょう」

「きみがそのように感じる理由はわかるような気がする」考えこむような調子で大統領が言った。「では、その大尉とマスターチーフの現状に話を戻すとして……厳密な意味で、そのふたりはどの部門の監督下にあるのかね？　SADなのか、統合参謀本部なのか？」

シュロイヤーは大統領の意図を読んで、笑みを浮かべた。

「法的には、大統領、彼らはいまも軍に所属していますが、あなたは全軍の最高司令官です。あなたが命令すれば、彼らをどんな部門にでも配することができます」

「よろしい」当面の問題の一時的解決策が見つかったことに満足して、大統領が言った。ティム・ヘイゲンのほうへ目を向ける。「SAD担当のポープに電話を入れて、こう告げてくれ。タリバン兵捕虜に関するこの新たな情報を考慮し、大統領執務室は、彼の監督下にある二名の軍規違反者に対する懲罰《ちょうばつ》の執行を……当面は保留する意向であると。ただし、大統領執務室は……その必要が生じた場合には、その件にふたたび関心を示す選択肢を残していることを、彼にしっかりと理解させるように」

「イエス、サー」ヘイゲンがすみやかに退出した。

シュロイヤーは、ポープの〝刑の執行〟を当面は延期できたことに満足して、小さくため息をついた。彼と軍規違反者のふたりの首を取るのは、サンドラ・ブラックスの問題が大統領を満足させる方向で——どうなるかはさておき——解決するまで、執行猶予ということにしておこう。

36

アフガニスタン
ジャララバード空軍基地

兵舎の自室の部屋をノックする音が聞こえたとき、スティールヤードはまだ眠りほうけていた。身を起こして、時計を見ると、まだ朝の六時でしかないことがわかった。MPが身柄の確保に来たのだろうと推察し、ノックに答える前に、わざと時間をかけて起きあがり、着替えをする。彼らがドアを蹴り開けたいのなら、そうさせればいい。二、三分してドアを開けると、メトカーフ大佐がいくぶん当惑したようすでスチールの階段の上に立っているのが見えた。

「ノックに応えるのにこんなに長い時間をかけるやつに最後に出くわしたのはいつのことだったか、思いだせないな」

スティールヤードはあとずさって、彼を部屋に通した。

「それは、十年ほど前、みんながあなたにおべっかを使うようになったからでしょう」旧友が部屋に入ったところで、ドアを閉じて、握手をする。「派遣されたのがMPじゃなく、あなたでよかった。わたしはいつ本国に送りかえされることになったんです？」

　メトカーフが、窓際に置かれている政府支給品の折りたたみ椅子に腰をおろす。

「きみはどこへも送られない」そっちも腰かけろとスティールヤードに身ぶりを送りながら、彼が言った。「少なくとも、いまのところは。DCで政治的駆け引きがおこなわれてね。信じられないかもしれないが、きみの懲罰執行に関する責任はボブ・ポープに委《ゆだ》ねられたんだ」

　スティールヤードは息まいた。

「ポープはただの民間人です。その頂点にいるひとりではあっても、あの男は気にくわない！」

　メトカーフが見つめてくる。

「きみはあの男に会ったこともないだろう」

「その必要もないですね」

　メトカーフが手をふって、その考えを一蹴する。

「きみがいくら文句を言っても、なにも変わりはしない。これは、サンドラの問題がなんらかの解決を見るまで、きみとクロスホワイトの処分を保留しておくために、大統領が採った方策なんだ。もしすべてがうまくいけば、ホワイトハウスは〈バンク・ハイスト〉に承認を与えるだろう」

「〈バンク・ハイスト〉が承認されるのは当然でしょう」スティールヤードは言った。「デイヴィッド・レターマン（アメリカの人気トークショーの司会者で、トップコメディアンのひとりでもある）を救出するためなら、彼らは全チームを送りだすでしょうよ。そして、ビンラディンを射殺したあとのように、その作戦を明るみに出す。そうやって、チームの全員が名うての悪者にされてしまうってわけです」

メトカーフが片方の眉をあげてみせる。

「そこまでひどいことにはならんだろう、ハル。それよりもっとありそうなのは、きみとクロスホワイトがやってのけた作戦が覆《おお》い隠されることだし——それがまさに、きみらが望んでいることだろう。そうでないと、もし最終的にサンドラが死んだら、きみらはそろって非難の矢面《やおもて》に立たされることになるんだからな」

「その方策は、すでに決定ずみ？」

メトカーフが椅子にもたれこんで、ため息をつく。

「そうだ。きみはずっと眠っていた。それで、なにも聞いていないんだろう」

スティールヤードは片方の眉をあげてみせた。

「聞いていないって、なにを？」

「サンドラが暴行されたビデオがインターネットにいやってほど流されてる。それがあっという間に、大統領の政治的悪夢になろうとしているんだ」

スティールヤードは首をふった。

「まあ、いずれはそうなるだろうと、だれもが思ってはいましたがね」

「さらにぐあいの悪いことに」メトカーフがつづけた。「彼女はもはや、タリバンの手中にはないんだ。いま彼女を拘束しているのはＨＩＫで、やつらは身代金要求のような愚かなことはしていない。彼女には宣伝道具としての価値があることを知っていて、彼女をうまく利用するにはどのような計画を立てればよいかも心得ているように思われる。〝アメリカは自国の女を守ることができない〟だの、〝見ろ、アメリカの女はこんなに弱い〟だのなんだのと、宣伝文句を並べたてているんだ」

スティールヤードは立ちあがって、冷蔵庫のほうへ足を運んだ。

「しかし、それは真実なのでは？　われわれは彼女を守ってやれないんです」冷蔵庫からミルクのボトルを取りだして、また椅子にすわる。「彼女はいまもバザラクに？」

「そのように考えられている。そして、それがHIKの強みでね。われわれがその村に侵攻すれば、彼女は殺されてしまうだろう」

「やつらはなにか具体的な脅しをかけてきたんですか？」

「やつらにはその必要はない」とメトカーフ。「わかりきった事態だからね。これは、一九七九年から一九八〇年にかけて起こった在イラン・アメリカ大使館人質事件のミニチュア版なんだ。HIKが本拠にしたことで、バザラクは今後数カ月のあいだに名が知れ渡るだろう。六カ月前から、われわれがその地域のパトロールをやらなくなったために、やつらはバザラク村のあるパンジシール渓谷に人員を移動させてきた。カルザイ大統領はヒズベ・イスラミの各党派と悶着《もんちゃく》を起こしたくないと考えているので、そのことにはなんの手も打っていない。それらの党派はいま、議会でかなりの勢力を持つようになっているんだ」

スティールヤードがミルクを飲んで、ボトルをメトカーフのほうへさしだすと、彼は身をのりだしてそれを受けとった。

「あの殺人狂のろくでなしどもは、けっして彼女を生きたまま返そうとはしないでしょう」

スティールヤードは言った。「彼女を利用して、可能なかぎりの長期間、わが国を侮辱しようとするでしょうし、最終的にわれわれが攻撃をしたときには、やつらは首のない彼女の死体をカブールのどこかの街路に放りだすでしょう」

メトカーフが手の甲で口をぬぐう。

「どうであれ、これは外交レベルで処理されることになる。そのように決定されたんだ」

「あの大統領は、あのくそったれどもが外交のイロハのイも知っちゃいないことを理解していないんじゃないですか？　やつらは取り引きを望んでもいないのでは？　やつらの狙いは、混乱を引き起こすことだけなんです」

「あの大統領は、大統領選まであと十一ヵ月しかないことを理解している」とメトカーフ。

「そしてまた、こういう危機は、適切に処理しなければ、何ヵ月ものあいだ継続するにちがいないことも理解しているんだ」

「それなら、彼は、われわれがそこに行って、あの女性を取りもどさないかぎり、危機はどんなに短くても大統領選まで継続するだろうと予想したほうがいいでしょうね。やつらは彼女を利用して、大統領が愚か者に見えるようにしようとしている——あの大使館事件のときに、イランがわが国のカーター大統領がそう見られるようにしたように。そして、選挙の一週間ほど前に、彼女の死体をどこかの街路に放りだすでしょう」

「ハル、そうなるかどうかまではわからんよ」

「ええ、いまのところはまだ」スティールヤードは同意した。「しかし、もし最後の一ドルを賭けるなら、ＨＩＫは自分らにとって次期大統領に望ましいのはだれであるかを、いまから十一月までじっくり、とっくりと考えるだろうというほうに賭けたほうがいいでしょうよ」

「そうだとしても、われわれがどう考えるかは問題じゃないことはたしかだ」メトカーフが言った。「とにかく、わたしがここに来たのは、ポープがきみに期待しているのはなんであるかをきみに伝えるためでね」

「それはなんです？」

メトカーフが思わず、にやっと笑う。

「彼はこう言ったんだ。きみとクロスホワイトに、面倒に巻きこまれないように心がけろと伝えてくれと」

「それだけ？」スティールヤードはにわかに疑心暗鬼になった。「面倒に巻きこまれないように心がけろと？」

「噂では、統合参謀本部は彼をSOGからはずしたがっているらしい」メトカーフがつづけた。「わたしがクートゥア将軍と持った協議はあまりに短くて、詳細はつかめず——疑惑を招いてはまずいので、こちらから詳しく聞きだすこともできなかったんだが、彼らはポープを疑っているんだろうと思う。彼は〈バンク・ハイスト作戦〉を知っていながら、だれにも明かさなかったのではないかと」

「ほんとうに？」

メトカーフが苦笑いを浮かべる。

「わたしにわかるわけがないだろう？　ずっとここで仕事をしているんだからな」

37

アフガニスタン
バザラク村

アーシフ・コヒスタニは、バザラク村のはずれにあるサンドラの新たな宿舎に足を踏み入れて、その部屋の隅にある椅子にすわり、いまは感染症がひどく悪化している彼女の脚を民間人の医師が治療するようすをながめた。負傷した脚に壊疽《えそ》が生じ、彼女はその脚を完全に失うかどうかの瀬戸際にあった。医師のかたわらの椅子にバディラがすわっていて、彼女が持っている陶器の鉢のなかには蛆虫《うじむし》がうようよいた。医師が長いピンセットで傷口からひとつひとつ取りだしては、そこに入れているのだ。

「なぜ蛆虫が?」コヒスタニは、壊疽になった肉のなかになにかの幼虫がいるのを見て嫌悪感を覚えつつ、問いかけた。

医師の名はカーン。バディラより少し年上なだけのまだ若い医師で、村にＨＩＫがいることを不快に感じてはいたが、自分にはどうしようもないことは心得ていた。

「わたしにできる処置は、腐敗した組織を取り除くことだけでして」彼が言った。「蛆虫は死肉を食うだけで、生きている肉は無視します。手遅れにならないうちにここに連れてこられたのは、彼女にとって幸運でした」

「では、彼女は生きのびる？」

「その見込みはあると思いますが」カーンが言った。「もっと強力な抗生物質を取り寄せてもらったほうがいいでしょう。ここにはペニシリンしかなく、これでは強い薬効は期待できません。この感染症はひどい。発熱があり、肺炎を発症する危険性が高い。もしそうなれば、その種の感染に対する抵抗力が落ちているので、おそらく彼女は命を失うでしょう」

「もっと強力な医薬品を取り寄せるようにはするが」コヒスタニは言った。「きみには、いま持ちあわせているもので治療する計画を立てておいてもらわねばならない。まもなく、この村はアメリカの厳重な監視下に置かれるようになり、そのために物資の入手が困難になってくるだろう」

医師がさらに落ち着きを失い、侮蔑の感情をいくぶん表に出してくる。

「それは、彼女がここにいることを彼らはすでに知っているという意味？」

コヒスタニは、カーンが勇敢にも侮蔑をあらわにしたことをおもしろがっていた。太古の時代から、医師たちは、権力者を蔑視するという、一般人にはけっしてできない行為をやってのけることがままあったのだ。

「すでにではなくても、遠からず知るだろう」さらりと彼は言ってのけた。「心配するな。この地のわれらヒズベ・イスラミはきわめて強力であり、アメリカは、救出任務の決行はわれわれに彼女の殺害を強いることになるのを思い知るにちがいない。今回のわれわれは彼らの弱みを握っているから、長期にわたって彼らを窮地に追いやっておくことができるだろう」

「彼らはこの村への物資供給を完全に断とうとするでしょう」処置に注意を戻しながら、医師が言った。

「そうなれば、われわれは彼女の手の指を切断していく」感情をまじえず、コヒスタニは言った。「そのつぎは足の指……そして、両手、両脚と。そのようにすれば、彼らは……彼女を生かしておきたければ……この村を平穏なままにしておくしか選択肢がないことを、思い知るだろう」

カーンがモスリンの布片を緑色の液体に浸し、過剰に染みこんだ分を絞りとってから、蛆虫の繁殖を防ぐため、傷口の上にかぶせた。

「それなら、ひとつ提案させてもらいますが」医師が言った。「その強い権力を行使して、強力な抗生物質を取り寄せてもらえませんか……彼女のためだけじゃなく、ほかのひとびとのためにも？」

「一覧表をつくってくれ」にこやかにコヒスタニは言った。「それを見て、なにができるか考えてみよう」

彼は立ちあがって、部屋を出ていった。

カーンがバディラに目を向ける。顔を覆《おお》っているヴェールの形状から、彼女が鼻の大半を失っていることが見てとれた。だが、その目は美しく、彼女を見ると、悲しい笑みではあっても、つい笑みが浮かんでしまうのだ。

「彼女をアヘン中毒にするのは、だれの思いつきだったんだ？」

「わたし」バディラは言った。「ほかになにもしてあげられなかったから」

カーンが心得たような笑みを返す。

「彼女はおそらく命を失う。そのことはわかってるね」

バディラはうなずいた。

「それでも、われわれはできるかぎり手を尽くさなくてはいけない」彼が言った。

そのとき彼らは、サンドラが目を覚まし、しゃべっているふたりをながめていることに気がついた。その目はうつろで、顔が傷ついて汗ばんでいるために、いくぶん落ちくぼんでいるように見えた。

「痛みのぐあいはどうかと訊いてみてくれ」

「痛みはどう？」バディラは問いかけた。

サンドラがうなずいて、目を閉じる。バディラは、アメリカ軍がワイガル村を急襲したことを彼女に教えていた。そうすれば、仲間たちは自分を忘れてはいないのだと思って、気持ちが高揚するだろうと考えたからだが、救出が寸前で失敗して、教えたことが裏目に出たのがわかると、そんなことをしなければよかったと悔やむようになっていた。このアメリカ人女性が希望を失いかけているのは明らかだった。

「村の女性たちに頼んで、彼女のために特製のチャイを淹《い》れさせよう」カーンが言った。「彼女に
「それを彼女に飲ませてくれ。水分を切らさないよう、日に三度、飲ませるように。女性たちに、食事の用意も頼むとしよう」立ちあがろうとして、ちょっと動きをとめる。

嘘を言っておいてくれ、バディラ。彼女の解放を求めて、交渉が開始されたと。そうでないと、彼女は生きていようとがんばるのをやめてしまうだろう」

「彼女は死んだほうがましなのかも」あえてバディラは言った。「病状が悪化してるし、これからも、もっともっとひどく……それに、コヒスタニがどう考えていようが、アメリカ軍は必ず来る……いつか必ず、彼らはやってくる。彼らはいつもそうするし、彼らが来たら、おおぜいの村人が死ぬことになるでしょう」

「うん」椅子から立ちあがりながら、カーンが言った。「彼らは必ず来るだろうが、それはほかの選択肢が尽きたときになるだろうし、そのころにはコヒスタニは目標を達成しているだろう。彼の計画は、その目的に関しては理に適《かな》っている。彼はアメリカをたぶらかし――武力の行使抜きで彼女を解放させる見込みがあると彼らに信じさせようとしているんだ。何週間にもわたってもてあそばれてから、彼らはようやく、コヒスタニには彼女を生きて返す意図はなかったことに気がつくだろう。彼の目的はただひとつだ。アメリカが弱く見えるようにすること。そうすれば、アフガニスタン全土で、ヒズベ・イスラミの存在感がさらに強まって、彼らの大義のためにさらに多数の兵士を引き寄せられるようになるだろう」

「彼があなたにそう言ったの？」

カーンが首をふる。

「コヒスタニは、自分の考えをだれにも話さない。そんなふうになるだろうと、わたしが予想しているということだ」

バディラは、同胞の男性が自分を対等に扱ってくれることに慣れていなかった。

「あなたはどこの学校を出たの？」

「パキスタンの医学校」とカーン。「生まれたのはここ、バザラクだよ。両親が歳をとってきたので、世話をするために故郷に帰ってきたんだ。当時、ふたりがそろって重病になってね。両親の死後、パキスタンに戻ろうかと思ったんだが、けっきょく、ここに残ることに決めた。ヒズベ・イスラミに占領されるまで、ここは平和な村だったんだ。たぶん、またいつかそうなるだろう……それがアラーの意志であれば」

「たぶん」バディラは、生まれて初めて股間に生じた奇妙で温かな感触を無視して、そう応じた。

「それで、きみは？」カーンが問いかける。「どこの学校を出たんだ？」

「わたしもやっぱりパキスタンの」

カーンがまた椅子にすわる。

「その鼻のことを訊いてもいいかい？」やさしい声で彼が言った。「それは、夫を怒らせたのが原因？」

バディラは、ふいに目の奥にこみあげてきた涙を必死に押しもどしながら、うなずいた。

「もう彼は死んだ？」

「ええ」彼女はとうとう涙をあふれさせて、そうつぶやいた。

「アラーをほめたたえよ」笑みを浮かべてカーンが言った。

38

ワシントンDC
スターバックス・コーヒーショップ

　サンドラ・ブラックスが残忍な仕打ちを受けたというニュースが全世界に報じられてから二週間が過ぎたころ、クリータス・ウェブがDCのコーヒーショップに入っていくと、大統領の軍事顧問を務めるティム・ヘイゲンがダブルラテを飲みながら、《ワシントン・ポスト》紙を読んでいるのが目にとまった。ヘイゲンが新聞をわきに置いて、立ちあがり、ウェブと握手を交わす。そのあと、ふたりはショップの奥の隅に無人のテーブルを見つけ、そこに移動して腰をおろした。

「おたがい、ボスが苦境に陥っている身だからね」ヘイゲンが言った。「われわれふたりが内々で会うというのはいい考えであるように思う」

　ウェブは私的にヘイゲンと会うのはこれが初めてだったが、まだ三十歳でしかないこの痩《や》せた小男の評判は耳にしていた。映像記憶の持ち主で、二十四歳のときにMITから経営管理学修士号《MBA》と博士号《PhD》の両方を授与されたという。修士論文は『経営陣のための地球規模の事業展開プログラム』、博士論文は『航空宇宙コンピュータ・エンジニアリング』だそうだ。大統領のために働く職を選んだ理由は推測の域を出ないが、ほとんどのひとびとは、その執務室の権力に引き寄せられたのだろうと想像していた。

ウェブは、ふたりが会うことでなにかが達成されるだろうと強く確信しているわけではなかった。

「で、きみはどんな意向を？」

「知ってのとおり」ヘイゲンが言った。「大統領は先週、バザラクへの物資およびテロ分子の流入を阻止する目的で、パンジシール渓谷の周囲に哨兵線を敷く命令を下した」

「うん、彼はわれわれの助言を聞き入れず、それをやった」ウェブは、そうさせたのはヘイゲンなのか、それとも統合参謀本部なのかと考えながら言った。「大統領は彼らに対して強硬に出ようとしているが、それはうまくいかないだろう」

「たしかに、きみたちが正しかったように思われる」ヘイゲンが小型ノートPCをケースから取りだして、開き、小さなイヤフォンを接続してから、ウェブにさしだしてくる。「六時間前、NSAがインターネット経由でこのビデオを傍受したんだ。NSAはいま――ちなみに、これは機密事項なんだが――アルジャジーラのEメールを年がら年中傍受していて、われわれは、アルジャジーラがほどなくこれを公開するだろうと予測している」

ウェブは、NSAにまつわる話を聞いても、さして驚きはしなかった。彼らは、インターネットを厳重に統制している中国だけは例外だが、事実上、この惑星を飛び交うありとあらゆる情報の〝電子的な盗み見と押し入り〟を遂行しているのだ。ウェブはイヤフォンを耳にさしこんでから、このコーヒーショップにいるほかの客たちに画面を見られることがないよう、テーブルをまわりこんで、ヘイゲンの横の椅子にすわった。

「あらかじめ警告しておくが、これはひどい映像だ」ヘイゲンが言って、再生ボタンを押す。

最初に画面に出てきたのは、無残に変わり果てたサンドラ・ブラックス准尉の顔だった。映像がズームアウトしていき、また全裸でベッドに縛られている彼女の全身が表示される。

「どうかこんなことはしないで」彼女が、カメラにとらえられていないだれかに言った。

カメラがパンし、椅子にすわってほほえんでいるアーシフ・コヒスタニの姿が現われてくる。

「ごきげんよう」英語で彼が言った。「みなさんにアラーの祝福があらんことを。アメリカの軍隊がパンジシール渓谷を包囲し、外の世界からの物資供給を断って、われわれの女や子どもを飢えさせようとしている。このようなことが許されてはならない」

コヒスタニがカメラマンに合図を送って、サンドラのほうへカメラを向けさせる。姿が見えなくなった彼が、サンドラに話しかける。

「サンドラ、きみの大統領に対して、きみが彼にやってほしいと思っていることを話すんだ」

サンドラは恐怖と恥辱にすすり泣いていて、話すときもカメラを直視することができないようだった。

「わたしが彼にやってほしいのは、軍を撤収させること」

「それはなぜ？」

「なぜって、もし彼がそうしてくれないと、あなたが――」彼女がまたすすり泣きはじめる。

「彼に告げるんだ！」厳しい口調でコヒスタニが言った。

「あなたが、わたしの手と足の指を切断していくから」

「で、そのあとは？」

「わたしの両足と両手」さらに激しくすすり泣きながら、彼女が言った。

コヒスタニがパシュトゥ語でなにかを言い、護衛のラメシュが板金用はさみのように見えるものを持って、カメラの前に現われてくる。その男がサンドラの左手首をつかんだ。

「やめて！」サンドラが叫び、彼女を木製のベッドに拘束している革紐《かわひも》を引きちぎろうと無益にあがく。彼女は左手をぎゅっと握りしめていたが、ラメシュがやすやすと手を開かせて、薬指をひっぱりだし、板金用はさみでその指を切断した。手の切断面から血が噴出し、彼女が痛みと恐怖の悲鳴をあげる。

ラメシュが、切断がまやかしではないことを明瞭に見せつけるために、彼女の左手をカメラの前へ持っていく。そして、もう一方の手で、切断された彼女の指を掲げて見せた。

サンドラがつかまれている手をもぎ離し、その手を口にあてがって、血をとめようとする。しばしののち、彼女はベッドの端から身をのりだして、嘔吐《おうと》しはじめた。ふたたびカメラがパンして、コヒスタニの姿をとらえる。彼はもうほほえんではいなかった。

「あなたがこれをやらせたのだ、大統領。ほかのだれでもない、あなたがだ！　軍を撤収させて、この村の包囲を解かなければ、この女性は毎日一本ずつ指を失っていくことになる。救出をくわだててはならない。それをすると、この女性は即座に殺されるだろう。こちらの要求を我慢強く待つように——さもないと、この女性は死ぬことになる！」

またカメラがふられ、ベッドの上ですすり泣いているサンドラの姿が現われてくる。固く握った左手を胸に押しつけていて、胸から腹部までが血に染まっていた。再生が終わって、映像が停止する。

ヘイゲンがノートPCを閉じた。

ウェブはイヤフォンを耳からはずし、テーブルの反対側にまわりこんで、すわった。身の震えがとまらない。

「大統領はもうこれを観たのか？」

「ああ」とヘイゲン。「彼はこの午後に開く会議に、きみのボスと統合参謀本部議長を召集したよ」

「助言を求めて？」

ヘイゲンが首をふる。

「彼はすでに、パンジシール渓谷から部隊を完全に撤収させる命令を出している。この会議の目的は、SOGに所属する者がまた命令なしで行動するのを防ぐことでね。彼は、すでにブラックス准尉に降りかかっている危険を増大させるような行動は、だれも、なにひとつしてほしくないと思っているんだ」

「なるほど」ウェブは言った。「それで、きみはわたしになにをしてほしいと？　シュロイヤーは、その方針に抵触するようなことはなにもしないだろう」

「それは理解している」とヘイゲン。「わたしが期待しているのは、われわれふたりが協力すれば、より大きな構図を見いだす作業を継続できるのではないかということでね」

ウェブは眉をひそめた。

「より大きな構図とはどういうものだ？」

「HIKが今回の目的を達成しようとしているのは明らかだろう」ヘイゲンが言った。「彼らはサンドラを利用して、アメリカを弱く見せようとしていて——それがうまくいっているということだ」

「当然、それが彼らの目的だろう」思わず背中を丸めて身をのりだしながら、ウェブは言った。「そのことはもう大統領に話したのか？」

「もちろん、話したが」とヘイゲン。「なんというか……つまりその……このことはわれわれふたりのあいだだけの話にしておきたいんだ」

「オーケイ」

「大統領はこの危機に対してきわめて人間らしい反応を示している。心が折れたと言ってもいいかも……彼は大統領の地位を失うことになるのを恐れているんだ」

ウェブは身を起こして、椅子にもたれこんだ。

「きみはそれを〝人間らしい〟反応と言うのか？」

ヘイゲンはそのことばが耳に入らなかったようだ。

「この二週間、彼はオーケイだった。あのむごたらしいレイプのビデオを観て、ひどく動揺してはいたが、タリバンの強姦者を捕虜にしたことを彼がテレビを通じて全土に伝えたあと、事態は収拾に向かっていた。ところが、このビデオが出現して、最初のものより強烈な打撃をもたらすことになり、われわれはそれによって直面させられた状況から抜けだす手立てを事実上、失ってしまった。大統領はあの渓谷を包囲する命令を出し、その直接的な結果として、サンドラが指を切断されることになった……少なくとも、一般大衆はそのように見るだろう」

「すまないが」ウェブは言った。いまはもう、ヘイゲンは冷血動物の爬虫類《はちゅうるい》のようなやつにちがいないと考えるようになっていた。「それのどこに、きみとわたしが内々になにかをするという要素が含まれるのか、よくわからない。この危機は、きみやわたしよりずっと高い給料をもらっている連中が対処することになるだろう」

「それはそうだが」ラテをひとくち飲んで、ヘイゲンが言う。「大統領は考えを変える必要があるし、これまで彼の気を変えられたのはわたしだけなんだ。もしきみが、いまわたしが持ちかけているのと同じ助言をシュロイヤーにして、気を変えさせることができたら、大統領の考えを変えさせることができるかもしれない。その見込みはおおいにあるなどと、いいかげんなことを言うつもりはないが、やってみる値打ちはあるだろう」

ウェブはいらだちを必死に押し隠した。

「どんな助言を？」

「パンジシール渓谷に総攻撃をかけようと。これは、数百名のＨＩＫ戦闘員を殲滅《せんめつ》できる絶好の機会だ。彼らは戦術的優位を得ようとして、重大な戦略的過ちを犯したんだ」

「まあ、たしかに、あの渓谷にサンドラを連れていったのは、戦略的には致命的な失敗だろうね」

「ただし、われわれがそれにつけこめるならばの話だ」語気を強めて、ヘイゲンが言った。

「これは数学的に考えなくてはいけない、クリータス。サンドラは、どのみち死ぬだろう。それは、きみにもわたしにも——そして、彼女自身にもよくわかっていることだ！　損失をそれだけですませるようにするのが、なぜいけないのか？　彼女は死ぬしかないのなら、救出のくわだてのなかでそうなるようすればいいのでは？　そして、救出のくわだてを、可能なかぎり多数の敵を抹殺するための口実に使えばいいのではないか？　あそこにいる連中は、わが国が撤収したあと、アフガニスタンを乗っ取る可能性が高い狂信者たちだ。人道主義をつらぬこうとして、より大きな構図を見失うことになってはいけない」

「きみがさっきから言ってる、そのより大きな構図というのはなんなのだ？」

「簡単明瞭さ」ヘイゲンが言った。「われわれがあの渓谷を——そこにいるすべての人間とすべての装備ともども——完全にたたきつぶせば、ああいうクレイジーな連中がわが国の女性を利用してアメリカ合衆国に恥をかかせようとするのを案じることは、これを最後に、いっさいなくなるだろう」

39

アフガニスタン
ジャララバード空軍基地

　基地がひどく陰鬱な気配に包まれていた。サンドラの指が切断されたことが伝えられ、それがもとで、パンジシール渓谷から部隊が撤収させられるという、ダブル・パンチを浴びて、将兵の大半が意気阻《そ》喪《そう》していたのだ。バザラクを包囲したときは、少なくともサンドラのためになにかをやっている気持ちにはなれていた。だが、いまは、彼女は置き去りにされたのだという挫折感が色濃く漂っていて、アフガン作戦戦域《ATO》にあるすべてのアメリカ軍部隊が、とりわけ彼女の同僚であるナイトストーカーズのパイロットたちや、陸軍レンジャー連隊の隊員たちや、海軍ＳＥＡＬの隊員たちは――彼らの何人かは長期の監禁室送りになる危険を冒して、無許可の救出作戦をくわだてたこともあって――この状況を受けいれられずにいた。

　ふたたび無許可の救出作戦を決行するという話は、まったくといっていいほど出てこなかった。せいぜいが、鬱憤《うっぷん》晴らしのための話がたまに出てくる程度のもので、それも将校集団の前で口にされることはけっしてなかった。ほかでもない大統領がクートゥア将軍を通じて、無許可の作戦行動はすべて、それがいかなるものであっても、統一軍事裁判法に定められる最大限の量刑によって罰せられると明瞭に通達したとあって、あえてそのような任務に従事しようする者は、それが計画段階であってすら、ひとりもいなかった。

パンジシール渓谷からの撤収という大統領の決断に対する評価は、可否二分していた。ATOにある部隊の半分は、サンドラをこれ以上苦しめたくないという大統領の意思に、少なくとも共感を示した。だが、あとの半分は、サンドラの身になってやきもきし、狂信的なイスラム聖職者の気まぐれで殺されることになるぐらいなら、アメリカの大義のために死ぬほうがましだろうと息まいていた。彼らは、いますぐ動員可能な全兵力で攻撃をかけ、バザラク村を地図から抹消させたいと思っていたのだ。

退院したばかりのクロスホワイト大尉が、足をひきずりながら格納庫の受令室に入っていくと、ギルとスティールヤード、そしてその他数人のDEVGRU隊員たちが——その多くは〈バンク・ハイスト〉に参加した隊員たちだ——そこにすわって、煙草を吸ったり、禁止されているウィスキーが満たされた二個のフラスクをまわし飲みしたりしていた。

ギルは吸い終えた煙草をでこぼこだらけのスチールのゴミ缶に放りこんで、にやっと笑った。

「あなたはもう、カンダハル行きの輸送機に乗せられてるんだろうと思っていましたよ」

「ばか言え」とクロスホワイトが言って、手をのばし、壁際にすわっている新米のDEVGRU隊員の煙草をひったくる。「あちらはわたしに戻ってきてほしいなどと思っちゃいないさ」煙草を一服深々と吸いつけてから、持ち主に返した。「わたしは好ましからざる人物なんだ。遠からず、不名誉除隊になるか——もっとひどい結果になるだろう」スティールヤードにウィンクを送る。「そこの相棒と同じくね」

スティールヤードが小さく笑う。

「もしわたしが十歳若かったら、ここのみんなが言ってるように、パンジシール渓谷へ突撃したいと考えただろうな。しかし、この歳になると、そんなことをしてもだれのためにもならない。ガキもいつかは老いぼれになる——よく聞いておけよ、みんな」

愛想笑いがあちこちであがった。

クロスホワイトが椅子に腰かけて、フラスクへ手をのばす。

「それは、いまのあなたにはよくないのでは？」ギルは声をかけた。

「よくないに決まってるだろう」クロスホワイトがフラスクに口をつける。「気づかいはありがたいが、わたしにはこれが必要でね。さっき病院を出て、角をまわったら、ジョン・ブラックスが待っていたんだ。彼は、妻を救出しようとしてくれたことに謝意を示すために、こっちに飛んできたと言った。わたしは、自分に感謝する必要はまったくないと言った。そして、わたしといっしょにここに来て、〈バンク・ハイスト〉に参加したほかの面々に謝意を伝えたいかと尋ねたんだが、彼はわたしからみんなにその気持ちを伝えてくれと言ったんだ。あのとき、彼はひどく落ちこんでいた。つい数時間前に、サンドラの指のことを知らされたばかりだったらしい。それまではだれもそのことを口にしようとしなかったと、彼は言ってた」

「しかし、だれも責めるわけにはいかないでしょう？」アルファが言った。

クロスホワイトがそのときになってやっと、そこにアルファがいることに気づいて、顔を輝かせた。

「ヘイ、まだ一物はぶじか？」

部屋が爆笑に包まれ、アルファがさっと立ちあがって、みなの周囲をめぐりながら両手の指をさしだして見せる。

「ほら、ちゃんと全部そろってるだろう！」彼が自分の股間に手をあてがった。「いままでとなんの変わりもなく、女をよろこばせられるぜ」

これには、ギルも思わず笑みを浮かべてしまった。そのとき、受令室の外からフォーログがこちらに手をふっているのがちらっと見えたので、アルファが〈バンク・ハイスト作戦〉のなかでパニックを来《きた》したのをからかうジョークが巻き起こるのをよそに、彼は静かに部屋を出て、格納庫に入った。

「どうした？」ギルは、フォーログがまたあの尋問に対して不満を言いたてるのかもしれないと警戒しながら、問いかけた。

「あんたと話しあう必要ができて」通訳を兼ねる兵士が言った。「ふたりだけで」

「いいか、フォーログ、もしあの尋問のことだったら――」

「いや、あのことじゃない」押し殺した声でフォーログが言った。

「オーライ。こっちに来てくれ」ギルは先に立って格納庫の裏手へまわりこみ、そこに駐車されている二トン半トラックの後部に、ふたりしてよじのぼった。

「オーケイ、なにを気に病んでるんだ？」

フォーログが、最後にもう一度、決心を固めなおそうとするように、ギルをじっと見つめる。

「自分の一族がバザラクにいるんだ」

ギルは総毛立つのを感じた。

「一族の人数は――多いのか？」

フォーログが肩をすくめる。

「おじといとこがおおぜい。マスード（パンジシールで生まれ、ソ連占領時代は反ソ連軍ゲリラ司令官として戦い、タリバン統治時代は反タリバンの北部同盟副大統領・軍総司令官・国防大臣を務め、死後〝アフガニスタン国家英雄〟の称号を与えられた人物）とともに、ソ連軍と戦った男たちだ」

「ＨＩＫの支配下にあるあそこに入りこめると考えているのか？」

フォーログがうなずく。

「おじたちが請けあってくれるだろう。おれがアメリカの特殊部隊のために働いていることは、家族のだれも知らないんだ」

ギルの心はすでにバザラクへ向かっていた。

「あそこに入りこんで、サンドラが拘束されている場所を見つけられると考えているのか？それをやってみようと思っているのか？」

「イエス」とフォーログ。「しかし、心配なことがある。ＣＩＡは信用できない」

「心配するな」ギルは言った。「ＳＯＧには明かさないようにしよう。このことはごく小さなユニットだけでやることにするんだ。ただし、まずは許可を得る必要がある」

フォーログが困惑する。

「許可？　しかし、あんたはいま、SOGには黙っておくと言ったんだぞ」

「もうSOGに権限はないんだ」ギルは彼の肩をぱしっとたたいた。「この許可は、もっと上のほうから得るということだ。二時間待ってくれ。そのあと、またこの格納庫で落ちあおう」

ギルは自分の兵舎にひきかえし、〈タイガー・クロー作戦〉の際にジョーからもらった試作品のスマートフォンをひっぱりだした。あのあと、ジョーと連絡をとり、このハイテクPDAを永久に貸してくれるようにと話をつけていたのだ。

詳細なメッセージのメールを作成し、それをヴァージニア州ラングレーへ送る。それから、寝台に横になって、ちょっと昼寝をした。一時間後、あのメッセージに答える長文のメールを受信すると、ギルは飛び起きて、ジョン・ブラックス少佐を探しに行った。

40

アフガニスタン
ジャララバード空軍基地

ジョン・ブラックス少佐がひとりきりで食堂のテーブルについて、缶詰から取りだされただけのビーフ・ハンバーグをぱくついていると、まったく見覚えのない男がやってきて、テーブルの向こう側の椅子に腰をおろした。

「あなたがジョン・ブラックス？」男が言った。

ブラックスが、突然の来訪者をあまり歓迎しない目で、相手を見る。

「きみはだれなんだ？」

「ギル・シャノンと言います。ダン・クロスホワイトの親しい友人でして。あなたの奥さんにも会ったことがあります」

ブラックスは黒い目をした肩幅の広い大男だが、このところずっと重荷を背負ってきたためか、なんとなく肩が落ちているように見えた。彼が、ギルの軍服についているSEALのトライデントの徽章に目をとめる。

「きみはクロスホワイトとともに〈バンク・ハイスト〉に従事したのか？」

「残念ながら、ノーです」ため息をついて椅子にもたれながら、ギルは言った。「あのときは、ケツの銃創を治療してもらうために、この基地に足止めになっていたんです。ここにやってきたのは、表沙汰《おもてざた》にできないあることをあなたと話しあうためでして」

ブラックスが周囲に目をやる。もっとも近くにいるのは、五つ向こうのテーブルについている二名の民間人情報分析官だった。

「話を聞こう」

ギルはなにくわぬ顔で身をのりだし、声を低めて切りだした。

「もし、おれが土地の工作員をバザラクに送りこんで、サンドラさんが拘束されている建物を正確に突きとめたら、あなたはおれが彼女を救出するためにそこへ行く許可を出してくれますか？」

ブラックスが驚愕の顔になって、また周囲に目をやると、たまたま食事の途中でこちらを見た情報分析官と視線が合ってしまった。

「それはいったいどういうことだ？」

「イエスかノーか？」

「ノーだ」とブラックス。「すでに十名ほどの人間が命を落としかけた。そのうちのふたりは、軍法会議にかけられようとしている。またたれかがそういうリスクを冒すことを、彼女は望まないだろう。そもそも、ひとりの男になにができるというんだ？」

ギルは肩をすくめた。

「それがどんな男で、どれくらい度胸があるかしだいでしょうね。さらに重要なのは、上空からそこを監視するスペクター・ガンシップがいるかどうかでしょう」

ブラックスが首をふる。ギルのことを、ヒーローになりたがるタイプの男と考えたようだ。

「ノー。やってみようという気持ちはありがたいが、それでもノーだ。いまとなっては、サンドラの解放は国務省の交渉に賭けるしかない」

「ジョン、気を悪くさせるつもりはないですが、それはたわごとでしかないことはあなたにもわかっているはずです。彼女を拘束しているのはＨＩＫだ。あの連中は、わが国が撤収したあと、この国を乗っ取ろうと決意している。その権力奪取への道筋に、弱さや慈悲が入りこむ余地はないんです」

ブラックスがじっと見つめてくる。恐怖と怒りが入りまじった、暗い顔つきになっていた。

「いまのわたしがそんなたわごとに耳を貸す必要があると考えているのか？」

ギルは声を低めたまま、話をつづけた。

「おれはあなたの奥さんを救出するための計画を立てた。あなたはそれにのるのか、のらないのか？」

ブラックスが分析官たちが立ち去っていくのをながめてから、やはり声を低めて言う。

「きみのどこがそんなに特別というのかね？　なぜサンドラの命を、死の願望に取り憑《つ》かれた、向こう見ずな軍規違反者ごときに託さなくてはならないんだ？」

ギルの目がぎらっと光る。

「なぜって、おれには……この任務は……前にやったことがある……ワン……ウェイ……トリップでしかないからですよ」

ブラックスが椅子にもたれこんだ。〈ワンウェイ・トリップ作戦Ⅱ〉を知る人間は世界全体でもごくまれだ。彼はかつて、MC‐130Hコンバット・タロン‐特殊作戦機のパイロットとしてその任務に従事し、CIAがヴェトナム戦争の際に初めて採用したフルトン地対《ST》空回《AR》収システム――通称スカイフック――を用いて、中国の沿岸部からギル・シャノン最先任上等兵曹《マスターチーフ》を回収したことがあるのだが、セキュリティの目的で、ブラックスにギルの名は知らされず、顔を合わせることも許されなかったのだ。

「そうか、あれはきみだったのか」ぼそっと彼が言った。

「好戦的な人間が五億もいる中国でもおれを殺せなかったのに、たった百人しかいないイスラムのテロ集団がそれをやってのけられるわけがないのでは？」

「HIKはいま、パンジシール渓谷を取り巻く山岳地帯に千名近い兵士を集めてるんだ」

ギルは肩をすくめた。

「村のまわりの山のなかにね。バザラク村にいるのは、せいぜいが二、三百名ほどのもんです」

「わたしがあの機のコックピットにいたことを、どうやって知ったんだ？」ブラックスがその点を知りたがった。「どちらにも、たがいの身元は知らされないことになってたはずなんだが」

「ある晩、サンドラさんと話をしたことがありましてね」ギルは言った。「われわれはみな、国境のすぐ向こうのパキスタン領土での強硬回収《スナッチ・アンド・グラブ》を終えて、帰投したところだった。彼女とおれはちょっと談笑し……そのとき彼女が、夫がときどきマニラから特殊作戦機を飛ばしてると言い……それがきっかけで、おれがいろいろと話を聞きだし……まあ、そんなぐあいだったってことです」

ブラックスが思わず顔をほころばせる。

「あいつはほんとうに口が軽いからな。妻と、なんとかいう大尉の関係も知っていたのか？」

「ショーン・ボルドー？」

ブラックスが目を伏せて、うなずく。

「いや、いま気がついたところで」

ブラックスが目をあげる。

「それはどういう意味だ？」

「まあ、そのふたりが親密だってことはわかっていましたが」ギルは言った。「ふたりのあいだになにかがあったとまでは思っていなかったんです。しかし、マニラにいるあなたの同僚のなかには、彼女と特別親しい人間はいないでしょう？　一線を越えてしまうほど親しい男はいないんじゃないですか？」

ブラックスが肩をすくめる。

「きみは彼女をあそこから救出できると本気で考えているのか？」

「われわれは彼女をあそこから救出できると考えているんです」

「同意しよう。わたしはなにをする必要があるんだ？」

「第二四ＳＴＳに友人はいますか？　ただの友人ではなく、度胸のある友人は？」第二四特殊戦術飛行隊《STS》は、アメリカ空軍の隷下にある特殊任務ユニット《SMU》だ。

　ブラックスがにやっと笑う。

「フロッグ野郎の体調は万全なのか？」

　ギルは自分の尻をつかんで見せた。

「最後の診察が終わったところですよ」

「きみが必要とする人員数は？」

「あなたがスペクターを飛ばすのを手伝う人間……銃を撃つ人間……そしてＳＴＡＲシステムを動かす人間」

「ＳＴＡＲシステムを？」ブラックスが驚いた。「スペクターで使う？　Ｃ－１３０の改良型はスペクターだけじゃなくいろいろとあるが、どれにもそのための装備はないんだぞ。わたしの知るかぎりでは、まったくだ。そうとも、わたしがスカイフックに従事して、きみを回収したときも、その任務のための特殊装備が機に施され、その夜のうちに取りはずされたんだ」

「ディエゴガルシア基地に、ＳＴＡＲシステム装備が施されたＣＩＡのスペクターがあると言ったら？」

　ブラックスが寒気を覚えたように見えた。

「いったいなんできみはそんなことを知ってるのかと訊かずにはいられないね」

「おれも十分ほど前まで知らなかった」ギルは言った。「そのちょっと前、ＣＩＡにいる友人に、アイデアを求めるメッセージを送ったら、彼がそのスペクターのことを知らせてきたというわけで。おれはあなたを信頼して、たったふたりしか知らない事実を教えたのであって、それはひとえに、サンドラさんの命がそれに懸かっているからなんです。おれは、ラングレーの枢要部にいる、会ったことは一度もないある男とコネを持ってる。われわれがこれをうまくやってのければ、彼にとってもすべてよしの結果になるだろうし、彼は進んでこれに命運を懸けた……勝ちの目が出るかどうかは、あなたが奥さんのために進んでこの話にのって、航空機を飛ばすかどうかに懸かっているんです」

「ディエゴガルシアから？」

　ギルは首をふった。

「あなたが二十四時間以内にクルーを用意すると言ってくれたら、その機がこの夜、○○三《ゼロ・ダーク》○《・サーティ》時に、魔法のようにここの滑走路に出現するでしょう」

　ブラックスが破顔一笑する。

「いまやっと、あのとき中国に送りこまれる男がきみになった理由がわかったよ。きみの実態はスパイというわけか」

「そうではないんですが」ギルは言った。「おれのおやじがかつてヴェトナムで、あるスパイの命を救ったことがありまして」

「なるほど」ようやくすべてを懸ける気になって、ブラックスが言った。「十二時間以内に、ここにクルーをそろえよう。ただし、よく聞いてくれ、タフガイ……その全員が無許可離隊《AWOL》になるから、安全な隠れ場所を用意してもらう必要があるだろう」

「なにを言うかと思えば、ジョン、ここはでかい砂場のような基地でしてね。身を隠す穴がいたるところにあるんですよ」

一時間後、ギルは自分の寝台にすわり、借りものの衛星電話を使って妻に電話をかけた。

「やあ、美人さん、おれだ。起こしてすまない」

「眠ってなかったわ」とマリー。「ベッドに横になって、あなたの電話を待ってたの」

「それはどういうこと？　きみに電話をする気になったのは、つい三十分前のことなんだぞ」

「なんていうか」少女のようなあくびを漏らして、彼女が言う。「三十分前、あなたから電話がかかってきそうな気がして、目が覚めたの。で、こうやって待ってたってわけ」

よろこんでいいのかどうか、ギルは確信が持てなかった。未来予知というのは、その良し悪しにかかわらず信じてはいないからだ。とにかく、これはただの偶然だろう。

「みんなオーケイか――ママも、オソも、馬たちも？」

「うん。みんな元気。どうかしたの？」

「軍規違反をすることになってね、ベイビー。それがひどく面倒な結果を招くことになるかもしれないんだ」

「つまり、サンドラを助けに行くってことね」とマリー。「その〝軍規違反〟というのは――だれの許可も得ないでするという意味？」

ギルは急に喉がつっかえてしまい、ジョン・ブラックスのことを持ちださずにはいられなくなった。

「彼女の夫の許可を得てる」

「だったら、じゅうぶんでしょ。ほかのだれかの許可は必要ないように、わたしには思えるんだけど」

「いや、それはちがう」喉を詰まらせながら彼は言った。「きみの許可が必要だ」

「それはもう出てるわ」やさしい声で彼女が言う。「出てるに決まってるでしょ。でも、今回は勝ち目が薄いんじゃないの？」

「ひどくね」

「じゃあ、この電話をしてきたほんとうの理由は、さよならを言うチャンスをわたしに与えるため。そうなんでしょ？」

ギルはうなだれて、ささやいた。

「そうかも」声が急にかすれていた。

「その気になってくれて、ほんとうにありがとう。とってもつらいことだとわかるし……これは、あなたがこれまでにしてくれた、いちばんやさしいことよ」

罪悪感があまりに大きく、ギルはなにも言えなかった。

「ギル、よく聞いて」彼女が言う。「わたしはこの世のだれよりもあなたを深く愛してる……でも、いつかはこの日が来るだろうと、前から思ってたの。それは、あなたのことがよくわかってるから。ずっと前から、こうなるだろうと覚悟していたわ。ただ、さよならを言えずじまいになってしまうことが、なによりも怖かったの。あなたは世界でいちばんすてきなひとってことを、最後にわたしが伝えておく必要があるから」彼女がことばをつづける。

「この国があの女性にしてあげられる最善のことは……ほかでもない、あなたを、わたしの夫を送りだすこと。海軍がなんと言おうが、あなたが彼女を救出に行くことにしたのがわかって、わたしは誇らしい気持ちになってるし……」

41

アフガニスタン
ジャララバード空軍基地

その夜遅く、ギルが兵舎に戻ってきて、自室のドアを開け、灯りをつけると、最先任上等《マスター》兵曹《チーフ》のスティールヤードが腰かけて、自分を待っていたことがわかった。

「いったいここでなにをしてるんです？」

スティールヤードがマッチを擦《す》って、葉巻に火をつける。

「きみがいったいなにをしようとしているのか、たしかめに来たんだ」

「あなたの知ったことじゃない。出ていってください。おれは疲れてるんだ」

ドアを気ぜわしくノックする音がして、クロスホワイトがするりと入ってくる。

「いったいなにをもくろんでいるんだ、ギリガン。わたしもそれにのりたいもんだ」

「ちくしょう！」ギルは言った。「フォーログが口をすべらせた？」

「それならよかったんだがね。脅しをかける以外のことはすべてやったんだが、彼はなにも言わなかった」

「それはそうでしょう。言うことがなにもないんですから」

「われわれの目は節穴じゃない」スティールヤードが言った。「きみらふたりはまる一日、ゴキブリみたいに基地をこそこそと動きまわっていたんだぞ。さあ、われわれを仲間入りさせるか？　それとも、わたしが司令部に密告するのがいいか？」

ギルはにやっと笑った。

「なんのために仲間入りしたがってるんです、チーフ？　あなたがたふたりは、それでなくても面倒な立場にあるというのに？」

クロスホワイトがスティールヤードの肩をぽんとたたく。

「なあ、チーフ、わたしにもその葉巻を一本くれないか、相棒？」

スティールヤードがそちらを向き、片方の眉をあげて、クロスホワイトを見つめる。

「だったら、そっちはわたしの……キンタマを洗ってくれるというのはどうです、相棒？」

彼が椅子から立ちあがって、ギルのほうへ足を踏みだしてきた。「きみはインドネシアの件でわたしに借りがあるんだぞ、ギリガン。さあ、いったいなにをしようとしているんだ？」

「ほう？　ほんとうに首をつっこみたいと思ってるんですか、チーフ？　これは、ルーレットに大金を賭ける危険を冒すようなものなんですが」

「わたしは危険を冒したい性分なんだ！」

ギルは寝台の端に腰をおろした。

「バザラクにフォーログの家族がいる。おれも前は知らなかったが、彼の家族は戦士の家系——というか、以前はそうだった。とにかく、おれはあの村の外の山岳地帯に身をひそめ、彼はそのあいだに村に入りこんで、サンドラが拘束されている建物を指し示す。そして、おれが突入して、彼女を救出するということです」

「きみとあのムスリムの」いささか信じがたいという調子で、クロスホワイトが言う。「ふたりだけでか」

「いや、そうでもないです」ギルは言った。「とにかく、明日の夜までに……〈降下かっさらい《フェル・スウープ》作戦〉の開始に先んじて、現地に入っておく必要があるので、われわれはこの朝に出発する予定にしています。あるイギリス陸軍特殊空挺部隊《SAS》のヘリ・パイロットが、あの渓谷の南にわれわれを降ろしてくれることになってましてね」

スティールヤードが厳しい顔になって、クロスホワイトと目を合わせる。

「その〈フェル・スウープ〉というのはなんなのだ？　それに、フォーログはいったいどうやってその建物を指し示すつもりでいるんだ？」

ギルは戦闘服《ACU》のカーゴポケットに手をつっこんで、MS2000ファイアフライ赤外線ストロボ発光器を取りだした。この光の点滅は、肉眼では見えないが、赤外線暗視装置を使えば何マイルも遠方から確認することができる。

「彼がこいつをその屋根に放りあげる。これがそこにあっても、敵にはけっして気づかれない。しごく単純なやりかたです」

スティールヤードがまた椅子にすわり、寝台のフットボードの上にブーツの片足をのせた。その膝を片手でかかえこみ、葉巻の、口にくわえていた側の先をギルに突きつけて言う。

「それほど単純ではないし、そのことはきみにもわかっているはずだ。HIKは何ヵ月も前からあの渓谷を占領している。生きて脱出するには、戦術航空支援《タク・エア》が必要になるだろう、アミーゴ」

「それはとうに考慮ずみです」

「この話に首をつっこむような大ばか者が、まだほかにいるということか？」

「外を見てください」

スティールヤードがクロスホワイトとともに窓際へ足を運ぶ。滑走路の遠い側に、AC－130Jスペクター・ガンシップのように見える航空機があった。機体から、二五ミリ・イコライザー回転《ロータリー》機関砲と、四〇ミリ・ボフォース機関砲、そして一〇五ミリ榴弾砲が突きだしていて……その航空機の形状にはどことなくしっくりこない点があるように感じられた。

スティールヤードがふりかえる
「あれがきみのためにここに飛んできたというのか？」

「公式にということ？」ギルは首をふった。「公式には、あれは一時間ほど前、航空電子装置《アヴィオニクス》の故障でここに着陸したことになっています。おれの理解するところでは、修理をするのに必要な部品が手に入るのは二、三日先のことでしょう」

「たわごとを」スティールヤードが言った。「きみがあれを持ちこんだのか？」

ギルは立ちあがった。

「そばに寄って見たいですか？」

「きみがどうやってあれをひっぱりこんだのか、そこのところを知りたい」

ギルはぐいと胸を張って、スティールヤードの顔をのぞきこんだ。

「おれはヴァチカンに友だちがいましてね。あのしろものをそばで見たくないんですか？」

五分後、彼らはスペクターのかたわらの滑走路に立っていた。機体の左方に突きだしている三門の砲には、雨風から守るためにキャンヴァスのカヴァーがかぶせられている。機首に、二本の不格好なスチール・ブームが装着され、全長が二十フィートほどのその二本のブームは、機首から後ろへ折りたたまれて、機体の左右にある所定の位置に固定されてるように見えた。

「こんな形状のスペクターにお目にかかったのは初めてだ」クロスホワイトが言った。「あの二本のアームみたいなのは、なんなのだ？」

スティールヤードが葉巻を口から離して、ぺっと唾《つば》を吐いた。

「改良型のスカイフック専用機のようだ」ギルに目を向けてくる。「これはＣＩＡの航空機《バード》だな。おそらく、なんの書類にも記載されていないだろう」

ギルは、機体にあるアメリカ合衆国空軍《ＵＳＡＦ》のエンブレムを指さした。

「いや、これは空軍のバードです、チーフ。あそこにはっきり、そのことが示されて――」

「エンブレムなんぞは、鉤十字《かぎじゅうじ》でもなんでも、ステンシルですぐに描ける」スティールヤードが文句をつけた。「鉤十字があるからといって、それがナチスの航空機とはならない。空軍は一九九八年にＳＴＡＲシステムの運用を停止したから、こんな航空機を持ってるはずはないんだ。では、重ねて訊こう――ＣＩＡ内部のだれが、これをきみに貸しつけたんだ？」

「すまないが、チーフ、手がかりはすべて、さらけだしましたよ」

スティールヤードが長いあいだ、じっとギルを見つめる。徐々にパズルのピースが組みあわさっていくようだ。そして、やっと、ギルが〝ヴァチカン〟という手がかりを口にしたことが頭にひらめいた。

「ポープ！」——ローマ教皇。

ギルはにやっと笑みを返した。

「なんとなんと。あのクレイジーな男といつお近づきになったんだ？」

「五年ほど前——ちょうど、前の大統領が彼をSAD担当の次官に任命した直後——彼から手書きの手紙が届きましてね。こんなふうなことが書いてあったんです。きみの経歴を調べた。わたしはきみの父親に命を救われたことを恩に着ている。もしきみのためにできることがあればなんでもするので、その際は知らせてくれ。そんなわけで、おれはこの朝早く、彼にEメールでメッセージを送り、自分が意図していることを伝えた。なにか提案があれば教えてほしいと依頼したんです」ギルは航空機を指さした。「そして、これがその提案ってわけです」

クロスホワイトが音をさせずに口笛を吹く。

「彼は、ほかでもない悪魔に守られてると噂されているらしい」

「彼自身が悪魔さ」スティールヤードが苦々しげに言った。「で、これのクルーは？」

「つぎの魔神が煙のなかから出現した場所は、ディエゴガルシア」

「だとしても、だれがこいつを飛ばすのか——ブラックス！　きみはブラックスをこれにひっぱりこんだのか？」

「わかりましたか？」ギルは言った。「第一次湾岸戦争を戦ったフロッグたちは、やっぱり勘が鋭い」

「ブラックスは打ちひしがれているぞ」クロスホワイトが不信感を口に出した。

ギルは昂然《こうぜん》と顎をあげた。

「正直言って、ダン、彼がこの基地にいることをあなたから知らされるまで、救出が可能だとは考えていなかったんです。このくわだてをするための許可を彼から引きだすのは容易ではなかったですが、いったん許可が出ると、おれは必要なすべてを手にすることができたというわけです。おれの知ってる、スカイフック任務で航空機を飛ばしたことがあるパイロットは彼だけなんで」

スティールヤードがさっとギルに顔を向け、太い人さし指を突きつける。

「とんでもない嘘をつくもんだ。それは、きみが中国から脱出したときのことを言ってるんだろうが、あの潜水艦がらみの話はでたらめだってことがわかってるんだぞ」

「さっきあなたが言ったように、チーフ……スカイフックはたしかに、公式には一九九八年に運用が停止されたことになってますがね」ギルは、顎の肉を震わせるスティールヤードのしゃべりかたをまねて言ったのだが、それはどちらかというと悪名高いニクソン元大統領のしゃべりかたに似ていたので、クロスホワイトがげらげら笑いだした。

「ファック・ユー！」スティールヤードがクロスホワイトに悪態をつき、またギルに目を戻す。「わたしには真実を語ってくれてもよかっただろうに、この野郎。わたしはなんでもかんでもきみに話してるんだぞ」

「なんでもかんでもですか、チーフ？」ギルはスティールヤードの間近に寄って、彼の上着の内ポケットから葉巻を二本、取りだし、一本をクロスホワイトにまわした。「じゃあ、マニラにいたあの若い女はだれなんです、ハリガン——あなたはつねにあの愛人の写真を財布に入れてるでしょう？」

「そうくってかかるな、シャノン！　彼女は愛人じゃない」スティールヤードが一歩あとずさり、わざとらしくズボンをひっぱりあげる。「だいいち、彼女の写真はきみにしか見せたことがないというのに」

「おい」クロスホワイトが声をかけた。「きみはまだ〈フェル・スウープ〉のことをなにも説明していないぞ。それはどういうもので、きみはどうやってそれをひねりだしたのか？」

「ふたつめの疑問の答えは明らかだ」スティールヤードが言った。「ポープが、この航空機の供与に同意したときに、ギルに伝えたんだろう。で、どうなんだ、ギル？　クートゥア将軍は最終的に、パンジシール攻撃の許可を得たのか？」

ギルはマッチを擦《す》って、葉巻に火をつけた。

「お仲間のメトカーフ大佐は、まだなにも話していない？」

「すでに言ったように」とスティールヤード。「メトカーフはいま、かろうじて首がつながっている状態だ。ばかなリスクを冒したせいで、大佐の地位があやうくなってる。そのことは、きみも心に留め置くようにしたほうがいいぞ……部隊最先任上等兵曹に昇進したければな」

三人がそろって目を見交わし、そのあと、きわめつきにばかなことを言ったもんだと思って、笑いだした。

「さあ、おれの部屋に戻りましょう」ギルは言った。「まもなく、ブラックスのクルーがこっちにやってきます。全員が無許可離隊《AWOL》なので、出発《キックオフ》の時まで彼らが隠れていられる安全な場所を見つけておかないといけないんです」

42

アフガニスタン
カブール　中央軍

壁に掲げられたパンジシール渓谷の大きな地図の前に、クートゥア将軍が立った。その地図には、太い赤の矢印が何本も記されて、アメリカ軍部隊がその渓谷に入る際に計画されている進軍の方向が示されていた。メトカーフ大佐をはじめ、多数の将校たちが並べられた椅子にすわって、クートゥアが〈フェル・スウープ作戦〉の詳細な説明に取りかかるのを待ち受けている。

「まずは、このパンジシール渓谷という、なじみがなく悪名高い土地に関する背景説明から始めよう」クートゥアが切りだした。「この谷間の土地は幅が百キロにおよび、そのど真ん中をパンジシール川が流れている。これは、軍事戦略上、重要な要素であり、この利点があればこそ、ムジャヒディンはロシアと戦っていた時代に――つまり、われわれの古い盟友、アフマド・シャー・マスードがまだその指導者であった時代に――ここを拠点として維持することができた。ソ連軍は六度にわたり、パンジシールに多様な攻撃をかけたが、その六度すべてが失敗に終わったのだ。いまなお、この渓谷にはあちこちにソ連軍戦車の残骸《ざんがい》が転がっている。パンジシールが戦略的に重要なのは、そこを通るアジア・ハイウェイがカワクおよびアンジョマン両山岳地帯の街道と直結しているからだ。それらの街道は、ヒンズークシへ大規模な兵員や大量の物資を運ぼうとするあらゆる軍にとって、決定的に重要な意味を持つ。あのアレキサンダー大王も、パンジシールを通りぬけていった。

周知のごとく、二〇〇一年にアルカイダがカメラ爆弾でマスードを暗殺するということがあったが、わが国がアフガニスタンへの派兵をおこなって以後、この渓谷では——これまでは——大規模な戦闘はなかった。わが国がスケジュールに従ってアフガン作戦戦域《ATO》駐留軍の段階的撤収を開始した結果、半年前から、パンジシールではわが軍の駐留はおろか、パトロールすらおこなわれなくなった。現時点において、この渓谷は、わが国にとって戦略的価値はまったくないが、かといって、そこがＨＩＫの手中に落ちるのも望ましくはない。周知のごとく、四カ月前からＨＩＫの一党がこの渓谷を支配しており、わたしは彼らをそこから駆逐する許可を求めて、さまざまな要請をしてきたが、それらはすべて却下された。カルザイは、ヒズベ系各派が協調して彼を大統領執務室から追いはらおうとする事態を避けようとして、一定の譲歩をおこなってきた。彼らのパンジシール支配を容認したのはその譲歩のひとつであり、わが国の大統領は、それには干渉しないのが適切だと見なしてきた……これまでは。

まだ耳にしていない者も混じっているだろうから、ここで言っておくが、ＨＩＫはこの地のバザラクという村でサンドラ・ブラックス准尉を拘束し、わが軍のこの渓谷への再度の侵攻を阻《はば》むための人間の盾《たて》として彼女を利用している。UAVの偵察によって、彼らが渓谷を取り巻く山岳地帯の奥深くに兵員を配していることが明らかになっている。あらゆる地点にRPGと重機関銃が配備されているようだ。彼らはかぎられた兵器しか所有してはいないが、歴史の一ページを再現するかのように、マスードがムジャヒディンを率いてソ連軍を打ち負かしたときに用いたのと同じ戦術を採用している。この数週のあいだにいっそう明らかになってきたように思えるのだが、HIKのもっとも重要な長期目標は、わが国の軍隊をこの渓谷に引きこんで、数百、数千のアメリカ兵を殺害し、戦車を破壊して、最後に屈辱的な敗北をさせ、そのさなかにおいて——まさにソ連軍が強いられたように——わが国がアフガニスタンからの全面的撤収を強いられるようにすることだろう。

われわれがその罠に落ちてはならないのは明らかだが、数学的現実を否定することはできない。もしあの地に侵攻して、ブラックス准尉を奪還することをあまりに先送りすれば、われわれは多大な人的および物的損害をこうむる結果になるだろう。わが国の情報機関の職員たちはだれひとり、ヒズベ・イスラミの聖職者——アーシフ・コヒスタニ——がブラックス准尉を生きて解放する可能性が現実にあるとは考えておらず、それゆえ、われわれがあの地に入って彼女を救出することが決断されたというわけだ」

メトカーフはこのときになってようやく、サンドラの解放が、カルザイの意思に反して、HIKをパンジシール渓谷から完全に排除するための口実に使われていることに気がついた。

「この作戦の名称は、〈フェル・スウープ〉」クートゥアがつづけた。「これは、第一騎兵師団第一航空騎兵旅団に配属されたレンジャー大隊のために特に立案されたもので、統合参謀本部は、これがブラックス准尉の安全確保および多数のＨＩＫ戦闘員の抹消という、両方の目的を同時に果たすのに最善の方策と考えている。この作戦の開始は、衝撃と恐怖を与えるだろう。まずは空軍が、ブラックホークやアパッチの脅威となるＲＰＧを減じさせるために、山岳地帯に配された拠点を猛爆する。その直後——煙が晴れないうちに——第一航空騎兵旅団のヘリ群が舞い降り、バザラク村の両側にそれぞれ二個のレンジャー中隊を配備する。南に配されたレンジャー中隊は経路を遮断する態勢をとって、敵軍の敗走を妨げる。北に配されたレンジャー中隊は村のなかを掃討しつつ進撃し、建物をひとつひとつ調べて、ブラックス准尉の所在を探す。もちろん、全隊員が赤外線ストロボ発光器を装着するので、上空支援のアパッチは友軍と敵軍を見分けることができる。その間にも、空軍は山岳地帯の拠点への痛撃を継続し、山にひそんでいた敵兵が村へ移動して兵力を増強するのを妨げる。われわれの地上部隊は数において劣勢だが、優勢な航空兵力が敵の数的優位を無力化するだろう」

クートゥアが室内をぐるりと見まわす。

「心配するな」笑みを浮かべて、彼が言った。「わがほうには暗視装置とすぐれた武器があり、兵士たちはよく訓練されているから、それに対抗しようとする村内の敵兵たちは早々にパニックに陥った集団と化し、その夜を生きのびることしか考えなくなるだろう。村の内部はＧＰＳによってくまなく調査されているので、もし地上部隊が迅速に陥落させられない抵抗地点があっても、アパッチを呼び寄せて、そこに戦術爆撃を加えさせることができる。この作戦の勘どころは、スピードだ。ブラックス准尉を確保したあと、地上部隊はすみやかに渓谷から撤収し、空軍もその仕事を終える。われわれの目的は、ひとえにＨＩＫ戦闘員の多数を排除することであって、この渓谷に再駐留するのが目的ではない」

クートゥアがことばを切り、ふたたび室内を見まわす。

「なにか質問は？」

メトカーフ大佐は咳払いをして、口を開いた。

「ひとつ質問があります、将軍」

「いいとも、大佐」

「つまりその、わたしが疑問に感じているのは、ブラックス准尉の安全にじゅうぶんな配慮がなされているのかどうかということです。ＳＯＧはいまも、この作戦に参加すべく、手ぐすね引いて待っています」

クートゥアが重々しくうなずく。

「きみの懸念には共感できるし、大佐、特殊部隊の隊員たちが出動を待ち受けていることも理解している。しかしながら、ブラックス准尉を生きて回収するには、とりわけ彼女がどの建物に拘束されているかがいまだに判明していない現状を考えるならば、衝撃と恐怖を与えるという常套策《じょうとうさく》が最善であろうという決断がなされたのだ。きわめて悩ましい問題は、その村のサイズと形状でな。バザラク村はかなり大きく、かなり多数の敵兵が存在しているため、現時点において特殊工作チームのみをそこに送りこむには小さすぎる。レンジャーとＳＥＡＬを同時にそこへ送りこんでも、彼らが生還できる見込みは薄く、逆に、統合特殊作戦コマンドを送りこむわけにはいかないというわけだ。実際問題、両者の行動様式は明白に異なっている。そこで、DCの首脳はこれを常套的な戦闘にすることを決断したのだ」

メトカーフは丁寧《ていねい》な説明に感謝はしたものの、それはたわごとにすぎないとも考えていた。彼の目には、特殊部隊コミュニティがはずされたのは〈バンク・ハイスト〉を決行したことに対する懲罰《ちょうばつ》としか思えなかった。この現代においてすら、アメリカ陸軍の内部には、特殊部隊に対する反感が残っていて――それは陸軍に属するグリーンベレーに対しても当てはまる――ことあるごとに、特殊部隊を不必要かつ過剰なものとして、わきへ追いやり、戦闘からはずそうとする傾向がある。陸軍内には強欲者がおおぜいいて、栄光と認知、そしてなにより重要な予算獲得を求める彼らの飽くなき貪欲さを満たせる作戦は、ごくわずかしかないのだ。

後方の列にすわっているCIDのエリシア・スケルトン准尉が、手をあげた。

クートゥアが一瞬、なぜ彼女がここに来ているのかといぶかしんだが、まもなく察しをつけた。もしサンドラ・ブラックスがバザラクで死体となって発見された場合、ただちにCIDによる調査が必要となってくるからだろう。思いかえせば、〈バンク・ハイスト〉の決行につながるDNA鑑定結果をリークしたのは、エリシアの直接の上司だったブレント・シルヴァーウッドだと疑われているのだ。

「なにかね、スケルトン？」

高級将校たちの視線を一身に集めたことで、エリシアは気恥ずかしさを感じていたかもしれないが、それを表に出すことはなかった。

「将軍、パンジシールに住むひとびとの大半はパシュトン人ではないことに、どれほどの考慮がはらわれているのか、その点が気になります。彼らのほとんどはタジク人で、それゆえ西欧に強い共感を持っています。この作戦は、わが国の同盟者であるひとびとを多数死なせることになる可能性があると考えますが」

クートゥアの眉がひそめられたが、すぐに落ち着いた表情に戻った。

「そこは現在、敵対的な村になっているのだ、スケルトン。本来の状況では圧倒的にタジク人のほうが多いにせよ、いまは数百人規模のパシュトン人がそこにいるのはたしかだろう」彼女から視線をはずして、部屋全体を見まわす。「よく頭に入れておくように、諸君。この救出作戦においてなによりも重要なことはなにか。主たる目標はブラックス准尉の回収ではあるが、これはまた、多数のＨＩＫ戦闘員を……ただ一度の〝フェル・スウープ〟によって排除するための絶好の機会でもあるのだ」

43

アフガニスタン
パンジシール渓谷上方の山岳地帯

ギルとフォーログはSASのヘリコプターに乗りこみ、夜明けの直前、パンジシール渓谷からかなり南方にあたる地点に降り立った。どちらも、タジクの山羊《やぎ》飼いたちのローブをまとっていたが、もちろん装備にはちがいがあり、ギルはその変装の内側に装着した戦闘ハーネスに、弾薬や手榴弾をはじめ、さまざまな武器を携行していた。折りたたみ式銃床の三〇八口径レミントン・モジュラー《M》・スナイパー《S》・ライフル《R》には、シュミット&ベンダーの光学スコープが取りつけられ、その後ろにATN社のPS‐22ナイトヴィジョン赤外線式単眼鏡がレールマウントで接続されている。それ以外の武器は、M4カービン、M1911をベースにしたキンバー社製の拳銃デザートウォリアー、そして父から譲り受けたKA‐BARコンバット・ナイフだ。それぞれの銃に、十個の弾倉を用意していた。スナイパー・ライフル用の弾薬は百発、カービンのは三百発、拳銃のは八十発だ。レミントンとキンバーにはサプレッサーが装着されている。ボディアーマーはつけず、インテグレート《I》・バリスティック《B》・

Hヘルメットと呼ばれる防弾ヘルメットだけを装着し、それに暗視単眼鏡と赤外線ストロボ発光器が取りつけられていた。そのすべてが、大きな分厚いローブの内側に隠されている。ふたりとも、ローブの外側の肩にAK-47を吊るして、土地の人間らしく見えるようにしていたが、フォーログはタジクの伝統的な帽子、パコールをかぶり、ギルは白人であることがばれないようにシュマーグで顔を覆《おお》っていた。遠くからふたりを目にした人間は、彼らはタジク人かパシュトン人だと思うだろう。近い距離で出くわして、ギルが白人であることを知った者は、消音されたデザートウォリアーの弾丸を浴びることになる。

彼らは昼前まで歩きつづけ、パンジシール渓谷の南側に位置する山岳地のふもとにたどり着いた。

「こんな身なりをしてると、タスケン・レイダーになったような気分にさせられるな」ギルは言って、キャメルバックから水を飲んだ。

「なんだ、それは？」とフォーログ。

ギルはくすっと笑った。

「『スター・ウォーズ』に出てくるサンドピープルさ。あの映画を観たことがないのか？」

「いや、ある」むっつりとフォーログが言った。「ずっと前に、パキスタンでDVDを観た」

「遠い昔、はるかかなたの銀河系で？」

フォーログは、そのジョークにはまったくついていけないらしく、足をとめて、この山裾《やますそ》まで歩いてくるあいだに拾った杖に体重をあずけて立った。

「あんたはそんなふうに見てるのか？　ここの住民たちは、洞穴に住む原始的な醜い生きものだと？」

「いや」ギルは、サンドピープルの話にフォーログが不満を感じていることに気がついた。「自分のことを言ったのさ。よく憶えておいてくれよ。アメリカ人は、ほんとうは外国人といざこざを起こしたくないと思ってるんだ。おれたちがああいうばかなことを口走っても、べつに悪意はないんだ」

「ばかなことを口走ったと言いたかったんじゃない」山登りに取りかかりながら、フォーログが言った。「ろくに考えずにそういうことを口走ると言いたかったんだ」

ギルは彼のあとにつづきながら、言った。

「そう言われると、返すことばがないな」

ふたりは山の南側斜面をのぼっていき、一時間後、山頂のすぐ下に達したところで、足をとめた。ギルは地図を取りだして、コンパスで方位を確認し、ジョーから借りているハイテクPDAのGPSを使って、現在地を正確に把握した。敵が山中に配している銃座に関しても、ポープが暗号化ソフトウェアを用いての安全なインターネット経由で送ってきた情報をもとに、そのすべての位置をあらかじめ地図に記していた。

「オーケイ、ここがまさに渓谷を東側から臨む地点だ」地図をたたみながら、ギルは言った。「もっとも近い敵の銃座は、ここから西へちょうど五百メートルのところにある。この尾根を越えれば、渓谷を完全に見渡せるだろうし、だれかに見つかるおそれもない」

フォーログが薄い唇を引き結んで、固い笑みを浮かべる。

「ここがどこかぐらい、おれに訊けば、すぐにわかっただろうに」

ギルは彼の肩をぴしゃりとやった。

「HIKのやつらにつべこべ言われずに村に入りこめるという確信はあるのか？」

フォーログが肩に担《かつ》いでいる、AK－47の予備弾倉を入れた袋を身ぶりで示す。

「この〝贈りもの〟があるから、おれはアメリカ人を嫌っている男だと思われるはずだ。それに、おじたちがおれの身元を保証してくれるだろう」

「おじたちは離脱の手伝いもしてくれると確信しているのか？」

「彼らはこの渓谷で、マスードとともにソ連軍と戦ったんだ」誇りをあらわにしてフォーログが言い、東の方角を指さす。「おじのオルズは、あの山道の上で負傷した。当時はムジャヒディンとしてだったが、そのあと、彼らは北部同盟の一員として、あんたらのCIAと組んで、タリバンと戦った。そして、アルカイダがマスードを殺した。おじのオルズはマスードの友人だった。前に言ったように、彼らが助けてくれないはずはないんだ。ただし、村のなかであんたを助けることはできないだろう。いまはもう、それができるほどの人数は残っていないんだ。だが、離脱ゾーンを確保して、おれたちがあの女性を救出したあと、この山中に逃走する手助けはしてくれるだろう」

「彼らが村から山に入るときに使う経路はどこにある？」

「実地に示そう」

ふたりは尾根によじのぼって、腹這《はらば》いになり、渓谷の底にひろがる土地を見渡した。

「村の北側の山腹に林道がある」フォーログが手に持っているナイフの切っ先でそこを指し

示した。「おじたちはいま、木の伐採《ばっさい》で生計を立てる。HIKは村人の生活には干渉しない。おじたちはいつでもあの林道を行き来できるんだ」彼はつぎに、村の男たちがアフガニスタンの国技、ブズカシの試合をしている場所を指さした。「あれが見えるな？ タリバンはブズカシを禁止したが、HIKの連中はいっしょになって楽しむのが好きなんだ」ブズカシはポロに似ているが、ボールを打つのではなく、砂を詰めた山羊の皮を奪いあうことと、事実上ノールールであることが異なっている。「HIKはタリバンとはちがう。それがやつらの有利な点なんだ」

ギルは、馬に乗ってブズカシをしている男たちを、スナイパー・スコープごしにながめた。スコープには、レンズが陽光を反射しないように、ぴったりとナイロンストッキングの一片がかぶせられていた。馬の乗り手たちのようすを丹念に観察すると、予想していたとおり、その大半がたくましく、健康そうなことが確認できた。乗り手の多数が奇妙な詰めもの入りのヘルメットをかぶっていることに気がつき、スコープから目を離して、フォーログに問いかける。

「彼らがかぶってるのは、ソ連軍の戦車兵のものか？」

「そうだ」

「どこで手に入れたんだ？」

フォーログが、山裾に転がっているソ連軍のT‐34／85戦車の錆《さ》びついた残骸《ざんがい》を指さす。谷底の土地のあちこちにそういう残骸が多数あったが、そのすべてがT‐34というわけではなかった。

「ソ連軍から奪ったんだ」

ギルはスコープに目を戻した。

「ばかな質問をしたらしい」

フォーログがギルの肩に手を置く。

「おれはもう、あんたと別行動をとるようにしたほうがいい。ここは村に近すぎるので、いっしょにいるところを見られたら危ない」

ふたりは尾根の向こうから見られないように、這《は》ってあとずさった。

「マーカーは持ってるな？」ギルは問いかけた。

フォーログが、ひどく使い古されたAK－47の、中空になっている銃床をたたいてみせた。村に向かう途中で衛星に探索される可能性があるということで、そのなかに赤外線ストロボ発光器が隠されている。銃床がいったん分解され、発光器を収納したのち、接合されて、その周囲にひどくべたつくテープが幾重にもでこぼこに巻きつけられていた。彼が使い古されたライフルを選んだのは、HIKの連中のだれかが銃を取り替えようという気にならないようにするためだ。

ふたりは握手を交わした。

「幸運を祈る」

「あんたもな」とフォーログが応じる。「幸運が必要になるのは、おれよりあんたのほうだろう」

フォーログが立ちあがって、ローブの前から埃《ほこり》をはらい落とし、山の尾根を越えていく。

ギルは少し待ってから、尾根の手前へ這っていき、そこに身を伏せて、フォーログが岩だらけの山腹をゆっくりとくだっていくさまをながめた。下の道路に一台の白いピックアップ・トラックが駐車し、重武装したＨＩＫの歩哨が四名いた。そのうちのふたりは、後部の荷台でうたた寝をしている。ほかの二名はボンネットにもたれて、おしゃべりをしていた。彼らは渓谷に入ってくる者を見張っていて、これまでのところ、その上方の山腹をくだってくるフォーログには気づいていないようだった。

そのうちようやく、そいつらが彼に目をとめたが、とりたてて興奮したようすは見せなかった。トラックの荷台でうたた寝をしていたふたりが起きあがり、四人がそろって、フォーログが道路におりてくるのを辛抱強く待っていた。

「平和があなたがたとともにありますように」フォーログがパシュト語で声をかけ、気軽に手をふる。

「あんたもな」歩哨のひとりが愛想よく言った。「どこから来たんだ？」

「チャーリーカールから」とフォーログが答え、弾倉が入っている袋をおろして、下っ端の歩哨にさしだす。「これは贈りもので。おれはカリモフ家のおじたちに会うために、やってきたんだ」

若い歩哨が袋のなかを探ってから、それを荷台に放り投げ、フォーログのＡＫ‐47に手をのばす。

フォーログがショルダー・ストラップを握っている手に力をこめた。

「これはおれが持っておく」

若い歩哨が歩哨長に目を向ける。

「身体検査をする必要がある」歩哨長が言った。「こっそり村になにかを持ちこもうとしているのではないことを確認するためにだ」

フォーログが身体検査に同意して、ライフルを手放す。

「おれがなにを持ちこむというんだ？」

「アメリカ軍は、われわれが彼らのひとりを拘束していることを知ってる」歩哨長が言った。

「スパイに無線機を持たせて、送りこんでくるかもしれない。おまえはなぜ、チャーリーカールに通じている道路を使わなかった？　山を越えてきたのはなぜなんだ？」

フォーログがそっけない笑みを返す。

「アメリカ軍がパンジシールに通じる道路を封鎖していたから……それはあんたらも知ってるだろう」

歩哨長がその言い分を認めた。

「カリモフ家にどんな用があるんだ？」

「いま言ったように……彼らは親戚なんだ」

「彼らの山羊《やぎ》飼いを手伝うために来たのか？」

ふたたびフォーログのそっけない笑み。

「彼らは山羊飼いじゃない。この北の山で木の伐採をやってるんだ」

歩哨長が苦笑いを漏らした。

「ライフルを返してやれ」

二名の歩哨が道路に残り、歩哨長ともうひとりがフォーログをトラックに乗せて、村へ連れていく。フォーログのおじたちのなかの最年長であるオルズ・カリモフの家の前で、トラックをとめた。フォーログがトラックを飛びおりて、家に声をかける。

オルズとその息子たちのふたりが、外に出てきた。

おじが驚いたような目をしたが、それはほんのつかのまだったので、フォーログは気づいたが、歩哨に察知されることはなかった。

「この男はおまえの甥《おい》だと言ってるが」助手席から歩哨長が声をかけてきた。

オルズ・カリモフは六十五歳。顔はしわだらけで年輪を感じさせるが、目は鋭く、歯もじょうぶだ。

「わしのいちばん上の妹の息子じゃ。よう来た、甥よ。久しぶりじゃな。やっと、まっとうな仕事をする気になったか？」

フォーログは肩をすくめた。

「ここに仕事なんかありますか？」

おじが笑って、歩哨のほうへ目を向ける。

「こいつは生まれつきの怠けもんでな。仕事をして生計を立てるより、のんびり山羊を追ってるほうが好きなんじゃ！」

歩哨長が笑いかえし、運転士の肩を手の甲でたたいて、車を出せと指示した。

オルズが、先に家に入れとフォーログに身ぶりを送り、息子たちには、雑用をやっておけと命じた。なかに入ったところで、オルズがフォーログのほうをふりかえる。

った。「それはほんとうか？」

「おまえがアメリカ軍のために働いているという噂を聞いたが」非難に聞こえるような声だった。「それはほんとうか？」

「だれがそのことを知ったんだろう？」フォーログは心底驚いていた。「だれから聞いたんです？」

オルズが視線を合わせる。

「わしにはいたるところに友人がおる。それぐらいはわかっておってしかるべきじゃ。おまえがここに来たのは、例のアメリカ女のことでじゃろう」

フォーログはローブの内側からナイフを取りだし、その切っ先を使って、AK‐47の銃床板のねじをまわし、銃床を分解した。赤外線ストロボ発光器がテーブルの上に滑り落ちる。

「このストロボの光は、アメリカ軍だけに見えるようになってましてね。おれはこれを使って、彼女が拘束されている建物に目印をつけます」

オルズがまばたきもせず、じっと見つめていた。

「アメリカにたっぷりもらっとるのか？」

「カネはたっぷりもらってますが、これはそういうことでは――」

「一族を危険にさらしてもいいほど、たっぷりとか？」おじが厳しい声で言って、ストロボを指さす。「これが見つかっただけでも、一族の全員が撃ち殺されることになるんじゃぞ」

フォーログは、おじが怒りをぶつけてきたことに愕然《がくぜん》とした。

「おれは彼らに、あなたが手を貸してくれるだろうと約束したんです」

「ばかな約束をしたもんじゃ」オルズがどさっと椅子にすわりこむ。「わしがそんな約束に応じねばならん理由がどこにある？　アメリカ軍はこの国を去ろうとしており、ヒズベ・イスラミは日に日に力を増しておる。いまアメリカと友だちになるのは自殺行為じゃ」

フォーログはおじと向かいあう椅子に腰をおろした。

「おれが彼らにそう約束したのは、マスードがあなたの友だったから、そしてマスードはヒズベ・イスラミがパンジシールを支配するのを許さないだろうと思ったからなんです」

オルズは態度を変えようとしない。

「マスードは死んだ。わしらはヒズベ・イスラミという悪魔と共存していくしかない。アメリカ軍がこの国からいなくなれば、彼らはパンジシールを去るじゃろう。ここには彼らのほしがるものはなにもないんじゃからな」

「彼らは材木を売って稼いだカネの一部をピンハネしてるんじゃないですか？」

「そうだとしても、たった二十人で六百人に刃向かうわけにはいかん。彼らはわしらの生活には口出しをせんし、わしはその状態を維持しておきたいんじゃ」

フォーログはおじの言い分を理解した。

「正直に言いましょう。おれは、あなたが手を貸してくれるだろうと彼らに言ったとき、その理由に関しては嘘をついたんです」

おじがいぶかしげな顔になる。

「嘘をついた？」

「あなたが手を貸してくれると言ったほんとうの理由は、おじき、それがこの村を全滅から救うことになると思ったからです」

オルズが身をのりだし、こぶしにした片手をテーブルの上につく。

「アメリカ軍はそれほどばかではない。もしここに攻撃をかけたら、あの女は――すぐに殺されるじゃろう」

フォーログはストロボ発光器を隠し場所に戻した。

「村の上の山のなかに、ひとりのアメリカ人が潜伏しています。おれはこの発光器でその女性が拘束されている建物に目印をつけるので、それに手を貸してください」銃床板のねじをナイフの切っ先でまわして、とめる。「建物に目印をつけたら、おれはいとこのみんなといっしょに馬に乗って、木の伐採に出かけるふりをして山に入っていく。そのあと、おれたちは林道をまわりこんで、カワク街道と出会うところに行き、アメリカ軍がそこに設定している回収地点を防御する態勢をとる。おれたちがそうしているあいだに、そのアメリカ人が村に忍びこんで、例の女性を救出する。そして、彼女とともに馬で北に向かい、おれたちと落ちあう。女性が地上からヘリに引きあげられたら、おれたちはみんな山のなかへ姿を消し、木の伐採に取りかかる」フォーログはくすっと笑った。「いや、おれのおじきといとこたちが木の伐採に取りかかるんです。おれはそのアメリカ人といっしょに、馬に乗って友軍の支配地へひきかえす……ヒズベ・イスラミは、あなたが手を貸したことに気づきもしないでしょう。もし回収地点を守るために彼らに銃撃を浴びせなくてはならない状況になったとしても、彼らにはだれが撃っているのかはわからないし、馬がなくては山中で追跡することはできないでしょう」

オルズがあっけにとられたような顔になる。

「ヒズベ・イスラミもまた、それほどばかではないぞ！　もしそれほどのばかだったとしても、おまえの言うそのアメリカ人は失敗するじゃろう」

「もし彼が失敗したら」肩をすくめてフォーログは言った。「おれはみんなといっしょになって、あなたが村にひきかえす気になるまで、伐採仕事をつづけるだけのことです」

オルズがテーブルの前から立ちあがる。

「だめじゃ、甥よ。おまえが建物に目印をつけるのに手を貸す気にはなれんし、うちの男連中を危険にさらしてまでそのアメリカ人に手を貸す気にもなれん」

「いや、なってくれなくては、おじき。あなたがその気にならないと、あすの夜、この村は爆弾とヘリコプターと兵士たちによって攻撃をかけられることになるでしょう。ヒズベ・イスラミは最後のひとりまで戦いつづけ、その交戦のなかでおおぜいのタジク人が死ぬことになるでしょう……いや、人間だけじゃなく、馬も――そう、あなたの馬も死ぬことになるんです」

「彼らに警告すればよいことじゃ」オルズが脅しをかけてくる。「攻撃が始まる前に女たちをここから連れだしておくようにと、彼らに警告しよう」

「それはなんの役にも立たないでしょう」フォーログは言いかえした。「ヒズベ・イスラミは女たちを村の外へ出させないでしょうし、そうなってもやはりアメリカ軍は攻撃をかけてくる。しかし、あなたがヒズベ・イスラミに警告することはぜったいにないでしょうから、それはどうでもいい話です」

「なぜそんなに自信満々なんじゃ、甥よ？」

「マスードですよ、おじき。マスードはぜったいにそんなことはしないし、あなたが崇拝している男はいまも昔も彼だけであることが、おれにはわかってるからです」

44

アフガニスタン
バザラク

カーンがサンドラのかたわらにすわって、彼女の肺の音に耳を澄まし、そのあと聴診器を耳からはずして、コヒスタニのほうに顔を向ける。

「こうなるだろうと警告しておきましたね。彼女はまる十日間、この寝台で感染症と闘ってきたあげく、ついに肺炎を発症してしまった。余命は長くて一週間でしょう」

コヒスタニが立ちあがり、寝台で眠っているアメリカ人女性を見おろす。体がしぼみ、目が落ちくぼんできていた。

「それはたしか？」

「肺炎を発症したこと？　それとも余命が短いだろうということ？」

「両方だ」

「両方とも、たしかです」カーンが言った。「ペニシリンでは不充分。そう言ったでしょう」

コヒスタニがむかっ腹を立てた。村の医師が不遜《ふそん》な態度をとりつづけていることに我慢がならなくなったのだ。

「口を慎《つつし》むことを学んだほうがよかろう、医師よ。さもないと、全村人への見せしめとして、たたきのめされることになるぞ」

カーンの唇が引き結ばれたが、その目は反抗的というほどではなかった。

「アメリカに、この女性のための医薬品を要求してはどうです？　航空機から投下してくれるでしょう」

コヒスタニが首をふる。

「彼らは、この女が死に瀕していることを察知すれば――もはや失うものはなにもないというわけで――すぐに救出をくわだてるだろう。脚の傷は癒《い》えつつあるのか？」

「ええ、ようやく。しかし、いまはもう、それはたいした問題ではありません」

「なるほど」

コヒスタニが顎《あご》ひげをさすって、考えこむ。まだこのアメリカ女を死なせたくはないが、遠からず死ぬのはたしかであり、この女を利用してもくろんでいたことは、すでにその大半をやり終えていた。決定的に重要なのは、この二週間のうちに、村の防御を固めることだった。この女が生きのびるとすれば、それはアラーの意志であって、別の医薬品が投与されるかどうかは関係のないことだ。医師という輩《やから》はみな、医薬品への忠誠がいきすぎていて、アラーへの忠誠が足りないのだ。

コヒスタニが、部屋の隅にすわってナイフを研《と》いでいる十代の番兵に顔を向ける。その少年は、彼の死んだ弟のひとり息子だった。

「いまはもうアメリカがいつの夜、この女の救出にやってきてもおかしくはない状況になっている、甥《おい》よ」カーンとバディラに話の内容がわからないようにするために、彼はアラビア語を使った。「攻撃を受けて、この村が陥落したときには……必ずそうなるだろうから……おまえは真っ先に、このアメリカ人の喉を裂き……そのあと、この豚のような医者にもそれをするんだ」

「そうします、おじさま」

「よろしい」コヒスタニが建物を出ていった。

彼が立ち去るなり、サンドラが充血した目を開いて、バディラを見た。

「ねえ、どういうことになってるの？」

バディラが目をそらす。

「コヒスタニが医薬品を取り寄せるようにさせたわ」

サンドラが咳きこんで、せせら笑う。

「あいつがそんなことをするわけがない。わたしを死なせるつもりよ。あいつが心配しているのは、わたしの仲間たちがわたしの病状の悪化を知ったら、一か八かの攻撃をかけてくること……そうでしょう？」

バディラがカーンに目を向けて、なにかを言いかけたが、それはやめて、うなずいてみせた。

「彼はほんとうにそんな心配をしている？　アメリカは、あなたが死にかけてることがわかったら、攻撃をかけてくるのかしら?」

サンドラが発熱に身を震わせ、毛布を顎のところまで引き寄せる。

「彼らがどうするか、いまはもうさっぱりわからない。またちょっと……アヘンをもらえない?」

「だめ。アヘンは肺を弱らせると、カーンが言ってるから」

「なによそれ、バディラ、わたしは死にかけてるのよ。そんなの、どうでもいいことでしょ。とにかく、またあれをわたしにちょうだい」

その声に切迫感がみなぎっているのを、カーンが聞きつけた。

「彼女はなにを騒いでるんだ?」

「アヘンがほしいって」

カーンがテーブルに置いてある自分の鞄に手をのばす。

「鎮痛剤を与えてもいいんだが」

「彼女は脚の痛みを訴えてるだけじゃなく、意識を朦朧《もうろう》とさせたいと思ってるの」

カーンが首をふって、椅子から立ちあがる。

「そういうことなら、だめだ。アヘンの吸引は肺炎をさらに悪化させる。もし予想より早く彼女が死んだら、コヒスタニはわたしに責任があるとするだろう」

「注射するというのはどうかしら」バディラは提案した。「ヘロインがあることだし」

カーンはそれも拒否した。

「脚の痛みを抑えるために鎮痛剤を与え、体を温めるようにしておいてくれ。そして、水と熱いチャイ……大量の水と熱いチャイを与えるんだ。それと、彼女が目覚めているときは、少なくとも一時間に一回は立たせるようにし、できるだけ座位をとっておかせるようにしてくれ」

バディラがため息をつく。

「あなたといっしょに馬に乗って、カリモフ家のひとたちとブズカシを楽しみたいような気分」

カーンが、昨夜ふたりが交わしたやさしい愛の営みを思い起こして、穏やかな笑みを返す。顔のヴェールをはずすのはろうそくの火を消してからということで、バディラが受けいれたのだった。

「きみが彼らと友だちになったことは知ってる。でも、彼女を生かしておきたかったら、しっかりそばについていなくていけないよ」

「彼はなにを言ってるの？」サンドラが、そばで交わされている会話の意味がわからないことにやきもきして、問いかけた。「彼は、アヘンは与えられないと言ってるんでしょ？」

「ええ」バディラが言った。「立ちあがって、もっと歩くようにする必要があるとも言ってるわ」

「そうよね」サンドラが興奮を募らせて、言った。「体調がいいときに、外に出して、サッカーをさせてくれてもいいんじゃない？」

ヴェールの上にのぞいているバディラの目が、きらっと光る。

「わたしもそんなふうなことを彼に言ったのよ……とにかく、やってみる必要はあるでしょうね。それと、チャイをもっとたくさん飲まなくては」

「あれは山羊《やぎ》の小便みたいな味がする。カーン自身がチャイを飲んでみたらどうなの」

カーンが好奇の目でサンドラを見つめていた。声高にしゃべる女性を目にするのは、あまりなじみのないことだったからだ。

「彼女はいま、なんと言ってるんだ？」

「チャイは好きじゃないって」

彼は鼻を鳴らした。

「なにが入ってるかは教えてないんだろうね？」

「わたしがそんなおばかさんだと思ってるの？　彼女がほぼ正しい推測をしたってこと」

「じゃあ、あのチャイにはなにが入ってるんだ？」隅にすわっている十代の少年が問いかけた。

「発酵させた菌類」ぶっきらぼうにカーンが言った。アメリカが奇襲をかけてきたら、ただちにサンドラを殺すのがこの少年の仕事であり、少年がそれをよろこんでやろうとすることに強い嫌悪感を覚えていたのだ。

サンドラが壁を支えにしてゆっくりと身を起こし、毛布を顎のところまでひっぱりあげる。

「ところで、おふたりはもうあれをしたの？」だしぬけに彼女が問いかけた。「死ぬ前に、ほんとうのところを知っておきたいの。二羽のラヴバードはもう交尾をしたのかしら？」

ヴェールの上にのぞいているバディラの目が、大きく見開かれる。

カーンがそれに気づいた。

「彼女はなにを言ったんだ？」

サンドラがその物問いたげな口調を聞きつけ、親指と人さし指二本を使う性交のしぐさをして、くすっと笑う。

「セックスよ、カーン。おふたりはもうセックスをしたの？」

カーンにも、そのしぐさと〝セックス〟という語にはなじみがあった。顔をちょっと赤らめながら、バディラを見やって、笑いだす。

「アメリカ人というのは」首をふりふり、彼は言った。「最後の最後まで不遜な連中であるらしい」

45

アフガニスタン
パンジシール渓谷　バザラク

山裾《やますそ》で若い歩哨がフォーログの身体検査をするのをながめていたギルは、彼らはなにかの通信装置が村にひそかに持ちこまれるのを阻止しようとしているだけだと察知して、安堵《あんど》した。歩哨の検査は徹底していた。ちっぽけな携帯電話程度のものでも、その目を逃《のが》れることはできなかっただろう。彼らがフォーログをピックアップ・トラックに乗せて村のほうへ向かうと、ほぼすぐに彼らの姿は見えなくなったが、まもなくトラックが道路封鎖の地点にひきかえしてきて、歩哨たちが怠慢《たいまん》な監視を再開したのを目にすると、彼はあれは良き兆候だと判断した。

そのあと六時間、彼は心身を休めることに専念した。といっても、うたた寝をしたり目を閉じたりしていたのではなく、長年の軍務で身につけたテクニックを使って、体は意識的に休めつつ、周囲への警戒は保持していた。腹式呼吸で横隔膜をひろげて、肺にたっぷりと息を吸いこみ、緊張でこわばってしまうと動きの正確性があやうくなる、胸や肩の筋肉をほぐしてやる。この種のエクササイズには、心拍数を安定させ、筋肉にじゅうぶんな酸素を供給して、いつでも動けるようにしておく効果もあった。戦闘のストレスは、銃弾や血によってもたらされるとはかぎらない。スナイパーは、長時間にわたって動きがとれないだろうと予想するだけでストレスを受けることが、よくあるのだ。その危険な時間帯には、スナイパーはなにかを考えるように注意して、心が不活発な状態に落ちこまないようにしていなくてはならない。心身ともに機敏さと柔軟性を保持し、突発的になにかが起こっても、瞬時に行動に移れるようにしておかなくてはならないのだ。

夕暮れの訪れとともに、ギルは静止状態を解き、行く手に待ち受ける任務に心を備えた。フォーログが村に入ってから六時間とちょっとの時間が過ぎたのに、まだ赤外線ストロボが点灯された気配はどこにもなかったが、案ずるのはまだ時期尚早だろうと自分に言い聞かせる。そして、サンドラの居どころをつかむ手がかりはないだろうかと、村のあちこちにいる歩哨のようすを調べる作業を継続した。一カ所にとどまっている歩哨もいれば、自由に動きまわっている歩哨もいた。さいわい、動きまわっている歩哨たちも、でたらめに動いているわけではなかった。巡邏《じゅんら》経路が一定しているわけではないが、どの歩哨班にもそれぞれ特定の地帯が割り当てられているように見える。高い建物のいくつかに、ドラグノフを持つ射手が各三名、配置されていることも見てとれた。

村の南側にひろがる谷間の土地は、四十を超える数の畑地に分割されていて、それぞれのサイズや形状は異なるものの、一エーカーより広い畑地はなく、それぞれが腰ほどの高さの石塀によって取りかこまれていた。畑地と畑地のあいだに、多数の樹木と建物がある。ギルは、あれなら、地面の高さにいる敵スナイパーはおそらく、こちらの接近を明瞭に見分けることはできないだろうと判断した。このぶんなら、やつらのいる地点から二百ヤードもないところまで這っていけるだろうし――その距離なら、このライフルの亜音速弾で、音もなくそいつらをゲームボードから取り除くことができるだろう。

村の南側には、さまざまな厩舎《きゅうしゃ》や飼い葉桶もあり、ギルは早々と、馬たちのそばに行き着くためのルートを頭のなかに作成していた。さいわい、山羊や羊たちは放し飼いにはされておらず、昼間の時間を通して、犬の姿や声を見聞きすることは一度もなかった。これは、幸運にも、この村には犬はごくまれであることを意味している。犬は暗くても人間より十倍はよくものが見えるし、闇のなかで戦闘態勢をとっているぼうっとした人影は、ふつうの犬でも吠えかかりたい気分になる気配を醸《かも》しだすものだ。ギルはオソを思いだして、顔をほころばせた。今夜は犬を撃ちたくない気分だった。

日射しが薄れてきたとき、ギルはにわかに、村の中心部の低い丘にある建物に目を引かれた。レミントンを持ちあげて、その暗視スコープをのぞいてみると、建物の屋上に武装した男が六人いるのが見てとれた。その下の地面にも、少なくとも男が四人いて、建物のなかから電灯の光が漏れだしている。だしぬけに二台のピックアップ・トラックがそこに出現し、それぞれのトラックから半ダースほどの男たちが降りてきた。

「くそ」その建物があっという間に、よく防御された司令部の様相を呈したように見えて、ギルは悪態をついた。「彼が捕まったのか！」

監視をつづけていると、数分後、二十名ほどから成る男たちの一団が現われ、馬たちが収容されている厩舎のほうへと裏道を進んでいくのが見えた。男たちのそれぞれが厩舎から馬を出して、四角い囲いのなかへ連れていき、そこで馬に鞍をつけはじめる。

ギルはいかにも海軍らしく悪態をついて、迅速な離脱に心を備えた。この距離と高さをもってしても、たった三百発しか弾薬のないレミントンとM4でHIKを向こうにまわしては、勝ち目がない。やつらは、トラックと騎兵でこちらの側面にまわりこみ、完全に包囲したところで、こちらの位置を正確に把握して、迫撃砲を撃ちこむだけで、始末することができるのだ。フォーログがすでに口を割らされたのかどうかを知るすべはないが、ここで待っていても意味はない。だれもが遅かれ早かれ口を割るものだし、フォーログが指を何本失ってから、やつらの知りたがっている情報を吐くことになるのか、見当もつかないのだ。

フォーログは馬の腹帯をしっかり締めてから、鞍に身を持ちあげた。

そのかたわらで、おじのオルズが馬にまたがった。

「いまでも乗れるか、甥よ?」

「そんなに久しぶりでもないですよ、おじき」

フォーログは、紐《ひも》で首に吊るしている赤外線ストロボのスイッチを入れた。発光を始めたはずだが、この暗がりでもその光を見てとることはできなかった。

「よろしい!」意気揚々としてオルズが言い、手綱《たづな》を引いて馬をまわす。「しかし、ひと晩じゅう馬に乗っとると、おのれの一物を守るのに必死になるかもしれんぞ!」

フォーログのおじといとこたちが笑う。

「その光はアメリカ人にしか見えないというのはたしかなんだな？」おじたちのひとりが問いかけた。

フォーログはストロボを掲げて見せた。

「もう発光してます。だれか、この光が見えるひとはいますか？」

その装置には信頼がおけると満足したオルズが、馬の腹に踵《かかと》を打ちつけて、歩かせる。

「忘れるな。叫び声があがりだす前に、それを置いてはならん」

「忘れやしませんよ、おじき」

馬の列が厩舎を出ていく。男たちはそれぞれがAK－47を背負い、防寒着の内側に予備弾倉を隠し持っていた。彼らが二列縦隊を形成し、川と並行するゆるやかな上り坂を進んでから、北へ転じて、土の道に入り、左側に並んでいるコンクリート造りの民家の前を通りすぎて、Tの字を左へ横倒しにしたような形状の交差点に向かう。横倒しにしたT字の上の線にあたる道路は南北に通っていて、縦の線にあたる東西方向の道路は村の中心部を通って、明るい照明が施された司令部のほうへつづいていた。

フォーログと、そのおじやいとこたちがT字状の交差点へと馬を進めていく。先頭にいるオルズが、東西方向の道路の突き当たりにある、無人のように見えるみすぼらしい建物まであと二、三ヤードのところに達した。

その開け放たれたドアから、銃を持つ四人の男たちがなだれ出てきて、この建物から離れろと叫び、隊列のAK－47の銃口を向けて、馬たちを蹴りつける。フォーログとそのおじやいとこたちが叫びかえしはじめると、意図したとおり、そこに大混乱が生じた。

傲然《ごうぜん》と馬にまたがっているオルズが、馬を蹴るのをやめろとHIKの男たちにわめきたて、そこをどかないと馬に踏みつけられるぞと脅しをかける。

「ここはおまえらの村ではない!」彼らを見おろして、オルズがどなった。「どこへ行こうが、わしらの勝手じゃ!」

百ヤードほど向こうにある司令部から、HIKの男たちが駆けつけてくる。

道路に面したその司令部の、遠い側にあるドアが開き、アーシフ・コヒスタニがあわただしく出てきた。そのすぐ背後に、サンドラの指を切断した残忍な男、ラメシュがつづいていた。

大騒動がつづくあいだに、フォーログは馬を御せなくなったふりをしながら、みすぼらしい建物のほうへ馬をあとずさらせていき、その平たい屋根の上にストロボを放りあげた。

「ここでなにが始まったのだ?」コヒスタニが問いかけた。「おまえたちはなぜ、そろって馬に乗り、武装をしているのだ? どこへ行くつもりなのか?」

フォーログが目印を屋根にのせたのを確認したところで、オルズが片手をあげ、一族の男たちに、馬を静めて、さわぎを終わらせるようにと指示を送る。

「わしらは北の山へ木の伐採《ばっさい》に向かうところでな。やらねばならん仕事があるんじゃ」

「いま?」信じがたいといった感じでコヒスタニが言う。「この暗いなかでか!」

「むろん、暗いなかでじゃ!」高笑いしながら、オルズが言った。「わしらが真っ昼間に不法な伐採をすると思っておるのか?」

それを聞いて、おじやいとこたちがげらげら笑いだす。

オルズは確信していた。コヒスタニは、アフガニスタンの環境を急速に破壊しつつある不法伐採の実情をろくに知らず、それゆえ、こちらがもっともらしいことを言っているかぎりは、なんでも信じるだろうと。

「しかし……そのための道具はどこにある？」コヒスタニが言った。

「わしらがあのたくさんの道具をいちいち、持ち帰っては持っていくなどということをすると思うか、コヒスタニ？　いっしょに来たらどうだ？　生きるための労働をやってみるのは、ためになることじゃぞ！」

また、おじやいとこたちがげらげら笑いだす。

コヒスタニが、部下たちの面前で侮辱されたとあって、すぐに怒りをあらわにした。

「それならよかろう、オルズ・カリモフ！」笑い声に負けない大声で彼が言う。「よかろう！　おまえたちは不法な伐採をしているのだから、そのぶん、より高額の税金をおさめる必要があるだろう。そうしなければ、この不法伐採の話がカブールの耳に届くことになるぞ！」

オルズが憤慨したふりをしてみせる。

「いつから、ヒズベ・イスラミがカブールのカルザイ政権のために税を徴収するようになったんじゃ、アーシフ・コヒスタニ？」

「ヒズベ・イスラミがそのようなことをするわけがない」コヒスタニが、最後に笑うのはこちらだと確信し、笑みを浮かべて言いかえす。「わたしはこう言い渡しただけだ。この不法伐採のことをカルザイに知られたくなければ、より高額の地方税をおさめよと……さあ、さっさと行くがよい！　その男たちとばかな動物どもをここから立ち去らせろ。この一帯が立入禁止になっていることは重々承知しているだろう」

オルズは、このヒズベ・イスラミの聖職者を憎悪していたので、もっとなにか言ってやりたい、こいつを馬で踏み殺してやりたいとまで思ったが、そんなことをしていると予定に遅れが出て、目的を果たせなくなるだろう。すでにあの建物に目印が置かれたいま、流血の惨事を引き起こす危険を冒してまで、あからさまに敵対するのは分別に欠ける。彼は鞍の上で向きを変え、自分につづいて村を出るようにと、兄弟や甥たちに声をかけた。

コヒスタニが道路に立って、彼らが去っていくのを見守る。

「あの女をすぐによそへ移すべきでしょうか、アーシフ？」ラメシュが言った。「アメリカ軍が空から監視していたら、司令部は囮《おとり》であることをはっきりと判別したかもしれません」

「その見方は正しい」コヒスタニは、高慢の鼻をオルズにへし折られたせいで腹を立てていた。「だが、今夜のうちに、彼らに見られずにあの女をよそへ移すのはむりだ。まずは計画を立案する必要がある」彼がことばをつづける。「男をひとり、夜でもみごとに馬を乗りこなせる男をひとり、選びだせ。その男に、あの無礼なカリモフの一族を尾行させ、彼らがなにをするつもりなのかを確認させるんだ。あの男はかつてマスードの友人であり、わたしはいずれ、彼を始末すべき時が来るだろうと考えている。北に配している部下たちに確認させれば、彼とその一族がそこへ行くかどうかがわかるだろう。それと、夜が明けたら、ほかの村人たちに対して、村から出てはならないと告知するように。アメリカ軍が攻撃をかけてくる前に、彼らが外へ避難することがあってはならない。戦闘が終わったときに、より多数のタジク人が命を落としているようにしておくほうがよい。彼らはそういう報いを受けて当然の輩《やから》なんだ」

「そのようにはからいましょう、アーシフ」

ギルは、徒歩の自分がこの山岳地で騎兵たちを向こうにまわして戦闘をするのは願い下げだと思った。なにしろここには、敵が身を隠し、頭をのぞかせては発砲することのできる尾根がやたらとあるのだ。自分が生きのびる唯一のチャンスは、この山のふもとへひきかえして、可能なかぎりパンジシール渓谷とのあいだに距離を置くようにし、いざとなれば穴を掘って身を隠すようにするしかない。山をくだって撤収に取りかかる前に、ギルは最後にもう一度、赤外線単眼鏡を通して谷間の土地を観察し、マーカーの有無を探し求めた。やはりなにも見えなかったので、身を転じる。

いや、ちょっと待て。

またそこへ目をやると、馬に乗っている男たちのひとりが点滅しているように見えた。

「なになに」彼はつぶやいて、片膝をかかえこんだ。「おまえなのか、フォーログ？」単眼鏡をヘルメットの上へ跳ねあげて、スナイパー・ライフルを構え、そのスコープを通して、馬に乗っている男のようすを詳しく見てみる。まちがいなく、それはフォーログだった。ギルは岩のあいだの奥まった場所へ、這ってあとずさった。「おまえは、自分にじゃなく、建物にマーカーをつけることになってたんだぞ。いったいなんのつもりなんだ？」

スコープを通して監視をつづけると、馬の隊列が厩舎を離れ、北へ折れて、進んでいくのが見えた。やがて、無人に見える古びた建物から四人のガンマンがなだれ出てくるのが見えると、うなじの毛が逆立った。そこで始まった騒動を、フォーログに焦点を合わせて、詳細に観察する。もしまばたきをしていたら、フォーログが赤外線ストロボを屋根の上に放り投げるのを見落としていたかもしれない。

「こんちくしょう。あの司令部は囮《デコイ》だったのか。おまえらくそったれどもがひねりだしそうなたくらみだ」

そのとき、合流点から道路を北へ行ったところの右側にある建物から、コヒスタニとラメシュが出てくるのが目にとまった。

「そうか、おまえが考えついたんだな？　よし、そういうことなら、コヒスタニさんよ、真っ先におまえを血祭りにあげなくてはならないだろう……おまえの後ろにいるむさ苦しい野郎も道連れにさせて、指を切断した責任をとらせてやるぞ」

46

アフガニスタン
パンジシール渓谷　バザラク

隠れ場所を離れて、村を見渡す斜面に出ると、下方半マイルほどのところにひろがるターゲット・エリアがよく見えるようになった。時刻は、真夜中をまわった直後。ギルは身を伏せ、暗視装置を通して観察した。村の周囲に点々と配されている歩哨たちの動きからして、まだ彼らは周囲に最大限の警戒をしていることがうかがい知れたが、夜明けが近づくにつれ、彼らの警戒心は目に見えて失われていくにちがいないとわかっていた。サンドラが拘束されている建物が、その屋根の上に投げあげられた赤外線ストロボがいまも光っているおかげで、はっきりと識別できた。それは、川から百ヤードあまりのところにある、いくつかの小屋をごちゃごちゃと寄せ集めたような、目立たない地味な建物だった。スナイパー・ライフルの暗視スコープを通して、その建物の暗い戸口の内側にひそんでいる番兵たちがはっきり見えて、ギルはぼんやりと考えた。あいつらは、この二十一世紀という時代には、暗がりは有効な隠れ蓑《みの》にならないことがわかっているのだろうか。

囮《おとり》の建物は、アメリカがなんらかの救出作戦をくわだてた場合、必ずそこにおびき寄せられるように仕立てられていることも見てとれた。村の中心部にあるその建物は、ディーゼル発電機の電力によって明るい照明が施されていた。屋上に六名の監視兵がじっと動かずに立っているだけでなく、表口の外の地面にも数名の監視兵がいる。その建物は、どう見ても、なかにいる人間がいつでも戦闘に臨める態勢をとっていることを示しており、それだけでなく、近辺にあるもうひとつの明るい照明が施された建物は兵舎で、内部に何人もの兵士がいるように感じられた。

囮の建物を仕立てるというのは、巧妙な策略だ。フォーログの協力がなければ、サンドラがあの小屋をごちゃごちゃと寄せ集めたような建物に拘束されているとは考えもしなかっただろう。あそこは、川から坂をのぼったところにあって、村のほかの民家からはかなり離れている。サンドラを村の中心部に近い場所に拘束し、そのそばにある明るい照明の施されたコンクリート造りの建物に監視兵を配するのは、真夜中という思いもよらぬ時間に、空から舞い降りてきて、窓やドアから突入して数で圧倒するという、現代の一般的な攻撃手法に対する防御としては、抜け目のないやりかただろう。

救出を遂行するために、まずやらなければならないのは、村の西側に位置するその建物に接近する安全な経路を見つけだすことだ。この接近は、まったく音を立てず、失敗はいっさいせずに、やってのけなくてはならない。自分もしくは自分が手にかけた死体のどれかが、巡邏《じゅんら》中の歩哨に——それどころか、一般の村人のだれかに——発見されたら、あっさりとすべてが台なしになってしまうだろう。

それから三時間半、ギルは歩哨たちの動きを、主として川のすぐ西側に位置する連中に焦点を絞って、じっくりと観察した。歩哨の総数は二十九名で、そのほぼ半数が巡邏をしていた。屋根の上にいる三名のスナイパーにどう対処するかは、そことは距離があるので、また別の問題になってくる。無線機を持っている歩哨はほとんどいないだろうが、少なくともサンドラの張り番をしている監視兵のだれかひとりは無線機を携行しているにちがいない。そしてまた、そこから道路を百ヤードほど行ったところにある囮の建物のなかには、なにかのトラブルが発生したらすぐに対処すべく、ほんのかすかな気配を探って耳を澄ましている連中がいるにちがいないのだ。村の主要道路は囮の建物の真ん前を通っていて、そこから下り坂を進むと、サンドラが拘束されている建物のあるT字状の交差点になっていた。

これは明らかに、サンドラの張り番をしている連中が支援を必要とした場合、ただちに増援をおこなえるようにとの意図で設定されたものだ。

〇三三〇時になったとき、ギルはサンドラの夫にテキスト・メッセージを送信した。それは、救出がいまから開始されること、そしてスペクターを離陸させる時間になったことを、ブラックスに知らせるためのメールだった。そのガンシップには長時間にわたってターゲット・エリアの上空を飛行できるだけの燃料が積まれているだろうが、いったんそれが空に浮かべば、ギルはつねに時の進行に対処し、戦術航空支援のタイミングをぶちこわしにしかねない種々の要素に対処しつつ、最終的な回収のために、まちがいなく危険な場所になるであろう回収地点《EZ》にたどり着かなくてはならなくなるのだ。

ギルはレミントンMSRを胸の前にかかえ持ち、M4と背嚢《はいのう》を背中に担《かつ》いで、潜伏場所から抜けだした。群れを狩るときが来た。

山をくだって川に達し、前日、村人たちが橋代わりに利用するのを目にしていた一連の大岩を伝って、対岸へ渡る。畑地はどれも、冬が近いとあって、栽培中の作物がなく、身を隠すのに使えるのは塀のみだったので、遮蔽物《しゃへいぶつ》を求めて走るときの足音を水流の音で消すために、川のそばを離れずに進んでいった。細い月が地平線に低くかかって、暗視装置に好都合な周辺光を与えてくれていたが、五十ヤードより遠くにいる人間が裸眼でこちらの動きを察知するのはむりだろう。

川沿いに這っていくと、二名の歩哨まであと百ヤードのところに達し、まずはそのふたりを始末しなければ、バザラク村の南側へは侵入できないことがわかった。ギルは石塀の背後にうずくまって、レミントンMSRを、その折りたたみ式銃床をひろげてから肩づけした。畑地の向こう側にある低木の木立の下に、歩哨のふたりが肩を並べるようにして立って、煙草を吸っている。暗視装置を通して、その光景が昼間のようにはっきりと浮かびあがって見えた。

少し角度を変えれば、一発でふたつのターゲットを仕留められると判断したギルは、急いで塀の真ん中あたりまで移動して、新たな射撃位置につき、レティクルの中心を近い側の男の腰に重ねあわせて、引き金を絞った。亜音速の弾丸が銃口から飛びだして、かすかな銃声が漏れ、発砲の反動が来る。歩哨のふたりが、体液の圧力で大きく開いた銃創から内臓を撒《ま》き散らしながら、折り重なって倒れる。ギルは念のため、それぞれに一発ずつ、とどめの弾丸を撃ちこんだ。そいつらは煙草を吸っていることがばれない場所としてそこを選んだのだろうから、死体を隠す必要はないだろう。

やっと、屋根の上のスナイパーたちと対決するときが来た。三人のなかでもっとも容易に始末できるのは、いちばん近くにいるやつだろう。そいつはほかのふたりより低い建物の上の、そのふたりが直接、視認することはできない位置にいた。ほかのふたりは、東西に百ヤードほど離れてはいるが、たがいに姿が見える位置についているので、始末するのがやっかいだろう。最初のやつはこの場所から撃てると、ギルは判断した。だが、スナイパーの仕事はときに、プールでおこなうゲームのようなものになる。ビリヤードのプレイヤーがそのつど、手玉をつぎの球を打つのに好都合な場所へ持っていくように、一発撃つごとに自分の身を隠すようにしたいと思うものだ。ギルは、ひとりめのスナイパーを始末したら、急いで現在の場所から移動し、少し時間をおいてから、あとのふたりを撃つようにするしかないだろうと考えた。効率性と安全性のためには、そのふたりはあとまわしにしたほうがいいだろう。

ギルは塀を跳び越えて、川のそばを離れ、畑地の縁をまわりこんで、その東側を北の方角へとつづく農道を進み、T‐34／85戦車の錆《さ》びついた残骸《ざんがい》のそばで足をとめた。遠い側のスナイパーふたりは、そこから百五十ヤードほど北の東西に位置している。近いほうのスナイパーは、その半分ほどの距離にある、二等辺三角形のような急傾斜の屋根のてっぺんに陣取っていた。その射手の胸にレティクルを重ねて、引き金を絞ると、ライフルがかすかな銃声を漏らし、反動が来た。

ターゲットがロバに胸を蹴られたように背後へふっとび、背中から地面に落ちる。ドラグノフが屋根の向こうへ飛んでいき、見えなくなった。ギルは戦車の陰に膝をつき、自分がへままをやらかしたことを告げる叫び声があがるのを待ち受けた。静寂が一分ほどつづいたところで、身を起こして、あとふたりのスナイパーのようすをチェックする。どちらも、不都合な事態が生じたことを察知したようには見えなかったので、二、三分の時間をかけて、そのふたりのあいだをめぐらす銃口の動かしかたを予習しておく。めぐらす角度はかなり大きく、四十五度ほどもあった。

計画を立てよう。まずそのひとりを、もうひとりがそちらを見ていないときに撃ち、ふたりめが村の百ヤードほど離れた地点にいる相棒が撃ち殺されたことに気づかないうちに、銃口をめぐらして、そいつを撃つ。ふたりのうち、右側にいるスナイパーのほうが緊張感が薄いように見えたので、戦術的には、左側のスナイパーを最初に撃つのがいいのだが、ギルは銃口を二十度以上めぐらす場合は、左から右より、右から左のほうが得意だった。そのほうが自分の体の動きとして自然であり、ほんの少しだがボルトを速く操作できるのだ。

ギルは、左側のスナイパーがもうひとりのほうを見ていないときが来るまで待ってから、銃口を左から右へめぐらして、ターゲットの心臓を後ろから撃ちぬき、ふたたび銃口を左へめぐらして、スコープから目をはずすことなくボルトを操作したが、それほど速い動きであったにもかかわらず、三番めのスナイパーは屋根の上から消えていた。射撃姿勢を保ち、そのスナイパーの姿を目に浮かべつつ、スコープを少し右へ向けてみる。あのスナイパーは、こちらがその相棒を狙って引き金を絞る前に、身をひるがえして、階段をおりていったのだろうか？ それはありうることだし、その場合は、警報が鳴りだすことはないだろう。そのスナイパーは熱いコーヒーを飲むとか、クソをするとかのために、下へ行っただけなのかもしれない。

完全な静寂のなか、長い五分間が過ぎたころ、そのスナイパーが食べものをのせた皿を持ち、ドラグノフを肩に吊るして、ふたたび現われた。相棒のスナイパーが百ヤード先の屋根の上でつっぷしていることは、まったく目にとめていないようだった。

「どうやら、今夜このバザラクにいるのはアマチュアばかりらしい」なかば自分を揶揄《やゆ》するように、ギルはつぶやいた。

そのスナイパーの側頭部に銃弾を撃ちこんで、すぐに移動する。三つの死体がいつ発見されるか知れたものではないし、時間をむだにするわけにはいかないのだ。

畑地の縁をまわりこんで、川の西側のところに戻り、上り坂を進んで、村のなかの木々の茂る場所を抜けていくと、四十ヤードほど前方に、岩だらけの古道をこちらに歩いてくる二名の歩哨の姿が見えた。すぐさま地面に伏せて、ライフルを肩づけする。そいつらはAK－47を肩に吊るし、小声で会話を交わしながら、ぶらぶら歩いていたが、そうはならず、ふたりがのひとりがもうひとりより一、二歩遅れをとるのを待っていたが、そうはならず、ふたりが横並びのまま、こちらに近づいてくる。いま、そのひとりを撃てば、なにがあったかをもうひとりが察知し、こちらがボルトを操作して二発めを撃つ前に、警告の叫び声をあげるだろう。

ギルはライフルを置いて、デザートウォリアーを取りだし、そいつらが十五フィートの距離まで近づいてくるのを待った。蛍光塗料が塗られている照星《フロントサイト》に精神を集中しながら引き金を絞って、一発めを撃つと、ターゲットの脳みそが後頭部の射出口から撒《ま》き散らされた。

その相棒が息をのんで、こうべをめぐらした瞬間、二発めを撃って、二三〇グレイン弾をそいつの右耳にたたきこむ。

ふたりめが地面に倒れこんで痙攣《けいれん》を始める前に、ギルは身を起こして、行動していた。ライフルを背中に吊るして、そいつのそばに駆け寄り、片足の踵《かかと》をつかんで、山道から暗い影のなかへひきずっていく。数秒後、ふたつの死体を山道から出し終えたところで、太いチルゴーザ松のかたわらにしゃがみこみ、ヘルメットにマウントされた単眼鏡で闇のなかを探った。この種の任務の際はいつも、左目を闇に慣らしておくために、単眼鏡を使うようにしていた。

山道をのぼって、空き地に出ると、そこにもやはり石塀があったので、そのそばで片膝をついて、ひと休みする。この塀には、胸の高さまで薪《まき》が積みあげられていた。開けた場所を抜けて、その向こうにある小さな羊囲いの飼い葉桶のほうへ行こうとしたとき、生来の直感が、ちょっと待てと告げてきた。闇のなかで、だれかが咳をしたのだ。音がしたほうに身を向けると、ひとりきりの歩哨が石造りの建物の屋根の上にいて、こちらに背を向ける格好で煙穴に寄りかかって立っているのが見えた。膝のあいだにドラグノフをはさんで、まっすぐに立っている。しわだらけの冬服が、大きな石を積みあげてつくられた煙穴の色に完全に溶けあっているせいで、暗視装置を通しても、その姿はかろうじて見てとれるだけだった。

ギルは百フィートの距離から、そいつの顔面のど真ん中を撃ちぬいた。死体とドラグノフが大地に落ちる音が響いただけだったが、それだけでも、建物のなかにいる人間が不審に思って、なにがあったのかをたしかめようと外に出てきた。その男を照準にとらえて、引き金に指をかけたとき、どうやらそいつはタジク人であるらしいとわかってきた。つまり、欧米の同盟者というわけだ。軍歴を通じて初めて、罪のない一般人を殺すことになったとあって、冷たい汗が胸を濡らすのが感じられた。その決断を迫られるぎりぎりの時点で、グリーンベレーの一員だった父の語ったことが頭によみがえってきた。ヴェトナム戦争において、非武装地帯《DMZ》の北で特殊長距離偵察パトロール《LRRP》任務に数かぎりなく従事した父は、そのなかで罪のない村人を何十人も——男も女も、子どもも区別なく——殺すことを強いられたという。父は最終的に、良心の呵責《かしゃく》に耐えられなくなり、酒に溺《おぼ》れて死んだ。

頼む、なかに入ってくれ、とギルは胸のなかで言った。

男がしゃがみこんで、死体を調べ、歩哨の顔が失われていることがわかったとたん、はっとあとずさって、壁際に身を縮め、いそいそと家のなかへひきかえしていく。ギルは、その男がまた出てきて警告の叫び声をあげるかもしれないと思って、まる三分間待った。あの村人を黙らせておく方法はひとつしかないので、石塀の端まで移動して、建物のほうへ行き、途方もない危険を冒すことになるのを承知のうえで、ドアを軽くノックする。

ドアが細く開くと、ギルはそれをひっぱって全開させ、村人の服をひっつかんで外へ連れだし、手ぶりで、この死体を家のなかへひきずっていけと命じた。村人があわててそれに従い、ギルは敵のライフルを回収してから、そのあとを追って、なかに入った。部屋の中央に置かれたテーブルの上で、石油ランプの火が淡く輝いていた。ギルは村人を凝視して、その気概のほどを推しはかった。落ち着いた正直そうな目をしていて、相手をだまそうとするやつがよく漂わせる恐怖の気配は感じとれない。これはなんの保証にもならないが、ギルにはそれでじゅうぶんだった。自分の口に人さし指をあてがうと、そのタジク人が了解したしるしに、一度だけうなずいた。

ドアのそばの壁に打たれた釘に、山地用の外套《がいとう》が吊るされていた。ギルはそれを指さして、つぎに自分を指さし、それを拝借してもいいかと目で問いかけた。男がうなずき、着ていけと身ぶりで応じる。ギルはレミントンMSRをスリングで肩に吊るしてから、分厚い外套を着こんだ。村人が、フードをかぶればIBHヘルメットが隠れて、単眼鏡が突きだすだけになると手ぶりで教え、そのあと、ギルが壁に立てかけておいたドラグノフに手をのばし、両手でそれを持ってさしだしてきた。

ギルはレミントンを外套の内側に押しこんでから、ドラグノフを肩に吊るした。ほんとうは、こんな分厚くてかさばる服は着たくないのだが、村人が身ぶりで示したように、これは自分を目立たなくさせてくれるだろう。

タジク人の村人がちょっとあとずさって、ギルを見つめ、〝それでよし〟といった感じの顔をして、笑みを浮かべる。

ギルは、アフガンのひとびとが手袋をしたままの握手を不作法と見なすことを知っていたので、オークリーの軍用手袋を脱いで、右手をさしだした。タジク人の握手は力強く、きっぱりとしていた。ギルはうなずいて謝意を示してから、油断なく家の外へ忍び出た。

47

アフガニスタン
カブール　中央軍

薄暗くなった司令部にいるクートゥア将軍が、テーブルの前から立ちあがり、眠気の覚めていない顔で入室してきたメトカーフ大佐のほうへ片手をのばす。

「よく来てくれた、グレン。起こしてすまなかったな」

メトカーフは首をふった。

「とんでもありません、将軍。なにがあったんです？」

クートゥアが身を転じ、壁に設置されている大型のプラズマ画面を指さす。これまでずっと、彼とその幕僚は、ＵＡＶがバザラクの上空から送ってくるリアルタイムの映像を見ていたのだ。

「あの屋根の上で点滅しているストロボを、きみはどう思うかね？」

メトカーフは足を踏みだして、パンジシール渓谷の赤外線映像を見つめた。画面の中央で、サンドラが拘束されている建物の屋根にフォーログが投げあげた赤外線ストロボが、休みなく点滅していた。

「あそこに画角を絞りこめますか？」

クートゥアが空軍中尉のほうへ身を転じる。

「シンシア、クリーチに連絡を入れて、きみがあの航空機のコントロールを引き継ぐと伝えてくれないか？」

「イエス、サー」

数秒後、そのストロボの映像が拡大され、それがアメリカ軍の用いているモデル、MS2000ファイアフライであることが明瞭に見分けられるようになった。

メトカーフは周囲に目をやった。

「だれかがなにかをもくろんでいるということではないでしょうか？　あれがあそこにあることを敵が察知した形跡はありますか？」

クートゥアが首をふり、防音処置が施されている奥の部屋のほうへ顎をしゃくる。

「ちょっときみと話がしたいんだが？」

「わかりました」

メトカーフはクートゥアにつづいてオフィスに入り、ドアを閉じた。ガラス張りの防音室なので、ここにいても画面のすべてを見ることができ、しかも自由に話をすることができるのだ。

クートゥアが、隅に置かれているデスクの椅子に腰をおろす。

「こんなことを訊きたくはないんだが、グレン、きみにはなにが起こっているのか見当がつくのではないか？　われわれはこの十日間、数百万ドルもの税金を投入して、〈フェル・スウープ〉の準備をしてきたというのに、これではその作戦が灰燼《かいじん》に帰すおそれがあるように思えるのだが」

　将軍は軍人としての節度を守っていても、実際には腸《はらわた》が煮えくりかえっていることが、メトカーフには見てとれた。〈フェル・スウープ〉は、彼がこの前年、アフガン作戦戦域《ATO》の司令官に任じられて以後、初の大規模な攻撃作戦であることは、秘密でもなんでもない。駐留軍の削減が予定どおり進められれば、彼がつぎの機会を得る可能性は低いだろう。

「ノー、サー。わたしにはなにが起こっているのか見当がつきません」

「だが、きみは〈バンク・ハイスト〉を事前に知っていた。そうだろう？　わたしに嘘をついてくれるな、グレン。わたしはべつに――」

「〈バンク・ハイスト〉に関しては、たしかにうすうす知っていました、将軍。しかし、この夜、パンジシール渓谷の地上でなにが起きているかについては、まったく見当がつきません。実際、わたしはさっきここに来たばかりなので、知っていることはあなたより少ないほどなんです」

「オーケイ、きみを信じよう」クートゥアが腰に両手をあてがって、古傷のある頬をすぼめた。「ではあっても、この件にはでかでかとSOGの文字が記されているように思える。もしこれがまた無許可でおこなわれる救出の試みであったとしたら、大統領はここの全将兵をお払い箱にして、ディエゴガルシア送りにするだろう。スターリンの大粛正《パージ》がアカデミー賞授賞式の茶番劇程度に感じられるほどの、大規模な綱紀粛正《こうきしゅくせい》がおこなわれるんだ」

このときようやく、メトカーフはクートゥアが軍歴を案じていることに気がついた。〈バンク・ハイスト〉のあと、大統領が彼に内々で強く警告したにちがいない。メトカーフとしては、将軍をなだめるにはこう言うしかなかった。

「えー、将軍、もしこれがまた無許可でおこなわれる救出の試みであったとしても――くりかえしますが、わたしはその行動についてなんの情報も持ちあわせていません――それを成功させる方向で支援をおこなうのが、われわれの利益になるのではないでしょうか」

「そうだと想定しよう。で、なにをすればよいと？」

メトカーフは笑みを浮かべた。

「それは、将軍、あなたが許可を与えるしかないのは――そして、大統領の耳に届けば、彼もそうするしかないのは――明白でしょう」

クートゥアが大きく息を吐きだす。

「で、もし失敗したら？」

メトカーフは肩をすくめ、悲しげに首をふった。

「ここは率直に申しあげるしかないですが、将軍、もし失敗してサンドラが死ねば、わたしは悲嘆に暮れるだけで、なにも手につかなくなってしまうでしょう。自分の軍歴は良好なものだったのですが」

「ちくしょう」将軍がつぶやいた。「ろくでなしのテロリストどもを――そいつらが何者であろうと――この手で火あぶりにしてやりたいもんだ」

仕切りのガラスをノックする音がした。将軍の副官が画面を指さす。それに目をやると、ひとりの兵士であることを示す赤外線の白い人影がパンジシール川に沿って動いているのが見てとれた。

メトカーフと将軍がオフィスを出て、空いた椅子に腰かけたちょうどそのとき、ギルが射撃に取りかかり、畑地の向こう側にいるふたりの兵士を狙って発砲した。木々がその光景のほとんどをぼやかせていたが、それでも、ギルがそのふたりを一発で仕留めたことが容易に見てとれた。

「おっと、あれはわが軍のだれかだぞ！」クートゥアが断言して、椅子から立ちあがる。「シンシア、あの人影に画角を絞ってくれ。あれができるだけ大きく見えるようにするんだ」

空軍の中尉がそこをズームアップしたとき、ギルが石塀を跳び越えて、畑地の西側にある木立のほうへ駆けだした。

UAVはターゲットの真上にいるわけではなく、かなり斜めにそれをとらえていたので、だれと判別するのはむずかしかった。それでも、メトカーフ大佐には、自分はいま部下のSEAL隊員のだれかの行動を目撃しているのだと確信するにはじゅうぶんだった。メトカーフは、グロック拳銃を二挺携行している将軍の副官に目をやった。

「少佐、ジャララバード空軍基地のMPに連絡を入れ、最先任上等兵曹《マスターチーフ》のシャノンとスティールヤードの所在を問いあわせてもらえないか？」

少佐がクートゥア将軍に目を向けて、その要請に対する許可を求める。

「やってくれ」将軍が言った。「それと、問いあわせリストにクロスホワイト大尉も付け加えておくように」

少佐が部屋を出ていった。クートゥアがメトカーフに言う。

「MPは彼らのだれひとりとして、所在をつかめないのではないだろうか？」

メトカーフは首をふった。

「正直、どうなるかはわかりませんが……そんな気はしますね」

「みなさん！」CIAの情報部員が画面を指さした。

その瞬間、ギルが七十ヤード先にいるひとりめのスナイパーを射殺した。

彼らが画面に目を向けて、見守るなか、彼がまたふたりのスナイパーを始末する。三人めのスナイパーが被弾したとき、食べものをのせた皿が宙に舞った。

そのあとまもなく、彼が地面に伏せて、五十フィートほどの距離から巡邏《けいら》中の歩哨を二名、デザートウォリアーで仕留めるのが見えた。

メトカーフは大きく息を吸って、吐いた。

「あれはマスターチーフ・シャノン。申しわけありません、将軍。わたしの部下のひとりです」

クートゥアがメトカーフを見て、また画面を見つめ、ふたたびメトカーフに目を向けてくる。

「イランに降下した、あのSEAL隊員か？　どうしてそうとわかる？」

「彼はいまもかたくなに、装弾数の多い四五口径ではなく、愛用のデザートウォリアーを使いつづけておりまして」

クートゥアがにやっと笑って、画面のほうへ片手をのばす。

「あの射撃からすると……彼が四五口径を必要としているようには見えんな」

「それと同じようなことを彼に言われましたよ」ぼそっとメトカーフは言った。

彼らがなおも見守るなか、ギルが屋根の上のスナイパーを射殺した。そのあと、家のドアが開いて、村人が物音を調べに外に出てきたとき……彼らはそろって息を詰めたが、クートゥア将軍だけはいらだちをあらわにした。

「へまをやらかしたな、シャノン！」

だが、村人は家のなかへひきかえしていった。

「彼はしばらくようすを見るでしょう」メトカーフは言った。「それから、あの村人を追って、なかに入っていく」

メトカーフの予想どおりになり、ギルがタジク人の住まいであるらしい家のなかにいるあいだ、彼らはみな、息を殺して画面を見つめていた。ようやく外に出てきたとき、彼が大きな山地用の外套《がいとう》を着こんでいるのが見えた。

「あれは何者だ？」将軍が問いかけた。「シャノンは死んだのか？」

空軍中尉がそこをズームアップすると、フードの下から単眼鏡が突きだしているのが見てとれるようになり、それがギルであることが判別できた。

クートゥアが画面を指さして、メトカーフに目を向ける。

「あいつめ、わたしに心臓麻痺《まひ》を起こさせるつもりか」

メトカーフは思わず、茶化すような笑みを浮かべてしまった。

「あなたは見なかったことになさったほうがいいかもしれませんね、将軍」

「たしかに、そうだな」将軍がにやっと笑った。「全員、傾聴！　この行動が継続されているあいだ、諸君はなにひとつ――よいか、なにひとつだぞ――見聞きしなかったことにしておくように。これは最高機密を超える事態なんだ。了解したな？」

部屋の各所から、「イエス、サー」の声があがる。

「いや、わたしはいま、これを認可された作戦として扱うことに決めた」将軍がつづけた。

「となれば、あの上空に、兵器を搭載したプレデターを二機、呼び寄せたい。シンシア、クリーチに急報して、その手配をしてくれ」

「イエス、サー」

クートゥアがメトカーフに目を向けてきた。

「無人機の配置はきみに任せる」

メトカーフは目配せを返した。

「そう来るだろうと思っていましたよ」

「ミラー少佐！」

「はい、将軍」

「至急、大統領に電話を入れてくれ。もしこれがわれわれの最後の勝機となるならば、きっちり手順を守るようにしなくてはならん」

三分後、アメリカ合衆国大統領が電話に出てきた。

「大統領、こちらはクートゥア将軍です。お手をわずらわせて申しわけありません」

「なにがあった？」不安のにじむ声で大統領が言った。

「大統領、われわれは現在、パンジシール渓谷上空にあるUAVから送られてくる赤外線映像を見ています。現時点においてはまだ未確認ですが、われわれがいま目撃しているのは、ブラックス准尉を敵から解放するための無許可任務であるように思われます」

「冗談は休み休みにしてくれ！」大統領が嚙《か》みついた。

クートゥアが簡潔な答えを返す。

「ノー、サー」

「きみたちがなにを見ているのか、詳しい説明をしてくれるか？」大統領が迫った。

クートゥアがこれまでに目撃したことを説明し、そのときちょうど、未確認の射手がロバ車の下からまたひとり歩哨を射殺したことを付け加えた。

「いったい、それはだれなんだ？」大統領が問いかけた。

クートゥア将軍が画面を見守るなか、ギルが道路から死体を担《かつ》ぎあげて、ロバ車の荷台に放りこみ、帆布でそれを隠した。

「だれであるかはまだ不明ですが、大統領、〈タイガー・クロー作戦〉を遂行したのと同じ兵士であると考えられます」

大統領の沈黙が長いあいだつづいたので、クートゥアはことばをつづけた。

「大統領、わたしは兵器を搭載したプレデターを二機、そこの上空に飛ばす命令を出しました。最終的に、彼が准尉を救出するのを支援する必要が生じた場合に備え――」

「きみはいま、それがだれなのかわからないと言ったばかりなんだぞ！」ぴしりと大統領が言った。

その時点で、クートゥアは、大統領がまだこの事態を理性的に評価できていないことに気がついた。

「大統領、わかりやすく説明しましょう……その工作員がDEVGRUの一員であることは、明確に確認されています」

「将軍、それなら、きみがすべきことはこうだ」大統領が不快感をきっぱりと解消して、言った。「第一に、それら無人機はそのまま地上に留め置くこと。第二に、この状況を継続的にモニターし、わたしに知らせること。まだ直接行動はいっさいとってはならない。了解したかね？」

「はい、大統領」

「もしそのヒーローがあの女性を生きて救出することができれば、問題なく、この任務の成功をわれわれにとって好都合なものとして扱えるようになるだろう。もし彼が失敗すれば、わが国は関知していないことにしてすませる。イランでのあの作戦も、そういう扱いだったのではないか？　SEAL隊員たちはその取り決めに満足していたように思えるから、このヒーローの運命はあとの隊員たちにとってよき教訓ともなるだろう。理解したかね？」

クートゥアが画面に目をやると、ギルが長い建物のなかへ入りこんでいき、そのそばにある石囲いのなかに十頭あまりの馬がいるのが見えた。

「大統領、おことばですが……この工作員はきわめて優秀――おそらくはわが軍のなかで最優秀の兵士です。われわれの支援があれば、彼が成功する見込みはおおいにあると考えるのが妥当でしょう」

「彼の計画がどんなものかわかっているのかね、将軍？」

「いいえ、大統領、まだ明確には」

「では、わが国が関与して、あの哀れな女性が死ぬことになったら？」

クートゥアはすぐには返事ができなかった。

「きみに訊いているんだ、将軍」

クートゥアがメトカーフを見やり、あきらめたように首をふる。

「おっしゃる意味は理解できます、大統領」

「そのはずだ」と大統領。「これはきみのしていることではないし、将軍、わたしのしていることでもぜったいにない。われわれのどちらも、これに首をつっこむべき理由はないように思われる。そこで、きみにこう問いかけよう。きみはいま、彼の行動を阻止することを、その過程においてあの村を壊滅させることなくやれる状況にあるのか？」

「現時点においては、大統領、ノーです」

「では、われわれは彼の行動に関してなんの責任も負わない。それでいいな？」

「そういうことでよかろうかと、大統領」

「よろしい」大統領が言った。「通常回線で、つねに情報を知らせてくるように」

電話が切れた。クートゥアが受話器を置く。

「くそ」

「つまるところ、どういう話に？」穏やかにメトカーフは問いかけた。

クートゥアが乾いた唇をぬぐって、画面に目をやる。ギルはまだ、長い厩舎《きゅうしゃ》から出てきてはいなかった。

「マスターチーフ・シャノン――われわれが見守っている男がそうだとすればだが――きみは国の関知しない存在になったんだ」

48

アフガニスタン
パンジシール渓谷　バザラク

厩舎《きゅうしゃ》に入りこんだギルは、馬と飼い葉というなじみのあるにおいを嗅《か》いで気がやわらぐのを感じた。奥に近い場所に目をやると、栗毛の馬がいるのが見えた。ほかの馬たちよりかなり背が高く、馬体もほかよりたくましい。念頭にあることをするには、手に入るなかでもっとも強力な馬が必要であり、この馬をじっくりと観察したところでは、まる一日、乗り手が激しいペースでブズカシをやってもだいじょうぶなどころか、一日を超えても耐えぬけそうな感じに見えた。問題は、この馬に乗って、だれにも察知されずにサンドラのもとへたどり着けるかどうかだ。それができたとしても、サンドラを肩に担《かつ》いで馬に乗り、絶え間なく銃撃戦をしながら逃走するのは、ぜったいにむりだろう。

ギルはその馬の背に粗《あら》いウールの毛布をかけてから、隅に積まれているブズカシ用の鞍をひとつ取りあげた。金属の鐙《あぶみ》があり、鞍の前橋《ぜんきょう》と後橋《こうきょう》の両方が、西部のカウボーイの鞍より高くなっていて、尻をのせる部分が深く、ブズカシの乗り手が競技中に落下しにくい構造になっていた。

「ハムリー・フォームフィッターの鞍とはちょっとちがうが」ひとりごとをつぶやきながら、一本しかない腹帯を結びつける。「これを使うしかないだろう」

反対側の端にあるドアが開き、ギルはさっと隅に身を隠して、腿《もも》にストラップ留めしている鞘《さや》からKA-BARを抜きだした。赤外線装置を通して見ると、AK-47を肩に吊るした男が入ってきたのがわかった。馬たちがそれぞれの仕切りのなかでそわそわと足踏みし、鼻を鳴らす。ギルは、自分がにわかに放出したアドレナリンのにおいを馬たちが嗅ぎつけたのだと気づいた。

「アクメド？」入ってきた男が呼びかけた。「アクメド！」

アクメドというのは、自分がさっき殺してロバ車に放りこんだ男のことにちがいないと察したギルは、うめいたり、咳をしたりして、喉の奥に詰まったものを吐きだそうとしているふりをした。

入ってきた男が、まっすぐこちらにやってくる。暗いので、ギルが着こんでいる山地用外套のシルエットしか見えていないはずだ。

「アクメド」と男が呼びかけ、ギルには理解できないことばで、がみがみとなにかを言いたてた。

その運の悪い男がこちらの腕が届くところまで近寄ってきたとき、ギルはそいつが着ているコートの肩をひっつかんで、KA-BARをその顎の下に突き入れ、切っ先が頭蓋骨《ずがいこつ》に当たるほど深々と脳をえぐった。パシュトン人であるらしい男が即死し、神経の反射回路だけが生き残っているせいで痙攣《けいれん》している死体を糞尿だらけの土の床に寝かせる。死体の上着でナイフのよごれをぬぐってから、鞘に戻した。

身を起こし、死体の上に立って、土壁の上端と屋根のあいだの隙間から外をのぞいてみる。赤外線単眼鏡を通して見ると、建物群のさらに向こうにある低い丘のところで、いまもストロボが点滅しているのがわかった。サンドラが拘束されている建物までの距離は、九十ヤードほどのものだろう。道路や建物の配置がよくわかっていない人間が馬を引いて歩いていくには、遠すぎる距離だ。それだけでなく、サンドラが拘束されている建物に突入していく前に、そこを念入りに偵察しておきたかった。なにはさておき、フォーログがとらえられて、敵が罠を仕掛けるのを手伝わされている可能性を考慮しなくてはならない。

〝戦いの神というのは気まぐれなやつだ〟と父がよく言っていた。〝あんな神はぜったいに信じるな〟と。

ギルは厩舎の隅に死体を押しこみ、その上に鞍を積みあげて隠してから、するりと外に出た。来た道をひきかえして、ちょっと南へ歩いてから、東に転じて、川をめざす。長い時間、尾根から観察をしているあいだに歩哨のいる各地点を記憶しておいたので、村の南西側の地域にはそいつらはいないという確信があった。もちろん、ぜったいという保証はないが、しばらくは安全だと直感が告げていた。川沿いに北へ五十ヤードほど進み、そこでふたたび西へ転じて、さっき歩哨をロバ車に放りこんだ場所にある建物の裏側に向かう。夜空を背景に赤外線ストロボが絶え間なく点滅していて、屋根の上は真っ暗だとわかっているのに、赤外線単眼鏡を通すとその光が見てとれることが薄気味悪く感じられた。ギルはそのさらに上方にひろがる星々を見あげ、すでに空軍のUAVがあのストロボの光をとらえていて、おそらくいまごろはもう、どこかでだれかが怒り心頭に発しているのだろうと推測し、ぼんやりと考えた。自分の所在を突きとめるために、MPが兵舎へ派遣されたかもしれない。

ギルは雨水樽の上に立って、建物の屋根によじのぼり、デザートウォリアーをかたわらに置いた。ここはサンドラが拘束されている建物に近いので、もし罪のないタジク人がやってきたら、なにも考えずに撃ち殺すしかないだろう。この高い場所から、サンドラが拘束されているごちゃごちゃした建物群のほうへ目をやると、あいだにあるいくつかの屋根ごしに、そこの窓とドアがかろうじて見てとれた。ひとつの建物の室内で、肩に毛布をかけた四人の男がテーブルをかこみ、ろうそくの光のそばで、〝テカ〟と呼ばれるアフガンのカード・ゲームをしていた。やつらがろうそくをつけたばかりで、まだ闇に目が慣れていたとしても、あるいはろうそくの光があまり明るくはないとしても、あの丘の上からこちらのレンズの反射を見てとることはできないはずだ。

そのとき突然、サンドラが拘束されている建物のドアが開き、ラメシュが外に出てきた。ギルは即座に、あれは彼女の指を切断した残忍な野郎だと識別した。ドアが閉じられる前に、ちらっと彼女の姿が見え、切迫感で血がたぎってきた。彼女がベッドに寝かされて、毛布を二重にかけられ、そのそばに男と女がすわっている光景が、石油ランプの暖かそうな光のなかに浮かびあがったのだ。そのふたりは彼女の世話をしているように思えた。

ラメシュの動きを観察していると、そいつが東にある囮《おとり》の建物のほうへ歩いていくのが見てとれた。坂を四十ヤードほどのぼったところで、そいつが立ちどまり、道路の北側にある建物のドアをノックする。ドアが開き、アーシフ・コヒスタニが外に出てきた。冬用のコートを身に引き寄せながら、ラメシュをあとに従えて、きびきびした歩調でサンドラが拘束されている建物群のほうへ歩いていく。

コヒスタニとラメシュが、サンドラが拘束されている建物に入った。五分ほどなかにいただけで、また外に出てくる。ラメシュが西へ身を転じ、建物群のなかの、歩哨どもがカード・ゲームをしていた建物のなかへ入っていった。コヒスタニは東へ転じて、住まいのほうへひきかえしていく。ギルは慎重に屋根の縁から身をおろしながら、考えた。あのヒズベ・イスラミの聖職者は、死の影が道路をそちらへ向かおうとしていることを感じとっているのだろうか。

戦いの神は気まぐれなやつなんだぜ、ミスター・コヒスタニ。

49

アフガニスタン
カブール 中央軍

クートゥア将軍が胸の前で腕を組んで立ち、ギルが屋根の縁からゆっくりとおりてくる映像を熱心にながめている。そのそばにメトカーフ大佐がいた。数分前、思いがけずアーシフ・コヒスタニの姿が見えたことで、室内がざわめき、そこにいる全員が、ストロボでマーキングされた建物のなかにサンドラ・ブラックスが拘束されていることを確信するようになっていた。

クートゥアがメトカーフのほうへ身を寄せてくる。

「あの男を支援する者を派遣できるのであれば」彼がささやきかけた。「いまがその時だぞ」

メトカーフは困惑の目で見返した。ついさっき、手出しをするなと大統領に命じられたばかりなのだ。

「派遣できる人間はいないということか？」将軍が問いかけた。

メトカーフは頭を掻《か》いた。

「いやその、じつを言いますと、すでに派遣ずみでして……MPはまだ彼らを見つけられずにいるようです」

クートゥアが小さくうなずいて、画面に目を戻す。

「ラングレーは……SOGの連中は、どうしてるんだ？」

「将軍、大統領の命令は——？」

「いいか、グレン、こんなむちゃをやらかしたシャノンのケツを蹴とばしてやりたいのはやまやまだが、サンドラがあの建物にいるのはたしかなんだ。だから、もしきみがいまSOGの魔神どもを呼びだすことができるのであれば、この部屋にいる人間はだれもそれに難癖《なんくせ》をつけようとはしないというわけだ」

海軍大佐は息を吸いこみ、ちょっと間をおいてから答えた。

「将軍、率直に申しあげてもよろしい……？」

クートゥアが手ぶりで、〝さっさと言え〟と応じる。

「マスターチーフ・シャノンは、自分をニンジャとは考えていません。SOGのみんなの助けなしに、単独であの村に侵入して、サンドラを救出するのはむりだと心得ているはずです。これはわたしの推測ですが、彼の必要とする魔神がなんであれ、それはとうに準備されているでしょう」

「つまり、MPがスティールヤードとクロスホワイトを見つけられずにいるのは、それが理由というわけだな」

「なんともわかりませんが、将軍、あの妙に熱いふたりがなにかをもくろんでいるとしたら……どこかのベッドの下に隠れて、安全になるのを待つようなことはしないにちがいないです」

「けっこう」クートゥアが言った。「それはわれわれにしても同じだ」指を鳴らして、通信士官の注意を引く。「中尉、至急、モロー大佐と連絡をとってくれ」

「イエス、サー」

メトカーフとクートゥアが見守るなか、ギルが川沿いに北へ進んでいく。

「こんどはいったいどこに行くつもりだ？」クートゥアが疑問を口に出した。

メトカーフは歯を食いしばって、息を吸いこんだ。

「コヒスタニを殺すつもりになったように思われます」

「あの女性を救出して、逃げるだけでいいんだぞ」クートゥアがぼそりと言った。「彼女はまちがいなくあそこにいるんだ！」

「われわれには、彼の見ているものすべてが見えるわけではありません、将軍。彼は、われわれには見えないなにかを見ているのかもしれません」

クートゥアがちらっとメトカーフを見やる。

「きみはわたしの妻より始末に悪い男だな、大佐。わたしがゲームの進行を観察するのを黙って見ていてくれないか？」

メトカーフはくくっと笑った。

「イエス、サー」

「シンシア、ちょっと画角をひろげてくれないか」

カメラがズームアウトして、ギルの姿が小さくなり、村のその一帯の、サッカー場ほどの部分が見えてきた。

「くそ、あいつらは何者なんだ？」クートゥアが画面の上部を指さす。「シンシア、あそこに画角を絞ってくれ」

映像がズームアップされ、半ダースほどの武装した男たちが川沿いに村の北に向かってくる光景が映しだされる。全員がＲＰＧや、ロシア製のベルト給弾式ＰＫ汎用機関銃で重武装していた。銃を構えている男はひとりだけだが、彼らがギルと正面衝突するコースをたどっているのは明らかだった。

「あれは山地の兵士たちです」鳥肌が立ってきたうなじをさすりながら、メトカーフは言った。「コヒスタニのジハードの呼びかけに応じて、ヒンズークシからやってきたのでしょう。おそらくは夜を徹して、あそこまで進んできたと思われます」

その山地の兵士たちが七十五ヤードほどの距離に迫ったとき、ギルが立ちどまり、さっと地面に伏せて、レミントンの銃口を前方へ向けた。

「撃て！」クートゥアがつぶやいた。「撃て！」

少し待てとメトカーフは思った。いい、いい、少し待て。

数秒後、ＰＫを構えて歩いている兵士が、スズメバチに刺されたかのようにのけぞった。それから一秒とたたないうちに、その横にいた男が死体と化して倒れこむ。

だしぬけに銃撃を浴びたことを悟った、残る五名の兵士たちが、吊るしていた機関銃を急いでおろす。二列めの男のひとりが射殺されて倒れ、またひとりが倒れる。生き残っているのは、あと三名。最初に撃たれた兵士が地面に片膝をつき、こぶしを握った手の付け根で機関銃の機関部をたたいた。

「シャノンの撃った弾が、あの機関銃の機関部に当たったったんです」メトカーフは言った。

メトカーフがそれを言い終えるまでに、生き残っているのは機関銃が使いものにならなくなったその兵士のみとなっていた。そいつが壊れた機関銃をわきへ放り投げ、立ちあがって逃げだしたが、一歩も行かないうちに頭部を粉砕されて倒れこんだ。

「すごい！」だれかが言った。「全員をかたづけるのにどれくらいかかったんだろう？」

「せいぜいが十秒ちょっとだ」とクートゥアが言って、メトカーフのほうに顔を向ける。

「きみはイランでの作戦は目撃できなかったが、こんどは見逃さずにすんだな」

メトカーフはうなずいたが、あの土地にいる部下のことが気になってたまらず、口もとが緩《ゆる》むことはなかった。クートゥアは、高度な教育を受けた優秀な将軍で、決断力のある戦術家だ。少将に任じられたあとも、RPGの攻撃を受けて顔に瘢痕《はんこん》が残るほどの負傷をし、それでまた二個の勲章を授与されたが……彼自身がひとを殺したことは一度もない。一方、歴戦の古参兵で、冷戦時代に七人の敵兵を殺した経験があるメトカーフは、いま画面で見ているものをおおいに高く評価はしても、スポーツ観戦をしているような気分にはなれなかったのだ。ギル・シャノンは、ボルトアクション・ライフルで七十五ヤードほどの距離から、九秒たらずのうちに重武装した六名の敵を射殺した。村のなかのＨＩＫになんの動きも見られないことから判断すると、彼は敵に一発も撃たせずに、あれをやってのけたのだろう。

「将軍、モロー大佐に電話がつながりました」

マック・モロー大佐は、CIA特殊作戦グループ《SOG》／統合特殊作戦コマンド《JSOC》の隷下にある別の特殊作戦ユニット《SMU》、空軍第二四特殊戦術飛行隊に所属している。

クートゥアが奥の部屋に入って、受話器を取った。

「マック、起こしてすまなかった。よく聞いてくれ。可及的すみやかに《ASAP》だ。二機のブラックホークに兵器を搭載して、滑走路に出し、緊急回収に備えてくれ。それらが必要になるかどうかは不明だが、必要になった場合は、急ぐことになるだろう。目的地はパンジシールになるから、マック、できるだけ目立たないようにしておいてくれ。コブラも二機、準備しておいてくれたほうがいいだろう」

クートゥアがオフィスから出て、立ったまま画面を見つめているメトカーフ大佐のそばにひきかえしてくる。

「準備万端ですか、将軍？」

「ああ」とクートゥア。「準備をさせた。こうなると、この週末には、きみもわたしも失業者の仲間入りをすることになるかもしれん」

「〈フェル・スウープ〉はサンドラへの死の宣告だったことを、将軍、認めてもらうしかありませんね」

クートゥアがうなるように言う。

「いやまあ、役には立たなかったが、わたしは大統領に対して、DEVGRUを使うようにと説得につとめたんだ……強くではなかったが、やってはみたんだぞ」

50

アフガニスタン
パンジシール渓谷　バザラク

　最後の敵兵を撃ち倒した瞬間、ギルは身を起こして動きだし、七十五ヤードの距離を走りぬけて、そいつらが倒れているところに行った。ひとりはまだ息があり、背中の右側にできたココナツ・サイズの射出口から血があふれ出ていた。ギルはナイフでとどめを刺した。ドラグノフはもう不要として捨て、この兵士たちが携行していた六基のRPGをすべて回収し、それをかかえて村のほうへ小走りに駆けもどる。当面、これを使うつもりはないが、あのまま放置して、敵に回収され、自分が危険地帯から脱出する際にその攻撃を浴びるはめにはなりたくなかった。回収地点《EZ》は北へまる三キロの地点に設定してあり、そこにたどり着くまでの道のりでよけいな障害物に出くわすのは願い下げにしたい。

　ぽつんと離れた納屋の裏壁に寄せて置かれていたピックアップ・トラックの錆《さ》びついた荷台に、RPGをまとめて押しこんでから、ギルはコヒスタニの住居の裏手をめざして、ひきかえしていった。巡邏《じゅんら》中の歩哨が丘をくだってきて、道路の先にある一軒の家の裏窓から漏れる光のなかを通りすぎる。その兵士が片手をあげ、こちらに向かって手をふった。ギルはそれに応じて手をふってから、足をとめ、いまの自分の身なりなら、とがめられずにこいつらのなかを歩きまわれるのかもしれないと思いつつ、そいつが近づいてくるのを待った。そして、歩哨が十フィートの距離まで迫ったところで、デザートウォリアーの四五口径弾をその目に撃ちこんだ。コヒスタニの住居と隣家との隙間へ死体をひきずっていき、コヒスタニの住居の日除けの下へするりと入りこんで、窓からなかをのぞきこむ。テーブルの上でろうそくが燃えていて、そのかたわらのベッドの上で、あの聖職者が開いたままのコーランを胸にのせて、眠っていた。

ギルは裏手のドアからなかに忍びこむと、廊下の角をまわってコヒスタニの部屋に入りこみ、ベッドのかたわらにあった椅子に腰をおろした。ろうそくに指をあてがって火を消し、赤外線単眼鏡ごしに、サンドラを拷問にかけた男を見つめる。コーランを取りあげて、テーブルの上に置いてから、聖職者の肩にそっと片手をかけた。

コヒスタニがはっと目を覚まし、闇のなかで身を起こす。

「なにがあった？」パシュト語でコヒスタニが問いかけた。

暗視装置のないこの男には、分厚い山地用の外套《がいとう》を着てそばにすわっているギルが、まさしく死に神のように見えただろう。コヒスタニが消えたろうそくに火をつけようと、マッチに手をのばす。

「入室する前にノックをすることになっているだろう」

ギルには、ひとことも理解できなかった。この聖職者が英語を流暢《りゅうちょう》に話せるのはわかっているが、話をすると、こいつが助けを呼ぶおそれがあるし、なんにせよ、言うべきことはたいしてない。ギルはハーネスにつけたパウチのひとつから絞首具《ガローテ》を取りだし、その両側についている木製の持ち手を左右の手に握った。ガローテは戦闘用具ではないが、隠密行動用の武器にはなる。暗殺用の武器に。そしてギルは、コヒスタニが暗殺されるに値する男だと考えていた。

コヒスタニがマッチを擦《す》った瞬間、ギルは猫のように敏捷《びんしょう》に動き、二個の持ち手をつないでいるピアノ線をコヒスタニの喉にまわして、絞めあげ、呼吸と脳への血流を瞬時に停止させた。コヒスタニがピアノ線をつかみ、マッチの火が消える。その手が必死にかきむしってきたが、無益なあがきにすぎなかった。ピアノ線がその肉をチーズカッターのように切り裂いていく。ギルはベッドの端に片膝を置いて体を安定させ、殺すことをいとわず、着実に絞めあげていった。

聖職者が苦悶《くもん》しながら、声もなく徐々に息絶えようとしたとき、ギルはその耳もとでささやきかけた。

「サンドラの夫が、おまえを殺すためにおれをここに送りこんだんだ。死ぬ前に、そのことを教えておいてやろう」

断末魔の苦痛に襲われたコヒスタニが激しくもがき、両足が毛布を下から猛烈に蹴りあげる。ギルが容赦なく二個の持ち手を左右に引くと、ピアノ線が脊髄《せきずい》をすっぱりと断ち切った。聖職者が失禁と脱糞をし、排泄物《はいせつぶつ》の刺激臭が室内に満ちていく。

ギルが手を離すと、コヒスタニの体が転がって、上半身がベッドから落ち、切られた首から血が噴出した。これほど間近でひとを殺したのは軍歴のなかで初めてのこととあって、家から夜の闇のなかへ影のように滑り出たときもまだ、自分のなかでなにかが変わってしまったような感覚が残っていた。これまで覚えたことのなかった激烈な嫌悪感が心を満たしていて、この村のすべてを、そこにいる人間のすべてを滅ぼしてしまいたいという衝動が、にわかに湧きあがってきた。ギルはふと、あのRPGのことを思いだし、それを回収しに行った。

　壁に寄せて置かれているトラックの荷台に、それぞれの発射機からロケット弾をはずして、使いものになることを確認する。必要な発射機は一基のみ。六発のロケット弾は、外套の内側で肩に吊るした格好で携行できるだろう。この村を、前に一度そうなったように、ふたたび焼きはらってやる。攻撃をかけようとする自分を阻止できる者はいない――いま、そのことがわかり、それが自分の本性であることが感じられた。この僻地《へきち》を根城にした連中は、真の兵士ではない。現代の戦争とはどういうものか、その全貌を認識する糸口すらつかめないまま、よろよろと戦場を歩いているえせ兵士どもだ。そいつらを死なせてやると自分が決意すれば、やつらには手の施しようがないのでは？　自分は村のなかから立ち現われ、まったく招かれざる者としてやつらのあいだを歩きまわって、その歩行のなかで、人道にそむいた罪への懲罰《ちょうばつ》として、やつらを殺していくのだ。

　これが戦争の実相なのでは？　無差別に殺したいというこの突然の凶暴な衝動は、はるか昔、父がヴェトナム戦争のときに非武装地帯《DMZ》の北で味わったのと同じ感情ではないだろうか？　父はその後、血なまぐさい死と破壊の悪夢にいつまでもさいなまれる人生を送ることになったのだ。〝やつらを皆殺しにし、まとめて神のもとへ送りつけてやれ！〟。そんな思いが、ふだんは親切でやさしい男を、女や子どもを見境なく惨殺する存在に変えてしまうのでは？

もしそうであれば、ギルはいまその感情を、これまでは考えもしなかった本能的なレベルで理解したことになる。それはもっとも強烈な感情——〝流血の衝動〟だ。が、外套を脱ぎ捨て、KA‐BARで外套を切り裂こうとしたとき、マリーのこと、妻のことが、頭に浮かんできた。突然、眼前に、彼女の姿が、ふたりのベッドで眠っている彼女の姿が浮かび、愛を交わしたあとのかすかな笑みが残るその顔が見えてくる。目に涙があふれてきて、明晰《めいせき》にものが考えられるようになってきた。嫌悪感が薄れて、かすかな恥の残滓《ざんし》が取って代わり、任務に心の焦点が絞られていく。

「危なかった」とギルはつぶやき、ロケット弾をトラックの荷台に押しこみなおして、立ちあがった。だが、この任務が完了するまでに、まだ多数の人間が殺されることになるのはたしかだった。

51

アフガニスタン
カブール 中央軍

ギルがコヒスタニの住居から忍び出て、川のほうへ進みだしたとき、作戦センターにいる全員がいっせいにため息をついた。

「ミスター・コヒスタニがわれわれに戦いを仕掛けることは永遠になくなったと想定して、さしつかえないように思われる」さりげないほどの口調でクートゥアが言った。「それにしても、あの男は大胆だ。あの動きを見ていると、彼は村を完全に掌握したと考えていいだろう」

「現時点においては、たしかにそうですね」メトカーフはつぶやくように言って、椅子にすわりこんだ。数年前、パラシュート降下の際に背骨に重傷を負ったために、いまも腰が痛くてたまらないのだ。「すわらせていただきます、将軍。この老骨が……」

「戦士の骨が、だな」とクートゥア。「テーブルに脚をのせたほうが楽ということなら、そうしていいぞ」

メトカーフは首をふった。

「これでじゅうぶんです、将軍。ありがとうございます」

彼らが見守るなか、ギルが納屋のほうへひきかえしていく。

「いまからあのロケット弾でなにをするつもりなんだ？」クートゥアが疑問を呈した。「まったくもう、はらはらさせる男だ！　さっさとあの女性をひっさらって、逃げだせ！」

メトカーフは眉根を寄せて、画面を見つめた。

「彼はなにかを考えついたように見えます、将軍」

ギルがこちらを心配させるようなことをやったのは、これが初めてだった。彼はいま、時間を浪費している。あのロケット弾を使っても、ひそんでいる山岳地から村へおりてこようとするパシュトン人どもを全滅させることはできないのだから、意味がないだろう。彼がそんな計画を立てるということがありうるのか？　筋が通らないもいいところだ。

彼らが見守るなか、ギルが動きをとめた。決断を考えなおしているように見えた。しばらくして、彼がロケット弾を隠し場所に戻し、マルチカムのＡＣＵの上にふたたび分厚い外套を着こんだ。

「そのほうがいいだろう」とクートゥアがつぶやく。「なにを考えていたにせよ……やれやれだ」

ギルが小走りで川沿いに南へ向かい、民家の並びの終端に達したところで西に転じ、石造りの厩舎のそばにある建物のなかへひきかえしていく。数分後、鞍をつけた馬を引いて、彼が外に出てきた。

メトカーフはのけぞるように椅子にもたれこんで、呆然と画面を見つめた。

あれはなんのつもりだ」クートゥアが言って、メトカーフをふりかえる。「彼はふざけてるのか？

「まさか、そんなはずは」頭をかきむしりながら、メトカーフは答えた。「いまやっと、彼のもくろんでいる回収計画がわかったような気がします」

「くそ」腰に両手をあてがって、クートゥアが言う。「どうせなら、ロケット弾をぶっぱなしてくれたほうがよかった。それなら少なくとも、あのろくでなしどもを何人か道連れにできただろうに」

ギルが馬を引いて、サンドラが拘束されている建物につづく道路を北に向かい、民家の並びに行きあたったところで、こんどはその裏手へまわりこんだ。

「われわれには見えないものが彼には見えているのだと思いたいもんだ」やきもきしたようにクートゥアが言った。「ここにだれか、煙草を持っている者はいるか？」

だれも持っていなかった。

「こんちくしょう」

ギルが民家の並びの最後の一軒を通りすぎようとしたとき、その家から村人がひとり出てきて、彼の前に立ちふさがった。困惑したように、両手を前にひろげている。

「あの家の主《あるじ》にちがいない」だれかが言った。

ギルがその村人の額《ひたい》にデザートウォリアーを突きつけて、家のなかへ戻らせ、自分もなかに入っていく。永遠とも思える時間が過ぎたころ、ようやく彼がふたたび外に出てきた。

「もうたまらん！」噛《か》みつくようにクートゥアが言った。「ベッカー軍曹！　どこかで煙草をひと箱、見つけてきてくれ。どんな煙草でも、だれかくすねたものでもいい」

「イエス、サー！」空軍の軍曹が椅子から飛びあがり、あわただしく部屋を出ていく。なにかが起こる場面を見逃す前に戻ってきたいと思ったのだろう。

　ギルが馬を引いて、道路を歩きだす。こんどは大胆不敵にも、サンドラが拘束されている建物のほうへまっすぐに向かっていた。

「なんともキンタマのでかい男だ」クートゥアが部屋の向こう側へ視線を向け、コンソールの前にすわってUAVの操縦をしている空軍の黒人中尉をちらっと見る。「きみはいまのを聞かなかったな、シンシア？」

「なにをでしょう、将軍？」コンソールのモニターから目を離さず、彼女が答えた。

　軍曹がポールモールの箱を持って、ひきかえしてきた。

「こっちに投げてくれ、軍曹」

「はい」軍曹がコンソールごしに煙草の箱を放り投げ、将軍が両手でそれを受けとめる。糧食《MRE》付属の紙マッチが、セロファン包装紙の内側にはさんであった。

「気の利く男だな、軍曹。きみにはこれまでいろいろと悪口雑言を吐いたが、これで全部帳消しにしよう」

「はい《サー》！」

　そのあとすぐ、クートゥアは立ったまま煙草に火をつけ、その周囲に煙がもうもうと立ちこめた。

「すっかり忘れていたが、ストレスを受けているときはこれがおおいに役に立ってくれる。あの男に感謝だ」画面のほうに手をふって、クートゥアが言った。「たぶん、わたしはこれから一生、煙草を吸うことになるだろう」

メトカーフはわれ知らず、くすっと笑ってしまった。そうせずにはいられないほど強い緊迫感が、室内にみなぎっていた。

52

アフガニスタン
パンジシール渓谷　バザラク

さいわい、この馬の持ち主はブロークンな英語を多少はしゃべることができた。そうでなかったら、その男を殺さなくてはいけなかっただろう。ギルはそうはせず、その男を死なせずにすむように、嘘を言った。

「ＣＩＡだ！　外は危険！　なかに戻れ。馬はあとで返す」

持ち主の村人は馬のことで怒りをぶつけてきたが、この村にＣＩＡが来ていて、ＣＩＡの者をわずらわせると殺されことになるぞとギルに言われると、そのことばを信じた。実際、その男を納得させるのはそれほどむずかしいことではなかった。ＣＩＡというのは、脅威となる人間をどこまでも追跡して殺すのが大の得意と一般に思われているし、とりわけ、その工作員が敵の軍勢に大半を占領されている村に侵入してくるクレイジーなやつとなれば、嘘を信じこむのが当然だろう。

ギルは馬を引いて道路の終端まで歩いていき、そこの開けた場所を通って、サンドラが拘束されている建物群に近づいていった。小屋のなかにいる歩哨たちの姿が、開け放たれた戸口を通して見えた。まだ、ろうそくの光のそばでカード・ゲームをやっている。その戸口にラメシュが現われ、ドアの側柱に前腕をあずけて身をのりだし、こちらを見つめる。ギルは、戸口をふさいでいるそのでかい男が気にくわなかったので、立ちどまって、いま来た方角を指さし、いっしょに見に来てくれという身ぶりを送った。ラメシュが肩ごしに、ほかの連中になにかを言ってから、外に出てきて、ギルのあとを追う。

ほかの歩哨たちがカード・ゲームに夢中になっているのを確認したギルは、そいつらから見えないところへラメシュをおびき寄せようと、いま来た道を、馬を引いてひきかえしはじめた。角を曲がり、木の下へ馬を歩かせて、すばやくそれに手綱《たづな》をつなぎ、外套《がいとう》を脱ぎ捨てる。外套を、そのフードを木の枝にひっかけて、ぶらさげてから、幹の背後に身を隠した。

あの残忍な男が、両手でAK‐47を持って角を曲がってくる。警戒はしているものの、それほど用心しているようすは見せず、馬のところへ歩いてきて、外套に向かってパシュト語で声をかけた。ぶらさがっている外套に話しかけたことをそいつが悟った瞬間、ギルはその背後へ足を踏みだして、首の横にKA‐BARを突き刺し、瞬時に気管を切断して、声を封じた。そうしながら、左手で餌食《えじき》の髪をひっつかみ、体重がかかっているほうの脚の膝の裏側を蹴って転倒させ、喉の前へまわしたナイフで左右の頸動脈《けいどうみゃく》と喉笛を一気に断ち切った。血が噴水のように飛び散る。ギルが前へ蹴りやると、そいつは顔面から地につっぷした。

「指は残しておいてやったぜ、くそ野郎」ふたたび外套を着こんで、身を転じる。「さてと」フードをかぶりながら、彼はつぶやいた。「山がムハンマドのほうへ来てくれないとなれば……ムハンマドが山へ行くしかないか（ムハンマドが山を呼び寄せて奇跡を起こそうとしたが、山はびくともしなかったというエピソードがある）」

　ギルは牡馬の手綱を引いて、角を曲がり、歩哨小屋を真正面に臨む地点に立った。歩哨の連中はいま、カード・ゲームのことでなにやら言い争っているように見えた。そのなかのだれかが、自分が負けたことに悪態をついたのだろう。とはいうものの、あの争っているようすを見ただけでは、真相はだれにもわからないのではないか？　ギルは小屋までの三十フィートほどの距離を、ほとんどだれの注意も引かずに歩いていくと、戸口からなかに足を踏み入れて、デザートウォリアーを抜いた。

　そいつらが叫び声をあげ、いっせいに武器に手をのばしたが、間に合わない。ギルは二秒とかけず、その全員の体のど真ん中に銃弾をたたきこんでいた。そのあと、頭部に一発ずつ弾を撃ちこんでいく。ほぼ四秒後、デザートウォリアーの遊底《スライド》が後退してロックされ、最後に排出された空薬莢《からやっきょう》がテーブルの上に転がった。ギルは弾倉取り出しボタン《マガジン・リリース》を親指で押して、空《から》の弾倉を石の床に落とした。新しい弾倉を拳銃に挿入し、スライド・リリースを押して、薬室に弾を送りこむ。それから、馬を歩哨小屋のなかに引き入れて、だれにも見られないようにした。

　道路の先、照明の施されている司令部をちらっと見たところでは、いまの短い騒動をだれかが聞きつけたような気配はなかった。実際、あのパニックの叫び声は、やつらがカード・ゲームのときに発していた言い争いの声とたいしてちがいがなかっただろう。牡馬が歩哨小屋のなかに立ちこめた血と糞尿の刺激臭を嗅《か》いで、あとずさろうとしたが、ギルが首をさすってやると、落ち着いてくれた。羊飼いに借りた外套を脱ぎ捨てて、外に足を踏みだし、ドアを閉じて、隣のドアへ向かう。

彼はノック抜きに、そのドアを開いて、なかに踏みこみ、ベッドのそばにすわっているカーンとバディラにデザートウォリアーの銃口を向けた。その瞬間、サンドラの口にぼろ布が押しこまれていて、彼女の熱っぽい目に恐怖の色がみなぎっているのが見え、自分がへまをやらかしたことを悟った——部屋の隅を確認するのを忘れていたのだ。不必要だろうと思って、それをすっかり失念していた……それが失敗だった。

背後から、冷たいナイフが胸郭《きょうかく》に突きこまれる感触があった。ギルはさっとふりかえり、襲ってきた十代の少年の手首をつかむと、その腕を痛烈にひねって床に転倒させ、ブーツの踵《かかと》でその喉を蹴りつけた。意識を失った少年の首を踏みつけて、延髄をへし折る。

カーンがさっと椅子から立ちあがった。ギルのじゃまにならないようにしようとしただけなのだが、そうとは知らないギルは、そのすばやい動きに警戒心をかきたてられ、強烈なムエタイ流のキックを右のわき腹にたたきこんだ。カーンがどさっと倒れ、壁際に身を縮めて、両手で頭を覆《おお》う。

「彼を殺さないで！」バディラが叫んだ。「あなたを襲おうとしたんじゃない。彼は医師なのよ！」

ギルは拳銃をホルスターに戻してから、彼女をわきへ押しやり、サンドラの口からぼろ布をはずして、毛布を引きはがした。彼女の両手首がブーツの紐《ひも》でひとまとめに縛られていた。急いでやったことのように見える。

「ああ、神に感謝！」喘《あえ》ぐようにサンドラが言った。「あなたがほんとうにここにいるなんて、とても信じられない！」

「おれは、マスターチーフ・シャノン。憶えてくれているかどうかはわからないが」

落ちくぼんだ彼女の目から、涙があふれてくる。

「モンタナのひと。奥さんは馬の飼育をしてる」

ギルは彼女の目に垂れかかった髪をはらいのけて、ハーネスから無線機を取りだし、空を指さした。

「ジョンがスペクターに乗りこんで、あの上に来ている。きみの声が聞こえるのを待ってるんだ。認証コードを憶えてるか？」

彼女がうなずいて、懸命に涙を押しもどす。彼女はいまも兵士であり、しゃんとすべきときが来たのだ。

「これは無許可任務でね」とギルは言って、彼女に無線機を渡した。「おおかた、いまごろはもう、おれは国の関知しない存在になっているから、おれが救援を呼びかけても、あちらは応答しないだろう。きみは、おれがここにいないものとして——敵地に不時着したパイロットのように——自分で救難信号を出さなくてはいけないんだ。了解したか？」

彼女がうなずく。

「身を起こすから手を貸して」

ギルは手を貸して、彼女を壁にもたれさせ、そのあと、道路の状況をチェックするために外に出た。

彼女がひとつ深呼吸をしてから、無線機のボタンを押す。

「メーデー！　メーデー！　こちらはトラック・スター、緊急用周波数で送信中。くりかえす！　こちらはトラック・スター、緊急用周波数で送信中。認証コードは、アルファ・ワン・ブラヴォー・リーマ・チャーリー・ファイヴ。くりかえす！　アルファ・ワン・ブラヴォー・リーマ・チャーリー・ファイヴ。だれかコピーしたか？　オーヴァー！」

即刻、応答があった。

「ラジャー、トラック・スター。こちらはビッグ・テン、緊急用周波数でそちらの声が明瞭に聞こえる。そちらの現在位置は？　オーヴァー」

ちょうどギルが道路からひきかえしてきたので、彼女はその情報を求めて、彼に目を向けた。

「彼らはとうに知ってるはずだが」ギルは言った。「再確認させる必要はあるだろう。こう伝えてくれ。きみがいるのはバザラク村の……赤外線ストロボの真下だと」

サンドラがそのことばを無線機に向かって反復したが、いくぶん怪しんでいるように見えた。

「彼らにはそれだけでじゅうぶんにわかると――？」

「そういう手はずになってるんだ。心配するな。彼らは役割を心得ている」

ビッグ・テンが応答してくる。

「トラック・スターへ、こちらはその近辺にいる。そちらの状況は？　オーヴァー」

「この土地の友軍に支援されていると伝えるんだ。彼らがきみを所定の回収ゾーンへ運んでいくことになってる。待機するようにと要請するんだ」

彼女が送信ボタンを押す。

「ビッグ・テンへ……この土地の友軍がわたしを所定の回収ゾーンへ運んでくれることになっている。後刻また連絡を入れる。待機されたい！」

長い間があったのち、別の声が応答してきた。

「トラック・スターへ……ビッグ・テンは、どれほど時間がかかろうとも持ち場で待機する」

サンドラが、その口調と響きから、夫の声であることを識別する。感情を抑えられなくなって、手で口を覆《おお》い、顔をゆがませた。

ギルはベッドの脚を蹴りつけた。

「兵士らしくふるまって、彼に答えるんだ」

サンドラは気を取りなおそうとがんばったが、できなかった。首をふり、無線機を彼に返そうとする。

ギルはベッドの脚を、さっきより激しく蹴りつけた。

「言っただろう。兵士らしくふるまって、彼に答えろ」

彼女がごくんと唾《つば》を飲んで、送信ボタンを押し、声をふりしぼる。

「ラジャー、ビッグ・テン……また連絡を入れる」

「よくやった」ギルはいったん部屋を出て、あの分厚い外套を持って戻り、それをバディラに放り投げた。「きみは英語を話せるんだな？　彼女にそれを着せて、馬に乗る準備をさせてくれ」

「ギル、わたしにはとても――」

「落ち着け」と彼は言って、ハーネスのパウチを探った。「おれが馬を操る。きみはおれにつかまってるだけでいいんだ」透明な液体の入ったボトルと注射器を取りだす。「まずは、その脚の傷に局所麻酔薬《ノボカイン》をたっぷり注射して、もし必要になった場合に脚が使えるようにしておかなくてはいけない」

一分後、彼女がベッドから両足を垂らしてすわり、一本めの注射が打たれると、その痛みに縮みあがった。

カーンが床の上をにじり寄ってきて、バディラになにかを言った。

ギルはバディラに目をやった。

「彼はいったいなにをしたがってるんだ？」

ヴェールの上にのぞいているバディラの目に、恐怖の色はなかった。

「彼は、それは自分にやらせたほうがいいと言ってるの。彼は神経の通ってる場所をよく知ってる。もっとうまくやれるだろうと」

ギルはサンドラに目を向けた。

「このイスラムの医師は信用できるか？」

彼女が疲れきった顔で、カーンにほほえみかける。

「わたしがまだ生きてるのは、ひとえに彼のおかげ」

ギルはノボカインと注射器をカーンに手渡し、また道路をチェックしておこうと、外へ足を向けた。「あと一時間ほどしたら、陽が昇ってくるだろう。急ぐ必要がある」

そのときになって初めて、彼の背中にナイフが突き立っていることにサンドラが気づいた。

「大変。あなたの背中にナイフが！」

「わかってる」ドアの割れ目から道路をのぞきながら、陰気に彼は答えた。「これは当面、このままにしておくしかない。引きぬいたら、肺に血が溜まって、窒息するはめになってしまう」

「痛くないの？」

ギルは彼女を見つめた。

「痛いに決まってるだろう！」

彼女が笑い声を漏らし、左手に残っている四本の指で口を押さえる。

「ごめんなさい」かつては薬指があった隙間からそう言い、そのあとまた笑いだした。やっと脚の痛みが完全に消えた安堵《あんど》感で、心がうわつき、軽率になっているのだ。

バディラとカーンが、あわただしくことばを交わしていた。

「あのふたりはいったいなにをしゃべってるんだ？」嚙《か》みつくようにギルは言った。「くそ、黙ってろと彼らに言ってやってくれ」

ベッドの端、サンドラのかたわらにすわっているバディラが、こちらに目を向けてくる。

「カーンが言ってるの。自分ならそのナイフを抜ける……息ができるように……必要なら、呼吸ができるようにするための弁《バルブ》を施すこともできると……その用語……バルブは正しいかしら？」

「ああ」ギルはその申し出をどうしたものかと、ちょっと考えた。危険はあるが、馬に乗って銃撃戦をする可能性があることを考えれば、肺にナイフが刺さったままにしておくよりは、血が肺に流入するのを防ぐチェック・バルブをつけてもらったほうがいいだろう。「オーケイ、それをやってもらおう」

カーンが注射を終え、バディラがサンドラに外套を着せはじめる。

「ほんとうにひとりでここに来たの？」彼が現実にここにいることがまだ信じきれないようすで、サンドラが問いかけた。

「そうでもない」ギルが後ろ向きに椅子にすわると、カーンが彼の上着を切り裂いて、ナイフに刺された傷を調べにかかった。「隣の部屋に馬がいる」

サンドラはめまいを起こし、視野がぼやけていた。

「ここに来るなんて、クレイジーなひと。あなたの奥さんはきっと……」首をふって、また泣きはじめる。「こんな……こんな尻軽女のために、そんな危険を冒すべきじゃなかったわ」

ギルは彼女が心配になってきた。病状が悪化し、おそらくは肺炎で死に瀕していることが、見てとれる。傷ついた脚に局所麻酔を施されていても、歩くのはむりだろう。自分の負傷による痛みと、それがもたらすショック症状は、純然たる意志の力のみで、かろうじて押し隠していることができた。

「ひとつ、秘密を教えてやろう」ギルは彼女に言った。

サンドラが、バディラに助けられて外套に腕を通しながら、ぼうっとした目でこちらを見る。

「なにを？」

「本人はそうは言わなかったが、おれはジョンにはマニラにガールフレンドがいるにちがいないと思ってる……これで少しは気が楽になったかな」

「それでわたしの気が楽になるかしら？」急にしゃんとなって、彼女が言った。「こんな状態にあるわたしにそんなことを言うなんて、とても信じられない！」両腕を袖《そで》に通したところで、力とバランスを失って、ベッドに倒れこんでしまう。「わたしがあいつに会ったらどうするか、よく見ておくことね！」

こういう反応があるのを期待して言ったことだったので、ギルはほっとした。

「すべてが計画どおりに進めば、きみが思ってるよりずっと早く、彼に会えるだろうよ」

カーンがナイフの柄を握りしめて、バディラに話しかける。このアメリカ人に、息を深く吸って、とめておくように伝えてくれと言ったのだ。

ギルが言われたとおりにすると、カーンがゆっくりとナイフを引きぬき、すぐさま、胸に空気が流入するのを防ぐために、掌《てのひら》で傷口を押さえた。

カーンがまたバディラに話しかける。

「あなたは幸運だったって。胸腔《きょうくう》に空気はまったく流入していないそうよ」

「よかった」ギルは言った。「じゃあ、さっさと傷口をふさいで、道路に出られるようにしてもらおうか」

突然、外の交差点の向こう、コヒスタニの住居のあたりから、おおぜいの叫び声が聞こえてきた。

バディラとカーンが、恐怖に見開いた目を見交わす。

「いったいなにが起こってるんだ？」ギルは言った。

息を吸ったときに胸腔に空気が流入するのをカーンの掌がかろうじて防いでくれている状態なので、椅子から立ちあがることができなかった。もし胸腔に大量の空気が流入すると、肺が押しつぶされて、気道が圧迫され、肺が気胸《ききよう》を起こして、窒息することになるだろう。

バディラが、まだ恐怖をあらわにした目で問いかけてくる。

「あなたが……あなたがコヒスタニを殺したの？」

「くそ、もうやつらが死体を発見したのか？」

サンドラが目を輝かせて、ベッドの上で身を起こす。

「あのひとでなし野郎を殺したの？」

「なぜそんなことを？」バディラが問いつめた。「彼はあの狂信者たちにとって、神のような存在だったのよ！」

ギルは彼女に目をやって、肩をすくめた。

「あいつは殺す必要があったし……あのときは、それがいい考えであるように思えたんでね」

53

アフガニスタン
カブール　中央軍

クートゥア将軍にとって、サンドラ・ブラックスの〝メーデー〟信号が緊急周波数で送信された瞬間、状況が一変した。不時着したパイロットを救出する作戦の遂行は、そのパイロットが男であれ女であれ、大統領の許可を求める必要はないのだ。

「チーフ・シャノンは機転の利くやつだな、大佐。彼を支援するしかない立場にわれわれを追いこむとは」彼は画面に目を戻した。「よし、全員傾聴！　いますぐ、バグラムから二機のF‐16を――どのような兵器を搭載しているかは関係なく――緊急発進《スクランブル》させ、飛行中の各B‐52の正確な現在位置を確認してくれ。山岳地帯にひそんでいる連中を、こちらがナパーム弾攻撃をかけられるようになるまで、そこに押しとどめておきたい！　あの二機の空軍ヘリを回収に向かわせ、たとえ危険でも着陸地点《LZ》をめざして飛行するようにと伝えるんだ。SOARも準備を整え、まずい事態に陥った場合に、彼らの支援をするべく待機してもらいたい。最後に、だれでもいいから、あの〝ビッグ・テン〟というのはなにを表わしているのか、そして、それがどのような支援をおこなおうとしているのかを突きとめてくれ」

「将軍、すでにこのフライトリストにビッグ・テンが記載されています」

「説明してくれ、軍曹」

軍曹が、コンピュータ画面の向こう側から顔をのぞかせる。

「このリストの表示では、それはＣＩＡのスペクター・ガンシップであるように思えますが……なんというか、ややこしいことになっています。登録番号《テール・ナンバー》を参照したところでは、この航空機は一九九八年に退役したことになっています。ところが、つぎのページに、それはディエゴガルシア基地に配属されていると記されているので、筋が通りません。つまり、自分には答えが見つけられないということです、将軍。それは昨日の早朝、なにかの電子機器の修理のためにジャララバードに着陸した航空機と見なしても安全であろうと思われますが……そうと保証することはできません、将軍」

「それはいまどこにいると考えられる、軍曹？」

「これに示されているところでは、将軍。四十五分前にジャララバードを離陸し、カブールに向かっているようです」

クートゥアが腰に両手をあてがって、メトカーフのほうに向きなおる。

「なにかの電子機器の修理」軍曹のことばを反復した。「そして、ジャララバードの人間はだれひとり、ＣＩＡの仕事に首をつっこもうなどとは夢にも思わないだろうから……」

メトカーフは眉をあげてみせてから、コンソールのほうへ目を向けた。

「軍曹、その航空機の形態はどうなってる？　それは通常のスペクターではないのでは？」

軍曹がキーボードに指を走らせる。

「そのようには見えませんね、大尉。この航空機は何度も名称が変更されています。そのつど、リストの記載が……コンバット・タロンI、コンバット・タロンII、ドラゴン・スピア、スペクター……コンバット・シャドー、コマンドII……などなど、なんでもありといった感じで変わっています。いまの形態がどうなっているかは、見当もつきません。申しわけありませんが、なんでもありうるというところでしょう」

メトカーフは将軍の視線を受けとめながら、肩ごしに軍曹に問いかけた。

「それはSTARシステムの装備を施されたことがあるんじゃないか、軍曹？」

軍曹がページをスクロールする。

「イエス、サー。STARシステムの装備を――これに示されているところでは、二度――施されたことがありますが、いまはそうではありません」

メトカーフはクートゥア将軍ににやっと笑いかけた。

「今夜、賭けをしてみませんか、将軍？」

クートゥアが首をふる。

「にわかに、ラングレーにいるボブ・ポープのにおいがしてきたし……あの抜け目のない男が関与しているとなれば、賭けをするのはまっぴらごめんだ」

「これはたぶん、いい投資になると思うんですが、将軍」

将軍がポールモールのパッケージからフィルターのない煙草を一本ふりだして、メトカーフに勧めたが、彼は首をふって断わった。将軍が歯で煙草をくわえて、マッチを擦《す》る。

「妙な話だが」マッチをふって火を消し、それをテーブルの上に放り投げながら、彼が言った。「大統領がじきじきに、スティールヤードとクロスホワイトをあのクレイジーな男の庇《ひ》護《ご》下に置くようにと命じたんだ。議会の周辺では、あの男はすべての議員の経歴ファイルを持っていると噂されていて……少なくとも、だれもが彼に恐れの念をいだいているように思われる」

メトカーフは画面を見つめて、ギルがサンドラをあの建物から連れだすのになぜあんなに時間がかかっているのだろうといぶかしんでいた。

「予想以上に手間取っているようです、将軍。いま、なにかまずいことが起こっていると思われます」

彼らが画面を見守るなか、ひとりの男がコヒスタニの住居に入っていく。数秒後、そいつが外に駆けだしてきて、いま来た道路を戻っていった。そのまた数秒後、司令部から銃を持った男たちがなだれ出てきて、サンドラが拘束されている建物のほうへ進みだした。

クートゥアが画面に目を据えたまま、考えこむように煙草を吸う。

「こういう任務につきものの突発事態が生じたように見えるな」彼が部屋の奥へ目をやった。

「F‐16が発進するまでに、あとどれくらいの時間がかかる?」

「いま離陸のためにタキシングをしているところです、将軍。ETAは十分後」

「B‐52はどこにいるんだ?」

「南に二十分の距離です、将軍。ですが、どの機も攻撃をかける前に燃料の補給をおこなう必要があります」

クートゥアが下唇にへばりついた煙草の葉をぺっと吐きだす。

「それだと、二十日の距離にいるのと変わりがないぞ」

54

アフガニスタン
パンジシール渓谷　バザラク

カーンが、ナイフで刺された背中の傷口をふさぐために、ギルがハーネスから取りだした圧迫包帯を巻き、その上にワセリンを過剰なほどたっぷりと塗りつけた。縫合《ほうごう》をしている時間がなかったのだ。

ギルはさっと立ちあがって、自分のＭ４を手に取った。

「サンドラ、一〇五ミリ弾で攻撃をかけろと要請してくれ」戸口に歩いて、道路をチェックすると、兵士の一団がこの建物をめざして走ってくるのが見えた。すでに五十ヤードほどの距離に近づいていた。「危険なまでに迫っている！」

サンドラがまたベッドの端にすわり、無線のボタンを押した。

「ビッグ・テンへ！　こちらはトラック・スター。こちらはいまもストロボの下にいる。この地点への一〇五ミリ弾による攻撃を要請する——敵は危険なまでに迫っている！」

「ラジャー、トラック・スター。そいつらを視認している。身を守るように」

「伏せろ！」ギルはバディラとカーンに叫んでから、ベッドにいるサンドラをひっつかんで、部屋の隅へ身を転がし、彼女に覆《おお》いかぶさってその身を守った。

その数秒後、AC‐130JスペクターのM102榴弾砲から発射された最初の一〇五ミリ弾が間近の大地に着弾し、その爆風で壁に穴が開いて、石油ランプが消え、建物の前まで迫っていた敵の軍勢の先頭集団を皆殺しにした。六秒後、つぎの砲弾が五十フィート離れた地点に着弾し、また七名の敵兵を始末する。突撃してきた部隊の生き残り兵たちが立ちどまったが、スペクターの榴弾砲が頭上一万フィートの高みから、その最大連射速度で発射してくる砲声を聞きとることはできなかった。機に搭載されたデジタル火器管制システムによって、休みなく六秒ごとに砲弾が道路に着弾して、爆発し、敵の突撃部隊を殲滅《せんめつ》する。そのあと、スペクターは敵司令部の壊滅に取りかかった。

ギルはヘルメットの上に装着した赤外線ストロボを作動させ、サンドラを肩に担《かつ》いで建物から走り出た。

「ビッグ・テンへ！　こちらはトラック・スター2」緊急周波数で彼は呼びかけた。「われわれが行動可能になったことを報告する。いまから馬に乗って、北の回収地点《EZ》に向かう。このストロボを追跡してくれ！」

「ラジャー、トラック・スター。そちらを視認している。山岳地帯のやつらが潜伏場所から出てきている。多数の熱源を確認した。そちらは、北の谷筋を除いて、完全に包囲されている。こちらはその谷筋の安全を確保するためにできるかぎりのことをしよう。オーヴァー」

「ラジャー」

カーンとバディラが建物から駆けだしてきて、あわただしく闇のなかへ消え去っていく。

「あばよ《バイヤ・コン・デイオス》」ギルはその背中に声をかけてから、歩哨小屋のドアを蹴り開け、サンドラを馬の鞍に反対向けに乗せた。自分はその後ろに乗り、両手でしっかりとつかまっておけと彼女に指示する。「片手でずっと包帯を押さえておいてくれ。さあ、頭をさげて。外に出るぞ」

榴弾が連射されたせいで、牡馬はひどく怯《おび》えていて、安全な建物から外へ出たとたん、棒立ちになりかけたが、その横腹を左右の踵《かかと》で打ち、手綱《たづな》を強く引きしめると、落ち着いてくれた。

「ヘイヤー！」ギルは叫んだ。「さあ、走れ！」

馬が北へ二マイルほどのところにある峡谷をめざして、走りだす。

オレンジ色に輝く照明弾《トレイサー》が、はるか北の谷筋へ連射されているのが見てとれた。スペクターの二五ミリイコライザー回転機関砲が、谷筋沿いの林道をふさぐべく潜伏場所からわらわらと現われてきたＨＩＫ兵を掃射して、脱出路を確保してくれているのだ。短い連射であっても、それを浴びた人体は水風船のように破裂する。その機関砲は照準精度が不気味なほど高く、戦場のはるか上空にあるために、下に砲声は届かない。その恐ろしい火器の威力を目の当たりにすると、自分たちは楽々と脱出できそうな気になってくるが、ギルには、スペクターに搭載されている先進的な赤外線探知装置であっても、谷筋の周囲にある多数の洞穴のなかまでは見てとれないことがわかっていた。頼みの綱は、自分とサンドラがそこの林道を北へ抜けて、フォーログとそのおじたちが防御線を形成してくれている地点に達するまで、スペクターがＨＩＫ兵どもを穴のなかに封じこめておいてくれることしかない。

　スペクターがこの微妙な回収作戦をやってのけるためには、いったん攻撃を中断し、きわめて正確に南から北へ飛行しなくてはならない。その作戦の遂行には数分を要し、その間、スペクターの戦闘能力は自分たちの掩護射撃に限定されてしまうだろう。

　この牡馬は強力で、足が速く、ギルが暗視単眼鏡で前方を見て、馬の足を取らせるような穴や岩の有無を探りながら、もっと速く、もっと速くと急《せ》きたてても、ふたりぶんの重量をやすやすと受けとめて、進んでくれた。モンタナの厩舎にいる愛馬、ティコのことが頭に浮かぶ。ティコがこんなふうに、闇のなかを全速力でつっぱしるのを強いられることは、けっしてないだろう。そんなことを考えていると、ついに死霊が自分に追いついてきて背中にのしかかったような、妙な気分にさせられた。突然、こんどこそ自分は家に帰れないだろう、おのれの限界を超えてしまい、戦いの神が背を向けようとしているのだと思えてきた。

「それがどうした」闇に向かって彼は言った。「そもそも、おれはあんたをたいして信用しちゃいなかったんだからな」

「わたしを？」耳もとでサンドラが言った。彼女はギルの首もとに顔をうずめた格好で、背中の傷口をふさぐための包帯を片手で押さえながら、両腕でしがみついていた。

「いや、ただのひとりごとだ」

「あなたがそれを言う直前、ひどくいやな気分になったんだけど」

　彼は笑った。

「へえ、それはよくないな。おれもそうなったからね」

「またあいつらにとらえられるのは、ぜったいにいや」

「心配するな」ギルは彼女の体が鞍の上でしっかりと安定するように、片手をそのウエストにまわして引き寄せた。「ジョンが約束してくれている。そんなことになる前に、あの一〇五ミリ弾を一発、おれたちの頭に撃ちこんでやるってね」

55

ワシントンDC
ホワイトハウス

夕食時を過ぎてまもないころ、大統領が廊下で商務長官と話をしていると、ティム・ヘイゲンが歩いてきて、さりげなく咳払いをし、〝ひとつ問題ができました〟と目で合図を送ってきた。

「ちょっと失礼させてもらえるか、マイク？」

「もちろんです、大統領」商務長官が応じた。

大統領が先に立って、ヘイゲンをオーヴァル・オフィスに導き、ドアを閉じる。

「きみがあれをやるのを好ましく思っていないことは、わかってるだろう」諭《さと》すように大統領が言った。「みんながやるように、〝ちょっと失礼、大統領〟と声をかけてくれたらいいんだ」

「それは承知していますが、大統領」ヘイゲンが言った。「サンドラ・ブラックスがパンジシール渓谷から、緊急周波数で連絡を入れてきまして。クートゥア将軍が、第二四特殊戦術飛行隊と第一六〇特殊作戦航空連隊の一部、第四〇航空遠征航空団の二機のB‐52と第三九一遠征戦闘飛行隊のすべてを出動させました。これは、彼女を回収するための総力作戦です、大統領。彼女は現地のひとびとに支援を受けていると報告しており、わたしの理解するところでは、CIAのガンシップがすでに行動を開始して、火器支援をおこなっているようです」

大統領が不機嫌になる。

「それは妙だ。わたしはつい三十分前、だれも、いかなる行動もとってはならないと命令したばかりなんだ。なのにいま、あそこで第三次世界大戦が勃発したというのか！」

「たしかに、おっしゃるとおりですが……そのう、大統領、クートゥアとしては、ATO内のいずれかに不時着したパイロットからの〝メーデー〟要請を無視するわけにはいかないでしょう。無視すれば軍法会議にかけられるおそれがありますので、大統領」

「わかった、わかった！　それはつまり、例の軍規違反兵がしでかしたということなのか？」

「まだだれにもたしかなことはわかっていません、大統領。状況があまりに流動的なために、詳細がよくつかめていないのですが……彼がそこにいなければ、ブラックスが〝ワン・トゥエルヴ〟を手に入れることはできなかったでしょう」

大統領が顔をしかめる。

「その〝なにを〟と？」

「失礼しました、大統領。PRC‐112携帯無線機のことで、不時着したパイロットたちがよく使うものです。彼らはそれをそのように呼んでいるというわけでして」

大統領がにらみつけて彼を黙らせ、部屋を横切ってデスクのところへ歩いていく。そこの椅子にすわって、真ん中の抽斗《ひきだし》からパイプを取りだした。火をつけずに歯でくわえ、パイプのステムをしがみだす。

「オーケイ、わたしの解釈がまちがっていたら、正してくれ」パイプを歯のあいだからはずす。「思うに、いまこの時点から、われわれはあのヒーローの成功を祈る方向で動きだす必要があるだろう」

「これは、それだけではすまない事態です、大統領。いまはウィキリークスが幅をきかせる時代です。あなたはこの作戦を関知していなかったことにしておく必要があります。そうしておかないと、あなたは当初、それに反対していたという話がリークされるおそれがあります」

大統領が怒気をみなぎらせる。

「これは無許可の作戦なんだ、ティム！　わたしが反対するのは当然のことだろう！」

ヘイゲンはひるまなかった。

「おことばですが、大統領、もはやそれは問題ではありません……少なくとも一般大衆の目には。いま、その無許可作戦が、敵の捕虜となって、カメラの前で暴行され、拷問された、ひとりの女性パイロットを――写真写りのいい女性パイロットを！――軍が総力をあげて救出する作戦に、変わったんです。もしこの作戦が成功し、あなたがその遂行を支持していなかったという話が――いや、もっとまずいことに――もしそれが失敗し、あなたがその遂行を支持していなかったという話がリークされたら——」

「オーケイ、よくわかった！」大統領が、デスクの隅に置かれているクリスタルガラスの灰皿にパイプを軽く打ちつけて、火皿の干からびた煙草の葉を落とす。「世界最大の権力を有するこのわたしが」うんざりしたような声で彼がつぶやいた。「わたしの直接の命令にそむいて、あそこで勝手に動きまわっている、たったひとりのいかれた男にふりまわされていて、もし彼が成功すれば、わたしは彼を最高のヒーローとして扱わねばならなくなると。そして、もし彼が失敗すれば、最終的に大ばか者に見られるのは、このわたしになってしまうということだな」

「そうであるからこそ、〝最終責任はここにある〟と言われるわけです、大統領」

「わたしはそんなことを言った憶えはない」大統領が嚙《か》みついた。「あのばかげたことばを吐いたのはトルーマンだ！」パイプを抽斗に放りこんで、抽斗をどんと閉じ、受話器をつかみあげる。「首席補佐官をここによこしてくれ」彼が命じた。「わたしが——いますぐ、会いたいと言っていると伝えるんだ！　それと、彼に、統合参謀本部議長にも会いたいと言っていると伝えるように」

受話器を置き、椅子にもたれこんで、ヘイゲンを指さす。

「いま、きみがすべきことは、若き友よ、あのいまいましいSEAL隊員を——作戦の結果がどうなろうと——この世から抹消する方法を考えだすことだ。了解したかね？」

ヘイゲンは躊躇《ちゅうちょ》した。

「どうした、ティム？」

「つまりその、もし作戦が失敗すれば、彼を抹消することは問題にもならないでしょう。その場合、彼はおそらく死んでいるでしょうし——ことによると、すでに死んでいるかもしれません。しかし、成功した場合は……アメリカの新たな〝スウィートハート〟を救ったヒーローとして、あなたが彼の首に名誉勲章をかけるすばらしい写真がありとあらゆる新聞に掲載されるようにすべきでしょう」

大統領が冷ややかなまなざしを彼に向ける。

「それでは、彼を抹消することにならない」

「失礼ですが、大統領、そのようにすれば、抹消と同じことになるのです。世界全体に彼の顔が知れ渡り、一週間もしないうちに、一般大衆は、顔以外にも彼に関するありとあらゆることを知るようになるでしょう。それは、現役のアメリカ合衆国海軍SEAL隊員にとっては、大統領、とりわけあの男のような秘密作戦に従事する熱血漢《ガンホー》にとっては……最悪の事態というわけです」

大統領の顔に笑みが徐々にひろがっていく。

「完璧だ。あらゆる点において完璧だ。きみにクリスマスカードを送るのを忘れないように、必ず念押しをしてくれよ、ティム。きみの冷酷非情さはたいしたもんだ。ところで、ポープはどうする？　SOGの連中を統制する権限は彼にあるのではなかったか？」

ヘイゲンは下唇を嚙みしめ、答える前に少し時間をとって、いくつかの重要な事柄を考慮してから、ようやく口を開いた。

「それは、大統領、率直に申しあげますが、ポープのことはまったく別の問題でしょう。彼は……いや、われわれはポープには手出しをしないのが得策かと。彼の能力がどれほどのものかは、じつのところだれにもわかっていません。彼をどうするかは、大統領の在職期間が──われわれがつぎの選挙に勝利すると想定するならば、さらに四年間が──過ぎるまで放置し、別のだれかに任せるのがよろしかろうというのが、わたしの助言です」

「〝最終責任はここにある〟というやつはどうなったんだ?」

「それは、あなたがおっしゃったように、大統領……ばかげたことばですので」

56

アフガニスタン パンジシール渓谷 バザラク

ギルは手綱《たづな》を引いて、牡馬の歩調を緩《ゆる》めさせた。疾駆《ギャロップ》させるのは困難なまでに地形が険しくなり、しかもライフルを持つ人間が身を隠せる木々がいやというほど生い茂っていたからだ。スペクターが上方から監視しているのはわかっていたが、その赤外線探知を歩兵が一時的にまぬがれる方法はいろいろとあるし、アフガンの山岳地帯を根城にする兵士たちはだれよりもよくそれを心得ているだろう。彼は馬を速歩《トロット》にさせて、干上《アロ》がった小川《ヨ》に入りこませ、木々の隙間をめざして進んでいった。

「鞍から転げ落ちないように気をつけてくれ」ギルはサンドラにそう声をかけて、彼女の体から手を離し、手綱を左手に持ち替えて、デザートウォリアーを抜きだした。自分の体にまわされている彼女の両腕に力がこもるのを感じつつ、牡馬を走らせ、地面が火成岩から成る天然の舗装路のようになったところで、歩調を速めさせる。拳銃のサプレッサーをはずして、ポケットに押しこんだ。うなじの毛が逆立ってくる。いざ発砲という事態になったときに、たとえ十一オンスであろうと、拳銃の前部によけいな重みがかかることになるのは避けたかった。

この山中には、東にも西にも南にもＨＩＫ兵がうようよいて、その多数がこちらに向かっているはずなのだが、スペクターの射手たちは直近の脅威のみをターゲットにして、弾薬を節約しているだろう。

「無線のボタンを押してくれ」彼は言った。

サンドラが、彼の首からぶらさがっているＰＲＣ－１１２を手に取って、送信ボタンを押す。

「ビッグ・テンへ、こちらはトラック・スター。北にいるわれわれの友軍を視認できるか？　オーヴァー」

「ラジャー、トラック・スター。そちらの現在位置から北へ百二十メートルの地点に見える。二十名あまりの人間が、設定された回収地点《EZ》の南側で密集隊形をとっている」

「ラジャー、ビッグ・テン」

牡馬に山腹をさらにのぼらせ、アロヨを出て、アーモンドの果樹園に入りこんでいく。その地面は、山羊《やぎ》や羊が連日、歩きまわっているために、かちかちに乾燥していた。山羊や羊に踏み固められた地面を進むのは大変だが、果樹園をまわりこむよりは速く行けるだろう。アーモンドの木々のあいだを進みはじめると、周囲の空気が急に張りつめてきたように感じられた。頭上で二度、衝撃波の音《ソニックブーム》がとどろき、二基のプラット＆ホイットニー・アフターバーニング・ターボファン・ジェットエンジンが発する、脳みそをひっかきまわすような轟音が空を満たした。馬が棒立ちになり、ギルはあやうく鞍からふり落とされそうになったが、なんとかそれをこらえて、馬を落ち着かせた。

「こんちくしょう！」彼はののしった。「航空騎兵旅団の連中がやってきたらしい」

「クレイジーな航空兵たちがね」彼の首もとでサンドラが言った。

山の西のほうから、空爆の開始を告げる遠い爆発音が聞こえてきたが、木々がじゃまになって、その位置を正確に見分けることはできなかった。

「いまの轟音で、やつらはまた一、二分ほど穴にもぐりこんでいるだろう」ギルは言った。

果樹園を通りぬけたとき、爆撃飛行を終えた二機のＦ‐16ヴァイパーが南のバグラム空軍基地へ帰投していくのが見えた。あとちょうど千ヤード進めば、フォーログの率いる一団と合流できるだろう。そのとき、まっすぐ前方で、ふたつのたこつぼ《スパイダー・ホール》が開き、若いＨＩＫ兵がふたり、ジェット戦闘機が飛び去る前にそれを見ようとして、飛びだしてきた。最初、そのふたりはギルを目にして、びっくり仰天したように見えたが、それは彼らを目にしたギルも同じだった。ギルは右手でうまく撃てるように、手綱を引いて馬を左に向かせ、引き金を二度すばやく引いて、そのふたりを射殺した。

直後、また四つのスパイダー・ホールが開き、こんどは、なかに隠れていた連中が銃を撃ちながら飛びだしてきた。ギルはまた二発撃って、すぐにそのうちのふたりを射殺すると、馬の横腹に踵《かかと》を打ちつけて、山あいの谷筋をめざして走らせた。残るふたりのＨＩＫ兵が、背後から乱射してきた。馬が何度か被弾し、痛みと恐怖にうめきながら、ぐるぐるとまわりだす。ＨＩＫ兵たちが弾倉を交換するために射撃を停止したところで、ギルはなんとか馬を落ち着かせた。サンドラは必死に彼にしがみついていたが、ぐるぐるまわる馬の遠心力に耐えきれず、鞍から放りだされてしまった。

〝これでおしまいか〟。馬が彼女を踏みにじらないよう、懸命に手綱を操りながら、ギルは思った。〝おれはこんなふうに死んでしまうのか――くそ〟

そのとき、一〇五ミリ榴弾が二名のＨＩＫ兵の中間に着弾し、そのふたりを木っ端微塵《こっぱみじん》にした。砲弾の破片の一個が馬の脳を直撃して、即死させ、馬体がよろめきつつ、サンドラが投げだされたところへ倒れこんでいこうとする。ギルは飛びおりず、鞍の上に踏みとどまって、馬が立ったまま死んだとも知らず、手綱を引いて、向きを変えさせようとした。馬が右側へ倒れこみ、ギルの片脚がその下敷きになった。

全力をふりしぼって、脚を引きぬこうとしたが、びくともしない。

「サンドラ！」と彼は呼びかけ、彼女の手首を握った。

彼女が顔をあげ、ギルのほうへ這《は》いずってくる。

「わたしはだいじょうぶ」

ギルは背中からＭ４を引きぬいて、彼女の両手に押しこんだ。

「馬の陰に隠れているように」

ハーネスからレミントンをはずし、馬の横腹に置いた二脚《バイポッド》に据えつけてから、スコープに目をあてがって、周囲の地形を探る。こんどは東と西の両方から、敵兵どもがこちらに迫っていた。

「やつらが来る」彼は言った。「きみはここからずらからなくてはいけない」

「あなたはどうするの？」

彼は無線機のボタンを押した。

「ビッグ・テンへ！　ビッグ・テンへ！　こちらはタイフーン！　こちらの現在位置に飛んできてくれ！　おれは馬の下敷きになっていて、ＥＺに行き着けない！　いますぐ、支援に取りかかってくれ！　即刻、そのための飛行に入ってもらわなくてはならない！　それまで、こちらは敵を押しとどめておく！　オーヴァー！」

「ラジャー、タイフーン。その飛行に着手する。三分間、待ってくれ。オーヴァー」

「よくわからない」サンドラが言った。「どういう飛行なの？」

「地対空回収飛行《STAR》だ」

ギルは、レミントンに装塡《そうてん》していた亜音速弾の弾倉をはずし、十発のラプア・ナチュラリス三〇八口径弾が装弾された弾倉を装塡した。ナチュラリス弾は弾頭が特殊な構造になっていて、人体に貫入しても、たんに爆発しないだけでなく、たとえ骨に当たっても砕け散ることのないように、爆裂が抑えられる仕組みになっている。彼はスコープに目をあてがい、もっとも近い、五百ヤードほどの距離にいる敵兵にレティクルを重ねて、引き金を絞った。そいつが喉笛《のどぶえ》を押さえ、首にタックルをくらったように後方へふっとぶ。

ギルはスコープから目を離して、サンドラの顔に触れた。

「きみはスカイフックでここを脱出するんだ、ハニー」

「ノー」彼女が首をふって、泣きだした。「あなたを残していくわけにはいかない。わたしたちはけっして仲間を置き去りにしないの！」

「北部同盟の兵士たちがおれを助けに来てくれる」彼は言った。「まあ、正確には、彼らはもう北部同盟の兵士じゃないが、以前はそうだった。だから、心配するな」

「彼らはどこにいるの？」彼女が問いかけて、周囲を見まわす。「まだここに来ていないのはなぜ？　彼らは馬が死んだことも知らないんじゃないの！」

「こんな村に近いところで戦闘ができるほどの人数がいないんだ。だが、彼らにも爆弾の投下は見えるはずだ。爆弾の投下を見たら、やってくるだろう。こっちのことは心配するな。きみの任務は脱出して――おい、それはいったいどうしたんだ？」ギルは彼女の腹部に手をやった。外套の開いた隙間から、血まみれのガウンが見えていた。「出血してるじゃないか、サンディ！」

「心配させたくなかったから」ためらいながら彼女が言った。「馬が倒れる直前に撃たれたの」

ギルは無線機をつかみあげた。

「ビッグ・テンへ！　急報！　急報！　トラック・スターが被弾！　トラック・スターが被弾！　腹部を負傷！　くりかえす！　腹部を負傷！」

57

パンジシール渓谷上空
AC-130Jスペクター・ガンシップ

ジョン・ブラックスがハーネスをはずし、パイロット・シートから身を起こした。

「くそ、デイヴ、彼女が腹を撃たれた！」

「どこへ行くつもりなんだ？」副操縦士《コ・パイロット》が肩ごしに呼びかけた。「おれはこれをやったことがないんだ、ジョン！」

「すぐに戻る！　とにかく、機を進路に乗せてくれ！」

ブラックスが貨物室に行くと、マスターチーフ・スティールヤードとダニエル・クロスホワイト大尉が開け放たれたランプに立ち、STARシステム・キットの投下準備をしているロードマスターに手を貸しているのが見えた。風が吠え、四基のT56ターボプロップ・ジェットエンジンの轟音がとどろいているために、叫ばなくては声が届かない。

「彼女が撃たれた！」

「サンドラが？」スティールヤードが叫びかえした。「どこを？」

「腹だ。シャノンは馬の下敷きになってる。彼はサンドラだけでも回収させようという腹づもりだが、彼女が出血しているとなると――」

「もし出血していたら、ここに引きあげるのに長い時間を要するから、北部同盟の騎兵たちが到着するまでのあいだ、われわれはギルの掩護《えんご》ができなくなってしまう！」

「そうなんだ！」ブラックスが叫んだ。「中央軍はなんでも送りつけてくれるだろうが、ここに航空機が着くには二十分もかかる。北部同盟の兵士たちは、その現在位置からはギルが見えず、ギルの持っている武器はライフルだけなんだ！」

　スティールヤードが隔壁の物入れから、エアクルー用の緊急脱出パラシュートをひっぱりだし、クロスホワイトに放り投げた。

「それをつけてくれ。いっしょに降下しよう！」

　クロスホワイトがにやっと笑い、パラシュートの装着に取りかかる。

「降下したら、どうなると思ってるんだ？」信じられないという顔で、ブラックスが叫んだ。

「冗談はよせ、チーフ！　われわれは三百フィートの高度からキットを投下するんだぞ！」

「これは超低高度降下低高度開傘《LALO》と呼ばれるやつさ！」笑いながらスティールヤードが言った。「きわめつきに低い！」

　ブラックスがきっぱりと首をふる。

「そんなことはさせられない！　旧式なC－9じゃむりだ！　そのパラシュートはLALO用につくられちゃいない。開傘するのに長い時間がかかるんだ。猛烈な勢いで大地にたたきつけられることになるぞ！」

クロスホワイトはこのジレンマの解決策を見つけだそうと、懸命に頭を絞った。貨物室のなかでパラシュートを開いておいてはどうだろうと、ちょっと考える。そうすれば、ランプにいるあいだに風をつかまえて、キットにつづいて飛びだすことができるだろう。だが、それはあまりに危険であり、キットのそばに降り立つこともできないかもしれない。

「策を見つけたぞ！」彼はロードマスターに顔を向けた。「われわれのパラシュートに550コードをつないでくれ――それを自動開傘索に使うんだ！」

スティールヤードがブラックスの腕をつかみ、その耳もとで叫ぶ。

「コックピットに戻ったほうがいい、ジョン。馬の下敷きになっているのなら、ギルがSTARシステムの準備をすることはできないんだ。われわれがそこへ行くしかない！」

機が投下進路に乗ったときには、クロスホワイトとスティールヤードは武装をすませ、キットとともに降下する準備を整えていた。ふたりが装着したC-9パラシュートのそれぞれに、550コードと呼ばれる、二重構造になった三十フィート長のパラシュート・コードがつながれ、それぞれのコードの先端がランプの左右のデッキに結びつけられる。ふたりがランプの端から飛びだしたとたん、そのコードが自動開傘索として働き、ほぼ即座にそれぞれのパラシュートを開かせてくれるだろう。

クロスホワイトはスティールヤードと並んでランプに立ち、ロードマスターの〝踏みだせ〟の合図を待った。

「きみには、こんなパラシュートでこの低高度から降下した経験はあるのか？」

スティールヤードがにやっと笑う。

「なんです、それは？　わたしは背が高いから、もともと地面が近いんです」

ふたりがそろって爆笑したとき、ロードマスターが親指を立てて見せた。

「降下まで三十秒！」

ふたりが足を踏みだして、キットの左右につき、スティールヤードが火をつけていない葉巻を歯でくわえる。

「下で彼らが車椅子を用意してくれていればいいんだが。あれが入り用になりそうだ！」

58

アフガニスタン
パンジシール渓谷　バザラク

片脚が馬の下敷きになった状態でターゲットに狙いをつけるのは、いやというほど長い時間がかかるものだ。ただし、自分と敵のあいだに馬の体があると、好都合なことがひとつはあった。飛来するAK－47やSKSの銃弾は、馬の体を貫通することができないのだ。ギルのほうは、がんばれば、ある程度の時間、身を起こして、撃つ必要のあるターゲットを撃つことができたが、ボルトを操作するあいだはスコープに敵の姿をとらえることができなかった。一発撃つたびに、やむなく仰向《あおむ》けに倒れ、空薬莢《からやっきょう》を排出して、次弾を薬室に送りこみ、また身を起こして撃つ。これは、貴重な時間の浪費になり、そうでなければできなかったほど近くまで敵が迫ってくるのを許すことになった。いまはもう、撃つべきターゲットがわずか百ヤードの距離まで近づいていた。敵がもっと近くまで迫ることができないはずはなかった。

「この野郎！」ギルは、五十フィートほど先の藪《やぶ》のなかを這《は》いずってくる敵を見つけだし、そいつの頭部をふっとばした。「さっき目にしたとき、あいつはもっと遠くにいたのに！」

「わたしにも手伝わせて！」かたわらで身を丸めているサンドラが言った。これで三度めだった。

「きみは後ろを見張っていてくれ。いつなんどき、スペクターが頭上に飛んでくるかもしれない」ギルはヘルメットを脱いで、彼女に手渡した。「その赤外線スコープを使えば、キットが投下されたとき、それについてるストロボが見える。そこへ走っていって、ここまでひきずってきてくれたら、おれが手を貸して組み立てることができる」

「ギル、わたしは歩けるかどうかもわからないのよ」

「まあ、そうだろうが、いざとなったら走れるさ」

そうは言ったものの、ギルは内心、頭をかかえていた。回収キットを組み立てながら、敵の接近を押しとどめておくなどということを、どうすればやってのけられるのか。頼みの綱は、スペクターがやつらをかなり遠くまで追いはらってくれて、そのあいだに、自分たちがなんとか回収のための行動に取りかかれるようになることだが、いまは六十秒後になにが起こるかすら考えていられない状況だった。身を起こし、馬の体ごしにレミントンを構えると、命知らずの敵が三名、こちらに突撃すべく身構えているのがすぐに目に入った。

「くそ、どこから湧いてきやがったんだ？」ギルは毒づき、左手で鞍をつかんで身を支えながら、サンドラの手からM４をひったくった。鞍をしっかりと握りしめ、暗視スコープを使わない左目でもよく見てとれる五十ヤード以内の距離まで、命知らずの連中が迫ってくるのを待ち受ける。そして、視野を右から左へと移しつつ、一発、二発、三発と発砲すると、それぞれの腹部に弾が命中したのがわかった……が、その全員がかまわず、こちらに突進してきた。

「くそったれどもめ！」ギルは怒声を発し、ハーネスからデザートウォリアーを抜きだした。

「さあ、やってきやがれ！」

すでにこわばっている背筋に力をこめて、上半身を起こした姿勢を保ち、両手で拳銃を構える。

フロントサイトに精神を集中し、ふたたび……一発……二発……三発と、発砲する。最後の命知らずが、ここまでわずか二十フィートの地点で地面に転がり、倒れながら、こちらに手榴弾を投げつけた。それが馬の腹に当たって、跳ねる。

「手榴弾だ！」ギルは叫んで、サンドラを引き寄せた。

数フィート先で手榴弾が爆発し、馬の死体の大半が粉砕されて、内臓や血や糞尿がふたりにふりかかってきた。

「破片を浴びたか？」顔についた血糊《ちのり》をぬぐって、彼は問いかけた。

「浴びてないと思う」

残骸《ざんがい》と化した馬の死体の下から脚を引きぬくと、足首がひどい捻挫《ねんざ》か骨折を起こしていることがわかった。

「まあ、こうなって当然だろう」とギルは言い、ライフルを探そうと周囲を見まわした。M4は見当たらなかったが、レミントンは十フィートほど向こうに転がっているのが見えた。いまの爆発でスコープが壊れていたので、放置することにし、レミントンのボルトをはずして、拳銃のサプレッサーといっしょにポケットに押しこむ。そのあと彼は、手榴弾を投げた敵兵のAK－47を奪いとろうと、足を引きずりながらそこへ歩いていった。その男はまだ生きていて、苦悶《くもん》のうめきを漏らしていた。

「苦しくてたまらないんじゃないか？」ギルはそいつの首を踏みつけて、その体の下からライフルを引きぬいた。ほかのふたりが携行していた弾倉を集めてから、いまも馬の残骸の陰に隠れているサンドラのところへ、足を引きずりながらひきかえしていく。

「いまにも気を失いそうな感じ」彼女が言った。「戻ってきてくれて、ありがとう」

ギルは彼女の頭からヘルメットをはずして、かぶり、それの赤外線単眼鏡を通して、周囲のようすをうかがった。いくつものターゲットがこちらに向かっているのが見えた。

「楽ができたのはきのうまで」SEALのモットーをつぶやく。SEALの一員になってから、たぶん、これで五百回はそれを口にしただろう。その場にうずくまり、ごわごわに固まっているサンドラの髪に手を触れる。「おれに感謝することはないさ。気をたしかにして、待つんだ。もうすぐスペクターがやってくる」

片膝をついて、向かってくる敵に発砲を開始したとき、そいつらが身を起こし、谷筋の三百フィート上空にごうごうと飛来したスペクターの機体を狙って銃撃を始めた。スペクターが谷筋の上空を通過しながら、その左側面に搭載されている二五ミリ口径イコライザー回転機関砲と四〇ミリ口径ボフォース機関砲の両方を連射して、点在する敵兵を掃射していく。

ギルは、スペクターの無防備な右側面を狙って撃っている一団に銃撃を浴びせかけた。そいつらは、エンジンの轟音のせいでなにも聞こえず、地上から銃撃を受けていることを悟ったときには、すでにそのうちの十一名が、二百ヤードの距離からオープンサイトのAK-47を立射するギルに射殺されていた。

　スペクターが頭上に来たとき、ギルは暗視単眼鏡を通して、三つのパラシュートが開くのを目にした。三つのパラシュートがぐるぐるまわりながら、あっという間に大地に降りてくる。そのときにはもう、スペクターは高度をあげて旋回し、谷筋の上空から遠ざかっていた。

　ギルは弾倉の残弾を敵に浴びせかけてから、落下してくるキットのほうへ目を転じ、なぜパラシュートが一個でなく三個なのだろうといぶかしんだ。その疑問は、キットが大地に落ち、そのすぐあと、ふたりの人間がパラシュート降下してきて、骨が折れそうな勢いで着地したときに、解消された。

　そのふたりのそばへ駆け寄ると、即座にだれと判別がついた。

「おふたりさん、いったいなにしに来たんだ？」

　スティールヤードが身を起こし、もがいて肩のハーネスをはずしにかかる。

「口を慎め、ギリガン。さっさと手を貸すんだ！　腓骨《ひこつ》が折れたらしい」

　ギルは、尻を手で押さえながらこちらによろめき歩いてくるクロスホワイトをちらっと見てから、スティールヤードに片手をさしだした。

「どうして折れたことがわかるんです？」

「骨が突きだしているからだ、チーフ！」とスティールヤードが言って、クロスホワイトを見やる。「そちらはどうなんです、デルタの将校さん？　どこかが折れたとか？」

　クロスホワイトがうなずく。

「ケツをやったようだ。きみらふたりでキットの組み立てをやってくれ。わたしは敵を殺すほうを受け持つ」

クロスホワイトが、いまも馬の陰に隠れているサンドラのもとへ、妙な走りかたで近づいていく。そばに膝をついて、彼女の腕をちょっと握りしめてから、敵に銃撃を浴びせはじめた。

ギルはスティールヤードとともにスカイフック——フルトン地対空回収システム——の地上用装備が収納されているアルミ製トランク・コンテナを開いた。そのなかには、ハーネス、ヘリウムが充塡された鋼鉄製シリンダー、迷彩服、空気が抜かれた阻塞気球《バレッジ・バルーン》（本来は、金属のケーブルで地上から係留されて、敵機の低空からの攻撃を防ぐために用いられた気球）タイプのバルーン、そして五百メートル長の高張力編組ナイロン・コードが入っていた。ギルがバルーンのバルブ接合部のねじをまわし、スティールヤードがヘリウム・タンクをそれに接続する。即座にバルーンがふくらみだした。敵の注意を引かずに上空のパイロットが視認することができるよう、赤外線ストロボが二個、取りつけられていた。

クロスホワイトが、東の岩のあいだから十名の敵兵集団が迫ってくるのを見つけ、フルオート射撃でそれを押しもどす。撃ちつくした弾倉を捨て、手早く新しい弾倉を装塡《そうてん》した。

「村のそばで、敵兵どもが数台のトラックに乗りこもうとしている」彼がサンドラに話しかけた。「ビッグ・テンと連絡をとって、その連中を視認できるかどうか確認してくれ。東の方角だ、ハニー」

「ビッグ・テンへ」サンドラが懸命に意識を保ちつつ、無線で呼びかける。「東の方角にあるトラックが見えるか？　オーヴァー」

「ラジャー、トラック・スター。いまは視認できない。いまから回収のための最終飛行に着手する。そこを動かないように」

バルーンが浮きあがりはじめたとき、ギルはサンドラのほうへ目を向けた。彼女はクロスホワイトの腕のなかで気を失っていて、PRC－112が地面に転がっていた。

「あんたが無線機を持ってくれ、ダン。われわれは彼女をバルーンにつなぐ」

「ラジャー」クロスホワイトが敵への銃撃を続行する。「こっちにトラックがやってくるぞ、ギル！」

ギルが赤外線単眼鏡で背後を見ると、一マイルほど南にあたる村はずれから、兵士を満載した三台のピックアップ・トラックが走り出てくるのが目に入った。彼はサンドラを寝かせ、スティールヤードの手を借りて、すばやく彼女の体をハーネスに固定した。

「ありがたいことに風がない」バルーンを見あげて、スティールヤードが言った。バルーンはいま、地上から五百フィートの高さまでコードをいっぱいにのばして、かすかに揺れていた。「ブラックスが一回めの飛行でやってのけてくれないと、彼女はもちこたえられないだろう」

「彼女についていってくれ、チーフ」ギルはAK－47を手に取った。「おれはダンに手を貸します」

「彼女が地上から離れたら、わたしもすぐあとにつづくぞ、ギリガン」

スペクターが谷筋の向こう側に現われて、高度をさげ、村のほうへ飛んでいくのが見えた。

そのとき、二発のRPGのロケット弾が空に舞いあがるのが見えて、ギルは悪態をつきそうになった。ロケット弾の一発が、右翼側エンジンに激突する。即座にエンジンが燃えあがった。

AC－130Jがぐらっと右へ進路を変えて、高度を落としはじめる。

「ちくしょう」クロスホワイトが言った。「まずいことになった」

59

パンジシール渓谷上空
AC-130Jスペクター・ガンシップ

ブラックスとコ・パイロットが、二百フィートまで高度を落とした機を水平に戻そうと、全力をふりしぼって操縦輪を引いた。ブラックスがすでに右翼側エンジンへの燃料供給を停止させて、プロペラの回転をとめ、消火システムを作動させていた。

「最初からやりなおすしかありません！」機をもとのコースに戻そうと必死に操縦輪を引きながら、コ・パイロットのデイヴが言った。

「だめだ！」ブラックスは言った。「そんなリスクは冒せない！」

「しかし、これでは高度が足りません、ジョン！　進入高度が低すぎます！」

「とにかく、本来のコースに機を復帰させるんだ！　まだバンクして、進入コースに入る時間はある」

「くそ！」懸命に機を進入コースに戻しながら、ディヴが叫んだ。バルーンが上方に浮かんでいるのが見えたのだ。

「これでは、下方の空間が足りません。彼女はこの機の底部にぶつかってしまうでしょう、ジョン！」

ブラックスはスロットルを押しこみ、デイヴと調子を合わせて操縦輪を引き、高度を五十フィートほどあげた。

「つかまえられません！」デイヴが叫んだ。

「いや、そんなことはない！」

ブラックスがラダーを踏みつけると、スペクターの機体が旋回し、機首から突きだしているV字状の引っかけ具の左端がかろうじてバルーンに届き、その左側のねじ留め金具についている一フィート長もないロープをとらえた。ロープが引かれて、V字状の引っかけ具の底部中央にあるスカイフック装置に固定される。設計されたとおり、バルーンが機の風防《ウィンドスクリーン》に当たったのち、機体上部へ跳ねかえって、切り離された。

ハーネスに固定された意識のないサンドラの体が、パラシュートの開傘時とあまり変わらない衝撃を受けただけで回収され、夜空へ消えていく。AC－130Jが水平飛行に移ると、ハーネスからのびているコードが巻きあげられて、彼女の体は機体の底部に近い位置で水平になった。彼女が風を受けて、機の七十五フィートほど後方でゆっくりと回転しだしたとき、ロードマスターがランプの端に行き、長い支柱にロープでつながっている回収フックをハーネスのコードへのばしていった。コードがフックにひっかかると、彼と射手のひとりが、そのロープをランプの内側に取りつけられた滑車を経由してウィンチにつなぎ、ウィンチがサンドラを機内へ引きあげていく。

地上から吊りあげられてから三分とかからず、彼女は機内のデッキに寝かされ、空軍の衛生兵がO型Rhマイマスの輸血に取りかかっていた。

一分後、ジョン・ブラックスが現われ、彼女のそばに膝をついて、その手を取った。妻がよごれきっていることが見てとれ、においでもそうとわかった。その顔をのぞきこんだときは、死んでいるのかと思ったほどだった。

「回復するのか？」目にしたものに打ちのめされながら、彼は問いかけた。

衛生兵がうなずく。

「生命徴候は弱いですが、ひどく弱いわけではないです。基地に搬送すれば、回復するでしょう。ここでぐずぐずしていては、どうにもなりません」

ブラックスは、サンドラの薬指が失われているのを目にして心を激しく震わせながら、うなずいた。

「ラジャー。わたしはコックピットに戻らなくてはいけない」

サンドラが手をぎゅっと握りしめてきたのを感じて、目を向けると、貨物室の赤い光のなかで彼女がこちらを見あげているのがわかった。

「あなた、なにもかもごめんなさい！」

彼は顔をゆがませ、心を押しつぶしそうな感情の奔流を抑えながら、身をのりだして、彼女のよごれきった顔にキスをした。

「愛してるよ！　いまから、わたしは機の操縦をしなくてはいけないんだ」

「わかってる」彼女が言った。「愛してるわ」

彼はコックピットに戻って、シートにストラップで身を固定すると、操縦輪を握って、前腕で目をぬぐった。

「彼女はオーケイですか？」デイヴが問いかけた。

「いまのところは」ブラックスは声をふりしぼって言い、右翼の外側エンジンの火が消えていることを確認した。「しかし、デイヴ、彼女はひどいありさまになってる。妻だと見分けがつかないほどひどいありさまに」

デイヴが手をのばして、彼の肩を握りしめる。

「でも、あなたはやってのけたんです。彼女をあそこから救いだした。このあとは、すべてが順調に運びますよ」

「そうか？」ブラックスは言った。「あの下にいるみんなはどうなんだ？」肩ごしに親指を向ける。「彼らを置いていかなくてはいけない。そして、助けが来るまでには、まだ十分はかかるだろう」

デイヴが首をふる。

「彼らの心配はしていられません。彼らはあなたやわたしと同じく……この機の全乗員と同じく、これに志願したんです。彼らがあそこに降下したのは、サンドラを救うためですからね。さあ、無線で連絡をとってください」

ブラックスは無線機のボタンを押した。

「ビッグ・テンからタイフーンへ。ビッグ・テンからタイフーンへ。聞こえるか？　オーヴァー」

「ラジャー、ビッグ・テン。彼女はもう、そこに引きあげられてるんだな？　オーヴァー」

「そうだ、タイフーン。われわれは……われわれは、きみたちを置いて帰投しなくてはならない。彼女の失血がひどいんだ。オーヴァー」

「ラジャー、ビッグ・テン。こっちはもともとそのつもりだった。急げ！」

ブラックスは声を詰まらせ、デイヴが交信を引き継いだ。

「タイフーンへ、ビッグ・テンはきみたちの助けに心から感謝している」

「われわれもそちらの助けに感謝してる、ビッグ・テン！　こちらはそろそろ戦闘を再開しなくてはならない。タイフーン、アウト」

60

アフガニスタン
カブール　中央軍

いまはもう、無人機《UAV》に加えて衛星からも送られてくる映像が、クートゥアをはじめ、中央軍司令部にいる全員の前に表示されていた。衛星からの映像は、その渓谷をより広い範囲でとらえている。多数の人員が巣で働くミツバチのように忙《せわ》しく部屋を出入りし、DCやラングレー、そしてアフガン作戦戦域《ATO》内のさまざまな地点から送られてくる通信文を手渡していた。

クートゥアは、ギルとその僚友たちのいる地点を見つめていた。彼らは、クロスホワイトが手榴弾で無力化したピックアップ・トラックの陰に隠れている。彼らの動きかたから、全員がなんらかの負傷をしていて、徐々に戦闘力を失いかけていることが、容易に見てとれた。これは、ひいき目に見ても危険な状況であり、それが急激に悪化しつつあるのはたしかだった。八十名近いＨＩＫの大部隊が、彼らの東にあたる川向こうに集結している。ギルとその僚友たちがいまにも致命的な交差射撃を浴びることになるのは火を見るより明らかだが、彼らはまったく察知していないらしい。彼らはいま、その南東九十ヤードほどの地点にいる百名あまりの敵兵と激しく交戦しているのだ。彼らが両側から敵に圧倒されるのを防ぐにはどうすればよいかとだれもが考えるところだが、クートゥアには、なにはさておき、彼らが大規模な敵部隊と対峙《たいじ》することを察知していないのをなんとかしなくてはならないように思えた。

「あの連中には指令系統のようなものがないのが、不幸中のさいわいだ」だれにともなく彼は言った。「B-52がターゲットの上空に来るのに、あとどれくらいの時間がかかる、少佐？」

「あと五分です、将軍」

そのとき、一発のRPGのロケット弾がピックアップ・トラックに着弾し、画面が一時的に真っ白になった。

クートゥアはよく見えるようにとUAVからの映像に目をやったが、それもまた同様にぼやけていた。

「シンシア、カメラをひいてくれ」

空軍中尉がズームアウトすると、トラックが炎上している光景が見えてきた。ギルとスティールヤードとクロスホワイトが後退し、蛙《かえる》のように岩や木のあいだを縫《ぬ》って北へ、馬の死体があるほうへ逃げていたが、そこには身を隠せるものはなにもなかった。兵士を満載したピックアップ・トラックがまた二台、村から走り出てくる。トラックが荒れた地面を疾走し、その荷台に乗りこんだ兵士たちの多数が、運転席ごしにやみくもに銃を撃ちまくっていた。

クートゥアはメトカーフ大佐をちらっと見た。

「その時が来たようだ。残念ながら」

「イエス、サー」メトカーフはオリーブドラブのハンカチで眉の汗をぬぐった。

数分前、ビッグ・テンがロケット弾を被弾したときは、部屋が墓地のように静まりかえった。その大きな機が一時的にコントロールを失ったときは、だれもが息もできない状態になったが、数秒後、それが戦闘機のように急旋回をしてバルーンのコードをひっかけ、〝死の谷〟からサンドラを引きあげるのが見えた。そして、その数分後、彼女がぶじガンシップ内に回収されたというメッセージが届き、室内にいる全員が歓喜と信じられないという思いに駆られて、叫び声をあげ、ハイタッチをしたり背中をたたきあったりしたのだった。

たしかにそれは、メトカーフにとっても、生涯でもっとも胸躍るひとときではあった。だが──それからわずか三分しかたっていない──いま、彼はこれまでの軍歴を通じて最悪のときを迎えようとしていた。まもなく、きわめつきに勇敢な三人の男たちが、身を隠せる溝すらろくにない開けた場所で撃ち倒される光景を目撃するはめになるだろう。嘆かわしいことだが、これは特殊部隊の世界では目新しいことではなかった。アフガニスタンではこれまでにも、勇敢な男たちが──ショーン・ボルドーと彼の率いるレンジャーのチームがそうだったように──敵に追いつめられて、撃ち倒される事態は、アメリカの一般大衆のほとんどは認識せず、知ろうともしないが、数かぎりなくあった。だが、今回、メトカーフは、個人的に親しい友を失うことになってしまうのだ。

スティールヤードとは、冷戦時代に一度ならず、ともに泥沼の戦闘に従事した仲だ。それどころか、第一次湾岸戦争で両脚を撃たれたときは、スティールヤードに命を救われ、別のSEALユニットとのランデヴー地点まで一マイル以上もある砂漠地帯を、スティールヤードが自分を肩に担《かつ》いで歩きとおしてくれたのだ。友になんのお返しもできず、テレビ画面でその死を目撃することになるのかと思うと、気が滅入り、恥ずかしくてたまらなくなる。これでは、トム・クランシー原作の映画を、カブールの空調の効いたオフィスでのうのうと観ているようなものだ。

「少なくとも彼らは、サンドラがぶじ回収されたことを知ったうえで、あの世に行けます」クートゥア将軍にというより自分自身に対して、彼は言った。

二台のピックアップ・トラックはいま、スティールヤードたちのほうへ急速に迫りつつあり、東側の敵部隊は川を渡って、アーモンドの果樹園のなかを進撃していた。画面全体に銃口炎の光が見えている。あとほんの数秒のうちに、すべてが終わるだろう。

クートゥアが画面から目をそむける。

「正直、わたしは見る気になれない」

メトカーフはかたときも目をそらさず、画面を凝視していた。

「失礼ですが、将軍、最後までご覧にならなくては……われわれは彼らに借りがあるので」

61

アフガニスタン
パンジシール渓谷　バザラク

山麓の道路から千ヤードほど上方の山腹で、フォーログとおじたちは銃声を聞いていた。やがてバルーンが空へ昇っていくのが見えると、フォーログは馬を走らせ、あとにつづいてくれとほかのみんなに呼びかけた。回収のための支援が必要とされていると思ったのだ。

だが、オルズは、兄弟や息子たちを戦闘の場へ向かわせることを拒否した。

「そこに近づく危険を冒すわけにはいかん」彼が言った。「あそこには遮蔽物《しゃへいぶつ》がなにもない。もしアメリカを助けたことをＨＩＫが知れば、わしらは追われる身になる。村に帰れなくなるんじゃ。おまえの話では、彼はここ、この森のはずれで、わしらと合流することになってたな。なぜそれが変わったのじゃ？」

フォーログは肩をすくめて、首をふった。

「あなたも戦闘をしたことがあるでしょう、おじき。戦闘では、ときにまずいことが起こるものです。あの銃声が聞こえるでしょう。彼はおれたちの助けを必要としているんです！」

オルズはやはり、一族の男たちを危険にさらすことは拒否した。彼らに命じて、馬に乗らせ、そこを離れる準備をさせる。彼らは馬に乗り、馬にまたがったまま、千ヤード先でいまも荒れ狂う銃声に耳を澄ました。そのとき、航空機が突然、頭上に飛来した。これが二度めであり、今回は航空機の背後にのびたロープの先端に女の姿があった。

「あれを見ろ！」オルズが、エンジンの轟音に負けじと叫んだ。「女が連れ去られていく！彼はわしらの助けを必要としておらん。わしらはもう、立ち去ってよいのじゃ」

銃声がさらに激しくなり、下の林道でロケット弾が爆発する音が聞こえてきた。

フォーログは手綱を引いて、大きく馬をまわした。

「あれが聞こえたでしょう！」

オルズがフォーログの馬のくつわをつかむ。

「とどまれ、甥《おい》よ。あそこに行けば、殺されることになるぞ」

「おれの命を懸けるだけです！　さあ、おれの馬から手を離してください！」

「なぜじゃ？」くつわを離して、オルズが問いかけた。「なぜ、なんの借りもない男のために、おのれの命を懸けようとするんじゃ？」

フォーログはおじのそばへ馬を寄せて、その目をのぞきこんだ。東のかたに、曙光《しょこう》の最初のひと筋が出現しようとしていた。

「彼がおれの立場だったら、そうしてくれるはずだからです！　もし……マスードがここにいたら、どうするでしょう？」

62

アフガニスタン
パンジシール渓谷　バザラク

ギルがスティールヤードの腋《わき》の下へ肩を入れ、クロスホワイトがもう一方の腋の下へ肩を入れる。ふたりは力を合わせ、馬の死体の残骸《ざんがい》がある林道のほうへ、できるかぎりの速さでスティールヤードをひきずっていった。

スティールヤードは腹部を撃たれ、腰のあたりから腸の一部がはみだしていた。

「置いていけ！」苦悶《くもん》しながら彼が叫んだ。「わたしはもうおしまいだ」

ふたりはそれを無視して、ペースをあげた。ギルは片脚から出血し、胸腔《きょうくう》に空気が入りこんで肺が押しつぶされはじめているのを感じていた。クロスホワイトも激痛に見舞われているのが見てとれる。いまやっとわかったのだが、彼はパラシュートで降り立ったとき、痛烈に大地に激突したのに、それほどではなかったふりをしていたのだ。

「ケツの骨が折れた？」肺が押しつぶされそうになっているせいでひどく息を切らしながら、彼は尋ねた。

「そうにちがいない」クロスホワイトがうめくように言った。「まだ立っていられるのが不思議なくらいだ。だが、もうそんなことを心配していられる時間はたいしてないだろう。おまえはどう思う――ここまで離れたらじゅうぶんか?」

ギルは肩ごしに背後をちらっと見た。

「どこでもいっしょでしょう。あの二台のトラックがいつなんどきここにやってきてもおかしくない」

ふたりは足をとめ、大きく開けた場所の手前にある最後の立木の幹にスティールヤードをもたせかけて、すわらせた。

「さっさとここを離れろ!」老兵が言った。「わたしがやつらを押しとどめておく」

「ジョン・ウェインみたいなことを言ってくれるな」クロスホワイトが、愛用の四五口径H&K《ヘッケラー&コッホ》MK《マーク》23拳銃をスティールヤードに手渡す。「おい、ギル、カスターはリトルビッグホーンの戦いで(カスター将軍は同地におけるアメリカ先住民との戦いで追いつめられ、戦死した)こんな気分を味わったんじゃないか?」

ギルは笑いとばし、立木のそばに腹這いになって、AK-47で敵に連射を浴びせた。暗視単眼鏡は機能しなくなっていた。なぜかは見当がつかない。被弾したせいかもしれないが、なんにせよ、たしかめている時間はなかった。ヘルメットのストロボがいまも作動しているかどうかも定かではなかったが、もはやそれはたいした問題ではなかった。自分たちは救援が到着する前に死んでいるだろうし――そもそも、救援が来るかどうかもわからないのだ。

クロスホワイトが立木の反対側に伏せて、M4を発砲する。

アーモンドの果樹園から八名の敵集団が出現し、走りながら撃ちまくりはじめた。ギルはそいつらに手榴弾を投げつけて、ふっとばした。そのうちのふたりがあわててあとずさったが、スティールヤードが膝立ちになって、そのふたりに拳銃を発砲した。ひとりが撃ち倒され、もうひとりをクロスホワイトが射殺する。激烈な銃撃戦となり、いまは敵が果樹園を埋めつくしていた。スティールヤードが肩に被弾して、仰向《あおむ》けに倒れる。ギルもクロスホワイトも、彼に手を貸しようがなく、できるだけ身を低くして、敵に銃撃を浴びせることしかできなかった。

「トラックだ！」ギルは叫び、五十ヤード向こうでブレーキをかけたトラックのドライヴァーのほうへ銃口をめぐらして、撃った。後部の荷台から兵士たちが飛びおりてくる。ひとりが地面に膝をついてRPGを担《かつ》ぎ、ロケット弾を発射した。背後の地面にロケット弾が着弾し、ふたりはその破片が身を裂くのを感じた。スティールヤードの体が立木のそばからふっとばされて、ギルの脚の上に落ちてくる。トラックの陰からまたふたり、RPGを持つ敵兵が出現し、狙いをつけた。

「弾切れだ！」

「くそ——こっちもです！」クロスホワイトが叫んだ。

クロスホワイトが狂気じみた笑い声をあげて、RPGの射手どものほうへ駆けだそうとする。その笑い声を聞いたギルは、早朝の寒風に打たれたように感じた。

「楽ができたのはきのう——まで——」

そのとき突如、周囲一帯を、複数のプラット&ホイットニー・エンジンが発するすさまじい轟音が包みこんだ。F-15ストライクイーグル戦闘爆撃機が谷筋をなめるように低空で飛来して、ナパーム弾と千ポンド爆弾の両方を危険なほど三人の間近に投下し、敵の襲撃部隊の最前列を掃討する。

ギルとクロスホワイトの体が地面から浮きあがった。ナパームの爆発で生じた真空が肺の空気を絞りだし、大地を揺るがす猛烈な衝撃波が眼球の血管を破裂させて、つかのま意識を失わせる。

ギルは血にかすんだ目を通して猛烈な火炎を見ながら、四つん這いで高熱のそばからあとずさっていった。体のあちこちに熱い破片を浴び、尻が灼熱する炎に焼かれているのが……そして肺気胸《ききよう》が生じて気道が詰まってきたのが、感じとれた。体に火がついたクロスホワイトが跳ね起きて、悲鳴をあげ、炎を消そうと地面に身を転がす。ギルはクロスホワイトの上に身を投じて、その顔を自分の体で覆《おお》い、両手で戦闘服をたたいて、火を消そうとした。どちらもなにも考えず、本能のみに動かされて、なかば這《は》い、なかば相手をひきずって、高熱から逃《のが》れようとしたが、それは無益な行動でしかなかった。自分たちがどこに向かっているのかもわからず、ナパームの燃焼する熱い空気が肺を満たしているために息をすることもできなかった。

63

アフガニスタン
カブール　中央軍

「あれは彼らか？」クートゥア将軍が問いかけた。「あれは彼らか？」

ナパームが燃焼して高熱が生じているために、上空にあるUAVの赤外線カメラは対象を明瞭に解像できないのだ。そこで、オペレーターが、衛星から送られてくる、フィルターのない通常の日中監視用カメラの映像に画面を切り換えると、火炎に照らされた光景のなかに、男の人影がふたつ浮かびあがってきた。粘着性のあるナパームが大地のあちこちで、その一部は彼らの退路をふさぐ地点で、燃焼していた。

人影のひとつに火がつき、その男は跳ね起きて走りだしたが、すぐにまた炎を消そうとして地面に身を転がした。もうひとつの人影がその男に飛びついて、その顔を覆《おお》い、戦闘服の炎を手でたたき消そうとしている。

「あれは彼らです、将軍」メトカーフが胃のむかつきを抑えこんで、静かに言った。スティールヤードが死んだことはわかっていた。彼の真後ろの地面でロケット弾が爆発したのだ。

おそらく、彼の体が爆風の大半を吸収し、そのおかげでギルとクロスホワイトは、友軍の爆撃が開始される時点まで生きのびることができたのだろう。

「行け、行け！」クートゥアが、必死であとずさるふたつの人影を見つめて、つぶやいた。「起きあがって、走れ！　逃げろ――あきらめるな！」

UAVから送られてくる赤外線映像のなかに空軍中尉の注意を喚起《かんき》するものが現われ、彼女は将軍に許可を求めず、画面を切り換えて、大きいほうの画面にそれを表示させた。馬にまたがった二十名の男たちがカワク街道から南へ馬を進め、村の光景を見えなくさせている炎の壁のほうへ移動していた。

「やっと彼らが来た！」クートゥアが言って、うんざりしたように両手をあげる。「もはや手遅れだ。ちくしょう――あの連中はいったいなにを待っていたんだ？」

部屋の後方で少佐が立ちあがり、声をかける。

「将軍！　大統領からお電話です」

クートゥアが部屋の後方に歩いて、受話器を受けとる。

「はい、大統領？」

大統領が前置き抜きで、要点に踏みこんでくる。

「どうなってるんだ、将軍？　彼女を救出したのか、まだなのか？」

「しました、大統領。彼女はいまちょうどAC－130Jに乗せられて、バグラム空軍基地へ搬送されているところです。被弾していますが、われわれの最高の外科医を滑走路に待機させています。その機に乗り組んでいる衛生兵の報告によれば、彼女の生命徴候は弱いが、安定しているとのことです。彼女は回復するであろうと思われます、大統領。現時点において断言できるのはそれだけです」

大統領がまた口を開くまでに、長い沈黙があった。

「オーケイ」ようやく大統領が言って、観念したようなため息を漏らす。「彼女は回復するという前提で、将軍、われわれはこのあと、このようにふるまうことにしよう……それが全員のためになる。きみは二十四時間以内に、この作戦の計画細目を作成して、報告の準備をしておくように。その名称は〈真剣な努力《アーネスト・エンデヴァー》作戦〉としよう。了解したかね？」

「はい、大統領」クートゥアはいまも画面を見つめていた。騎兵たちは、ギルとクロスホワイトがじっと横たわっている地点まで道なかばのところにあり、ふたりの周囲一帯で火が燃えていた。だが、なにか妙な部分があった。谷筋の北にあたる森のなかからカワク街道をくだってくる、あの熱源はいったいなんなのか？

大統領がつづける。

「きみはその報告書をわたしの軍事顧問であるティム・ヘイゲンに提出し、彼がわたしの承認を得るために、それをわたしに提出する。わたしはその報告を、二十四時間前に提出されていたものとして承認する。そして、それが、この任務がどのように遂行されたかに関する公式の説明となる。了解したかね、将軍？」

「シンシア！」部屋の前方に向かって、クートゥアが呼びかけた。「画面の右上方を見ろ。トラックに乗って南へくだってくる熱源！　あの連中はいったいなんなのだ？」

「クートゥア将軍」受話器から大統領の声が聞こえてくる。「きみはわたしの指示を了解したのか――」
「しばしお待ちをと申しあげねばなりません、大統領。いまこちらでは、ある状況が進行中でして」クートゥアは受話器を置いて、通信センターの前方へ歩いていった。空撮映像が北へパンされ、男たちが乗りこんだ二十台を超える車輌の隊列がヒンズークシからパンジシール渓谷へと移動している光景が映しだされていた。「おっと、くそ」

64

アフガニスタン
パンジシール渓谷　バザラク

ギルは、自分が地面から持ちあげられ、何本もの手で高く担《かつ》ぎあげられるのを感じた。ひどく遠方から、息せき切った叫び声が聞こえる。いや、遠方ではない。近い……だが、水中でそれを聞いているような感じと言おうか。そのとき突然、耳に溜まっていた血が流れ出て、その声がはっきりと聞こえるようになった。自分には理解できない言語でなにかをしゃべっている声。自分は敵にとらえられ、やつらがいま自分を戦利品のように頭上に掲げ、勝利の雄叫《おたけ》びをあげながら、運んでいるのだろう。

ギルは拳銃を抜こうとしたが、手首をだれかにつかまれた。オレンジ色の炎が熱とともに薄れていき、あたりが闇に包まれていく。戦闘服の、燃えてなくなった隙間から冷たい空気が入りこんでくるのを感じたとき、自分が硬い地面におろされたのがわかった。冷たい水が顔にかけられ、目にこびりついていた血が洗い流されて、ものが見えてくる。

「ギル！」顔の前でだれかが叫んだ。「ギル、おれの声が聞こえるか？」

このときになってやっとギルは、教会の鐘のような耳鳴りがしていることに気づいたが、それでも、その声ははっきりと聞きとれた。ぼうっとした顔が見え、まもなく目の焦点が合ってくる。フォーログがそばに膝をついて身をのりだし、ギルの肩を揺さぶって、PRC‐112携帯無線機を見せていた。

「ギル！　あんたの認証コードが必要だ！　あまり時間がない！　あんたの仲間がおれたちを撃ってくることになってしまう！」

ギルは口を開いたが、気道が詰まっていて、ささやきより大きな声が出せないことに気がついた。

「負傷した側が下になるように転がしてくれ」うめき声で彼は言った。

口もとに、フォーログが耳をあてがう。

「もう一度言ってくれ、ギル」

「負傷した側が下になるように転がしてくれ。息ができない！」

フォーログがすばやくギルの体を調べ、背中の右側から出血しているのを確認する。そして、ぶじなほうの肺に血が入りこまないよう、右側が下になるようにギルを転がした。

すぐに息がかなり楽になり、いくぶん力をこめて話せるようになった。「認証は……ウィスキー・ウィスキー・エックス・レイ・ファイヴ・ゼロ・ファイヴ」

「タイフーン・アクチュアル」ギルは言った。

「わかった」とフォーログが言って、無線送信に取りかかろうとする。

「スティールヤードを見つけてくれ」うめくようにギルは言った。「スティールヤードを！」

「もう見つけた、ギル。残念だが——彼は死んだ」

フォーログが無線機のボタンを押す。

「ハロー！　タイフーン・アクチュアルに代わって呼びかけている……ウィスキー・ウィスキー・エックス・レイ・ファイヴ・ゼロ・ファイヴ……おれは彼の通訳者だ！　タイフーンは重傷を負い、医療後送を必要としている！　オーヴァー！」

ふたたび出撃したF‐15の編隊が谷筋の上空に達し、南へ飛行してくる。山腹が砕けて、岩の破片が混じったオレンジ色と黒から成る火炎と煙がもうもうと噴きあがり、千ポンド爆弾が爆発した轟音が雷鳴のようにとどろいた。

フォーログがまた送信したが、応答はなかった。

おじのオルズがそばに現われ、ほかの男たちに周辺防御の態勢をとらせながら、手綱を引いて馬をとめる。

「わしらは去らねばならん」おじが言った。「ここは、わしらにとって安全ではない。アメリカ軍はわしらを敵と勘ちがいするじゃろう」

「彼らに知らせなくてはいけません！」フォーログは強く言った。STARシステムのキット・ボックスが見つかったので、彼はPRC‐112を放りだし、炎のそばへあとずさっていった。ボックスを開くと、信号拳銃《フレアガン》と標準的なストロボ発光器が見つかった。彼はそれを持って、おじのところへ駆けもどった。

「これがあればじゅうぶんでしょう」

おじが、三人のアメリカ人を馬に乗せていくようにと命じる。

フォーログは馬にまたがった。

「あの男をおれの馬に乗せてください」ギルを指さして、彼は言った。

クロスホワイトがそこにやってきたが、彼らが馬にすわらせようとすると、あまりの痛みにわめきたてた。尻の骨が折れているせいで、すわることができないのだ。そこで、彼は馬の肩の後ろにうつぶせにして乗せられ、スティールヤードの死体も同じかたちで乗せられたところで、彼らは北の方角にある当初の回収ゾーンをめざして、馬を疾駆させていった。

やがてそこに着くと、彼らはアメリカ人を地面におろし、フォーログがストロボ発光器を作動させた。

「わしらの仕事は終わった」おじが言った。「兄弟や甥たちが殺される危険を冒すわけにはいかん」

「ありがとう、おじき」フォーログは片手をさしだした。

「おまえは彼らを信じておるのか?」おじが、背後にある谷筋の方角、アメリカ軍の戦闘爆撃機の最後の一機が遠ざかっていく南の方角へ顎をしゃくって、問いかけた。

フォーログは肩をすくめた。

「おれはアラーの手のなかにあるので、おじき。おれは彼を信じてるんです」

おじがうなずいて、握手をし、配下の面々に、北の山中へ向かえと命令を発する。ふたりはそのときになって初めて、ライフルとRPGが突きだした車輌の隊列が街道を南へ進んでくることに気がついた。どのトラックもヘッドライトを点灯していないので、夜明けのかすかな光のなかでは、二百ヤードほどの距離に近づいてくるまで見えなかったのだ。フォーログとおじたちは北と南の敵に挟み撃ちになり、逃げ場は西にある切り立った小さな谷しかなかった。

「アラーよ、お慈悲を」フォーログはつぶやいた。

「いまは慈悲を求めている場合ではない」オルズが鞍の上で向きを変え、一族の男たちに呼びかける。「馬に乗れ！　谷の壁にへばりつけ！　まだアメリカがタジクの友なのかどうか、確認しなくてはならん！」

二十頭を超える馬が駆けだし、切り立った谷に入りこむべく、浅い川を渡っていった。トラックの隊列が急速に迫ってきて、銃弾がつぎつぎに空気を引き裂き、岩に当たって跳ねかえる。RPGのロケット弾が大岩に着弾して爆発し、フォーログのいとこのひとりが死体と化して馬から放りだされた。

鞍の上、フォーログの後ろにうつぶせに乗せられているギルは、懸命に呼吸をしながらデザートウォリアーを抜きだし、むりやり目を開いて、敵に応射した。

馬を駆る男たちが切り立った谷に入りこみ、岩のあいだで馬から降りる。つかのま、銃撃がやんだ。トラックの群れがパンジシール川の対岸で急停止し、HIK兵たちが荷台から降りて、隊列を形成し、谷へと進撃を開始したのだ。

オルズが一族の男たちを望ましい持ち場につかせようと、彼らに命令を発する。だが、後退しても、身を隠せるような岩や場所はあまりないことがわかると、馬を殺し、十二頭ずつ二列に分けて並べろと指示を出した。そして、それを防御線として応射するようにと命令した。

ギルは鞍から滑り落ちていき、こぶしを握った手を地面について身を支えながら、悲鳴をあげた。気胸《ききょう》が生じて息が苦しく、血まみれの顔が青ざめて、唇が腫《は》れあがりはじめていた。

クロスホワイトとフォーログが谷の奥へギルをひきずっていき、死んだ牡馬の体に覆《おお》いかぶさるような格好でひざまずかせる。

「このままでは死んでしまう！」クロスホワイトが言って、ギルのキャメルバックの水筒を引きぬいた。「胸腔《きょうくう》の排液《ドレナージ》をしなくてはいけない。フォーログ、彼をうつぶせに寝かせて、押さえこんでくれ！」

百フィートほど背後にあたる谷の入口で、激烈な銃撃戦が勃発した。岩のあいだでロケット弾が爆発する。

「やりかたを知ってるんですか？」フォーログが、ギルの両肩を押さえこむ格好で体をかぶせ、糞をするときの犬のように身を震わせながら問いかけた。

「前に漫画で見たことがある」折れた骨盤の痛みに耐えながら、クロスホワイトがうめくように言った。「とにかく、彼を押さえこんでおくんだ」

クロスホワイトがギルのKA‐BARを鞘《さや》から抜き、上着の後ろ側を切り裂いて、汗まみれの肌を露出させた。

「しっかり押さえておくんだぞ！」ナイフの切っ先をギルの腰に突きこんで、上方、胸腔と思われる位置の下端へと徐々にもぐりこませていく。

ギルは銛《もり》に刺された魚のようにもがくだけで、喉に血が詰まって、息をすることも叫ぶこともできなかった。谷の入口では銃撃戦が激化し、ＨＩＫがつぎの空爆が来る前に敵を皆殺しにしようと必死になっていた。

手榴弾が一発、谷の真ん中に落下したが、爆発したのは馬の死体から成る一列めの防御線の近辺だったので、損傷をこうむった者はいなかった。クロスホワイトがナイフを引きぬき、その傷口に指を深くさしこんでから、硬いプラスティック製の水筒をもぐりこませていく。そして、ここが胸腔の空間だろうと思えるところに水筒を滑りこませられたように感じて、二、三秒が過ぎたとき、ギルの体から淡い赤の体液が流れ出てきた。

「やったぞ！」クロスホワイトが言って、フォーログの肩をたたく。「こんなにうまくいくとは思わなかっただろう？」

四十秒か五十秒がたったころ、ギルはまた息ができるようになってきた。

「ライフルをくれ」血糊《ちのり》のついたままの顔を苦痛にゆがめながら、彼は声を絞りだした。

フォーログがＡＫ‐47を手渡し、ギルの拳銃と残っている弾薬はクロスホワイトが受けとった。フォーログが一族のいる岩のあいだへ走っていく。そこへ行けば、すぐにつぎのライフルが手に入るはずだと思ってのことだ。

クロスホワイトがちょっと時間をとって、ギルを馬の死体の肩のくぼみのあたりに、負傷箇所が下になるように気をつけながら、寝かせる。

「このあとどんなふうにしたい？」

ギルは最後の手榴弾をハーネスから取りだして、彼に手渡した。

「それをおれたちの自爆用に取っておいてください」

「オーケイ」にやっと笑ってクロスホワイトが言い、緑色をしたなめらかな楕円形の手榴弾を上着のポケットに押しこむ。「もし逃げ場が見つかっても、わたしは走れそうにないからな」

65

アフガニスタン
カブール　中央軍

クートゥアが奥のオフィスにひきかえして、受話器を取りあげる。

「まだそこにおいでですか、大統領？」

「いったいそちらはどうなってるんだ？」待たされたことにひどく腹を立てて、大統領が問いつめた。

「大統領、地上に降りた部下たちのひとりはすでに死亡しました。現在、二名の生き残りと、二十数名のタジク人同盟者が、ヒンズークシにつづくカワク街道の南端にあたるパンジシール渓谷のすぐ外にある、狭い谷のなかに追いつめられています。彼らは、百名を超える重武装のタリバンおよびＨＩＫ兵に包囲され、さらに数百名にのぼるＨＩＫ兵がそこに向かっています。わたしは二機のＢ-52に統合直接攻撃弾《JDAM》を投下させることにしましたが、それは十分ないし十五分の時間稼ぎにしかならないでしょう。また、わが軍の兵士たちを――ふたりともひどい重傷を負っていますので――回収するために、数機のヘリを待機させています。

わたしがまだ手をつけていないのは、大統領、わが軍の兵士たちを救うために命懸けでこの作戦に参加したタジク人戦士たちを回収するための方策です」

大統領が声に出さずに悪態をつぶやく。

「それで、率直なところ、わたしになにを要請しようとしているんだ、将軍？」

「大統領、わたしは〈ウィンチェスター〉の発令許可を要請します」

大統領がためらう。〈ウィンチェスター〉の意味がすぐにはわからなかったことで、どぎまぎしてしまったのだ。

「大統領、〈ウィンチェスター〉の発令は、このようなことを意味します。わたしは一連の戦闘に手持ちのあらゆる航空資産のすべてを投入し、HIKおよびタリバン部隊をパンジシール渓谷から――バザラク村自体は無傷で残るようにして――殲滅《せんめつ》するまで、それを継続する。これは、わが軍の兵士およびあの地にある同盟者への直近の脅威を排除するのみならず、パンジシール渓谷に存在するHIK軍の拡張を排除することにもなるでしょう」

クートゥアは少佐に目を向け、受話器を手で押さえて、B-52による攻撃を開始させろと指示を送った。

「きみは承知しているのかね、将軍」大統領が問いかけた。「HIKに対するそのような軍事攻撃は、危機的な政治状況に置かれているアフガニスタン大統領カルザイに、困難な議会対策を強いることになるのを？」

「失礼ながら、大統領――カルザイ氏の政治的危機はわたしの関心事ではありません。現時点におけるわたしの関心事は、ブラックス准尉の救出を助けたわが軍の兵士たちとあの地にある同盟者たちの生命です。どのような命令を下されますか、大統領？」

クートゥアは、大統領が返事を考えるのを待ちながら、愁《うれ》いを含んだ目で画面を見つめた。

JDAMが狭い谷の入口の周辺一円に投下されていた。強大な掃討爆撃を浴びた人体とトラックがばらばらになって谷の底へふっとび、そこに真っ黒なクレーターが残った。

「クートゥア将軍」ようやく大統領が口を開いた。「ディエゴガルシアからイギリスのロンドンに至る、その地域にあるすべての航空資産を用いる権限を、きみに与えよう。それだけでなく、わたしは統合参謀本部議長に電話を入れ、きみに――空と陸と海を問わず――必要なありとあらゆるものを投入する権限を与えたと伝えておこう。だが、これは理解しておくように、将軍。戦闘をそのレベルにまで拡大させることに決めたからには、きみはなにがなんでもその兵士たちを生きて回収するようにしなくてはならない。もし失敗すれば、どんな言いわけをしようが、わたしは聞く耳を持たない。了解したかね？　なにしろ、わたしはきみが要請したすべてを与えたんだ」

「ありがとうございます、大統領。では、わたしは失礼させていただき、大統領、戦闘の指揮にあたりたいと存じます」

「よろしい、将軍。幸運を」

「はい！」クートゥアは受話器を置き、幕僚に向かって叫んだ。「〈ウィンチェスター〉の遂行が許可されたぞ、諸君！　ただちにA‐10編隊を離陸させ、ディエゴガルシアにあるB‐1爆撃機を緊急発進させて――それらの超音速機をターゲットに向かわせるようにしてくれ！」人さし指を画面に突き立てる。「最優先事項は、この谷に追いつめられているあの戦士たちをひとり残らず、生きて救出することだ！　わかったな？　総員傾聴！　いますぐ電話を入れ――ヘリのクルー、編隊指揮官、そしてクルーチーフに指示を出すんだ！　諸君！　このことに関して、いかなるまちがいもあってはならない！　われわれはあのふたりだけでなく、土地のひとびとの全員を、パンジシール渓谷から救出するのだ！」

ほぼ全員が受話器をつかみあげた。

クートゥアはテーブルの端のほうへ歩いて、メトカーフ大佐の隣に腰をおろした。

「彼らがすべての馬を射殺したときは泣きたい気分になったぞ、グレン。わたしの祖父が一九四二年に、フィリピンのコレヒドール島でやむなくあれをやった話を思いだしてな」

メトカーフが考えこむように顎をさする。

「あなたの祖父は騎兵だったんですか？」

クートゥアはうなずいた。

「愛馬を食うことを強いられ……そして、死ぬまでそのときの苦しみをのりこえることはできなかったそうだ」

66

アフガニスタン
パンジシール渓谷　バザラク

ギルがオープンサイトのＡＫ－47を単発で撃っていると、谷の入口にＪＤＡＭによる攻撃が開始された。猛烈な衝撃波が谷の壁にこだまする。雪崩《なだれ》のように飛来するパイナップル・サイズの岩片を避けようと、ギルとクロスホワイトは馬の死体の陰に逃げこんだ。Ｂ－52のパイロットたちは手際がよく、友軍を殺してしまうことがないように、彼らに危険がおよぶほど近い地点を避けて爆弾を投下し、北側から谷にくだってきたＨＩＫおよびタリバン兵の主力の大半を掃討したが、それでもまだかなりの数が生き残り、タジク人戦士たちは危険な銃撃戦を継続することになった。だが、なにはともあれ、敵に圧倒されるという差し迫った危機は解消されていた。

「わたしは歩けそうにない！」騒音に混じって、クロスホワイトの声が聞こえた。「骨盤を脱臼《だっきゅう》したようだ」

ギルは、地獄《ヘル》の一週間《ウィーク》を——ＳＥＡＬの訓練過程の第一段階として立てつづけにきついことをやらされる最初の五日半に味わった苦難を――つぎつぎと思い起こしていた。その一週間は、きょうのような困難な日をのりこえられる者とそうでない者を選《え》り分けるために、特別に設定されたものだ。ギルはクロスホワイトの目を見て、彼の心が折れかけているようだと感じ、時間が尽きようとしていることを悟った。だれにでも限界はある。ギルにしてもそうだ。だが、クロスホワイトは、ギルほどひどい負傷をしているわけでもないにもかかわらず、いまその限界に近づいていることが見てとれた。けっして恥ずかしいことではない。それに、もしクロスホワイトがいてくれなければ、ギルはとうに死んでいただろう。これは、よりすぐれた男はだれかという問題ではない。より深い意志の井戸を持つのはだれかというだけのことだ。ゴールラインをすぐ目の前にしたいまこのときにこそ、クロスホワイトをあきらめさせないように、その意志を彼に分け与えるようにしなくてはならない。

ギルは深い呼吸をして、まだ押しつぶされた部分が残ってはいても、ほとんどが回復した肺に苦痛をこらえて息を吸いこみ、むりを押して立ちあがった。クロスホワイトが目を見開き、ギルが近寄ってきて、手をのばすのをながめる。どちらも数カ所の銃創から血を流し、どちらの顔も、たぶん母親の目でも息子とは見分けがつかないほど血とよごれにまみれていた。

「きょう、あなたにあのベルを鳴らさせるわけにはいかないんでね」ギルは言った。ヘル・ウィークのあいだに落伍した者が忌まわしいベルを鳴らすことは、SEAL隊員のだれもが知っている。「手をさしだしてくれ、兄弟。この戦闘を最後まで見届けるんだ」

ギルの前腕をつかんだクロスホワイトが、自分に力が流れこんでくるのを感じて、身を起こし、立ちあがる。股間に激痛が走って、彼は大きな悲鳴をあげた。そこの関節が脱臼《だっきゅう》を起こしているのはたしかだったので、ギルは彼の体の左側を支え、ともども足をひきずりながら、つぎの馬の死体の列のところを通りすぎて、谷の入口をめざした。そこではいまも、フォーログとそのおじたちが敵と銃撃戦をくりひろげていた。

「馬をあんなにむだ死にさせることになるとは」吐き気を覚えながらギルは言った。

クロスホワイトがまた苦痛の悲鳴をあげ、ギルの手をふりほどいて倒れこもうとしたが、ギルは彼を離さなかった。

「ちくしょう！　下におろしてくれ！」

「ここではヘリが着陸できない。歩くんだ！」

「ヘリがどこにいるというんだ？」クロスホワイトがわめいた。

ギルは取りあわず、彼をひきずって、ぶじなほうの足で歩かせるようにした。

二機のコブラが谷の上空に出現し、谷の入口の岩のあいだにいるＨＩＫとタリバンの残存兵たちにロケット砲とガトリング銃で攻撃をかけた。火花が散り、岩片が宙に舞い、人体が爆裂し、兵士たちが苦痛の悲鳴をあげる。タジク人戦士たちが、自分たちも抹殺されるのを恐れて大地に身を投じたが、二機のコブラはだしぬけに急旋回してこの上空を離れ、ここからは見えないだれかに砲撃を浴びせつつ、谷の奥へ入りこんでいった。

Ａ‐10サンダーボルトの編隊が上空に飛来して、チェーンソーのように聞こえる音を立ててガトリング砲を短く連射し、すぐに飛び去っていく。

「〈ウィンチェスター〉だ」蒸気機関のような断続的なエンジン音を聞きながら、ギルは言った。「司令部がおれたちのために全面攻撃を開始したんだ。おれたちは生きのびられる」

「下におろしてくれ！」クロスホワイトが言った。苦痛のあまり、息を切らし、泣き声になっている。「ここで待っていたら、ストレッチャーを持ってきてくれるだろう」

そのとき、ふたりは銃撃戦の前線にたどり着いた。百ヤードほど離れた川向こうの、ヘリが姿をとらえられない木立のなかから敵兵どもが発砲していて、その銃弾が岩を砕いていた。ギルは、機能する無線機が残っていればと痛切に願いながら、大岩の陰にクロスホワイトを寝かせた。

「ありがたい！」にわかに体が楽になったのを感じて、クロスホワイトが言った。

ギルは、こちらを見つめているオルズに目を向けた。

「あんたの馬たちがあんなことになってすまない」英語で言って、死んだ馬たちのほうを指さし、許しを請うように両手を合わせる。

オルズが近寄ってきて、ギルに後ろを向かせ、腰からぶらさがっているプラスティック製の水筒を見つめる。眉根を寄せ、ギルの肩をぽんとたたいて、タジク語でなにかを言った。ギルにはひとことも理解できなかったが、老人の目がこう語っていた。気にするな。これが人生であり、人生にはときにひどく残酷なことが起こるものだ。

フォーログがそこにやってきた。

「おじが訊いてる。われわれはどうすべきか？　もうわれわれはひきあげてもよさそうだが、徒歩ではどうにもならない」

「ヘリの到着を待とう」ギルは言った。

フォーログがおじと話しあい、肩をすくめて首をふる。

「だが、われわれはどうするんだと、彼は訊いてるんだが？ この谷にはまだＨＩＫがうようよいるんだ」

彼らは立ちあがって、谷の向こう側の山腹にこだまするジェットエンジンの轟音に耳を澄ました。

「そう長くはかからないと思う」ギルは言った。

「ヘリがやつらの全員をかたづけることはできないだろう。この山の洞穴はとても深い。ＨＩＫはいつまでも待っていられると――」

ギルはフォーログの腕をつかんだ。

「心配するな！ おじさんに言ってやってくれ。あんたら全員がおれたちといっしょに行くか、おれがあんたらといっしょにここに残るかだ」老人に目を向けて、笑みを浮かべる。

「それならいいだろう、おじき？」

フォーログがそれを通訳すると、老人が笑みを返してきた。

「それならいい、甥《おい》よ、と彼が言った」

彼らはライフルを手に取り、対岸の木立への銃撃に加勢するために岩のあいだを抜けていった。

五分後、ナイトストーカーズの二機のブラックホークが上空に飛来し、ほぼ即座に、林のなかから三発のロケット弾が発射された。だが、パイロットたちの熟練した回避行動によって、その二機は災厄をまぬがれることができた。二機のブラックホークが急旋回して高度をあげ、ドアガン（ヘリコプターのドア付近に装備された火器）の射手たちが木立のなかへ銃撃を浴びせかける。

ギルはフォーログの肩をばしっとたたいた。

「おじさんに言って、みんなを後退させるようにしたほうがいいぞ。空軍がすぐ、あの木立をまさしくバーベキューにしてしまうからな」

だが、そう言っているあいだにも、五十名を超える数のパシュトゥン人兵士たちが百ヤードほど向こうにの木立のなかから出現し、裏切ったタジク人たちを始末すべく川を渡って必死の攻撃をかけてきた。その全員が、彼らとしてはアフガニスタン人の魂と見なしているこの偉大な戦闘のなかで殺され、あの世に行くことをアラーに固く誓っていた。ロケット弾がつぎつぎに岩のあいだや大地に着弾して爆発し、迅速な退却を余儀なくされたタジク人たちは、谷の奥へとあとずさっていった。

フォーログとオルズが、悲鳴をあげるクロスホワイトの体を左右からつかんで、ごつごつした地面の上をひきずり、急いで谷のいちばん奥へ向かう。そこに着くと、彼らは二列に並べた馬の死体の陰に身をひそめ、ＡＫ‐47をセミオートにして、単発で敵に応射した。最後の弾倉になってしまった者が多かったのだ。もし上空からナイトストーカーズのヘリの射手たちが攻撃をかけていなければ、彼らは完全に圧倒されるか、多数のロケット弾にふっとばされるかしていただろう。

ギルは、ゼネラルエレクトリックＦ１０１ターボファン・エンジンの音が聞こえてくる前に、谷の地面が震動するのを感じとった。

「伏せろ！」両手で身ぶりを送りながら、彼は叫んだ。「伏せろ！」

B1-Bランサー爆撃機が二機、パンジシール渓谷を越えて、この谷の入口の上空に、機体のリベットが見分けられるほどの低空で飛来し、ギルは、まちがいなくそれが見えたと思った直後、死んだ馬の腹のそばの地面に顔をうずめた。爆弾が爆発すると、大地が断層に沿って引き裂けていきそうな激震が生じた。岩がごろごろと谷底へ転げ落ちてきて、タジク人たちが救いを求める悲鳴をあげはじめたが、やがて肺の空気が残らず吸いだされて、声を出せなくなった。ギルとクロスホワイトは、爆弾の爆発で真空が生じて、肺の空気が吸いだされることをあらかじめ知っていたので、それほど動揺はしなかった。

爆撃が終わって、ランサーの轟音が遠ざかっていったとき、ギルが身を起こすと、谷の入口の地形がほんの数秒前とは一変していることが見てとれた。それはもはや、岩や川と呼べるようなものではなかった。そこにあるのは、クレーターと泥水の細流から成る月面のような光景だった。タジク人の多数が衝撃波にひどく打ちのめされ、崩れ落ちてきた岩になかば埋まったままになっている者もいたが、奇跡的に、死者はわずか五名にとどまっていた。百ヤード向こうの谷の入口にナイトストーカーズのヘリが二機、着陸したので、ギルは立ちあがり、よろよろとそちらへ歩いていった。数秒後、二機のコブラが上空にひきかえしてきて、監視につき、さらに空軍のブラックホークが二機、上空の持ち場について、回収がすむのを待ち受けた。

一機めのナイトストーカーズのヘリからクルーのひとりが降りてきて、こちらに近寄ってくる。ギルがよく知っている曹長だった。ウォーターズという筋肉質の黒人で、晴れやかな笑みと完璧な歯並びの持ち主だ。

「マスターチーフ、この一機めのヘリであんたとクロスホワイト大尉を搬送するようにとの命令を受けてるんだが」

ギルは首をふった。

「クロスホワイト大尉はあそこにいるから、搬送してやってくれ。おれは、タジク人戦士の最後のひとりが搬送されるまで、ここに残る」

ウォーターズが足を踏みだしてきて、ギルの腕をつかむ。連れていこうとしたのではなく、倒れないように支えるためだった。

「彼らも乗せていくさ、チーフ。空軍のヘリは彼らに対する責務も担《にな》ってるんだ。マスターチーフ・スティールヤードはどこにいる？」

最後にギルが見たとき、スティールヤードの死体はこの谷の外の岩のあいだにあった。彼は谷の入口に生じたクレーターを指さした。

「彼は逝《い》った、曹長……逝ってしまったんだ」

四名の衛生兵が谷を進んでいき、大半が治療を必要としているタジク人戦士たちの処置にあたった。ほかの二名の衛生兵がクロスホワイトをストレッチャーにのせて、運びだしにかかる。いまもまだ、山の向こう側の渓谷に空爆が加えられる音が聞こえていた。

「もうここは安全か？」ギルは問いかけた。足がぐらぐらしていた。

「ああ」ウォーターズが、ギルの転倒を防ぐためにしっかりと身を支えながら、辛抱強く答える。「またここに敵がやってくることはないだろう。いっしょに来たほうがいいぞ、チーフ。ひどいありさまだ。おれにもたれかかって死なれては困る」

ギルは彼を見つめた。

「上空にある空軍のヘリを着陸させてくれ、曹長。あそこにいるひとびとはおれの盟友だから、置いていくわけにいかない」

もしウォーターズが自分をかかえあげ、肩に担《かつ》いで谷から連れだす気になったら、どうにも手の打ちようがないことはわかっていたが、それでもギルは、最後の気力をふりしぼって、自分の意思を通してみようと決意していたのだ。

ウォーターズが空軍のヘリに無線を入れて、ただちに着陸してくれと要請した。

フォーログがひどく出血し、岩に身をあずける格好で地面にすわっていた。頬に長い傷口が開いていて、あれを縫合《ほうごう》するには十五針は必要になりそうだった。そのおじのオルズが彼にもたれかかり、両手で胸を押さえている。衝撃波で肺を痛めたのだろう。ギルはそのふたりにほほえみかけた。笑顔がつくれなかったような気がしたが、彼らは笑みを返してきた。

「おじがあんたに感謝してる」フォーログが言った。

ギルは目頭《めがしら》が熱くなるのを感じた。

「なにに対して?」うめくように彼は言った。

「彼はこう言ってる。この戦闘は何世紀にもわたってパンジシールで語り伝えられるだろう。あんたはわが一族を伝説の存在にしてくれたし……戦士であるあんたと知りあったことを誇りに思う。彼はこうも言ってる。あんたは永遠に、わがアメリカの甥だと」

ギルの両足から力が抜け、ウォーターズが抱きとめて、そっと地面に横たわらせる。

「ここにもう一台、ストレッチャーを持ってきてくれ!」

67

ワシントンDC
ホワイトハウス

サンドラ・ブラックスを救出したあと、ギルは足首の骨折と、脚の銃創、そして肺の創傷の治療と回復に、五週間を費やすことになった。妻のマリーがメリーランドから飛んできて、ベセスダ海軍病院に入院した彼に付き添ってくれた。そこでは、彼と同じく、戦闘で負傷したほかの勇士たちが治療を受けていた。中尉より上の階級の者が話をしに来ることはなく、海軍法務部の連中が来ることもなかった。そこを退院するとき、ギルは、ヴァージニア州ヴァージニア・ビーチのハンプトン・ローズ海軍訓練センターに出頭するようにとの書面による命令を受けた。

ハンプトン・ローズに着くと、彼は平凡な訓練任務をそこでの業務として割り当てられた。そして、新任の指揮官から、いかなる状況においてもあの無許可任務のことはだれにも口外してはならず、いかなる状況においてもダニエル・クロスホワイト大尉との接触を試みてはならないと告げられた。そして、足かけ三カ月、ギルはその訓練センターで、死ぬほど退屈しながら、時が過ぎるのを待たされることになった。

サンドラが大胆な作戦によって救出されたという話が野火のようにアメリカ全土にひろがっていたが、その作戦の実際の詳細が公表されることはほとんどなかった。ハンプトン・ローズでは、ギルが関与したと噂されていたが、その真偽を彼に尋ねるような気の利かない人間はひとりもいなかった。

やがて、ハンプトン・ローズでの二カ月が過ぎて、三カ月めに入ったある午後、ようやく新たな展開があった。指揮官の前に呼びだされ、自分とダニエル・クロスホワイトに名誉勲章が授けられること、そしてハリガン・スティールヤードにも死後の追叙として同じ勲章が授けられることが告げられたのだ。この月末にホワイトハウスで授与式がおこなわれ、大統領がみずから両名に勲章を授ける予定になっているとのことだった。ギルは怒りを燃えあがらせたが、それでも軍人としての態度は崩さず、ぴしっと敬礼を送って、勲章は辞退する意向であることを丁寧《ていねい》に説明した。

「まあ、たしかに辞退はできるが」海軍指揮官が言った。「大統領はいま、再選を目前にしているという事実を考慮したほうがいいのではないだろうか。きみはほんとうに、彼にまた恥をかかせることになってもいいと考えているのか？　きみが軍法会議にかけられずにすんだのは、ひとえに彼がじきじきにそう命令したからなんだ」

それで一件落着となった。ギルには、大統領のくだらない政治ショーに利用されることがわかっていても、名誉勲章を受けるという選択肢しかなかったのだ。

最先任上等兵曹《マスターチーフ》ギル・シャノンは、ホワイトハウスのなかでダニエル・クロスホワイト大尉と白い海軍の軍服姿で肩を並べて立ち、おびただしいカメラマンの前でポーズをとった。マリーがその横手に置かれた椅子に、つい最近初めて公《おおやけ》に姿を見せたサンドラ・ブラックスと並んで座している。その隣の椅子には、彼女の夫、ジョンがすわっていた。夫婦そろって正装し、そろってほほえんでいる。どちらも、この茶番劇の背景についてはなにも知らない。彼らにわかっているのは、勇敢なふたりの男たちが国家最高の軍事勲章を授与されるということだけだった。

サンドラがウィンクを送ってきたので、ギルは、親友のひとりと勇敢な七人のタジク人戦士を死なせたことに対して勲章をもらうのは完全にまちがっていると感じつつ、うなずいてみせた。

その一方、クロスホワイトはこの状況を進んで受けいれていた。彼もこのすべてが茶番であることは心得ていたが、それを気にしてはいなかった。ふたりはどちらも、そしてスティールヤードもまた、この勲章を授与されてしかるべきだというのが、彼の考えかただった。「もらっておけばいいじゃないか？」授与式の前に、ほんのしばらくふたりきりになったとき、彼がギルにそう言ってきた。「唯一、癪《しゃく》に障ってしょうがないのは、あれほどの困難をくぐりぬけてきたサンドラになんの勲章も授与されないことなんだ」

ギルは明るい面だけに目を向けようとつとめた。自分はいまも、わかっているかぎりでは、DEVGRUの一員であり、ほかのSEAL隊員がかつて入りこんだことのない国に――イランに――遠征したことがある。あの経験は将来、SOGに測り知れない価値をもたらすことになるのではないだろうか？　この勲章自体にも値打ちはある。善《よ》かれ悪《あ》しかれ、正しかろうがまちがっていようが、名誉勲章を授与された者はアメリカの軍事機構においてそれなりの信望を得るし、その信望をさまざまな方面に利用できるだろうということは理解できた。とはいえ、ＳＯＧの内部には嫉妬が渦巻いていて、いまも自分を埒外《らちがい》へ追いやろうとしている工作員たちがいるはずだから、それに対処しなくてはならないだろう。今後数ヵ月、自分がどんな立場に置かれるかは、時を待たなくてはわからない。そしてまた、司令部が名誉勲章を授けられた者をどういう過酷な任務に復帰させる意図であるかも、時を待たなくてはわからないことだ。

アメリカ合衆国大統領が入室して、演壇にあがり、書見台を前にして立った。

「こんにちは」笑みを浮かべて、彼が言う。「本日、われわれは勲章の授与のために、ここに集い……」そんな前置きで短いスピーチがあり、アメリカの国民に対して、ギルとクロスホワイトがいかに勇敢な戦士であるかを語り終えたところで、大統領は書見台の向こう側から演壇をおり、国防長官から最初の二個の勲章を受けとった。

名誉勲章のスカイブルーのリボンをギルの首にかけようとしたところで、大統領が手をとめた。

「どうだろう？」と彼が言って、賓客席《ひんきゃくせき》のほうへ目を向けた。「いいことを思いついた。サンドラ、きみがこの儀式をやってくれないか？」

それは、ギルもクロスホワイトも一瞬、まさかと思ったほど、授与式では異例のこと、大統領がもののはずみで思いついたことだった。

サンドラがほほえみながら、椅子から立ちあがる。

「光栄です、大統領」

彼女が勲章を受けとって、ギルの前に進み出る。ふたりが出会ったのは、彼女がAC－130Jの下にぶらさがって夜の闇のなかへ消えていったとき以来のことで、ギルは目と目を合わせるなり、相手の気持ちを読みとっていた。彼女がウィンクをして、ほほえみ、そのあと、「こんなのくそくらえよね」とギルの耳にだけ聞こえる声でつぶやきながら、彼の首に勲章をかけ、身を寄せて、頬にキスをした。室内のすべてのカメラがフラッシュを光らせ、すべての参列者が喝采《かっさい》を送った。

ギルはマリーのほうを見て、ぐるりと目玉をまわしてみせた。頬が熱くなっているのが感じられた。マリーが誇らしげにほほえんで、拍手をする。

サンドラが二個めの勲章を大統領から受けとって、クロスホワイトの首にかけ、ギルにしたのと同じように頬にキスをしてから、あとずさって、喝采の列に加わった。その何秒かのあいだ、大統領は室内にいるその他おおぜいのひとりとなっていて、どのカメラも彼の顔に向けられていなかった。そのときにギルが、軍の最高指揮官でもある大統領をちらっと見ると、目が細められているのがわかった。あの表情は……ほんのつかのまとはいえ……にやにや笑いだったにちがいない。

エピローグ

モンタナ

授与式が終わると、ギルは、〈アーネスト・エンデヴァー作戦〉の余波が静まって消え去るまでの三カ月間、休暇を取るようにとの命令を受けた。カルザイ大統領はいまも、アフガニスタン議会に議席を占めるヒズベ・イスラミ系各党派の対処に難儀していたが、その難儀が大統領職への大きな脅威になることはないように思われた。アメリカ空軍がパンジシール渓谷にあるヒズベ・イスラミを徹底的にたたいて、その力を減退させたので、ヒズベ・イスラミがヒンズークシの周辺地域において兵力の補充や勢力の回復をすることができるとは考えられなかった。なにより、彼らはサンドラ・ブラックスの救出を阻止できず、彼女が事実上、西欧世界のヒロインになったことで、威信を大幅に低下させていたのだ。そしてまた、HIKが失墜した結果、タリバンが力を取りもどしはじめていた。

だが、どの〝えせ〟政治集団がその地域において最大の力を持つようになるかは、ギルにはどうでもいいことだった。彼の目には、どちらも同じように暴力的であり、どちらも同じようにアフガンのひとびとにとって危険な存在であるように見えるのだ。あの国が、山岳地の各軍閥と適切な同盟を結んで、彼らがふたたびタリバンと手を組むようになるのを阻止し、安定してくれればいいのだが、それはあまり期待できそうになかった。

きょうは、年が変わって二日めにあたる。ギルはティコを駆って、ファーガソン渓谷を見晴るかす雪深い高地にのぼり、鞍にまたがったまま、パンジシールのあの夜をのことを思いかえしていた。あの戦闘のなかで、自分が乗っていた馬が殺されたのだ。親友のハリガン・スティールヤードが死に、自分も何度か死の瀬戸際にあったことも思いかえしていると、雪に覆《おお》われた大地にこだまする遠い角笛《つのぶえ》のような音が聞こえてきた。一瞬、騎兵の進撃の合図を思い起こしたが、肩ごしに背後を見やると、斜面の二百ヤードほど下方にエルクの姿が見えた。下に手をのばして、スキャバードからブローニングを取りだし、ティコの手綱《たづな》を引いて、その場で方向転換させ、ライフルを肩づけしてスコープをのぞいてみると、十四本の枝角が生えそろった美しい牡エルクだとわかった。あれほどみごとなエルクをクロスヘアにとらえたのは、まちがいなくこれが初めてのことだ。もし冷凍庫におさめるような獲物が見つかればと考えて、トラヴォイ・リグ（北米先住民の用いる、馬に引かせる運搬具）を用意していたが、このエルクは食肉にするより飾りものにするほうがよさそうだった。剝製《はくせい》師の夢と言っていいほどの牡エルクだし、わが家の納屋のドアの横にはそれを飾れるほど大きな壁面がある。

引き金に指をかけたとき、また自分の下で死んだ馬のことを、そしてあの狭い谷で飼い主に射殺された二ダースの馬のことを、思いかえさずにはいられなくなった。ピアノ線で気管を切断したとき、コヒスタニが必死にあがいた記憶もよみがえってくる。あんな殺しかたをしたことを、マリーに打ち明けていいものかどうか？　これからも、ほかの人間にあんなおぞましい行為をした男の妻として生きていく気になってくれるだろうか？　自分が嬉々《きき》としてあれをやったことを知ったら、彼女はなんと言うだろう？

ギルはライフルをおろして、ボルトを後退させ、エルクを撃ち殺そうとしていた弾薬を排出して、カーハートのジャケットの胸ポケットに押しこんだ。楽しむための殺しは、もうやめることにしよう。

ズボンのポケットに入れている携帯電話が鳴り、ギルは渓谷の向こうへ目をやった。ファーガソンの所有する向こう側の山の頂上に、新しい通信塔がそびえていた。この前年、あの老人がささやかな借地料を稼ぐために、そこの土地を貸したのだ。画面に表示された番号に憶えはなかったが、とりあえずギルは電話に出た。

「ハロー？」

「どうしたんだ？」男の声が穏やかに問いかけてきた。「やれなかったのかね？　それとも、もうきみは前とは変わってしまったとか？」

ギルは背中に鳥肌が立つのを感じた。

「やれなかったとは、なにを？」

「エルクを撃つこと」

ギルはこうべをめぐらして、あらゆる方角をチェックし、ライフルのボルトを前に押して、薬室に弾を送りこんだ。

「これはいったいなんのつもりだ？」

「上を見ろ」声が言った。

ギルは真上に目を向けて、頭上にひろがる晴れ渡った青空を見渡したが、まったくなにも見てとれなかった。

「ポープ？」

「あまり時間はとれないが」声がつづけた。「きみに警告しておきたかったのでね」

「おれに警告？」

「わかっているかもしれないが、きみはあの勲章を懲罰《ちょうばつ》として授与された。わたしはそれを阻止するためにできるだけのことをやったが、大統領自身がどうしてもそうしたいと思ったんだ」

ギルはあのにやにや笑いを思いだした。

「気づいていてしかるべきだったな」

「彼は政治的な点数稼ぎのためにきみを利用した」声がつづける。「同時に、きみの匿名性《とくめいせい》もぶち壊した。SEAL隊員とその家族にはプライヴァシーがとても重要であることを承知のうえでだ。ただ、そのことによってきみがマークされたことを、彼が認識していたとは思えない——少なくともそうと認識してはいなかったと思いたい。イスラム世界には、コヒスタニが絞首具《ガローテ》で殺されたことを知っている分派《セクト》がある。彼らはそのことに怒り狂い、やったのはきみだと考えている。わたしはその交信を傍受し、危惧《きぐ》を覚えるようになったということだ」

「彼らは復讐を欲していると」

「それがどのセクトであれ……タリバンであれ、アルカイダであれ、HIKであれ……彼らはみなムスリムであり……イスラム聖職者の惨殺はイスラムへの直接的侮辱だと見なすだろう」

　ギルはライフルをスキャバードに戻し、空いたほうの手でティコの手綱を引いて、家の方角へ馬首を向けさせた。

「では、あなたは彼らがおれを狙って、ここにやってくると考えているわけか」

「そうと想定する必要は——きみの首に懸賞金がかかっているのはたしかだから——あると考えるが、ペンタゴンやホワイトハウスの人間がきみに危険を知らせてくるとは期待しないように」

「言い換えれば、大統領がおれを走ってくるバスの前に放りだしたということか」

「いや、そうではない」声が言った。「あの大統領は元銀行家だ。軍事やイスラム世界のことはろくにわかっていない。そして、困ったことに、その種の事柄になると、おべっかつかいの軍事顧問に意見を求める。つまり、それは大統領の差し金ではないということだ。ティム・ヘイゲン。きみを危険にさらした男は、ヘイゲンだ。これまでのところ、わたしは彼の背景に関してなにもつかめていないが——心配しなくていい。ひとはみな、隣人の詮索《せんさく》をするものだ。いずれ、なにかつかめるだろう」

訳者あとがき

クリント・イーストウッド監督の映画『アメリカン・スナイパー』がアカデミー賞六部門にノミネートされたことは――惜しくも受賞は逃したが――まだ記憶に新しい。本書の主著者スコット・マキューエンは、この映画の原作『アメリカン・スナイパー』の共著者のひとりだ。同書の謝辞において、主著者クリス・カイルはマキューエンに対し、〝私より先にこの物語の価値に気づき、出版において重要な役割を果たしてくれた〟との謝意を表している。

マキューエンの本職は法廷弁護士だが、幼少時よりアウトドア活動に励み、狩猟用ライフルでの長距離射撃の経験が豊かで、またSEAL《シール》基金を含め、さまざまな軍関係の慈善団体の支援をおこなっている。元警察官の作家トマス・コールネーとともに描きあげた本書はフィクションだが、ベースとなっているのはSEAL隊員らの実体験であり、それが物語の設定や展開、人物造形にみごとに生かされていると言っていいだろう。

本書の主要な舞台は、いまだに政情不安定な、というより、アメリカ軍の段階的撤収によって状況が悪化しつつあるアフガニスタン。アメリカは、アフガニスタン政界において影響力を強めつつあるヒズベ・イスラミ・ハーリス（略称ＨＩＫ）の勢力を削ぐために、その指導者であるアーシフ・コヒスタニを拉致《らち》する計画を立て、陸軍第七五レンジャー連隊のチームに演習をおこなわせていた。その最中に、イスラム過激派の襲撃があって、チームは皆殺しにされ、チームに派遣されていた第一六〇特殊作戦航空連隊（ＳＯＡＲ）――通称ナイトストーカーズ――の唯一の女性パイロット、サンドラ・ブラックスが拉致される。

二〇〇三年にイラクで発生したジェシカ・リンチ拉致事件の再来かということで、アメリカは、とりわけサンドラと同じく特殊作戦に従事する兵士たちは、色めき立つ。まもなく、残虐な仕打ちを受ける彼女を収めたビデオがアメリカに送りつけられ、高額の身代金が要求される。テロリストとはいっさい交渉しないのが原則のアメリカ政府は、対策を模索する。

その一方で、特殊部隊の兵士たちは〝無許可の〟人質救出作戦を開始する。

その救出作戦において主要な役割を担《にな》うのが、本書の主人公である海軍最先任上等兵曹《マスターチーフ・ペティオフィサー》ギル・シャノン。極秘特殊部隊ＤＥＶＧＲＵ《デブグル》に所属するギルは、ある任務を果たしたのち、サンドラの〝無許可〟救出作戦に乗りだす。もちろん、ギルがいかに有能であっても、単独で救出作戦を遂行することはできない。そこで彼は、アフガニスタン人の通訳と、サンドラの夫であるパイロットなどに協力を求める。だが、敵は、多数の兵士を集結させて、待ち構えていた。

アメリカ軍にはさまざまな特殊部隊があるが、いずれも日本ではあまりなじみがないので、ここで本書に登場するアメリカ軍特殊部隊の主要なものについて簡潔に記しておく。アメリカ軍は時代の要請に応じて組織を変えるのが通例であり、過去の経緯については省略する。
アメリカ軍の特殊作戦を統合指揮するのは、ＵＳＳＯＣＯＭと略称されるアメリカ特殊作戦コマンドで、その下部組織のＪＳＯＣ（統合特殊作戦コマンド）が、とりわけ機密性の高い特殊任務ユニット（略称ＳＭＵ）を運用している。ＳＭＵとして分類されるのは、海軍の特殊作戦開発グループ（略称ＤＥＶＧＲＵ）、陸軍特殊部隊のひとつであるデルタ・フォース、そして空軍の第二四特殊戦術飛行隊の三つだが、本書では情報支援活動部隊（略称ＩＳＡ）もＳＭＵのひとつとされている。また、それらよりは秘《ひ》匿《とく》性の低い特殊作戦部隊《フォース》（略称ＳＯＦ）と呼ばれる部隊としては、陸軍のグリーンベレーや海軍のＳＥＡＬなどがあり、各軍の特殊作戦コマンドの隷下にある。

本書の主役であるギル・シャノンは、ＤＥＶＧＲＵ——ＳＥＡＬチーム6が改称された部隊——に所属している。

ギルの友人であるダニエル・クロスホワイトが所属しているのは、ＪＳＯＣ隷下にあるデルタ・フォース。

拉致される女性ヘリコプター・パイロット、サンドラ・ブラックスが所属するのは、陸軍特殊作戦コマンド隷下にある第一六〇特殊作戦航空連隊。この連隊は、陸軍や海軍の特殊部隊の支援に従事するのが通例だ。

演習中に武装グループに襲撃されるのは、陸軍特殊作戦コマンド隷下にある陸軍第七五レンジャー連隊の隊員たち。この連隊は、通常戦闘と特殊作戦の両方に従事している。

ギルは、DEVGRUのなかで、体力的に飛びぬけているわけではないが（といっても、『アメリカン・スナイパー』を読んだ方はご承知のように、SEAL隊員はみな並はずれた体力の持ち主で、第一級の射手なのだが）、父親譲りの強固な意志で幾多の戦場の試練を切りぬけてきた不撓《ふとう》不屈《ふくつ》の戦士だ。その一方、倫理にもとる殺人を毛嫌いし、妻を気づかう心やさしい男でもある。

スティールヤードは、そのギルが尊敬してやまない大先輩マスターチーフであり、部下たちのみならず、士官たちからも一目置かれる、筋金入りの海軍の〝レジェンド〟だ。

クロスホワイトは海軍ではなく、陸軍デルタ・フォースの大尉だが、ギルやスティールヤードとともに戦ったことがある勇猛な男で、この物語においてもその能力を存分に発揮する。

この〝男気あふれる〟勇士たちが重武装のイスラム過激派を向こうにまわしてくりひろげる戦いはまさに凄絶の一語に尽きるもので、その戦闘描写は、SEAL隊員たちとの交流を持つ著者ならではの迫真力に満ちている。冒険小説の愛読者にはこたえられない一冊と言っていいだろう。

二〇一五年四月

訳者略歴　1948年生，1972年同志社大学卒，英米文学翻訳家　訳書『脱出山脈』『脱出連峰』ヤング，『不屈の弾道』『狙撃手の使命』コグリン＆ディヴィス（以上早川書房刊）他多数

HM=Hayakawa Mystery
SF=Science Fiction
JA=Japanese Author
NV=Novel
NF=Nonfiction
FT=Fantasy

スナイパー・エリート

〈NV1344〉

二〇一五年五月二十日　印刷
二〇一五年五月二十五日　発行
（定価はカバーに表示してあります）

著　者　スコット・マキューエン
　　　　トマス・コールネー
訳　者　公《く》手《で》成《しげ》幸《ゆき》
発行者　早川　浩
発行所　株式会社　早川書房

郵便番号　一〇一‐〇〇四六
東京都千代田区神田多町二ノ二
電話　〇三‐三二五二‐三一一一（大代表）
振替　〇〇一六〇‐三‐四七七九九
http://www.hayakawa-online.co.jp

乱丁・落丁本は小社制作部宛お送り下さい。
送料小社負担にてお取りかえいたします。

印刷・三松堂株式会社　製本・株式会社明光社
Printed and bound in Japan
ISBN978-4-15-041344-6 C0197

本書は活字が大きく読みやすい〈トールサイズ〉です。